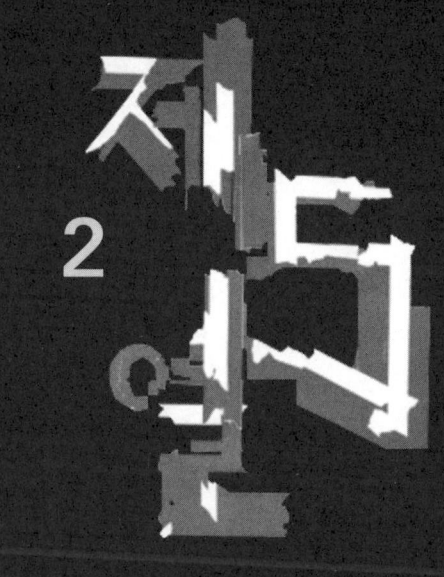

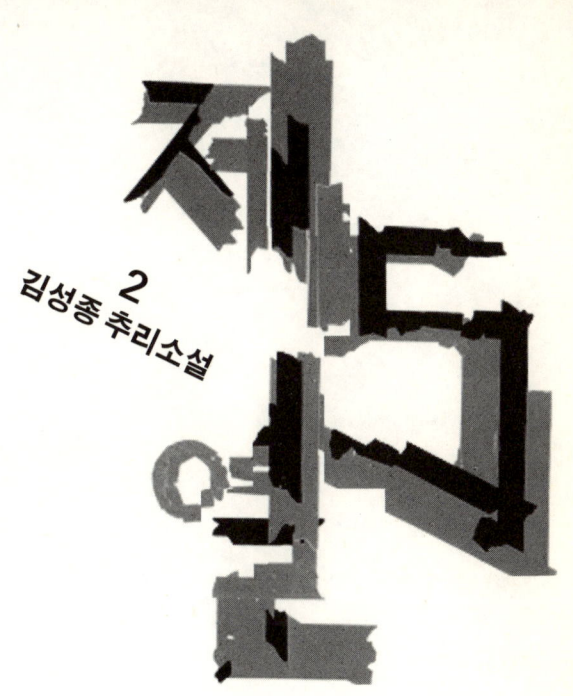

제5열 2
김성종 추리소설

도서출판 남도

제 5 열 2권

차 례

극비회담 ································ 7
다비드 캄 ······························ 36
비정의 얼굴 ··························· 73
X의 비밀 ······························ 114
무서운 흑막 ························· 201
고독한 투혼 ························· 264
회전목마 ······························ 320
킬리만자로 ··························· 367

극비회담(極秘會談)

9월 1일,

낮에 그쳤던 비는 저녁때가 되어서 다시 내리기 시작했다. 8시 30분이 되자 김포공항은 S국 요원들의 보이지 않는 감시로 철통같이 봉쇄되었다. 주차장에는 여섯 대의 차가 미행을 위해 대기하고 있었고, 공항 건물에는 중앙 홀에 5명, 패스포트 검사대에 2명, 통관대에 2명, 출입구에 2명, 그리고 2층 홀에 4명이 워키토키의 이어폰을 귀에 낀 채 눈을 번득이고 있었다.

이들에 대한 총지휘는 김 형사가 맡고 있었다. 그는 검사대에 기대서서 9시가 되기를 초조하게 기다리고 있었다. 그는 아직도 지난밤의 일로 분노를 느끼고 있었다. X, 즉 조남표를 놓친 것에 울화통이 치밀어 그는 담배 필터를 지근지근 씹었다. 이번에 R만은 놓치지 않는다.

요시다 마사하루(吉田正治)—이놈이 일본 측의 최고 인물임에 틀림없다. 이놈이 한국에 와서 만나는 사람들을 모두 체크해 보면 Z의 정체를 알 수 있을 것이다. 놈은 무엇 때문에 서울에 오는 걸까. 일부러 홍콩을 경유해서 오는 걸 보면 매우 중요한 일을 앞에 두고 있는 것 같다. 혁신 세력인 신일본(新日本)의 리더이자 참의원 의원이라는 것 외에는 그자에 대해서 아는 것이 하나도 없다. 주한 일본대사관에 부탁하면 그자의 사진을 구할 수 있겠지만 대사관에서 이상하게 생각할 것 같아 그만두었다. 사진은 놈이 검사대에 다가서는 순간 충분히 찍을 수가 있다. 검사대의 양쪽 벽과 천정에 카메라 장치가 되어 있기 때문에 여러 각도에서 사진을 찍을 수가 있다.

그는 다시 X를 생각했다. 홍마담의 자백에 따르면 놈은 전화를 받고 급히 그곳을 떠났다고 한다. 놈이 고오노와 행동을 따로 했으니 그로서는 X가 누구인지 알 도리가 없다. 그렇다면 역시 정보가 새고 있다는 말인가. 누가 X에게 감시당하고 있다는 것을 알려준 게 아닐까. 누굴까. 역시 S국 내에서 정보가 새고 있는 걸까. 내가 수사경과를 보고해준 사람은 제3과장 엄인회밖에 없다. 그렇다면 엄 과장이 정보를 누설했다는 말인가. 그럴 리가 없다. 믿어지지가 않는다. 그가 5열이라면 왜 나를 스카우트했단 말인가.

예정시간보다 10분 늦게 홍콩발 KAL기가 들어왔다. 김 형사는 자세를 바로하고 이어폰을 귀에 꽂았다. 10분쯤 지나 승객들이 하나 둘 씩 나타나자 천정과 양쪽 벽에 장치해 둔 카메라가 소리 없이 작동하기 시작했다. 김 형사는 검사원 옆에 붙어 서서 들여 밀어지는 패스포트를 하나하나 뚫어지게 응시했다.
　그렇게 하기를 다시 10분쯤 지났을 때 마침내 요시다 마사하루의 패스포트가 눈에 확 들어왔다. 김 형사는 천천히 고개를 들고 상대를 바라보았다. 바로 앞에 여행에 지친 듯 한 중키의 사나이가 무표정한 얼굴로 서 있었다. 찾던 인물치고는 평범한 인상이었고 경계의 빛 같은 것도 보이지 않았다. 약간 장발에 짙은 눈썹, 굵은 테 안경, 길고 날카로운 콧날, 그리고 입술의 섬세한 선이 정신노동을 하는 인텔리 같은 인상이었지만 그런 인상은 어디서나 흔히 볼 수 있는 것이어서 김 형사는 적이 실망을 느꼈다. 혹시 잘못 짚은 게 아닐까 하고 생각하면서도 다시 패스포트를 들여다보았지만 분명히 요시다 마사하루였다. 나이는 46세. 눈은 풀어져 있었고 거듭 하품을 하고 있었다.
　패스포트가 되돌려지고 요시다가 피곤한 모습으로 부세구역 쪽으로 느릿느릿 걸어가자 김 형사는 뒤에 서 있는 요원에게 눈짓을 했다.
　"요시다 마사하루가 또 있을지도 모르니까 승객이 다 빠져나올 때까지 여기서 체크하게."
　요시다의 모습이 보세구역 안으로 사라지자 김 형사는 워키토키를 꺼내들고 낮은 소리로 쏘아붙였다.
　"여기는 지휘소, 전 대원에게 알린다. 시골뜨기가 나타났다. 중키에 검은 테 안경, 머리는 약간의 장발, 저고리는 밤색의 체크무늬, 바지는 회색, 넥타이는 검정색, 구두도 검정색, 그리고 검정 가죽가방을 들었다. 철저히 감시 보고하라!"
　지시를 끝낸 그는 보세구역 쪽을 바라보았다. 그때 이어폰에서 삑삑 하는 소리가 들려왔다.

"여기는 2호. 시골뜨기 통관 수속 중."

"통관이 끝나면 2호는 4호와 합류하라."

김 형사는 중앙 홀을 거쳐 주차장으로 뛰어나와 청색 코로나 택시 속으로 들어갔다. 운전요원이 백미러를 통해 그를 한 번 힐끔 바라 본 다음 차의 시동을 걸었다. 김 형사는 저고리를 벗고 넥타이를 풀어헤친 다음 워키토키를 집어 들었다.

"여기는 지휘소, 모든 차에 알린다. 즉시 시동을 걸고 출발 준비하라!"

다섯 대의 차는 주차장 앞쪽에 적당한 간격으로 늘어서 있었는데, 택시 넘버를 단 것도 있었고 일반 자가용 넘버를 부착한 것도 있었다. 김 형사는 갑자기 불어 닥치는 비바람 때문에 시야가 가려지자 투덜투덜 욕질을 했다.

"여기는 2호. 시골뜨기, 통관 완료."

"여기는 3호. 시골뜨기, 출구 통과."

"2호와 3호는 4호를 지원하라."

"여기는 4호. 시골뜨기 홀 중앙으로 접근."

"출영객은 없나?"

"없습니다."

"접선이 있는지 확인하라. 만일 접선자가 있으면 그 자도 미행하라."

"여기는 1호. 요시다 마사하루는 더 이상 없음."

"1호는 1호차에 탑승하라."

"여기는 4호. 시골뜨기 공중전화 부스로 들어감."

정보가 새고 있다면 요시다도 자기가 미행당하고 있는 것을 곧 알게 될 것이다. 김 형사는 초조했다. 놈이 미행당하고 있음을 알게 될 경우 과연 어떻게 나올지 궁금했다.

그런데 사실 요시다로서는 그때까지도 자신의 일거일동이 완전한 감시 속에 놓여 있다는 것을 모르고 있었다. 그래서 그는 여유 있는 태도로 사방을 둘러보면서 틀림없이 자기를 출영 나왔을 고오노와 한국 측 사람들을 찾았다. 그러나 웬일인지 아무도 그를 맞아주는 사람이 없었다. 웬일일까. 서성거리던 그는 약간 불쾌한 표정을 나타내면서 공중전화 부스로 들어가 한 곳에 전화를 걸었다. 밖에서 볼 때 전화를 걸고 있는 그의 모습은 진지했다. 고개를 끄덕이면서 몇 마디 주고받고 난 그는 이윽고 슈트케이스를 들고 밖으로 나오더니 갑자기 배가 아픈 듯 배를 어루만지며 약방 쪽으로 급히 걸어갔다.

"여기는 4호. 시골뜨기 전화부스를 나와 약방으로 접근, 배탈이 난 것 같음."

김 형사는 워키토키를 바꿔들면서 초조하게 기다렸다.

약방에서 무근 약인가를 사먹고 난 요시다는 이번에는 홀을 가로질러 화장실 쪽으로 다가갔다. 그때쯤에 홀 안은 더욱 붐비고 있었다.

"여기는 4호. 시골뜨기 약방에서 소화제 복용한 후 화장실로 들어감."

"화장실 창문은 어떤가?"

"창문 쪽에도 인원을 배치시키겠습니다."

5분 후에 김 형사는 4호를 불렀다.

"아직 안 나왔나?"

"안 나왔습니다."

김 형사는 차에서 5분을 더 기다려보고 나서야 비로소 의심이 들었다.

"어떻게 됐나?"

"아직 안 나타났습니다."

"화장실 출입자는 많은가?"

"많습니다."

"안에 한 사람 들여보내라."

"알겠습니다."

"5호 나와라."

"여기는 5호."

"2층엔 이상 없나?"

"이상 없습니다."

"5호는 즉시 5호차에 탑승하라. 2호, 3호 나와라."

"여기는 2호."

"2호는 즉시 2호차에 탑승하라."

"여기는 3호."

"3호는 즉시 3호차에 탑승하라. 4호 나와라."

"여기는 4호. 시골뜨기는 대변실에 들어간 것 같음."

김 형사는 시계를 들여다보았다. 요시다가 화장실에 들어간 지 이미 15분이 지나고 있었다.

"대변실을 모두 확인해라!"

차문을 박차고 나온 김 형사는 한달음에 화장실로 뛰어 들어갔다. 대변실 다섯 개 중 세 개는 비어 있었고 두 곳에만 사람이 들어 있었다. 겸 형사는 더 이상 기다릴 수 없어 문을 노크했다. 한쪽에서는 청년이 하나 얼굴을 찌푸리며 나왔고, 다른 곳에서는 미국인으로 보이는 뚱뚱한 사내가 눈을 디룩디룩 굴리면서 나왔다. 미국인이 나온 자리에는 검정 가죽으로 된 슈트케이스가 하나 놓여 있었다. 김 형사는 슈트케이스를 들고 미국인에게 다가섰다. 영어를 할 줄 모르는 그는 회화를 할 줄 아는 요원을 내세워 말을 걸었다.

"이거 당신 거 아닌가요?"

"아닙니다."

미국인은 세면대에서 손을 씻으며 퉁명스럽게 대답했다. 김 형사는 슈트케이스를 열어보았다. 안은 텅 비어 있었다. 미국인이 손을 닦은 다음 팔을 벌리며 설명했다.

"어떤 늙은 신사가 놓고 나간 것 같아요. 내가 불렀지만 그대로 나갔죠. 다시 찾으러 오겠지요."

김 형사는 어리둥절했다. 놈이 약방에 들러 약을 사먹고 화장실에 들어간 것부터 위장이었다. 그런 줄도 모르고 밖에서 기다리다니.

"우린 경찰입니다. 그 사람 모습을 자세히 말씀해 주십시오."

미국인은 놀란 시늉을 해보이면서 이렇게 말했다.

"아래위 검정 양복에 머리는 회색이었고, 가방을 또 하나 들고 있었죠. 아주 큰 가방으로 검정색이었습니다. 그리고 콧수염을 기르고 있었죠."

"안경을 끼었던가요?"

"안 끼었습니다. 그리고 참 파이프를 물고 있었습니다."
김 형사는 4호 조장을 돌아보며 날카롭게 물었다.
"그런 사람이 나오는 거 봤나?"
"봤습니다."
"이런 세상에!"
놈이 화장실에서 변장을 하고 나올 줄이야 상상도 못한 일이었다.
김 형사는 홀을 나와 지휘차로 뛰어들었다.
"전 대원에게 알린다! 각 차량은 각 코스를 따라 전속력으로 달려라! 범인은 변장을 했다. 회색 머리에 콧수염, 검정 양복 차림을 찾아라! 앞서가는 모든 차량을 샅샅이 살펴라! 발견하면 계속 미행할 것!"
지휘차를 뺀 다섯 대의 차가 김포가도를 향해 거의 동시에 출발했다. 그 바람에 주차장 주변은 요란스런 소음과 교통위반으로 한동안 혼란에 빠져버렸다. 교통순경들을 호각을 불다 말고 멍하니 서 있었다.
맨 나중에 김 형사가 탄 청색 코로나 택시가 주차장을 쏜살같이 미끄러져 나갔다. 김 형사는 차 속에서 발을 굴렀다. 놈에게 보기 좋게 당한 바람에 정신을 차릴 수가 없었다. 그는 무전기를 빼어 들었다.
"여기는 김포, 본부 나와!"
"여기는 본부."
"알린다. 범인은 시내로 도주 중. 회색 머리에 콧수염, 검정 양복으로 변장. 차량은 불명. 교통경찰과 전 수사진에 협력 요망한다."

"구속 여부를 알려라."

"발견하는 대로 미행만 하라!"

비바람이 몰아치는 서울시내에 10분도 채 못돼 초비상이 내렸다.

시내 곳곳에서 교통정리를 하고 있는 전 교통순경, 각 경찰서의 사복형사, 각 형사에게 딸린 민간정보원, S국 및 KIA에 고용된 민간 첩보원 등 도합 1만여 명이 흡사 동면에서 깨어난 것처럼 밤이 깊어진 거리로 쏟아져 나와 개미떼처럼 움직이기 시작했다. 모든 차량과 행인, 호텔, 식당, 클럽 등이 보이지 않는 감시망 속에 묶인 채 시간은 10시를 지나고 있었다.

김 형사가 탄 지휘 차량은 이미 시내로 들어서고 있었다. 그러나 차는 긴장이 풀린 탓인지 교통규칙을 충실히 지키면서 완만하게 움직이고 있었다. 김 형사는 계속 들어오는 무전 보고를 건성으로 들으면서 담배를 뻑뻑 빨아대고 있었다. 이미 그는 포기하고 있었다. 놈은 절묘하게 숨어버린 것이다. 일을 끝내면 옷에 묻은 먼지를 털면서 일어나겠지. 그때 가서 그놈을 미행한들 무슨 소용이 있겠는가. 그렇다고 한국인도 아닌 일본국 참의원 의원을 연행해서 마구 족칠 수도 없는 노릇이다. 그렇게 되면 엄청난 국제문제를 야기할 것이고, S국 자체의 위신도 크게 실추될 것이다. 나 같은 건 당장 파면당할 것이고, 그 이상의 고통이 뒤따르겠지. 그는 어금니를 깨물면서 차창 밖을 멍하니 바라보았다.

슈트케이스 하나만을 들고 있던 요시다가 화장실에 그것을 버리고 대신 다른 가방을 들고 도주했다는 것은 화장실 안에서 누구와 접선 했다는 것을 의미한다. 공중전화를 통해 연락을 받은 그는 배탈이 난 듯 약방에서 소화제를 사먹은 다음 화장실로 들어가 거기에 대기하고 있던 사내와 접선, 가방을 받아든 다음 그 가방 속에 들어 있는 가발과 검정 양복을 꺼내 변장을 했을 것이다. 그리고 벗은 옷과 슈트케이스에 들어 있는 내용물을 다른 가방에 옮겨 담고 나서 여유 있게 화장실을 나왔을 것이다. S국 요원들이 주시하고 있는 가운데를 유유히 파이프 담배를 피우면서 말이다. 빌어먹을, 그 망할 자식, 얼마나 기분이 유쾌했을까. 김 형사는 중얼거리면서 얼굴에 흐르는 땀을 닦았다.

이때 일본국 참의원 의원이자 혁신정치단체 신일본의 리더이며 암호명 시골뜨기(R)인 46세의 요시다 마사하루는 부산으로 날아가는 KAL기 속에서 끄덕끄덕 졸고 있었다. 회색 머리칼과 코밑수염이 그를 60대의 노신사로 보이게 하고 있었지만 그것은 조금도 어색해 보이지가 않았다. 그의 옆에는 건장한 보디가드가 긴장한 얼굴로 앉아 있었다. 보디가드는 가끔씩 요시다를 곁눈질로 쳐다보면서 약간 의아한 표정을 짓곤 했다. 아무래도 상대가 그토록 중요한 인물로 보이지가 않는 모양이었다.

그러나 요시다는 옆에는 아랑곳하지 않고 계속 눈을 감고 있었다. 머리가 힘없이 흔들리는 것으로 보아 잠이 깊이 든 것 같았다.

비바람에 기체가 조금 흔들리자 그가 눈을 떴다. 그리고 시계를 한번 들여다본 다음 다시 눈을 감았다.

그가 화장실을 나와 극적으로 부산행 비행기에 오를 수 있었던 것은 한국 측의 철저한 준비 덕택이었다. 변장을 하고 화장실을 빠져나온 그는 보디가드를 따라 바로 비행기에 오를 수가 있었다.

11시 정각 KAL기가 부산 상공에 들어서자 보디가드가 요시다의 어깨를 가만히 두드렸다.

"다 왔습니다."

눈을 뜬 요시다는 안전벨트를 맨 다음 길게 하품을 했다. 그는 피곤해서 죽겠다는 표정으로 파이프를 꺼내 담배를 꾹꾹 눌러 담았다. 파이프에서 뻐끔뻐끔 연기가 나오기 시작했을 때 비행기는 이미 활주로 위에서 속도를 줄이고 있었다.

10분 후 비행장을 나와 대기하고 있던 벤츠에 오르면서 그는

"웬 비가 이렇게……"

하고는 중얼거렸다.

부산에도 비바람이 몰아치고 있었다. 벤츠는 바닷가에 자리잡은 퍼시픽 호텔을 향해 최대의 속도로 달려갔다. 그 뒤를 경호차가 바싹 따르고 있었다.

벤츠 안에는 요시다 곁에 새로 안내를 맡은 중년 사내가 앉아 있었다.

눈 돌아가는 것이 사팔뜨기였다.

"고오노는 왜 보이지 않지?"

"감시를 당하고 있어 꼼짝 못하고 있습니다."

"서울에 묶여 있나?"

"그렇습니다."

벤츠는 인적이 없는 아스팔트길로 접어들더니 갑자기 정거했다. 맞은편 길 가에 서 있는 차 속에서 누군가가 뛰어나와 벤츠 쪽으로 급히 갔다.

"X가 오십니다."

사팔뜨기가 재빨리 말한 다음 차에서 내리자 대신 다가온 사내가 허리를 굽히며 차 안으로 들어왔다.

"오시느라고 수고가 많으십니다."

"아, 난 또 누구시라고……"

그들은 일어로 인사를 하면서 왼손 악수를 했다.

"마중을 못 나가 죄송합니다. 정보가 누설되는 바람에 저까지 쫓기고 있습니다. R께서 홍콩을 거쳐 오신다는 것까지 S기관에서 파악하고 있습니다."

"S기관이 그렇게 활동적인가요?"

"무시 못 할 기관입니다."

정보가 일본 측에서 새고 있다는 말에 요시다는 고개를 끄덕이기만 했다. 조남표는 이마에 묻은 빗방울을 손바닥으로 닦으면서 긴장된 어조로 말을 이었다.

"Z께서 지금 기다리고 계십니다."

"지금 회담을 가지자는 건가요?"

"네, 양해를 하신다면 지금 곧……"

요시다는 머리를 설레설레 흔들었다.

"지금은 안 되겠는데……. 너무 피곤해서 잠을 좀 자고 난 뒤 Z를 만났으면 좋겠군요."

X는 두 손을 마주 비비며 비굴하게 웃었다.

"지금 전 수사진이 동원돼서 찾고 있습니다. 내일 아침이면 여기까지 손이 미칠 겁니다. 그러니까 Z께서는 그전에 빨리 회담을 끝내자는 겁니다. 또 Z께서도 오늘 밤 중으로 서울로 돌아가셔야 하기 때문에 여기서 한시도 자체할 수 없으시답니다. 사태가 이러니 피곤하시더라도 양해를……"

"그렇다면 하는 수 없군. 좋도록 합시다."

"감사합니다."

X는 가방 속에서 서류를 꺼내더니 무릎 위에 올려놓았다.

"들으셨겠지만 고오노 씨도 감시를 받고 있어 못 오셨습니다. 이것은 우리가 합의를 본 내용입니다."

요시다는 대강 훑어보고 나서 그것을 X에게 돌려주었다.

"Z께서는 어떻게 생각하시나요?"

"다른 점에는 대체로 수긍을 하고 있지만 위조지폐에 대해서는 난색을 표명하고 계십니다."

"그렇다면 다른 좋은 방법이 있는 건가요?"

요시다가 힐난하듯 물었다. 피곤에 젖어 있던 그의 풀어진 눈에 차가운 빛이 서리고 있었다.

"그 점에 대해서는 말씀을 안 하십니다."

해변에 이르자 경호차가 앞장서서 달려갔다. 두 차는 모두 헤드라이트를 끈 채 바다를 끼고 모래밭 위를 달렸다. 방향이 엉뚱했지만 요시다는 거물답게 굳이 가는 곳을 묻지 않았다. 대신 그는 차창을 열고 몰아쳐 들어오는 비바람을 그대로 얼굴에 받았다. 성난 파도의 포효하는 소리가 지축을 뒤흔들며 몰려왔다가 사라지곤 했다. 캄캄한 어둠 속에서 산 같은 파도가 일어서는 모습이 흡사 짐승의 흰 이빨처럼 섬뜩해 보였다. 광란의 바다를 즐기는 듯 요시다는 등받이에 머리를 기댄 채 창밖을 응시하고 있었다. 이윽고 차가 갑자기 속력을 줄이자 그는 생각난 듯 머리에 쓴 가발을 벗고 머리를 쓰다듬은 다음 콧수염도 잡아떼었다.

차는 한 바퀴 돌아서 시동을 멈췄다. X가 먼저 차에서 내리고 뒤따라 요시다도 밖으로 나왔다. 5미터쯤 떨어진 곳에 차가 한 대 서있고 누군가가 그 차에서 막 나오고 있었다. 멀리 띄엄띄엄 차들이 세워져 있었고 그들을 중심으로 십여 명의 사나이들이 일정한 간격을 유지한 채 반원을 그리며 서 있는 것이 희미하게 보였다.

요시다는 가까이 다가오는 사나이를 향해 몇 걸음 다가갔다. 이쪽에서는 X가, 저쪽에서는 또 한 사내가 우산을 받쳐 들고 두 사람을 비바람으로부터 막아주고 있었다. 이윽고 두 사람은 멈춰 서서 왼손을 내밀러 굳게 악수했다. Z는 어둠 속에서도 색안경을 끼고 있었다.

"오시느라고 수고 많으셨습니다."

쉬어빠진 목소리가 Z의 입에서 낮게 흘러나왔다.

"안녕하셨습니까? 오랜만입니다."

요시다도 진정으로 반가운 듯 대답했다.

"번거로움을 끼쳐드려 죄송합니다. 보안상의 문제가 있어서 이곳을 택했습니다."

"상관없습니다. 시원해서 좋은데요."

두 사람은 우산을 물리치고 단 둘이 파도가 밀려오는 쪽으로 천천히 걸어갔다.

"술 드시겠습니까?"

Z가 술병을 내밀자 R이 쾌히 그것을 받았다.

"꼬냑입니다."

"좋은데요. 이런 데서 이렇게 비를 맞으며 술 마시는 기분이란 아주 좋군요."

"어린 때로 돌아간 것 같습니다."

"정말 그렇군요."

그들은 한 손을 바지 주머니에 찌르고 다른 손으로는 술병을 든 채, 울부짖는 바다의 물결을 묵묵히 바라보다가 다시 천천히 걸음을 옮겼다.

"오랜만에 와봤더니 한국은 많이 발전했더군요."

"아직 구경을 못하셨을 텐데……"

"공항에 내리면서 느꼈습니다. 보지 않아도 어느 정도인지 알 수가 있습니다."

"사실 많이 발전했습니다. 서울은 하루가 다르게 발전하고 있습니다."

"이런 발전의 원인이 어디 있습니까? 가장 중요한 원인 말입니다."

Z는 한동안 침묵하다가 무겁게 입을 열었다.

"수상의 탁월한 지도력이라고 볼 수 있습니다. 국민 모두가 그를 지지하고 따르고 있습니다."

이번에는 요시다가 침묵했다. 그는 무엇인가 한동안 입을 다물고 있다가 갑자기 질문을 던졌다.

"그렇다면…… 수상이 그의 사의(辭意)를 번복할 수도 있겠군요."

"그렇지 않습니다. 수상의 결심은 확고한 것이고 또 건강이 허락지 않습니다."

"그렇다고 그 영향력이 없어지는 것도 아니지 않습니까? 만일 수상이 어떤 후보를 지지하면 그 후보가 당선되는 것은 결정적일 텐데……?"

"사실은 그게 문젭니다. 지금 수상이 속해 있는 민주사회당(民主社會黨)에 장연기(張然基)라고 하는 상당히 진보적인 인물이 있는데 이미 그자가 후보로 내정이 되어 있습니다."

"수상이 그 자를 지지하고 있나요?"

"지지하고 있습니다. 그것도 적극 지지하고 있습니다."

"어떤 인물입니까?"

"미국에서 경제학을 공부한 인물로 경제관계 장관을 지낼 때 그 방면에서 발군의 실력을 발휘한 것이 높이 평가되고 있습니다. 최근의 경제발전은 주로 그의 아이디어에서 나왔다고 볼 수 있습니다. 정치 경력은 짧지만 정치적 수완도 비상해서 현재 당내에서도 확고한 기반을 쌓아놓고 있습니다."

"나이는 몇 살입니까?"

"마흔 일곱입니다."

"얼마 안됐군요."

"젊습니다. 원로들은 질투를 느끼고 그를 꺾으려고 압력을 넣고 있지만 수상의 결심은 확고한 것 같습니다. 정치 기술만 발달된 노회한 정치가들보다는 실제적으로 업무를 처리해 나갈 수 있는 실력자가 집권해야 한다는 것이 수상의 생각입니다."

"생각은 옳군요. 과거와는 달리 지금은 실제적인 인물이 필요한 때입니다. 상징적인 인물 따위는 구시대의 유물이죠."

그들의 몸은 금세 비에 흠뻑 젖어 버렸지만 그들은 비를 피해 차로 돌아가려고 하지를 않았다. 추위를 잊으려는 듯 그들은 술을 들이키면서 다정스럽게 어깨를 맞대고 느릿느릿 걸어갔다. 그들의 주위를 MAT49 기관단총을 든 아홉 명의 사나이들이 엄중하게 경호하고 있었다. 그들은 멀리 반원을 그리면서 Z와 R의 움직임에 맞추어 자신들도 움직이고 있었다. 기침 소리 하나 없이 고스란히 비를 맞으며 어둠 속에 서 있는 그들의 모습은 흡사 잘 길들여진 사냥개 같았다.

"대동회에서는 예정했던대로 이창성 씨를 후보로 내세울 겁니까?"

"그럴 계획입니다. 가장 이용가치가 있는 인물이고 대동회를 잘 이끌어나가고 있습니다."

"당선될 가능성은 어느 정돕니까?"

"가능성이 전혀 없는 인물입니다. 그런 인물을 당선시켜야 하기 때문에 자금이 많이 필요합니다."

"1조 정도면 당선시킬 가능성이 있습니까?"

"가능성이 있습니다. 정보에 의하면 민사당은 이번 선거에 약 백억을 투입할 계획이랍니다. 집권당으로서 그 정도의 선거자금은 약소한 겁니다. 그들이 그렇게 선거자금을 낮게 책정한 것은 자기 당 후보를 아주 쉽게 당선시킬 수 있다고 믿고 있기 때문입니다. 사실 민사당에 대결할 정당으로는 현재 대중당(大衆黨)밖에 없습니다. 뿐만 아니라 이미지를 쇄신시킬 만한 인물도 없습니다. 따라서 싸움은 보나마납니다."

"다른 야당에서도 후보를 내지 않을까요?"

"서너 개 정당에서 후보를 내겠지만 군소 정당이라 문제될 게 없습니다."

"결국은 일 대 일이 되겠군요."

"그렇습니다."

그들은 담배를 피우기 위해 바람을 막고 돌아서서 허리를 굽혔다. 비에 흠뻑 젖은 그들의 얼굴이 불빛을 받아 번들거리다 사라졌다.

"1조라면 민사당보다는 백배가 더 많은 자금이군요. 하긴 불가능한 인물을 당선시키려면 그만한 돈은 써야겠지요."

"결코 많은 돈이 아닙니다."

"동의합니다. 그런데 한국 수사기관에서 눈치를 채고 벌써 손을 쓰고 있는 것 같은데, 그렇게 되면 선거에 지장이 없겠습니까? 고오노와 X가 이미 신분이 노출되어 움직이지 못하고 있는 것 같은데……"

"그 점은 안심해도 좋습니다. 일이 크다 보니까 더러 노출되는 점이 있겠지요. 그렇지만 그런 건 그때마다 대처해 나가면 문제될게 없습니다. 또 약간의 노출로 인해서 우리의 전체 비밀이 드러날 위험은 없으니까요. 잘 아시겠지만 이곳의 조직은 점으로 되어 있어서 비밀은 거의 완벽하게 유지할 수가 있습니다."

"무엇보다도 수사기관의 정보를 확보할 수가 있으니까 큰 도움이 되겠지요."

"네, 그렇긴 합니다만……"

쉰 목소리가 갑자기 밑으로 가라앉는 듯했다. 그들은 한동안 침묵하면서 소용돌이치는 바다를 응시하고 있다가 다시 걷기 시작했다.

"가장 중요한 것은 결국 이창성이 당선된 후의 문제인데…… 차질 없이 잘 될 수 있겠습니까? 지금은 그렇지 않다 해도 일단 권력의 자리에 앉고 보면 생각이 달라질 수도 있는 거니까요."

"그는 어차피 제거되어야 할 사람이니까 크게 문제될 건 없습니다."

바람 때문인지 그의 목소리는 떨리는 것 같았다. 그는 다시 말을 이었다.

"그가 순순히 말을 들어도 비밀을 지키기 위해서는 그를 제거해야 합니다. 말을 듣지 않을 경우에는 말할 필요도 없습니다."

"제거한 후에는 별 문제가 없겠습니까?"

"없을 겁니다. 모든 건 자연발생적인 것처럼 될 것이니까요."

"모든 것이 잘 진행되어 우리가 바라는 대로 되어가길 빌겠습니다."

"저도 빌고 있겠습니다. 모든 건 요시다 선생이 얼마나 협조해 주시느냐에 달려 있습니다."

"그야 두말할 필요 있겠습니까? 저는 지금 목숨을 내걸고 이 일을 추진하고 있는 겁니다."

"저도 마찬가집니다."

"대동아 건설은 우리 시대에 반드시 이루어질 겁니다."

"당연한 일입니다."

R이 팔을 뻗어 Z의 어깨 위에 올려놓자 Z도 상대의 어깨 위

극비회담 · 25

에 팔을 걸었다. 그들은 상대의 어깨를 서로 흔들었다.

그들의 음모는 실로 무섭고 어마어마한 것이었다. 수단 방법을 가리지 않고 이창성을 당선시킨 뒤 그를 제거하고 대신 Z가 권력의 자리에 올라앉는다는 것이 1차적인 목표였다. 이를 위해 R은 최대한의 지원을 한다.

1차 목표를 달성하면 그들은 두 번째 목표로 R의 집권을 위해 일본에 쿠데타를 일으킨다. R이 계획대로 집권하면 한·일 양국은 손을 잡고 아시아 대륙에 대동아 건설이라는 원대한 포부를 실현시킨다. 시대착오적인 발상이지만 그들의 가슴은 야망으로 불타오르고 있었다. 그러나 Z는 또 다른 음모가 R의 가슴 한쪽에서 무르익어가고 있는 것만은 모르고 있었다.

"선거 전략은 대체로 짜여 있나요?"

R이 팔을 풀면서 물었다.

"짜여 있습니다. 9월 중으로 아파트 10만 가구분을 완공해서 서민들에게 헐값으로 분양해줄 계획입니다. 동시에 그들을 대동회 회원으로 가입시켜서 선거운동원으로 활용할 생각입니다. 되도록 유권자수가 많은 세대에게 우선적으로 아파트를 분양한다면 10만 세대에 대략 30만 이상의 유권자를 확보할 수 있습니다. 또 전국에 5천 개의 양로원을 세워 거기에 수용되는 노인들을 회원으로 가입시킬 예정입니다. 그 수는 약 10만 정도 되지만 유권자들에게 끼치는 영향은 매우 클 겁니다. 여기에다 현재 우리가 확보하고 있는 10만 회원을 합치면 적어도 50만 회원은 확실한 선으로 유지될 수가 있습니다. 이들에게는 충분한 보수를 주어 선거운동에 동원할 생각입니다. 막연하게 자금을 뿌리는 게 아니라 확실한 대상을 찾아 돈을 주는 겁니다. 회원 확보에 주력해서 이달 내로 백만 회원을 확보할 계획입니다. 백만 명이 선거운동에 동원된다면 그 영향은 지대할 겁니다."

"가장 중요한 것은 유권자들에게 환상을 불어넣어 주는 일입니다. 환상이 없이는 유권자를 사로잡을 수 없습니다."

"동감입니다. 현실적인 부(富)와 함께 원대한 꿈을 그들에게 심어줄 생각입니다. 1조 원을 풀어놓으면 그 환상을 심어주는 것은 쉬운 일입니다. 이를 위해 지식인들을 대거 동원할 생각입니다. 대부분의 지식인들이란 돈과 권력에 약하고 교활한 사이비들이기 때문에 그들을 선전해 이용하는 것은 어렵지 않습니다. 그리고 매스컴도 최대한으로 이용할 생각입니다. 현재 우리 노선에 가장 노골적으로 반기를 들고 있는 것이 K일보인데 이 신문에 대해서는 곧 조치를 취하겠습니다. 신문사를 없애버리든지, 아니면 우리가 인수하든지 하겠습니다."

"K일보가 한국에서 영향력이 큰 신문사라는 것은 잘 알고 있습니다. 그런 신문사는 없애는 것보다 우리 쪽으로 끌어들여 이용하는 게 더 낫지 않을까요?"

"K일보를 회유한다는 건 불가능합니다. 그 신문사의 논설위원 한사람이 우리 손에 제거 당한데다가 사장인 윤학기라는 자가 여간 고집불통이 아닙니다."

"그렇다면 인수해 버리는 게 좋겠군요."

"가능하다면 그렇게 하는 게 좋겠지요."

요시다가 먼저 비틀거리더니 모래 위에 주저앉았다. Z도 그를 따라 곁에 털썩 앉았다. 요시다가 머리를 뒤로 젖혀 비를 맞으며 껄껄거리고 웃었다.

"이렇게 멋진 밤은 처음인데요."

"정말 유쾌한 밤입니다."

그들은 남은 술을 모두 마셔버리고 병을 바다 쪽으로 힘껏 던졌다. 파도가 바로 발치에서 부서져 흩어지고 있었다. 그 바람에 물이 머리 위로 튀어 올랐지만 그들은 일어서려고 하지 않았다. 전신을 휩싸는 야망의 불길을 가라앉히기라도 하려는 듯 그들은 그 자리에 잠자코 앉아 있었다.

"1조 원 자금을 마련하는 문제 중에 위조지폐를 찍자는 말을 들었습니다. 그런데 현실적으로 그건 불가능할 것 같아 다시 한번 거론하는 게 좋겠습니다."

Z가 R의 옆얼굴을 바라보며 말했다. R이 고개를 끄덕였다.

"그런 말이 나온 것은 Y가 현재 자금사정이 좋지 않기 때문입니다. 저도 위험부담이 많은 짓은 권하고 싶지 않습니다."

위조지폐에 관한 이야기는 갑자기 두 사람의 기분을 바꾸어놓은 것 같았다. 그들은 무겁고 긴장된 모습으로 침묵을 지켰다. 이윽고 그들은 일어나서 차를 대기해 둔 쪽으로 걸어갔다. 그때까지 그들은 아무 말도 하지 않았다.

X가 벤츠의 뒷좌석에서 튀어나오며 그들을 위해 문을 열어주자 Z가 손으로 그를 물리치고 대신 문을 잡았다. R이 차에 오르자 그도 따라 오른 다음 문을 닫았다.

"자넨 히터를 켜놓고 자리를 좀 비켜."

Z의 말에 운전사는 재빠른 솜씨로 히터를 작동시킨 다음 밖으로 나갔다.

차창은 금방 뿌우옇게 수증기가 서려 밖에서는 아무것도 보이지 않게 되었다. 그들은 제각기 담배에 불을 붙인 다음 오랫동안 담배를 못 피우기나 한 것처럼 그것을 맛있게 피웠다. 먼저 입을 연 사람은 R이었다.

"어려운 일인 줄 압니다만, 급한 대로 위조지폐를 사용하는 수밖에 없지 않습니까? 거기에 대한 준비는 다 되어 있으니까 따로 준비를 할 필요는 없습니다."

Z의 몸이 굳어지는 것 같았다. 목으로 꿀꺽 하고 침 넘어가는 소리가 들려왔다.

"실패할 가능성이 큽니다. 그렇게 되면 결국 선거에도 패배하고 맙니다."

"그 점을 고려하지 않은 게 아닙니다. 위조지폐는 기회를 잘 포착해서 사용하면 성공할 수가 있습니다. 단시일 내에 전액을 소비하는 겁니다."

"어떻게?"

"즉시 팔 수 있는 물건을 사 두는 겁니다. 그리고 은행에 예금도 하고 일부는 수표 같은 것으로 바꿔 두는 겁니다. 아주 정교하게 만들어진 것이기 때문에 발견되려면 상당한 기간이 지나야 할 겁니다."

다시 침묵이 흘렀다. Z는 선뜻 단안을 내리지 않고 있었다.

"만일 그 방법이 실패하면 자금을 신속히 동원할 수 있게 조처를 취해 놓겠습니다."

"그렇다면 지금 그 자금을 동원할 수도 있지 않습니까? 굳이 위험한 위조지폐를 사용할 필요가 없지 않습니까? 위조지폐라면 일본 측의 도움 없이도 우리 단독으로 만들 수가 있습니다."

"물론 그러실 테죠. 그렇지만 지금까지 우리는 많은 자금을 투입했습니다."

"알고 있습니다."

차내에 싸늘한 기운이 감돌았다. 지금까지의 협력이 물거품으로 화해 버릴지도 모르는 순간이었다.

"우리가 바라는 건 위조지폐가 아닌 진짜 돈입니다. 우리는 자금이 필요한 겁니다. 요시다 선생께서는 그것을 약속하지 않으셨던가요?"

Z는 선글라스를 벗으려다가 그대로 두었다. R이 다시 담배에 불을 붙였다.

"약속이 어떠한 것인지는 잘 알고 있습니다. 그렇지만 이렇게 갑자기 거금이 필요할 줄은 몰랐습니다. 문제는 거기에 있습니다. 그리고 우리는 혈맹관계이기 때문에 서로 이해하고 협력하는 자세로 문제를 타개해 나가야 한다고 생각합니다."

"물론입니다. 그렇지만 우리 입장에서 볼 때는 위조지폐를 사용하자는 건 어떤 한계를 드러낸 것 같아 공감이 가지 않습니다. 이런 일에는 무제한으로 자금을 공급해야 합니다. 자금 지원이 많아질수록 우리 관계는 깊어지는 것이라고 봅니다. 그러나 위조지폐로 때우려고 한다면 우리 관계는 깊어질 수 없고, 결국은 독자적으로 행동할 수밖에 없다는 결론이 나옵니다."

위조지폐 사용을 거절하는 Z의 주장은 완강했다. R은 Z의 이러한 반응을 이미 기다리고 있었다는 듯 여유 있게 담배 연기를 내뿜었다.

"이런 문제로 우리 관계가 악화되어서는 안 됩니다."

"물론 그래서는 안 됩니다."

"사실 말씀드린다면, 저는 정치를 하는 입장이지 재벌은 아닙니다. 지금까지는 그래도 Y를 잘 설득시켜서 적지 않은 자금을 빼낼 수 있었습니다. 그렇지만 제 능력에도 한계가 있습니다. Y는 역시 사업가이기 때문에 뚜렷한 보장도 없이 자금을 무한정으로 내놓으려고 하지는 않습니다. 사업가란 항상 반대급부를 바라는 것 아닙니까?"

"알고 있습니다. 그러기 때문에 우리는 일이 성공하면 Y에게 특혜를 주기로 약속하지 않았습니까?"

"솔직히 말해 그 정도 가지고는 안 된다는 겁니다. 1조 원이라는 돈을 무상으로 지원하는 이상 미래에 대한 보다 확실한 보장을 바라는 것은 당연하겠지요."

"좀 구체적으로 말씀해 주십시오."

"현재 Y에게도 그만한 돈은 없습니다. 그도 어디서 자금을 빌려야 합니다. 거금을 여기저기서 빌리게 되면 결국은 합작투자 형식을 밟지 않을 수 없습니다. 그렇게 되려면 보다 확실한 담보가 있어야 합니다. 담보가 있어야만 투자가들을 설득시킬 수가 있습니다."

"결국은 그 말씀이군요."

Z의 입에서 신음에 가까운 소리가 흘러나왔다. R은 더운지 차창을 열었다가 도로 닫았다.

"불쾌하게 들릴지 모르겠지만 돈을 가지고 있는 사람들의 요구가 그러하니 어쩔 수가 없습니다. 그래서 비상수단으로 위조지폐를 생각했던 것입니다."

Z가 손바닥으로 창문에 서린 물기를 닦았다.

차창밖은 먹을 칠한 듯 캄캄한 어둠뿐이었다. 이윽고 Z는 결심한 듯 R을 바라보았다. 검은 안경이 해골처럼 뻥 뚫린 듯이 보였다.

"좋습니다. 조건을 말씀해 보십시오."

"오해하지 마십시오. 저는 일이 잘 되기를 바라는 의미에서……"

"알고 있습니다. 어서 말씀해 주십시오."

Z는 손을 들어올려 손목시계를 들여다보았다. 야광시계는 이미 자정을 지나 9월 2일 0시 40분을 가리키고 있었다. R의 입이 무겁게 열렸다.

"제주도 일원을 조차(粗借) 하십시오!"

일순 두 사람의 호흡이 정지하는 듯했다.

"어떤 조건으로 말씀입니까?"

"기간은 1백 년, 완전 치외법권…… 동시에 일본 측의 통치권을 인정하는 것 등입니다."

Z는 충격이 컸는지 한동안 말없이 창밖을 응시하고 있었다. 그러나 이 매국노에게는 하루라도 빨리 권력을 쥐는 것이 더 중요하고 급한 일이었다.

"완전 무상으로 백 년 간 조차한다는 겁니까?"

"완전 무상은 아닙니다. 적당한 선에서 실무자끼리 임대료를 검토해야겠지요. 우리는 원칙적인 합의만 보면 수일 내로 구체적인 검토를 거쳐 사인만 하면 됩니다."

"백 년이면 너무 깁니다. 50년이면 한번 생각해 볼 수도 있습니다만……"

"이걸 생각하셔야 합니다. Z께서 실패했을 경우 투자가들은 한 푼도 돈을 건져내지 못합니다. 이건 어떻게 보면 실패할 확률이 더 많은 도박입니다. 이 도박에 1조 원을 내거는 겁니다. 임대료만 충분히 주면 기간이 길다고 해서 문제될 게 있습니까? 더구나 백 년이면 그 절반은 우리가 죽은 뒤의 문제니까 신경 쓸 것 없지 않습니까?"

R의 말은 상당히 설득력이 있었다. Z는 고개를 끄덕이면서 이렇게 말했다.

"1조 원 전액이 우리 손에 들어온다는 조건이면 한번 생각해 보겠습니다."

"1천 4백억은 여기서 확보 가능하니까 8천 6백만 지급하면 되지 않습니까?"

"그건 담보를 조건으로 제시하지 않았을 때의 금액입니다. 더구나 1천 4백억이 현재 우리 수중에 있는 것도 아닙니다. 3개월 동안 희생을 각오하고 뛰어야만 확보 가능한 금액입니다. 이왕 말이 나왔으니까 1조를 주십시오. 그러면 제주도 조차권을 드리겠습니다."

"좋습니다. 원칙적인 합의를 본 것으로 하고 구체적인 사항은 수일 내로 결정하도록 하죠."

"알겠습니다."

이제 회담은 급진전을 보이고 있었다. R이 오른손을 조금 들어보였다.

"한 가지 드릴 말씀이 있습니다. 1조 원을 지급하되 그 사용에 대해서는 이쪽의 확인을 거친 다음에 사용하도록 하는 게 좋겠습니다."

"그러니까 자금 사용을 감독하시겠다는 겁니까?"

Z가 불쾌한 듯 물었다. R이 손을 흔들었다.

"감독이라 생각하시면 오햅니다. 투자가 입장에서는 큰 위험 부담을 안고 있는 투자인 만큼 자금의 용도를 확실히 알고 싶은 게 당연하지 않습니까. 투자를 하되 좀 안심하고 싶다 이 말이겠지요."

"할 수 없죠. 정 그렇다면 그 조건은 받아들여야죠."

"거기에 필요한 인원이 파견되어 따로 사무실을 갖출 수 있도록 협조해 주십시오. 그들은 자금의 용도를 그때그때 일본에 보고해 주어야 합니다. 이것은 어디까지나 서로의 신뢰를 보다 깊게 하기 위한 조처하고 생각하시면 됩니다."

"알겠습니다. 그런 거야 어렵지 않습니다. 그 사람들을 보낼 때 이왕이면 선거 참모들도 보내 주십시오. 머리가 좋은 베테랑들을 말입니다."

"보내드리죠."

"또 부탁이 있습니다. 전문적인 테러리스트가 필요합니다."

"몇 명이나?"

"1백 명쯤 필요합니다. 무기를 잘 다룰 줄 알고 때에 따라서는 킬러 역할도 할 수 있는 사람들이 필요합니다."

"그 정도야 X의 부하들 가운데에도 있을 텐데요?"

"있긴 하지만 솜씨가 서툴고, 거의가 신분이 노출되어 있습니다. 중요한 일을 맡길 수가 없습니다."
 "알겠습니다. 보내드리죠."
 "또 있습니다. 무기가 많이 필요합니다. 소음권총, 기관단총, 무전기, 도청기, 카메라, 녹음기 등인데 카메라와 녹음기는 새로 개발된 특수한 것이 필요합니다. 여기에 필요한 분량을 적어 놨습니다."
 Z는 포켓에서 비닐로 봉해진 조그만 봉투를 꺼내어 R에게 주었다. R은 잠자코 그것을 받아 포켓에 쑤셔 넣었다.
 "자, 이것으로 끝난 겁니까?"
 "그런 것 같습니다."
 그들은 웃으면서 비로소 힘차게 악수를 나누었다.
 "밤새 이야기나 하면서 함께 지내고 싶지만 그럴 수가 없어서 유감입니다."
 "아, 괜찮습니다. 바쁘실 테니까 어서 가보십시오."
 "퍼시픽 호텔이 여기서 가깝습니다. 준비가 되어 있으니까 거기 가서 편안히 주무십시오."
 Z는 차에서 내려 X에게 귀엣말을 한 다음 다른 차에 옮겨 탔다. 이윽고 Z가 탄 차가 시내 쪽으로 사라지자 X는 R이 탄 차에 올라 운전사에게 호텔로 향하도록 나직이 지시했다.

다비드 킴

　S국 간부회의는 밤 9시에 열린다. 비상에 돌입하면서부터 언제나 그 시간에 열리도록 되어 있었다. 간부들은 부득이한 사정이 없는 한 회의에 참석해야 한다.
　요시다를 놓치고, 만 이틀이 지난 9월 3일 밤 9시 정각, S국 장실 옆에 붙어 있는 회의실에서는 역시 간부회의가 열렸다. 회의장에는 국장 이하 세 과의 과장들과 반장들이 모두 참석하고 있었고, 김 형사도 맨 끝자리에 앉아 있었다.
　제일 먼저 거론된 것은 정보 누설에 관한 것이었다. 김 형사가 사례를 하나하나 지적하면서 그것을 설명해 나가는 동안 사나이들의 눈은 일제히 그에게 집중되고 있었다. 그러나 대외 업무를 맡고 있는 2과장만은 이내 시선을 돌리고 관심 없다는 듯이 파이프 담배를 뻐끔뻐끔 피웠다. 김 형사의 말이 끝나자 그가 먼저 물었다.

"그러니까 이 가운데에 정보를 누설하는 사람이 있다는 말인가요?"

"꼭 그렇다는 건 아닙니다만……"

2과장은 두터운 목줄을 울리며 낮게 웃었다.

"간부회의에서 말한 사실이 모두 밖으로 새어나갔다면 이 가운데에 정보를 흘리는 사람이 있다는 말이나 다름없겠지요. 그렇지만 본의 아니게 자기도 모르는 새에 그럴 수도 있는 거 아닐까요?"

"그러면 다행입니다만 매번 적시에 정보가 누설되는 것으로 보아 고의성이 짙은 거 같습니다."

"흠, 그거 큰일이군. 자, 이 가운데서 그렇다면 누가 배반자란 말이지?"

모두가 제각기 주위를 돌아보았다. 무거운 침묵이 실내를 감싸고 있었다. 다시 김 형사가 입을 열었다.

"적절한 대책이 없는 한 수사는 허탕을 칠 게 뻔합니다."

"그 대책을 세워봤나요?"

2과장이 파이프를 입에 문 채 물었다.

"저는 이렇게 하면 어떨까 생각합니다만……"

김 형사는 S국장 백창학(白昌學)을 힐끔 쳐다보았다. 그로서는 S국 책임자를 불쾌하게 만들고 싶지가 않았다. 눈치를 챈 국장이 고개를 끄덕이면서 무슨 말을 해도 괜찮다는 듯이

"어서 말해 보시오."

하고 말했다. 김 형사는 상체를 조금 움직인 다음 결심한 듯 말

했다.

"당분간 이 회의를 중지했으면 합니다. 꼭 여기 계신 분들을 의심해서가 아니라…… 아무튼 여기서 보고된 것이 누설되고 있는 이상 이 회의를 중지하는 것이 좋을 것 같습니다."

모두가 입을 다문 채 김 형사를 주시했는데 하나같이 불쾌한 표정들이었다.

"3과장은 어떻게 생각하시오?"

국장이 갑자기 매끄러운 목소리로 물었다. 엄 과장은 탁자 위로 두 손을 깍지끼면서 국장을 바라보았다.

"김 반장의 말에도 일리는 있다고 생각합니다. 정보란 아는 사람이 적을수록 누설될 위험도 줄어드는 것이니까…… 아마 그래서 이런 제의를 하는 것 같습니다. 검토해 볼 만하다고 생각합니다."

"2과장은?"

"저는 반댑니다. 우리 S국은 어떤 일이나 간부회의에서 충분한 토의를 거쳐 처리되어 온 것이 지금까지의 관례였습니다. 그런데 정보가 누설된다고 해서 그것을 없앤다는 것은 우리 S국 자체를 불신임하는 것이나 같습니다. 그것은 다시 말해서 S국이 볼 장 다 봤다는 거나 다름없습니다."

2과장의 발언은 매우 강경한 것이었다. 국장은 1과장을 바라보았다.

"1과장은 어떻게 생각하시오?"

1과장은 강파르게 마른 턱을 쓰다듬으면서 말했다.

"저도 반댑니다. 간부회의는 그대로 계속하는 게 좋겠습니다. 이 자리는 그 사건만 다루는 자리가 아니지 않습니까? 그 사건은 우리 S국에 있어서 일부분에 불과합니다. 유독 그 사건 때문에 회의 자체를 없앤다는 것은 난센스라고 생각합니다. 모든 문제를 털어놓고 종합적으로 토의하다보면 보다 좋은 해결책이 나오는 법입니다. 간부들까지 믿지 못하고 담당자만 문제를 껴안고 있으면 어떤 것도 해결이 안 됩니다. 세 과가 서로 협조해야만 해결이 가능합니다."

묵묵히 듣고 있던 김 형사가 손을 조금 들었다가 놓았다.

"너무 비약해서 말씀하시는 것 같은데…… 그걸 모르는 게 아닙니다. 간부회의의 중요성을 충분히 인식하고 있습니다. 당돌한 말씀 같지만 지금 어떤 조치를 취하지 않으면 우리는 제 기능을 발휘하기가 어려워질 겁니다. S국 자체를 위해서도 정보가 누설되는 원인을 조사해야 될 겁니다."

2과장이 파이프를 재떨이에 똑똑하고 두드렸다. 그것이 김 형사의 신경을 거슬렸는지 그는 입을 다물고 2과장을 쏘아보았다. 2과장은 상체를 뒤로 젖히면서 미소를 띠었다.

"정보가 누설되는데 대해서는 우리가 책임을 져야겠지요. 그 문제에 대해서는 신경을 쓰지 마십시오. 김 형사께서는 맡은 일만 충실히 해주시면 되지 않습니까?"

김 형사는 화가 나는지 담배를 급히 뽑아 물었다. 그때 테이블 중앙에 놓인 전화통에 신호가 들어왔다. 한 사람이 그것을 받았다가 김 형사에게 넘겨주었다. 김 형사는 그대로 앉은 채 통화를 했다. 그것은 요시다의 행방을 알리는 전화였다. 몇 마디 지시를 내린 다음 김 형사는 수화기를 가만히 내려놓고 통화 내용을 발표했다.

"요시다는 오늘 오후 우리 국회의원 몇 사람과 함께 요정에서 저녁식사를 했답니다. 지금까지 종적을 감추고 있다가 이렇게 공공연히 모습을 나타냈다는 것은 할 일을 다 했다는 것을 뜻합니다. 바로 이것이 우리가 할 수 있는 일의 한계입니다. 정보가 누설되고 있는 한 모든 일이 이렇게 될 수밖에 없습니다."

"그자를 공항에서 어이없이 놓친 것에 대한 변명인가요? 어떤 일에나 방해자는 있게 마련입니다. 그것을 염두에 두고 일해야 하는 게 우리들의 입장입니다. 책임을 딴 데로 돌려서는 안 됩니다. 책임을 질 수 없으면 일을 하지 말아야 합니다."

김 형사는 아연했다. 더 이상 앉아 있을 필요가 없다고 생각한 그는 회의실을 나와 자기 방으로 돌아왔다. 이제야 하나의 윤곽이 잡히는 것 같았다. 정보를 빼돌리는 5열의 정체가 비로소 보이는 것 같았다. 그러나 아직 단정할 수는 없다. 정확한 증거를 잡아야 한다. 모욕을 당한 것을 생각하자 그는 얼굴을 잔뜩 찌푸렸다. 그러나 이런 일을 많이 겪은 이 늙은 형사는 끓어오르는 분노를 조용히 삭일 줄을 알았다.

한편 회의실에서는 2과장과 3과장 사이에 격렬한 말다툼이 벌어지고 있었다. 김 형사가 회의실을 나가버리자 2과장이 기다렸다는 듯이 그를 비난한데서 말다툼이 벌어진 것이다.

"여기가 어딘데 형사 따위가 저렇게 건방져? 회의 도중에 나가버리다니 우리를 도대체 뭐로 생각하는 거야? 차제에 대동회에 대한 수사체제는 새로 검토되어야 한다고 봅니다. 저는 처음부터 일개 형사에게 이 사건을 맡긴 것부터가 잘못이라고 생각했습니다. 우리 인력과 장비로 충분히 수사할 수 있는 것을 왜 외부에서 늙은 형사를 끌어들였는지 도무지 이해가 가지 않습니다. 한마디로 이건 우리 S국의 수칩니다."

"형사를 끌어들인 것은 접니다. 따질 게 있으면 저한테 하십시오. 우리는 그 사람한테 수사 협조를 의뢰한 것이지 수사를 전부를 맡긴 게 아닙니다. 언제라도 그 사람을 그만두게 할 수 있습니다."

"그럼 당장 그만두게 하시지요."

"그렇게는 안 됩니다. 그 사람은 제가 필요해서 데려온 사람입니다. 따라서 그 사람에 대해서는 제가 판단할 일입니다."

"그 사람의 발언과 행동이 우리 모두에게 영향을 미치고 있지 않습니까?"

"그 사람은 해야 할 말을 했을 뿐입니다. 정보가 누설되지 않도록 조처를 취해 달라는 게 잘못입니까?"

"그런 말을 어떻게 할 수 있습니까? 일개 형사가 S국의 간부들을 의심하고 있다니, 그게 될 말입니까?"

"S국 간부라고 해서 의심을 전혀 받지 말라는 법은 없지 않습니까?"

2과장의 얼굴이 보랏빛으로 변했다.

"그럼 3과장도 우리들을 의심하고 있다는 거요?"

"S국 간부라고 해서 예외일 수는 없다는 거죠."

"우리 S국 요원들은 우수한 용사들입니다. 따라서 일개 형사 따위의 조롱을 받을 수는 없어요."

"형사라고 얕잡아 보지는 마시오. 그 사람이 필요하기 때문에 협조를 구한 겁니다. 지금 S국 내에서는 그 사람 이상으로 이번 사건을 수사할 수 있는 사람이 없습니다. 김 형사는 현재 일본에서 많은 정보를 빼내올 수 있을 정도로 민첩하게 일을 해내고 있습니다. 저는 앞으로도 계속 그 사람에게 이번 일을 부탁할 생각입니다."

"좋도록 하십시오. 나하고는 상관없는 일이니까."

"상관이 있을 겁니다. 반드시……"

"3과장이 일본에 파견한 최 진인가 하는 젊은 사람 말인데 그 사람은 일본에 가서도 거기에 있는 우리 2과 요원들한테 연락 한번 안 한 모양이더군요. 서로 협조해서 일을 하면 잘돼 갈 텐데 우리 요원들을 무시해서 그러는 건지 도대체 전화 연락 하나 없다는 거예요. 이런 식으로 일을 하니 협조고 뭐고 있을 턱이 있습니까?"

"필요에 의해서 연락을 안 취할 수도 있는 겁니다. 저는 이 기회에 이번 사건을 수사할 특수부 설치를 건의하겠습니다. 어떤 간섭이나 부담 없이 수사에 전력할 수 있는 부서를 설치하겠습니다."

3과장은 말을 마치고 국장을 바라보았다. 그때까지 국장은 푹신한 의자에 몸을 묻은 채 무표정한 얼굴로 앉아 있었다. 기름을 발라 깨끗이 갈라붙인 머리와 눈빛처럼 하얀 와이셔츠 칼라가 퍽 인상적이었다. 넓은 이마 밑으로 움푹 들어간 동그란 두 눈은 그늘을 안고 있었고, 조금도 동요를 보이지 않고 있는 석고 같은 얼굴과 턱을 덮고 있는 푸르딩딩한 면도자국은 언제나처럼 싸늘한 냉기를 띠고 있었다. 간부들은 국장의 그러한 모습에 익숙해 있지만 그의 감정 상태를 읽을 수는 없었다. 그가 웃고 있는지 아니면 화를 내고 있는지 아무도 알지 못하고 있었다.

"사건을 신속히 해결하기 위해 어떠한 행동을 취해도 좋습니다. 그러나 이것은 범죄 사실을 정확히 파악했을 때를 전제로 하고 하는 말입니다. 지금까지 보고 된 수사기록을 검토해 보면 지엽적인 사건 추적만 나열되어 있지 대동회 자체는 아직 한 발짝도 접근하지 못하고 있습니다. 다시 말해 그들이 무엇을 노리고 있는지 아무도 모르고 있다는 겁니다. 그러고 보면 사실 우리가 생각하고 있는 것과는 달리 대동회는 아무것도 아닌지도 모릅니다. 너무 신경과민이 되어 쫓고 있지 않는가 하는 생각도 듭니다. 선거에 대비해서 모두가 눈코 뜰 새 없이 바빠지고 있는 이때 대동회에 너무 인력을 낭비한다는 건 재고해 볼 만한 문제라고 생각합니다. 단순한 몇 개의 범죄가 대동회와 얽힌 것처럼 오해되고 있지 않는지 모르겠습니다."

국장의 말은 언제 들어도 거침없이 매끄럽게 흘러나온다.

"그렇지 않습니다. 지금까지 보고된 수사기록은 모두 대동회와 관계가 있습니다. 이것은 제 확신입니다. 1개월 이내에 그들이 노리고 있는 것이 무엇인지 밝혀내겠습니다. 그때까지도 성과가 없으면 이 자리를 물러나겠습니다. 특수부 설치를 승인해 주십시오."

침묵이 흘렀다. 모두가 국장을 바라보고 있었다. 국장은 담배에 불을 붙이고 나서 고개를 가만히 끄덕였다.

"특수부의 구성은 어떻게 할 건가요?"

3과장은 조용히 숨을 들이켰다.

"특수부는 S국에 속하면서도 세 과와는 별도로 존재합니다. 특수부는 세 과의 인력과 장비를 사용할 수 있지만 그 간섭을 받지 않습니다. 수사기록은 공개되지 않고 국장님에게만 제출될 겁니다. 그밖에 필요할 때는 육해공군 정보대, KIA, 경찰, 헌병, 보안대 등 국내의 모든 수사기관을 동원할 수 있는 권한을 갖게 됩니다. 특수부 예산은 무제한이고 고정 에이전트는 김 형사와 최 진을 포함해서 10명으로 하겠습니다."

"지휘는?"

"제가 하겠습니다."

갑자기 2과 과장이 낮은 소리로 웃기 시작했다. 그것은 마치 엄 과장의 말을 조롱하는 것만 같아 그는 입술을 지그시 깨물었다. 2과장이 저런 식으로 나오는 이유가 뭘까. 하긴 그는 누구에게나 경쟁의식을 느끼고 있으니까.

"3과장의 말씀을 들으니까 곧 무슨 반란이라도 일어날 것 같은 기분이 드는군요. 일찍이 그렇게 어마어마한 권한을 갖춘 사람은 없었습니다. 헌데 아직 확실치도 않은 일을 가지고 그렇게 법석을 떠는 이유를 저는 도무지 모르겠군요."

"모르면 가만히 계십시오!"

3과장의 입에서 날카로운 고함이 터져 나왔다. 2과장의 얼굴이 벌겋게 부풀어 올랐다. 국장이 탁자를 두드리며 두 사람을 제지했다.

"알겠습니다. 그러나 이건 내 권한으로 결정할 수가 없고 각하의 허락을 받아야 합니다. 필요에 따라서는 국가의 전 수사진이 동원되어야 하는 것이니까……"

"그렇다면 국장님이 행사할 수 있는 권한의 범주 내에서 우선 특수부 설치를 승인해 주십시오. 나머지 사항은 빠른 시간 내에 각하의 재가를 얻도록 하고……"

3과장은 국장이 물러서지 못하도록 몰아치듯 요구했다. 국장은 3과장을 쏘아보더니 의자를 돌려 일어섰다. 그리고 탁자에 한 손을 얹으며 말했다.

"특수부를 설치하시오. 그러나 1개월 내에 성과가 없으면 폐지시킬 겁니다."

이날 일본에 있는 최 진으로부터 김 형사에게 전화가 온 것은 밤 11시경이었다.

"사창가에 넘겨진 한국 처녀 다섯 명을 구출했습니다. 내일 귀국하겠습니다. 2시경에 거기 도착할 겁니다. 그동안 인력수출협회에 대해 손을 써 주십시오."

진의 목소리는 피로에 지쳐 있는 듯했다.

"수고했소. 내일 봅시다."

김 형사는 그때까지 옆에 앉아 있는 3과장 엄인회에게 최 진의 보고를 설명했다.

"인력 수출을 금지시키고 놈들을 체포해야 합니다. 증거가 명백히 드러난 이상 주저할 필요가 없습니다."

3과장은 고개를 저었다.

"그것 가지고는 증거가 부족합니다. 좀 더 확실한 증거가 필요합니다. 여기서는 취업시키기 위해 보냈는데 일본 측에서 그런 짓을 저질렀다고 발뺌을 하면 하는 수 없죠. 기소해도 풀려날 겁니다."

"그렇지만 지금 놈들을 체포하지 않으면 놈들은 도망치고 말 겁니다. 곧 놈들한테도 소식이 들어갈 텐데……"

"그렇다면 우선 신병을 확보해 둡시다."

김 형사는 넥타이를 고치면서 일어섰다.

곧 6명의 요원들이 김 형사를 따라 두 대의 차에 분승하여 통금이 임박한 밤거리를 질주해 갔다.

인력수출협회 사무실은 10층 빌딩의 2층에 자리 잡고 있었다. 이미 셔터가 내려진 출입구를 밀어젖히고 몰려 들어간 그들은 2층에 올라가 협회 사무실 문 앞에 다다랐다. 안에서 인기척이 들려오고 불빛이 새어나오는 것으로 보아 업무가 밀려 철야 작업을 하고 있는 것 같았다.

김 형사의 눈짓에 따라 앞에 서 있던 요원이 문을 박차고 뛰어들었다. 뒤이어 나머지 요원들도 달려 들어갔다.

"꼼짝 말고 일어서! 책상에 손대지 말고 일어서!"

김 형사의 명령에 협회 직원들은 얼떨떨한 표정으로 그를 바라보기만 했다. 모두 4명이었는데 얼굴에 악의가 없는 것으로 보아 단순한 피고용인들 같았다. 주춤하고 있는 그들을 요원들이 달려들어 한쪽 벽으로 몰아붙였다.

"왜, 왜 이러십니까! 당신들은 뭡니까?"

그 중 상급자로 보이는 자가 눈을 굴리며 물었다.

"시끄러! 잠자코 꿇어 앉아 있어!"

요원 하나가 주먹으로 그자의 얼굴을 후려치자 그들은 일제히 바닥에 꿇어앉았다. 김 형사는 그들 앞으로 다가가서 조용히 물었다.

"우리는 수사관이다. 어디서 왔느냐 고는 묻지 말라. 이사장 집을 아는 사람 나와 봐. 주소는 알고 있지만 이 밤중에 주소를 찾는다는 건 귀찮다. 집을 아는 사람이 있으면 안내해."

직원들은 입을 다문 채 서로의 눈치만 살폈다. 김 형사는 턱을 싸쥐고 있는 자를 가리켰다.

"당신 직책이 뭐지?"

"총무부장입니다."

"한 대 또 맞고 싶은가? 시간 낭비하지 말고 빨리 안내해."

사내는 엉거주춤 일어나 벗어놓은 저고리를 집어 들었다. 세 명의 요원이 그를 앞세우고 밖으로 나갔다.

"즉시 이리 끌고 와. 사정 볼 것 없다."

계단을 내려가는 그들에게 김 형사가 말했다.

"서류를 있는 대로 꺼내봐."

사무실 안은 즉시 수라장이 되었다. 캐비닛, 책상서랍, 선반 등을 모조리 뒤집어 놓은 요원들은 이사장실로 들어가 거기도 쑥밭으로 만들어놓았다. 직원들은 시종 공포에 질린 눈으로 그것을 지켜보고 있었다.

모아진 서류는 김 형사 앞에 쌓여지고 김 형사는 지체하지 않고 그것들을 검토했다.

인력 수출협회에 해외 취업을 신청한 여자들은 현재 1만 명이 넘어서고 있었다. 그중 5백 명은 선정이 끝나 출발을 기다리고 있었다.

"이봐, 2차로 선발된 5백 명은 언제 출발하지?"

"내일 출발 예정입니다."

꿇어앉자 있는 직원 하나가 실망한 목소리로 대답했다. 김 형사는 한숨이 놓였다. 하루만 늦었어도 5백 명의 한국 처녀들이 또 희생될 뻔했다. 산더미처럼 쌓여 있는 신청서와 거기에 붙어 있는 처녀들 사진을 들여다보며 그는 다시 한숨을 깊이 내쉬었다. 해외로 나간다는 것이 처녀들의 마음을 그렇게 사로잡는단 말인가.

수입지출 명세서는 명목상으로 만들어져 있는 것이었다. 일단 선발이 확정된 신청자는 소개비로 1만 원씩을 협회에 납부하도록 되어 있었고, 협회 경비는 그것으로 모두 충당하고 있었다. 1만 원은 해외 취업 소개비로는 아주 싼 편이다. 웬만한 여자들이라면 모두 몰려들 판이다. 바로 이것이 함정이다.

"너희들은 여기서 월급을 받고 있나?"

"네, 저희들은 월급 받고 일하는 것밖에 아무 죄도 없습니다."

"죄가 있고 없고는 곧 가려질 테니까 잠자코 있어."

김 형사는 이사장실로 들어가 책상 위에 놓여 있는 메모철을 집어 들었다. 메모철에는 : "Z"니 "X"니 하는 암호명이 간단한 단어와 함께 적혀 있었는데, 모두 날짜가 지난 것들이었다.

그는 9월 4일의 메모지에 시선을 멈췄다. 거기에는 "M, 14시 김포着"이라고 적혀 있었다. M? 이것도 암호명인가? 2시에 김포공항에 도착한다면 진 일행과 같은 비행기로 오는 게 아닌가. M? 어떤 놈일까.

그때 문이 열리고 이사장을 데리러 갔던 일행이 돌아왔다. 이

사장의 오른손은 수사요원의 왼손과 함께 수갑에 채워져 있었고 눈두덩이 시퍼렇게 부풀어 있었다. 그는 중년이 지난 늙은 사내였다.

"수갑을 풀어 줘."

요원이 수갑을 풀어 주는 동안 늙은 사내는 김 형사를 노려보고 있었다.

"그 의자에 앉으시오."

이사장은 손목을 매만지면서 시키는 대로 의자에 앉았다.

"당신이 이사장인가?"

"그렇소."

사내는 당당하게 큰소리로 대답했다.

"이사장, 당신에 대한 건 모두 조사해 두었어. 당신은 X……조남표라고 하는 게 좋겠군. 조남표와 함께 정치깡패로 감옥살이를 하다가 출감했지? 원래 이름은 임대식(林大植)인데 지금은 임원길(林元吉)로 바꾸었더군. 그 나이에 아직도 정신을 못 차리고 나쁜 짓을 하나?"

사내의 턱이 꿈틀거렸다.

"당신들은 뭐요? 체포하려면 영장을 보이시오. 우리는 정당하게 당국의 허가를 받고 이 일을 하는 겁니다. 실업자를 구제하기 위해 해외 취업을 권장하는 것이 뭐가 잘못이오? 당신이 누군지는 모르지만 내일쯤 이 사실이 알려지면 큰일이 날 거요."

"큰소리치는군. 내일은 내일이고 우선 오늘 밤 우리한테 협조를 좀 해야겠소. 알겠소?"

"협조할 수 없소."

곁에 서 있던 요원이 콧잔등을 후려치자 사내는 바닥으로 쿵 하고 나가떨어졌다. 비실거리며 일어서는 그를 이번에는 김 형사가 턱을 걷어찼다. 사내는 피투성이가 된 얼굴을 두 손으로 감싸 쥔 채 이 무지막지한 심문자들을 놀랜 듯이 바라보았다.

"시시한 수사관하고는 다르다. 우리는 너를 이 자리에서 죽여 버릴 수 있어. 협조할 텐가 안할 텐가?"

"못하겠소!"

정치깡패 출신답게 사내는 뻣뻣이 나왔다. 김 형사는 쿡 하고 웃었다.

"너희들이 한국 처녀들을 외국에 팔아먹으려고 한 것이 모두 들통 났어. 내일이면 우리 요원이 일본에서 그 처녀들을 데리고 올 거다. 더 이상 버틴다는 건 당신한테 손해야. 쓸데없는 짓이란 걸 알아야 해."

"덮어씌우지 마시오! 우리는 그런 짓 하지 않았소!"

"좋아. 누가 이기나 해보자."

김 형사는 임원길 일당을 영등포에 있는 별관으로 데리고 갔다. 지하실 독방으로 들어가자 임원길은 창백하게 질린 표정이 되었다. 그러나 좀처럼 자백하려고 하지 않았다. 자백을 전문으로 받아내는 두 요원이 가죽 장갑을 낀 주먹으로 그를 사정없이 두들겼다. 샌드백을 두들기듯 탁탁거리는 소리가 한동안 지하실을 울렸다.

사내가 무릎을 꺾으며 바닥으로 쓰러지면 구둣발이 턱, 가슴, 허리를 걷어찼다. 김 형사는 사내가 고통스러워하는 모습을 팔짱을 낀 채 바라보면서 중얼거렸다.

"네놈들이 팔아먹은 한국 처녀들이 지금 일본에서 울고 있다는 걸 생각해 봐. 울음소리가 들리지 않나? 당신 같은 인간은 죽어도 싸!"

사내가 자꾸만 쓰러지자 요원 하나가 뒤에서 그를 껴안고 상체를 뒤로 젖혔다. 그러자 다른 요원이 앞에서 그의 복부를 힘껏 올려치기 시작했다. 사내는 허리를 앞으로 굽히려고 했지만 뒤에서 잡아 젖히는 바람에 그럴 수가 없었다.

"빨리 대답하지 않으면 내장이 찢어질 거다. 누구의 지시를 받고 그런 짓을 했지? 두목이 누구야?"

"모, 모릅니다."

다시 복부에 충격을 가하자 사내는 심하게 경련한 다음 입에서 피를 토했다. 그리고 이내 기절해 버렸다. 바닥에 쓰러진 그의 몸 위에 물이 부어졌다. 반시간쯤 지나자 사내는 의식을 되찾고 신음 소리를 냈다. 이번에는 묻지도 않았다. 요원들은 잠자코 그를 의자 위에 앉힌 다음 얼굴을 향해 집중적으로 불을 비췄다. 불빛은 세 방향에서 그의 얼굴을 비췄다. 너무 강한 불빛에 사내는 눈을 뜨지 못한 채 좌우로 머리를 저었다. 그러나 어느 쪽으로 돌려도 불빛을 피할 수는 없었다.

책상 맞은편 김 형사가 앉아 있는 쪽은 그늘에 가려 있어 사내가 있는 쪽에서는 그의 모습이 잘 보이지가 않았다.

김 형사는 의자에 비스듬히 앉아 눈을 반쯤 감고 있었다. 시간은 이미 9월 4일 2시를 가리키고 있었다. 김 형사는 몹시 피곤하고 졸렸지만 그는 그대로 버티고 앉아 사내가 입을 열기를 기다리고 있었다.

사내는 입으로 피를 토하면서부터 의지를 거의 잃은 듯했다. 강한 열기에 땀을 뻘뻘 흘리면서 그는 자주 헛소리를 했다. 김 형사는 사내가 곧 항복할 것을 알고 있었으므로 재촉하지 않고 잠자코 그대로 지켜보기만 했다.

3시 가까이 됐을 때 마침내 임원길이 물을 달라고 청했다. 물을 요구하는 것은 항복을 뜻한다. 김 형사는 주전자의 물을 컵에 따라 내밀었다. 사내는 물을 단숨에 들이 킨 다음 불을 손으로 가리켰다. 곧 불빛이 약해지고 사내가 눈을 조금 떠보였다.

"생명을 보장해 주시오…… 목숨을 말이오……"

사내는 비로소 들릴 듯 말 듯 한 소리로 중얼거렸다.

"그건 염려하지 마."

"내가 입을 열면…… 조직에서 나를 죽일 거요."

"그렇게는 안 돼. 우리에게 협조해 주면 보호해 주겠다."

사내의 헐떡거리는 소리가 지하실을 가득 채우고 있었다. 뱃속이 뒤틀리는지 그는 얼굴을 찌푸리면서 계속 신음했다.

"저는…… 조남표의 지시를 받은 것뿐입니다. 여자들을 모아서 보내기만 하는 게 임무입니다. 그밖에는 아는 게 없습니다."

"조남표의 배후에는 누가 있지?"

"모릅니다. Z라는 인물이 있는 걸로 알고 있지만…… Z가 누구인지는 전혀 모릅니다. Z는 한 번도 얼굴을 나타낸 적이 없습니다."

"대동회에 대해서는?"

"아는 바 없습니다."

"모를 리가 있나?"

"정말 모릅니다. 관계가 있다는 건 알고 있지만 어떤 관계인지 알지 못합니다."

김 형사는 주먹으로 책상을 두드렸다.

"대동회로 막대한 자금이 흘러들어가고 있어. 자금 출처가 어디야?"

"일본에서 오는 걸로 알고 있습니다."

"그 정도는 알고 있어! 신기독교총연맹을 통해서 자금을 보내오는 놈이 누구야?"

"모…… 모릅니다. 제가 알고 있는 것은 인력수출에 관한 것뿐입니다. 그밖에는 아무것도 모릅니다."

"그럼 거기에 대해서만 묻겠다. 여자들을 취업시킨다는 건 거짓말이지?"

"그것도 잘 모릅니다. 다만 여자들을 선발해서 보내주는 역할만 맡고 있습니다. 그들이 외국에 나가 취업이 되는지 어떤지는 모릅니다."

"법적으로는 하자가 없겠지?"

"물론 그렇습니다. 외국 회사에서 인력 주문이 오면 당국의 허가를 받아 인원 선발을 합니다."

"그 주문이라는 것도 가짜겠지?"

"잘 모르겠습니다."

"중요한 건 다 모른다는군. 이 짜아식, 안 되겠어. 아직 정신을 덜 차린 것 같아."

김 형사가 눈짓을 하자 대기하고 있던 두 요원이 임원길의 손발을 의자에 동여맸다. 그리고 코드에 연결되어 있는 여러 개의

구리 단자를 책상 위에 올려놓고 스위치를 넣자 파란 불꽃과 함께 윙윙거리는 소리가 났다. 그것을 본 사내의 얼굴이 다시 창백하게 질렸다.

"거짓말은 곧 밝혀진다. 사실을 말하지 않으면 당신이 죽을 때까지 고문이 계속된다는 걸 알아둬. 전기고문이란 거, 말로만 들어봤지?"

짐승처럼 윙윙거리는 단자 뭉치를 들어 올리자 임원길은 세차게 고개를 저었다.

"마…… 말씀드리겠습니다. 인력 수출은 거짓말입니다. 말씀대로 그것은 인신 매매입니다."

"1인당 얼마씩이야?"

"2천 달러씩입니다."

"수익금은 어디로 가지?"

"그건 모릅니다. 정말 모릅니다."

김 형사는 책상 위에 메모지를 꺼내놓았다.

"이건 당신이 메모한 거야. 여기서 M이란 누구를 가리키는 거지?"

임원길은 모든 것을 포기한 듯 시선을 떨어뜨렸다.

"M은 마피아를 가리킵니다."

"그럼 마피아가 오후 2시 비행기로 한국에 온단 말인가?"

김 형사는 놀란 나머지 큰 소리로 물었다.

"그렇습니다. 일본을 통해서 오늘 오기로 되어 있습니다."

"오는 목적은?"

"여자들을 여기서 직접 사가기 위해섭니다. 이번에 거래되는 인원은 4백 명이고, 역시 2천 달러씩입니다."
 거래에는 임원길이 직접 참석하며, 마피아에게서 받은 대금은 X에게 전달하도록 되어 있다는 것이다.
 "X에게는 돈을 어떻게 전달하지?"
 "제가 직접 만나서 전하기로 했습니다. 그런데 갑자기 연락이 오기를 그 돈을 외국 은행에 입금시키라고 했습니다. X의 이름으로 입금시키라고 했습니다."
 "어느 은행인가?"
 "맨해튼 은행 서울 지점입니다."
 "X를 만나야겠는데…… 어떻게 하면 만날 수 있는가?"
 "최근에는 전화로만 지시를 받았기 때문에 한 번도 만나지를 못했습니다."
 "가족들이 어디 살고 있는지 모르는가?"
 "일본에 모두 가 있는 걸로 알고 있습니다."
 "주소는?"
 "모릅니다."
 "언제 일본으로 갔나?"
 "확실히는 모르지만…… 작년 겨울쯤으로 알고 있습니다."
 가족들을 모두 해외로 도피시키고 일을 하고 있는 것을 보면 매우 치밀한 놈이다. 두 번 다시 실수를 저지르지 않겠다는 것이겠지.
 "가족 관계를 알고 있나?"
 "모릅니다."
 "X의 부인 이름도 모르나?"

"모르겠습니다."

"마피아와의 접선 암호는?"

"콘티넨탈 호텔 105호실에서 오후 4시에 만나기로 했습니다. 미리 프런트에서 전화로 연락을 하기로 되어 있습니다. 이쪽에서 'X'라고 대면 저쪽에서는 '시실리'라고 대답하기로 되어 있습니다. 방문 앞에서는 문을 다섯 번 연달아 노크를 해야 합니다."

"마피아와 이야기할 구체적인 내용은?"

"가격을 2천 달러로 확정하고 다음 공급에 대해서 토의를 해야 합니다."

"어떻게 계획이 짜여 있지?"

"이번에 5백 명을 공급하고 나면 그 다음부터는 매일 1천 명씩 보내낼 계획입니다."

"도대체 모두 해서 몇 명을 내보낼 계획이야?"

"11월까지 10만 명을 목표로 하고 있습니다."

"10만 명이면 2억 달러…… 1천억 원이란 말인가?"

김 형사는 입을 벌린 채 멀거니 사내를 바라보았다. 너무도 놀라운 사실에 그는 한동안 숨쉬기조차 불편했다. 이제야 어렴풋이 하나의 윤곽이 잡히는 듯했다.

"인신매매 외에 또 뭐가 있나? 너희들이 자금을 모으는 방법 말이야?"

"그밖에는 아는 게 없습니다. 자기가 맡고 있는 것 외에는 다른 분야를 알려고 해서도 안 됩니다. 알 수도 없구요."

"이 자를 독방에 처넣어 둬. 치료를 받게 하고."

요원이 임원길을 끌고 나가자 김 형사는 다른 요원에게 지시를 내렸다.

"자네는 경찰 기록을 뒤져서 조남표의 가족관계를 상세히 알아봐."

9월 4일 아침이 밝아왔다. 여관에서 새벽녘에 잠이 든 김 형사는 10시 조금 지나 무전기의 신호음에 잠을 깼다. 삑삑거리는 소리가 날카롭게 귀를 후벼들고 있었다. 그는 안테나를 뽑은 다음 이어폰을 귀에 꽂았다.

"1호 응답하라."

"여기는 1호."

"시경 형사과에 급히 연락하시오."

"무슨 일인가?"

"모르겠습니다. 급히 연락을 바라고 있습니다."

카운터로 나가 여관비를 지불하고 난 그는 형사과로 전화를 걸었다.

"그렇지 않아도 기다리고 있었습니다."

젊은 형사 하나가 큰소리로 말했다.

"뭔가?"

"사진 수배하신 다비드 킴이란 자 말입니다."

"그래, 소식이 있나?"

"그자에 대해서 정보가 들어왔습니다. 동두천 쪽으로 가다보면 영생(永生)고아원이라고 있는데, 그 고아원 원장이 다비드 킴을 알고 있는 것 같습니다."

"원장은 지금 어디 있나?"

"고아원에 있습니다."

다비드 킴에 대해 공개수사를 벌였을 때 김 형사는 그자에 대한 정보가 들어올 것이라고는 거의 기대하지 않았었다. 그런 만큼 그는 적잖게 흥분하고 있었다.

영생고아원은 차로 1시간 남짓 걸리는 거리에 있었다. 정문을 들어서면서 보니 건물이 낡은 것이 상당히 오래된 고아원인 것 같았다. 조그만 운동장에서는 헐벗은 고아들이 공차기를 하면서 놀고 있었다. 원장은 머리가 거의 빠지고 몹시 마른 늙은 남자였다. 떨어질 듯 무겁게 걸려 있는 안경을 밀어 올리면서 그는 김 형사를 소파로 안내했다.

"다비드 킴에 대해서 알고 계신다기에 찾아왔습니다."

"네, 우선 차라도 한 잔……"

고아로 보이는 어린 소녀가 커피를 끓여 가지고 올 때까지 원장은 입을 열지 않았다. 찻잔이 놓여지고, 김 형사가 커피를 한 모금 마시자 그제서야 원장은 입을 열었다.

"우리 고아원은 6·25때 미군들의 도움으로 세운 겁니다. 그러니까 세운 지 벌써 30년 가까이 되지요."

"아, 그렇습니까."

김 형사는 감탄한 듯 고개를 끄덕였다. 원장은 가는 손목에 찬 금빛 나는 시계를 한 번 들여다보았다.

"그동안 우리를 도와준 미군들의 고마움은 결코 잊을 수가 없습니다."

"그러시겠지요."

김 형사는 답답했다.

"그렇지만 요즘은 미군의 원조도 없고 해서 애로가 많습니다. 1백 60명이나 되는 고아들을 먹여 살리는 일이 무엇보다도 중요합니다."

"그러시겠지요. 그런데 다비드 킴은……"

"네, 잠깐 기다리십시오. 그래서 저는 불쌍한 고아들이 한국에서 올 데 갈 데 없이 굶주리느니 차라리 외국으로 입양 가는 것이 자신들을 위해서도 좋다고 생각해서 지금까지 우리 고아들을 외국에 입양시켜 왔습니다."

"아, 그랬던가요."

김 형사는 가슴이 뭉클 젖어드는 것을 느꼈다. 그러나 굳이 외국 입양문제에 대해 묻고 싶지는 않았다.

"물론 입양 고아는 주로 혼혈아동이 많습니다. 한국에서 살기에는 좀 조건이 어려운 그런 혼혈아 말입니다. 다비드 킴도 혼혈이지요."

김 형사의 눈이 커졌다. 그는 너무 놀라서 숨도 쉬지 않고 원장을 바라보았다.

"다비드 킴은 이 고아원 출신입니다. 제가 데리고 있었습니다. 잠깐 기다리십시오."

원장은 일어서더니 캐비닛을 열고 서류철을 하나 꺼냈다.

"이걸 보십시오. 이 애가 바로 다비드 킴입니다."

김 형사는 원장이 가리키는 사진을 들여다보았다. 그것은 서류 한쪽에 붙어 있는 조그만 증명사진으로, 찡그리고 있는 소년의 얼굴을 찍은 것이었는데, 너무 낡아서 누렇게 바래 있었다.

소년은 더벅머리에 비쩍 마른 얼굴이었다.
 김 형사는 서류를 찬찬히 들여다보았다. 거기에는 대개 다음과 같은 내력이 있었다.

 △김철수＝1936년 5월 2일생. 학력 소학교 졸업. 한국인 김수자 씨와 일본인 남자 사이에 태어난 혼혈. 아버지의 이름은 불명. 해방 후 아버지가 일본으로 건너가서 홀어머니 밑에서 자람. 15세 때 절도혐의로 복역, 도중 6·25 발발로 출감했으나 어머니는 행방불명. 1950년 12월 30일 밤, 노상에서 신음 중인 것을 발견하여 고아원으로 데려옴. 지도력이 있으나 타인에게 공포감을 줄 정도로 성질이 난폭함. 52년 3월에 유태계 미군 군목인 다비드 소령의 양자로 입양되어 도미.

 김 형사는 다시 사진을 들여다보았다. 어린 시절 다비드 킴은 콧잔등이 꺼지지 않았다.
 "고아원에 있을 당시에는 코에 이상이 없었습니까?"
 "멀쩡했지요."
 "어째서 아버지 이름을 모를까요?"
 "제 생각에는 다비드 킴이 사생아였던 것 같아요. 일본 놈이 한국 처녀한테 애를 낳게 하고는 해방이 되자 자기 나라로 도망쳤겠지요."
 김 형사는 원장의 말에 동감이 갔다.
 "그러니까 김철수라는 이름은 어머니 성을 딴 것이군요?"

"그렇지요. 애비 없는 자식이 나쁜 짓만 하다가 절도죄로 감옥에 들어가자 어머니는 아마 자식을 버리고 새 출발을 한 겁니다. 그래서 감옥에서 나온 그 애는 걸식을 하면서 돌아다니다가 한겨울에 쓰러져서 고아원에 들어오게 된 겁니다. 그렇게 밖에 달리 생각할 수 있겠습니까?"

"과연 그렇군요. 그런데 말입니다. 원장님은 어떻게 해서 다비드 킴을 김철수 군과 동일 인물로 보셨습니까? 얼굴도 많이 다르고, 그동안 오랜 세월이 흘렀는데 말입니다."

원장은 또 시계를 들여다보았다. 아마 버릇인 것 같았다.

"그런 질문을 하실 거라고 생각했습니다. 저는 신문에 난 광고를 보고 즉시 알아봤습니다. 그리고 깜짝 놀랐습니다. 미국에 있을 사람이 어떻게 해서 여기에 와 있을까 하고 말입니다. 더구나 경찰이 찾고 있는 걸 알고는 더욱 놀랐습니다. 그 애는 미국에 입양간 뒤 이름을 다비드 킴이라고 고치고, 그 이름으로 저한테 자주 편지를 보냈습니다. 편지 내용은 어머니를 찾아 달라는 거였습니다. 그런 편지가 5년 동안이나 계속되었습니다. 그래서 다비드 킴이라는 이름을 기억하고 있었지요. 실례지만 그 사람을 왜 찾고 있습니까?"

"어떤 사건과 관계가 있어서 그럽니다. 최근에 그 사람을 만나신 적은 없습니까?"

"없습니다."

시간이 없었으므로 김 형사는 다음에 또 오기로 하고 김철수의 기록카드를 빌려가지고 그곳을 나왔다.

오후 2시, KAL 747보잉기의 거대한 기체가 활주로 끝에 멎자 세 대의 검은 시보레가 통제구역을 넘어 기체 옆으로 바싹 다가와 정거했다. 그 차에서 김 형사를 비롯한 6명의 사나이들이 뛰어나와 트랩을 에워싸듯이 하면서 버티고 서자 이윽고 문이 열리면서 승객들이 하나 둘씩 내려오기 시작했다.

5분쯤 지나 최 진이 조금 수척한 모습으로 나타나자 요원들의 표정에 긴장이 감돌았다. 최 진의 뒤를 따라 다섯 명의 처녀들이 고개를 숙인 채 급히 트랩을 내려왔다. 김 형사는 말없이 진과 악수를 나눈 다음 처녀들을 두 대의 차에 분승시켜 먼저 떠나보냈다. 검사도 받지 않고 활주로를 가로질러 달려가는 차들을 승객들이 이상한 듯이 바라보았다.

"최 선생이 타고 온 비행기에 마피아가 끼어 있었소."

차가 출발하자 김 형사가 천천히 입을 열었다. 그는 마피아가 오게 된 경위를 자세히 이야기했다. 진은 별로 놀라는 것 같지가 않았다.

"피곤하겠지만 4시에 나와 함께 마피아를 만나러 갑시다. 난 영어를 할 줄 몰라서……"

"우리가 거래하는 것처럼 위장하는 겁니까?"

"그렇지요."

"마피아에게 벌서 정보가 들어가지 않았을까요?"

"정보가 들어갔다면 마피아가 여기 오지 않았을 거요."

"공항에서 접선했을지도 모르지 않습니까?"

"콘티넨탈 호텔에서 만나기로 한 걸 보면 서로 얼굴을 모르고 있는 것이 분명해요. 그러니까 공항에서 접선하는 것도 불가능할 거요. 호텔은 우리가 지키고 있으니까 일당은 그쪽으로도 접근할 수 없을 거요."

반 시간 후 그들은 시내에서 벗어난 한적한 곳에 자리 잡은 조그만 호텔로 들어갔다. 이미 앞서 와서 기다리고 있던 요원 두 명이 그들을 3층의 한 방으로 안내했다.

다섯 명의 처녀들은 최 진이 나타나자 조금 안심하는 눈치였다. 그녀들은 창가나 소파, 또는 침대에 걸터앉아 있었다. 김 형사가 부드러운 어조로 그녀들에게 말했다.

"여러분들은 안전을 위해 당분간 여기에 머물러야겠습니다. 여러분들이 이렇게 안전하게 돌아오게 된 것은 정말 다행스런 일입니다. 여러분들과 함께 출국했던 많은 여자들은 불행히도 돌아오지 못했습니다. 그들을 구하지 못한 것이 정말 애석합니다. 피곤할 텐데 편히 쉬십시오. 일체의 비용은 우리가 댈 것이니까 염려 말고 식사 같은 것도 마음대로 하십시오."

여자들 가운데서 훌쩍거리는 소리가 들려왔다. 그것이 신호이기라도 한 듯 여자들은 일제히 울기 시작했다.

김 형사와 진은 식당으로 나와 간단히 점심을 들었다.

"이번 사건을 신문에 공개할 겁니까?"

"숨길 것까지야 없겠지요. 놈들한테 경고도 줄 겸 다시는 이런 인신매매가 있어서는 안 되니까."

"여자들은 어떻게 하시겠습니까?"

"가장 확실한 증인들이니까 기자회견을 시켜야겠지요. 그렇지만 얼굴이나 본명을 공개하는 것만은 막아야겠지요. 장래 문제도 있고 하니까. 참, 도미에 양은 어떻게 됐소?"

"깊이 침투해 들어가 있습니다. 지금 대륙산업 회장인 아낭과 데이트를 즐기고 있습니다만 좀 걱정이 됩니다. 정보가 새고 있다는 걸 알게 되면 놈들도 가만있지 않을 텐데, 다비드 킴에 대해서는 소식 있습니까?"

김 형사는 진에게 다비드 킴에 대한 새로운 정보를 알려주었다. 그리고 품속에서 카드를 꺼내보였다.

"이게 바로 그자가 고아원에 있었던 기록이오. 이게 사실이라면 그자는 매우 불행했던 과거를 가졌었다고 볼 수 있지요."

진은 뚫어질 듯이 김철수의 기록카드를 들여다보았다. 한참 후에 그는 결론을 내리듯이 이렇게 말했다.

"미국으로 입양된 뒤 다비드 킴은 더욱 거칠게 자라 암흑가에 발을 들여놓았을 겁니다. 그러다가 나이가 차서 군에 입대하여 직업군인이 되었겠지요. 월남에서 마피아의 지시를 받고 군수업자를 살해, 그리고 프렌치커넥션 시카고 책임자도 암살, 그 뒤 마피아 단원 살해, 외인부대 입대 등은 이미 나타난 기록대로겠지요. 이것으로 그자에 대한 성장 과정과 행적은 대충 알게 된 셈입니다. 그자에 행방은 아직 모릅니까?"

"단서도 못 잡고 있소."

오후 4시 그들은 함께 콘티넨탈 호텔로 갔다. 영어를 모르는 김 형사 대신 진이 마피아와 흥정하기로 했다.

진은 프런트로 다가가 수화기를 집어 들고 105호실을 불렀다. 신호가 떨어지면서 침묵이 흘렀다.

"이쪽은 X……"

진이 낮게 중얼거리자

"시실리……"
하는 저음이 들려왔다. 진은 수화기를 놓고 김 형사에게 눈짓을 했다.

"바로 체포할 겁니까?"

엘리베이터 속에서 진이 물었다.

"녹음 장치를 해놨으니까 먼저 이야기를 끝낸 다음에 체포합시다."

김 형사의 표정은 딱딱하게 굳어 있었다. 엘리베이터를 내려 105호실 앞에 다가간 그들은 문을 다섯 번 두드린 다음 또 다시 노크했다.

문이 열리고 신부 복장을 한 두 명의 외국인이 그들을 맞았다. 한 명은 금발이었다. 금발이 권총을 빼들고 있다가 천천히 그것을 허리춤에 꽂으면서 손을 내밀었다. 네 사람은 웃으며 악수한 다음 소파에 둘러앉았다. 진은 두 사나이를 찬찬히 관찰했다. 대머리가 꽤 늙은데 비해 금발은 젊어보였다.

"한국에 온 감상이 어떻습니까?"

진의 물음에 대머리가 손을 저었다.

"용건만 이야기합시다. 다른 이야기는 필요 없습니다."

"좋습니다. 우리는 준비가 되어 있습니다. 그쪽은?"

"우리도 다 돼 있습니다. 그런데 값을 조정해 주어야겠습니다. 1천 5백 달러 선으로."

"안 됩니다. 2천이하는 절대 안 됩니다. 값은 일단 정해진 거 아닙니까? 우리는 주문이 많아서 미처 상품을 대지 못하고 있는 실정입니다."

"그렇지만 2천은 너무 비쌉니다. 약간이라도 조정을 해주어야 합니다."

"안 됩니다."

가격 문제를 놓고 그들은 옥신각신했다. 흥정을 벌이는 진의 솜씨는 진짜 빰칠 정도로 능숙했다. 여자들을 대량 공급해 준다는 조건으로 마피아는 2천 달러 선에 동의했다. 그리고 1백만 달러짜리 수표를 끊어 진에게 주었다. 그것은 맨해튼 은행에서 발행한 수표였다.

"만일 상품이 나쁘다거나 계약이 이행되지 않을 때는 결과가 좋지 않을 겁니다."

대머리가 눈을 번득이며 말했다.

진은 수표를 김 형사에게 넘겨주면서 알겠다는 듯 고개를 끄덕였다.

"그런 염려는 할 필요 없습니다."

마피아는 서울에 사무소를 차리겠다고 말했다. 매일 1천 명을 세계 각지에 수송해야 하고 대금을 지불하려면 그럴 수밖에 없을 것이다.

"여자들은 주로 사창가에 넘깁니까?"

녹음을 하기 위해 김 형사가 넌지시 물었다. 그것을 진이 통역했다.

"사창가는 마지막 코스입니다. 그 전에 몇 군데 거치는 거죠. 예쁜 애들은 주로 아프리카와 중동의 부호들에게 보낼 예정입니다."

금발이 아무렇지도 않은 듯 껌을 짝짝 씹으며 말했다.

"얼마든지 팔아먹을 수 있나요?"

"얼마든지 팔아먹을 수 있습니다. 부호들은 늘어나고 있고 그들은 여자 하나로 만족하고 있지 않거든요. 그들은 보통 한 사람이 여러 명의 여자들을 거느리고 있죠. 마음에 안 들면 도로 팔아먹고요."

용건을 끝내고 김 형사가 먼저 방문을 열었다. 동시에 밖에 대기하고 있던 사나이들이 우르르 뛰어들어 왔다. 마피아 한 명에 두 사람씩 달려들어 격투가 벌어졌다. 마피아의 사나이들은 모두가 우람했기 때문에 1대 2로 싸워도 몰리는 것 같지가 않았다. 사나이들은 격렬하게 싸웠다. 하도 격렬했기 때문에 무기를 사용할 겨를이 없었다. S국 요원이 재떨이를 집어던진 것이 금발의 코에 정통으로 부딪쳤다. 권총을 빼어들던 금발은 얼굴을 싸쥐면서 뒤로 나가떨어졌다. 사타구니를 걷어차자 그는 완전히 투지를 상실하고 바닥을 개처럼 기었다. 그의 손목에 재빨리 수갑을 채우고 난 요원들은 대머리에게 달려들었다. 대머리는 나이든 사람 같지 않게 싸우는 것이 맹렬했다.

이런 싸움에서 잔뼈가 굵은 것처럼 그는 굴복하지 않고 무섭게 저항했다. 그가 휘두르는 전기스탠드에 요원 하나가 머리를 얻어맞고 쓰러졌다. 한 사람이 뒤에서 목을 끌어안고 다른 두 사람이 양쪽에서 팔을 비틀었지만 대머리는 짐승처럼 소리를 지르면서 길길이 날뛰었다. 진이 권총 손잡이로 이마를 후려치자 피가 분수처럼 쏟아져 나왔다. 그러자 대머리는 끙 하고 힘을 쓰면서 자기에게 달라붙어 있는 세 사람을 뒤집어엎었다.

방안은 수라장이 되어버렸고, 밖에는 이미 구경꾼들이 몰려와 있었다. 그러나 싸움이 너무 격렬했기 때문에 호텔 경비원들조차 감히 싸움을 말릴 생각을 못하고 있었다. 밖에서 지원차 달려온 요원이 몽둥이로 머리를 후려치자 그제서야 대머리는 의식을 잃고 무릎을 꿇었다. S국 요원 두 명은 이미 그에 앞서 뻗어 있었다. 호텔 지배인이 뭐라고 따지려는 것을 요원이 밀어내고 문을 걸어 잠갔다.

"앰블런스 불러!"

김 형사는 찢어진 저고리를 벗어부치며 소파에 털썩 주저앉았다. 모두가 숨을 헐떡거리며 흥분이 가라앉기를 기다렸다.

조금 후에 경찰이 왔지만 김 형사가 몇 마디 하자 경례를 하고는 돌아가 버렸다.

탁자 밑에 교묘하게 장치해 둔 녹음기는 다행히 손상되지 않고 그대로 작동하고 있었다. 김 형사가 테이프를 틀어보자 마피아와의 상담이 생생하게 들려왔다.

"신문사에 연락하시오. 6시에 기자회견을 합시다."

진은 수화기를 들고 K신문사를 부탁했다. 이제 싸움은 본격적이라는 생각이 들었다.

금발은 신음소리를 내고 있었지만 대머리는 숨이 끊어졌는지 꼼짝도 하지 않고 있었다.

9월 5일, K일보 석간신문에는 두 가지의 커다란 기사가 1면과 사회면을 장식하고 있었다. 하나는 헌법개정안의 국회 통과였고 다른 하나는 인력수출협회의 인신매매를 다룬 기사였다. 헌법개정안의 국회 통과는 이미 예상하고 있던 일이었기 때문에 별로 놀라운 것이 못되었지만 인신매매 기사는 실로 충격적인 것이어서 그것을 특종기사로 다룬 K일보는 순식간에 매진되어 버렸다. 일본 사창가에서 극적으로 탈출해온 처녀들의 이야기, 마피아의 한국 상륙과 그들을 체포한 사실 및 녹음테이프, 그리고 인력수출협회의 관계서류 압수와 그 간부들을 체포한 것이 온통 사회면을 채우고 있어서 의심의 여지가 없었다.

다만 대동회와의 관련 사실만은 아직 정확한 증거를 확보하지 못해 발표가 보류되어 있었다. 그러나 이상이 사실만으로도 사람들을 놀라게 하기에 족한 것이었다. K일보는 이 사건을 사설로도 후려치고 있었고 관계 장관은 이미 사의를 표명하고 있었다.

이때 조남표, 즉 X는 부산의 퍼시픽 호텔 밀실에 틀어박혀 있었다. 그는 막 들어온 K일보를 보고 나서 화가 머리끝까지 치밀어 있었다. 이것으로 처녀 수출은 끝장이다. 따라서 2억 달러, 한화 2천억 원이 날아간 셈이다.

재정적으로도 큰 타격이려니와 S국의 수사가 이렇게 깊이 침투해 왔다는 것도 걱정거리가 아닐 수 없다.

잠옷 차림으로 서성거리던 그는 침대 위에 누워있는 여자의 나체를 바라보았다. 벌거벗은 여자는 이쪽으로 등을 돌린 채 담배를 피우고 있었다. 풍만한 엉덩이와 가는 허리가 이루는 곡선이 기막히게 선정적으로 보였다. 계집은 한차례 몸을 풀고 나서 휴식을 취하고 있었다. 유난히 소리가 요란스러운 계집이었다. 스물다섯밖에 안된 계집치고는 모든 것이 수준 이상이었다. 그러나 X는 갑자기 계집이 귀찮게 생각되었다. 그래서 계집에게 무엇인가 한마디 하려고 했을 때 갑자기 전화벨이 울렸다. 직통 전화였다. 예상했던 대로 그것은 Z로부터의 전화였다. X는 수화기를 든 채 침대 위의 계집의 엉덩이를 손바닥으로 후려갈겼다. 놀라 일어난 계집의 젖가슴이 물결처럼 흔들렸다. X가 옆방 문 쪽을 손으로 가리키자 그녀는 재빨리 옷을 들고 옆방으로 뛰어갔다.

"거기 틀어박혀 뭐하는 거야?"

Z가 반말로 지껄이는 것으로 보아 몹시 노하고 있다는 것을 알 수가 있었다. Z는 존대어를 쓰다가도 화가 나면 상대를 가리지 않고 반말로 쏘아붙인다.

"언제까지 그러고 놀고만 있을 셈이야? 지금 사태가 어떻게 돌아가고 있는 줄 알고나 있어? K일보 봤어? 오늘 나온 K일보 말이야!"

"네네, 봤습니다. 정말 뜻밖입니다."

X는 비지땀을 흘리고 있었다. Z의 가래 끓는 듯 한 외침이 고막을 때렸다.

"바보 같으니! 뜻밖이라고? 그 따위로 일을 해놓고 뜻밖이란 말인가?"

"죄, 죄송합니다."

"개정안이 국회를 통과했어. 이제 싸움은 시작이야. 그런데 시작도 하기 전에 벌써 이 꼴이란 말이야! K일보가 증거만 잡으면 대동회를 물고 늘어질 것이 뻔해."

"죄, 죄송합니다."

"듣기 싫어! 빨리 손을 써서 K일보 입을 막도록 해! 어떤 수단을 동원해도 좋다. 그리고 다른 신문들을 적당히 주물러 놔! K일보를 고립시키란 말이야!"

"알겠습니다."

"빨리 해야 한다. 그리고 최 진이란 놈과 김 상배란 놈, 그 두 놈을 제거해 버려. 아무래도 골칫덩이다. 이제부터는 진짜 싸움이다!"

X는 수화기를 바꿔들었다.

"최 진이란 놈이 귀국했습니까?"

"그것도 몰랐단 말인가? 바보 같으니. 그놈이 일본서 계집애들을 데리고 온 거야. 제거해야 할 놈이 또 한 놈 있다. S국의 3과장 엄인회, 그놈도 없애버려! 놈들은 이제부터 특수부를 설치해서 우리를 사냥할 계획이다. 특수부를 지휘할 놈이 바로 엄인회야!"

이쪽에서 뭐라고 말하기도 전에 전화가 찰칵 하고 끊겼다. X는 소파에 털썩 주저앉아 담배를 연달아 피우고 나서 다시 수화기를 집어 들고 급히 다이얼을 돌렸다. 그리고 응답이 있자 Z에게서 지시받은 것을 그대로 명령했다.

"팀을 짜서 하나씩 전담하도록 해! K신문사에 대해서는…… 불을 질러라! 태워버리도록 해!"

"알겠습니다."

"실수는 용서하지 않는다."

"알겠습니다."

X는 초조했다. 이렇게 틀어박혀서 명령만 내리고 있자니 불안하기만 했다. 앞으로 사태가 어떻게 전개될지 알 수가 없었

고, 또 언제 S의 사나이들이 그를 잡으러 들이닥칠지 두렵기만 했다.

그는 Z의 오른손이나 다름없었다. Z를 대신해서 Z의 명령을 수행하는 것이 그의 임무인 만큼 그는 바로 Z 다음의 인물이라고 할 수 있었다. 그러나 그가 비밀에 접근하는 데는 한계가 있었다. 대동회를 내세워 정권을 잡는다는 사실은 알고 있었지만 그 이상의 사실에 대해서는 그도 모르고 있었다. 이를테면 Z와 R의 회담에서 무엇이 합의되었는가 하는 점이 바로 그런 것이었다. 또한 Z가 최종적으로 노리고 있는 것이 무엇인지도 그는 모르고 있었다. 이창성을 당선시킨 후 Z가 어떻게 나올지 그는 몹시 궁금했다. 그러나 Z는 거기에 대해서는 한마디도 들려주지 않고 있었다.

비정(非情)의 얼굴

한편, 그 시간에 S국 회의실에서는 11명의 사나이들이 비밀 회의를 열고 있었다. 3과장 엄인회를 중심으로 두 줄로 나란히 앉아 있는 사나이들의 얼굴에는 하나같이 긴장감이 흐르고 있었다.

"마피아 단원 한 명이 죽는 바람에 외교 문제가 발생했소. 대사관에서 강경한 항의가 외무부에 들어간 모양이오. 그들을 어떻게 마피아로 단정할 수가 있느냐는 것, 그리고 녹음테이프만 가지고는 증거가 안 된다는 것이 그들의 주장이오."

"1백만 달러짜리 수표가 있지 않습니까?"

김 형사가 노기를 띠며 물었다. 엄 과장은 손을 흔들었다.

"그걸 가지고 범죄 행위로 단정할 수 없다는 거요. 그리고 아무리 죄가 커도 예비 음모에 불과한데 어떻게 미국인을 죽일 수가 있느냐는 거요."

 무거운 침묵이 흘렀다. 모두가 분노를 느끼고 있었지만 입을 여는 사람은 없었다. 무거운 침묵만이 그들의 분노를 나타내주고 있을 뿐이었다.

 "남은 마피아 단원을 즉시 석방할 것, 그리고 관계자를 문책하라는 것이 대사관 측의 요구요. 국장은 마피아 놈을 석방시키는 것으로 사건을 일단락 지으려고 하니까 그렇게 알고들 있으시오. 남은 문제는 우리가 알 바 아니고, 외무부에서 적당히 처리해 줄 거요."

 진은 두 놈 다 죽여 버릴 걸 하고 후회했다. 엄 과장의 목소리가 조금 높아졌다.

 "그 문제는 그렇다 치고…… 이제부터 여러분들은 특수부 요원으로 활동하게 된 것을 알아야 합니다."

 실내는 기침소리 하나 없이 조용했다. 엄 과장은 조용한 목소리로 이야기를 해나갔다.

 "특수부 요원은 여러분 10명입니다. 이제부터 여러분들은 그 어느 때보다도 사명감을 가지고 적과 싸워야 합니다. 여러분들은 이 싸움에 목숨을 내걸어야 합니다. 그렇지 않으면 싸움에서 패배하고 맙니다. 특수부의 권한에 대해서 말씀드린다면 국내외의 모든 우리 정보기관을 이용할 수가 있습니다. 국내의 수사기관에 대해서도 우리는 그것을 이용할 수 있는 권한이 있습니다. 육해공군도 동원할 수가 있습니다. 한마디로 우리 특수부는 최고의 정보 수사기관이 된 셈입니다. 특수부에 대해서는 아무도 간섭할 권한이 없습니다. 여러분들은 독자적으로 가장 강력한 힘을 발휘할 수가 있습니다. 이러한 권한은 수상 각하께서 직접 내리신 겁니다. 수상 각하의 결정에 우리는 감사해야 하고, 따라서 긍지를 느껴야 할 겁니다."

모두가 놀란 눈으로 엄 과장을 바라보고만 있었다. 이러한 일은 전무후무한 일이라고 보는 것이 옳았다. 진은 가슴이 부풀어 오르는 것을 느꼈다.

"지금까지 우리 S국의 정보가 새어나가는 바람에 우리는 활동에 적지 않은 지장을 받았습니다. 여러분들은 내가 엄선한 사람들이기 때문에 정보가 샐 리가 없을 겁니다. 서로 충분히 믿고 일해 주십시오. 특수부 지휘는 내가 할 겁니다. 그러나 실질적인 지시는 김 형사가 내릴 겁니다. 김 형사께서는 특수부 반장의 직책을 맡아서 모든 수사를 통할해 주십시오."

김 형사는 담배에 불을 붙이고 나서 탁자를 내려다보았다. 이윽고 그는 고개를 쳐들고 피곤한 듯이 말했다.

"다른 사람한테 맡겨 주십시오. 저는 능력이 없습니다. 다만 일반요원으로 뛰면 몰라도 특수부 전체를 맡는 것은 불가능합니다. 역부족이라 자신이 없습니다."

모두가 김 형사를 바라보았다. 진은 맞은편에서 김 형사를 뚫어지게 바라보고 있었다. 그의 눈은 당신이 맡으시오 라고 말하고 있었다.

"지금은 자신이 있고 없고를 따질 겨를이 없습니다. 그리고 그런 문제는 내가 결정할 일입니다. 명령으로 알고 맡아주시기 바랍니다."

엄 과장은 정색을 하고 말했다. 김 형사는 묵묵히 담배 연기만 내뿜었다.

"우리의 작전본부는 우선 이곳으로 정하겠습니다. 만일 이곳이 적당치 않다고 판단될 때는 다른 곳으로 옮길 수도 있습니다. 그리고 이번 작전의 암호는 사냥입니다. 사냥! 기억해 두기 바랍니다. 그리고 특수부의 암호는 십자성입니다."

 말을 마친 엄 과장은 김 형사를 바라보았다. 김 형사는 손수건으로 얼굴을 문지르면서 눈을 끔벅거렸다.

 "김 반장께서 회의를 주재하시지요."

 엄 과장이 뒷전으로 물러앉자 김 반장은 거북살스러운 듯 탁자를 손가락으로 비벼댔다. 이윽고 그는 결심한 듯이 요원들을 둘러보았다.

 "무엇보다도 저는 이번 일에 우리가 희생되는 것을 원치 않습니다. 물론 목숨을 내걸어야 할 경우가 많을 겁니다. 누구보다도 강한 의지와 용기로 일을 해나가야 하리라고 봅니다. 그렇지만 우리의 생명만은 지켜야 합니다. 여기서 누가 한 사람 희생되면 그만큼 우리의 전력은 약해집니다. 따라서 우리는 우리들의 안전을 무엇보다도 중요하게 생각해야 합니다."

 이마에 깊이 주름이 잡히는 것으로 보아 김 반장은 고통을 느끼는 것 같았다.

 "제가 이런 말을 하는 건 싸움이 치열해지고 상대가 위험을 느끼게 되면 결국 놈들은 우리들의 생명을 노릴 것이기 때문입니다. 놈들이 지하에 숨는 것처럼 우리도 지하에 숨어서 싸워야 합니다. 그렇지 않으면 놈들의 총에 우리가 쓰러지고 맙니다."

 무거운 침묵이 흘렀다. 조금 간격을 두었다가 김 반장은 다시 입을 열었다.

"현재 우리가 해야 할 일 중 가장 중요한 것은 대체로 다음과 같습니다. 첫째, Z와 X 그리고 다비드 킴을 체포하는 일입니다. X와 다비드 킴에 대해서는 어느 정도 신원이 밝혀졌지만 Z에 대해서는 아무것도 모릅니다. 둘째, Z와 R의 회담 내용을 알아내는 일입니다. 그들은 분명히 무엇인가 중요한 결정을 본 게 틀림없습니다. 계속해서 그들의 움직임을 알아낼 수 있는 정보 소스가 필요합니다. 그러자면 우리 정보원을 놈들 속에 잠입시켜야 되겠지요. 셋째, 우리 내부의 5열을 찾아내야 합니다. S국 내에는 분명히 5열이 있습니다. 넷째, 그들의 자금줄을 끊어야 합니다. 우리가 그들의 이른바 인력 수출을 분쇄한 것은 그 좋은 예라고 볼 수 있습니다. 그들은 10만 명의 한국 처녀들을 팔아서 1천억 원을 긁어모을 계획이었습니다. 이외에 자금을 조달하기 위해 그들은 현재 몇 가지 범죄를 획책하고 있습니다. 그것을 찾아서 분쇄해야 합니다."

김 반장은 타이프로 친 것을 하나씩 요원들에게 돌렸다.

"이것이 지금까지 우리가 확보한 적들의 인적사항을 정리한 것으로 이들이 모든 일을 꾸미고 있다고 볼 수 있습니다. 더 확보되겠지만 우선 이것을 참고해 주시기 바랍니다."

요원들은 타이프 지를 묵묵히 들여다보기 시작했다. 겉장에 〈사냥 작전 A〉라고 타이핑되어 있었다.

①. Z= Z는 암호명 Zebu(흑소)를 가리킴. 한국 측 보스로 생각되나 완전한 베일에 가려 있음. 목소리가 쉰 것이 특

징임.

②. X= X는 암호명 Double X(배신자)를 가리킴. 본명은 조남표(趙南杓) 55세. Z를 보좌하는 한국 측 제 2인자로 생각됨. 한때 정치깡패로 행세하던 자로 정치 흑막에 깊이 관여했었으며 배후에 업고 있던 정권이 붕괴되자 살인죄로 체포되어 사형언도를 받음. 그 후 무기로 감형, 결국 10년 만에 출옥하여 현재에 이름. 가족으로는 부인 김미령(金美齡), 아들 조명식(趙明植)이 있으나 모두 일본에 거주 중임. X는 현재 수배 중이므로 발견 즉시 무조건 체포 바람. 정보 확보를 위해 사살은 절대 금물.(별도 사진 참조)

③. 다비드 킴(David Kim)= 암호명은 아직 미확인. 한국명은 김철수, 42세. 국제 프로급의 킬러로서 가장 주목되는 한국 측 위험 인물. 한국인 여자와 일본인 남자 사이에서 태어난 혼혈로서 불우한 소년기를 거쳐 52년 3월 유태계 미군 군목인 다비드 소령의 양자로 입양되어 도미, 이후에 다비드 킴으로 개명. 국제적인 킬러로 등장한 것은 월남전 때로, 이 시기에 미 육군 상사로서 게릴라 요원으로 활약하던 중 마피아에 포섭당해 68년 미국인 군수업자 R을 사이공에서 암살. 계속 살인청부를 맡아 69년 휴가 중 프렌치커넥션 시카고 책임자를 암살. 이후 군적을 이탈. 마피아와 충돌하여 마피아 단원을 살해하고 국외로 도주, 스웨덴에서 월남전 반대 그룹에 가담. 72년 아프리카로 잠입. 이때부터 수년간 외인부대에 가담하여 아프리카 신생제국의 내란에 참가. 이후의 행적 및 한국에 잠입한 경로는 불명. 지난 8월 5일

팰리스 호텔에서 추락사한 오오다께 히데오(大竹英雄)의 살해범으로 수배 중. 콧잔등이 꺼진 것이 특징. 발견 즉시 사살할 것.(별도 사진 참조)

④. R= R은 암호명 Ruve(시골뜨기)를 가리킴. 본명은 요시다 마사하루(吉田正治), 46세. 일본 측 최고 보스로 생각됨. 현재 참의원 의원으로 소장파의 핵심인물. 과거에는 공산당원이었으나 현재는 극우 혁신그룹인 '신일본??'의 리더로 활약 중 임. 동경대와 솔본느대에서 철학과 국제정치를 전공. 군수업체인 ??대륙산업??과 범죄 단체인 ??국화??의 지원을 받고 있음. 군국주의에 기초한 신제국주의론을 주장. 지난 9월 1일 내한하여 Z와 모종의 회담을 가진 바 있으나 그 내용은 불명.(별도 사진 참조)

⑤. Y= 암호명은 아직 미확인. 본명은 아낭 기사꾸(何南儀作), 56세. 일본 측 제 2인자로 R을 후원하고 있으며 자금책으로 생각됨. 일찍이 암흑가의 보스로서 마약과 매음으로 치부, 군수산업에 손을 대어 현재는 일본 굴지의 재벌회사인 '대륙산업??을 이끌고 있음. 한편 범죄 단체인 ??국화??의 배후 조종자로도 알려지고 있음.(별도 사진 참조)

⑥. 고오노 분사꾸(河野文作)= 암호명은 미확인, 44세. 일본 범죄단체 '국화??의 보스로서 아낭 기사꾸를 보좌하고 있는 것으로 알려지고 있음. 일찍부터 암흑가에서 성장했으며 잔인무도하기로 정평이 나 있음. 지난 8월 31일 내한, X와 비밀 회담을 가진 바 있음.(별도 사진 참조)

⑦. 허창성(許昌成)= 대동회(大東會)위원장, 62세. 과

거 일제시 중국에서 독립운동을 했다고 하나 자세한 것은 알 수가 없음. 해방 후 귀국하여 민족주의자로 자처하면서 독설로 정치 일선에서 활약했으나 국회의원에 한 번 피선된 것 외에는 뚜렷한 공직을 갖지 못했음. 일관된 정치적 신조도 없으며 기회주의자로 알려져 있음. 이후 정치 일선에서 물러나 있었으나 대동회위원장이 되면서 다시 부상. Z의 조종을 받고 있는 것으로 생각되나 자세한 것은 아직 미확인.(별도 사진 참조)

⑧. B= 암호명 및 본명 알 수 없음. 일본에서 최 진을 살해하려고 한 자임.

회의가 끝나자 최 진은 영생 고아원을 찾아갔다. 원장 고씨는 경계하는 눈초리로 그를 맞았다. 진은 이미 알고 있는 사실은 생략하고 보다 세부적인 사항을 조사해 나갔다.

"다비드 킴이 원장님한테 마지막으로 편지를 보낸 게 언제였습니까?"

"그것이 그러니까 한 20년 된 것 같습니다. 편지가 있으면 보여드리겠지만 모두 없애버렸지요."

"5년 동안 어머니를 찾아달라고 한 걸 보면 어머니가 몹시 보고 싶었던 모양이군요?"

"그렇죠. 나중엔 귀찮을 정도로 편지가 왔으니까요."

"그래서 어떻게 됐습니까? 어머니를 찾아 줬습니까?"

"아니오. 못 찾았습니다."

원장은 고개를 설레설레 흔들었다. 진은 상대가 초조해 하는 것을 놓치지 않고 바라보았다.

"그래도 다비드 킴은 어떤 가능성이 있으니까 5년 동안이나 편지를 보낸 것 아닙니까?"

"글쎄, 하여간 찾지를 못했습니다."

원장의 조그만 눈이 안경 너머로 이쪽을 흘깃 바라보았다.

"그런데 다비드 킴에 대한 정보를 제공하면 후사하겠다고 했는데 아무것도 없는 겁니까?"

"아, 드려야지요."

진은 10만 원 다발을 꺼내어 탁자 위에 올려놓았다. 그것을 바라보는 고씨의 눈이 반짝거리고 있었다.

"감사합니다."

고씨의 마른 손이 탁자 위의 돈을 조심스럽게 집었다. 진은 그가 돈을 속주머니 안에 소중히 간직하는 것을 보고 나서 입을 열었다.

"돈을 받으셨으니까 성의를 보여 주십시오. 김수자 씨의 행방을 아는 대로 말씀해 주십시오."

"정말 모릅니다. 알고 있으면 왜 말씀드리지 않겠습니까."

"김수자의 행방을 알려주시면 10만 원을 더 드리겠습니다."

돈에 민감한 원장은 머뭇거렸다. 10만 원을 놓치기 아까운 듯 그는 무엇인가 한참 생각해 보다가 말했다.

"확실히 장담할 수는 없습니다. 20년 전의 일이라 그 여자의 행방을 찾을 수 있을는지 모르겠습니다. 여러 군데 돌아다니려면 경비도 많이 들 거고……"

"알려주시면 15만 원을 드리겠습니다."

"글쎄, 돈이 문제가 아니라……"

"그럼 뭐가 문젭니까?"

진은 최대한으로 참았다. 고 원장은 재떨이에서 담배꽁초를 집어 거기에 불을 붙였다.

"만일 다비드 킴이 제가 경찰에 협조한 걸 알면 가만있지 않을 겁니다. 위험 부담을 안고 일을 한다는 게 어쩐지 내키지 않는군요."

"그렇다면 좋습니다. 20만 원을 드리겠습니다."

그제서야 원장은 고개를 끄덕였다.

"우선 착수금으로 얼마를 주셨으면 좋겠습니다."

진은 10만 원 다발을 꺼내어 원장에게 내밀었다. 원장은 희색이 만면하여 자신 있게 말했다.

"염려 마십시오. 알아낼 수 있을 겁니다. 즉시 연락할 수 있는 전화번호를 알려 주십시오."

진은 전화번호를 알려준 다음 그곳을 나왔다. 쓰레기통에서 나온 듯 그의 얼굴은 잔뜩 일그러져 있었다. 고아원 마당을 가로질러 나오다가 그는 문득 걸음을 멈추고 주위를 둘러보았다. 마당 여기저기 그늘 속에 헐벗고 메마른 아이들이 웅크리고 앉아 있는 것이 보였다. 아이들의 머리통은 거의가 부스럼투성이였고 눈은 생기가 없이 멍하니 떠져 있을 뿐이었다. 이른바 고아원이란 것을 차려놓고 여기저기 후원을 받고 있을 원장이 고아들을 이렇게 방치해 놓고 있다는 사실에 그는 심히 분노를 느꼈다.

그 시간에 다비드 킴은 김포공항을 나서고 있었다. Z로부터

급거 귀국 지시를 받은 그는 위조여권으로 다시 들어온 것이다. 그는 완전히 다른 모습으로 변해 있었다. 코를 높인데다 눈을 움푹 들어가게 수술을 하고 머리에 블론드색의 가발을 썼기 때문에 어디를 봐도 서양인 같았다. 더구나 미국인 여권을 가진데다 영어를 유창하게 구사했기 때문에 아무도 그의 모습을 이상하게 보는 사람이 없었다.

조그만 슈트케이스 하나만을 든 채 공항 대합실을 나온 그는 햇빛에 눈이 부신지 양복저고리 위 포켓에 넣어둔 선글라스를 꺼내 낀 다음 택시 정류장 쪽으로 곧장 걸어갔다.

30분 후 그는 시내의 일류 호텔인 팰리스 호텔 프런트에서 숙박카드에 미국인 'Edward B??'라고 사인한 다음 직원을 따라 엘리베이터를 타고 15층으로 올라갔다.

특실인 15층 1호실에 방을 정한 그는 문을 닫아 건 다음 도시의 빌딩 사이로 흘러드는 붉은 낙조를 한동안 물끄러미 바라보았다. 문득, 가슴에 뭉클 젖어드는 것이 있었다. 그것은 그가 언제나 가슴속에 품고 있는 꿈이었다. 일에 열중하다 보면 까맣게 잊고 있다가도 이렇게 혼자서 조용한 시간을 갖다 보면 갑자기 여인에 대한 열정처럼 문득 가슴을 뭉클 젖어들게 만드는 것이 있었다.

그의 꿈이란 사실 단순 명쾌한 것이었다. 세계의 곳곳을 다녀본 그는 아프리카야말로 가장 남성답고 멋진 곳이라고 생각하고 있었다. 외인부대에 근무할 당시 아프리카 대륙에 사랑을 느낀 그는 원시의 대륙에서 문명의 때를 벗고 영원히 자유롭게 살고 싶다고 생각했다. 그곳을 떠나오면서 언젠가는 다시 돌아오고야 말 것이라고 그는 자신에게 굳게 다짐했다. 평생 호화롭게 살 수 있는 돈만 마련되면 그는 언제라도 아프리카로 돌아갈 생각이었다. 그렇다고 거기에 사랑하는 여인이 있는 것도 아니었다. 그는 40이 넘었지만 재혼은 생각지도 않고 있었다.

아프리카에 가더라도 돈만 있으면 세계의 미녀들을 얼마든지 구할 수가 있다. 평생 한 여자의 얼굴만 바라보고 그녀를 먹여 살린다는 것이야말로 더없이 어리석은 일이라고 그는 생각하고 있었다. 빌딩 사이로 흘러드는 붉은 낙조를 바라보면서 그는 아프리카의 황혼을 생각했다. 바닷가에 서서 수평선을 바라보면 한 아름이나 되는 붉은 태양이 천천히 바다 속으로 빠져드는 것이 보인다. 그것은 너무나 황홀하고 웅장한 모습이어서 그것을 바라보고 있는 사람의 혼을 빼버린다. 그때쯤이면 이름을 알 수 없는 무수한 새떼들이 요란스럽게 날개를 퍼덕이며 바다 위를 날아간다. 밀림 쪽에서는 거기에 맞춰 짐승들의 울부짖는 소리가 들려온다. 대지와 바다가 장엄한 모습으로 어둠을 맞이하는 것이다. 뜨거운 대낮에 프랑스 미녀와 벌거벗고 수영하는 것도 좋다. 배를 타고 바다 가운데서 낚시를 하는 것은 정말 멋진 일이다. 어서 일이 끝나 한몫 크게 잡으면 지체 없이 아프리카로 달려가야지. 그곳에 가면 체포될 위험도 없다.

시계를 들여다보고 나서 그는 급히 직통전화 수화기를 들었다. 상대가 나오자 그는 영어로

"B입니다."

하고 나직이 말했다.

"아, 부처(Butcher), 왔군. 오는데 이상 없었나?"

상대편도 영어로 물었다. 아주 쉰 목소리였다.

"이상 없었습니다."

"명심해 둬. 네가 먼저 해야 할 일은 너의 과거가 더 이상 드러나지 않게 손을 쓰는 거야."

"알겠습니다."

"네가 혼혈이라는 것, 그리고 고아원 출신으로 미국에 입양된 적이 있고 과거의 이름이 김철수라는 것까지 다 밝혀졌다. 도대체 어떻게 해서 이렇게 속속들이 밝혀지느냐 말이야. 지금 S국에는 특수부가 설치되어 너를 체포하려고 혈안이 되어 있다. 앞으로는 이런 정보도 알려주기 힘들게 됐어."

킬러의 얼굴이 석고처럼 굳어지고 있었다. 눈은 안개가 서린 듯 뿌옇게 흐려져 있었다. 쉰 목소리는 수화기에서 계속 흘러나오고 있었다.

"그리고 두 번째로 해야 할 일이 있다. 특수부 반장 김상배를 제거해. 그 다음에 최 진을 처치해. 일본에서는 왜 그렇게 실수를 했지?"

"……"

킬러는 계속 침묵을 지키고 있었다.

"필요한 것은 국제 사서함 1204에 준비해 놓았으니까 찾아서 쓰도록 해. 질문은?"

"없습니다."

"사서함 열쇠는 한 시간 후에 프런트에서 찾아가도록 해."

전화가 냉정하게 찰칵 하고 끊기는 소리가 들려왔다. 킬러는 수화기를 내려놓고 천천히 옷을 벗었다.

그는 벌거벗은 자신의 육체를 맞은편 벽에 걸려 있는 거울에 한동안 비춰보았다. 40이 넘었지만 그의 가슴은 바윗덩어리처럼 단단해 보였다. 팔다리는 검게 그을려 있었고 온통 근육으로 이루어져 있었다. 그는 복부를 쥐어보았다. 복부 역시 돌처럼 단단했다. 전쟁터에서 단련된 몸이라 그럴 수밖에 없었다. 그는 가발을 벗었다. 스포츠형으로 짧게 깎은 검은 머리가 그의 얼굴을 더욱 석고처럼 굳어 보이게 했다.

그는 자신의 상징을 한번 쥐었다가 놓았다. 그것은 쥘수록 더욱 강해지는 것 같았다. 지금도 그것은 여자를 갈구하고 있었다. 그러나 그는 일반적인 킬러들과는 달리 욕구를 자제할 줄을 알았다. 이렇게 자제할 줄을 알았기 때문에 그는 자신을 강하게 키워 일급의 국제 킬러로 성장할 수 있었던 것이다.

그는 욕탕으로 들어가 냉수로 샤워를 했다. 이미 가을이었기 때문에 물이 꽤 차가웠다.

샤워를 마친 그는 전화로 룸서비스에 최고급의 식사를 시켰다. 가능한 한 사람들의 눈에 띄지 않기 위해 그는 식당에 나가는 것을 삼가 했다.

한 시간쯤 후에 식사가 들어왔다. 장어요리와 새우튀김, 그리고 전복을 잘게 썰어 볶은 것을 그는 하나도 남기지 않고 맛있게 먹어치웠다. 거기에다 맥주를 한 병 곁들여 마시자 포만감으로 더할 수 없이 기분이 좋아졌다.

창으로는 어둠이 밀려오고 있었다. 그는 시계를 들여다본 다음 룸 직원에게 9시에 깨워 달라고 부탁했다. 그리고 침대 위에 누워 잠을 청했다. 그때 다시 전화벨이 울렸다. 수화기를 들자 Z

의 목소리가 들려왔다.

"계획을 변경한다. 아까 말한 최 진과 김상배는 다른 동지한테 맡기기로 했다. 실패하면 그때 가서 네가 맡아라. 너는 별도 지시가 있을 때까지 꼼짝말고 은거하고 있어. 이놈 저놈 손을 대면 아무래도 신분이 노출될 위험이 있다. 네가 맡은 일은 아주 큰 거다. 그것을 위해 꼼짝하지 말고 기다리고 있어. 때가 오면 알려주겠다."

"알겠습니다."

대답은 이렇게 했지만 킬러는 먼저 처리해야 할 일이 하나 있었다. 그러나 그것에 대해 굳이 Z와 상의하고 싶지는 않았다. 그것은 아주 간단한 일이었으므로 한번 다녀오기만 하면 되는 것이었다.

그의 움직임은 아주 기계적이었다. 잠을 자야겠다고 생각하고 일단 침대 위에 눕자 5분도 채 못 되어 그의 코에서는 낮게 코고는 소리가 흘러나왔다. 몸을 조금 움직이자 그 소리도 들리지 않고 그는 이내 깊은 잠에 떨어졌다.

9시 정각에 전화벨이 요란스럽게 울었다. 그를 깨우는 전화였다. 그는 기지개를 켜면서 일어나 간단히 세면을 한 다음 옷을 입었다. 회색 바지에 체크무늬의 저고리, 그리고 흰 티셔츠를 입은 그는 운동선수 같았다. 금발을 쓰고 빗질을 하고 나서 이윽고 그는 슈트케이스를 들고 아래층으로 내려와 프런트에서 5일분의 숙박비를 미리 내놓았다. 프런트의 사내는 공손하게 그에게 허리를 굽혔다.

"열쇠를 누가 맡기고 갔을 텐데……"

"네, 여기 있습니다."

열쇠를 받아든 그는 지정된 우체국까지 걸어갔다. 보통 사람이면 20분 걸리는 거리였지만 그는 10분 만에 가볍게 우체국에 닿을 수가 있었다.

금발의 외국인을 향해 우체국 직원들의 시선이 움직였다. 그러나 그는 거들떠보지도 않고 사서함 박스 쪽으로 걸어가 지정된 박스에 열쇠를 꽂았다.

박스 속에는 여러 개의 꾸러미가 들어 있었다. 그 중에서 묵직해 보이는 꾸러미와 열쇠가 들어 있는 봉투를 꺼낸 그는 도로 박스를 잠가놓고 밖으로 나왔다.

걸어가면서 그는 꾸러미를 슈트케이스 속에 집어넣었다. 그리고 봉투 속에서 열쇠와 운전면허증을 끄집어냈다. 열쇠는 종이에 싸여 있었는데 그 종이에는 어느 주차장의 위치가 그려져 있었다. 그는 그 종이를 잘게 찢어 세 군데의 휴지통에 나누어 버렸다.

주차장은 우체국에서 1백 미터쯤 떨어진 곳에 위치해 있었다. 5층 건물 하나가 온통 주차장이었다. 그는 열쇠와 함께 달려 있는 플라스틱 조각에서 차 넘버를 확인한 다음 주차장 직원에게 주차비를 지불했다.

차는 외교관 넘버가 붙은 검정색의 스카이라크였다. 최신형이라 보기만 해도 군침이 돌 지경이었다.

교통규칙을 지키며 천천히 시내를 빠져나간 그는 일단 교외로 나서자 액셀러레이터를 힘주어 밟으면서 시속 80킬로로 달려갔다. 더 이상 빠르게 달리고 싶었지만 순찰에게 걸려 쓸데없이 시간을 낭비하고 싶지가 않았다.

  꼭 40분 만에 그는 영생 고아원 앞을 지나갔다. 2백 미터쯤 떨어진 곳까지 라이트를 끄고 차를 몰고 간 그는 옥수수가 우거진 밭 속으로 들어갔다. 차 속에 앉아 주위를 둘러보고 난 그는 가발을 벗고 브라운 빛깔이 도는 안경을 썼다. 그리고 백 속에서 아까 집어넣은 꾸러미를 풀었다. 그것은 S25 자동소음권총이었다. 그는 장탄이 되어 있는가를 조사한 다음 총구에 소음 파이프를 박았다. 그것을 허리춤에 꽂고 고무장갑을 호주머니에 집어넣고 나자 준비가 끝난 것 같았다.

  그는 담배를 피울까 하다가 불빛이 보일까봐서 그대로 참고 차 밖으로 나와 고아원 쪽으로 천천히 걸어갔다. 밤하늘에는 구름 한 점 없이 별들이 총총히 박혀 있었다. 얼핏 옛날을 생각했다. 고아원 운동장 한쪽에 쭈그리고 앉아 별을 바라보며 소리 없이 눈물을 흘리던 자신의 모습이 바로 어제 일처럼 망막에 어른거리며 나타났다. 그를 버리고 가버린 어머니가 원망스러우면서도 그는 어머니가 그리웠다. 어머니가 생각날 때마다 그는 눈물이 나왔다. 그 어머니를 끝내 만나지 못한 채 그는 지금까지 살아왔다. 이제 영영 만날 수가 없다. 어머니는 이미 수년 전에 죽은 것이다.

  고아원 정문 앞에 이르자 그는 문이 잠겨 있는 것을 확인하고 담을 가볍게 뛰어넘었다.

  원장실이 있는 곳까지의 거리는 50미터쯤 되었다. 원장은 가족들과 함께 고아원에서 생활하고 있었다. 원장실은 불이 꺼져 있었다. 원장실 곁이 바로 안방이었다. 창문으로 안을 들여다보니 원장과 가족들이 텔레비전을 보고 있었다. 킬러는 거의 한 시간 가까이 창문에 붙어 서 있었다.

한 시간쯤 지나자 원장이 잠옷 바람으로 일어서서 밖으로 나왔다. 그는 한쪽에 떨어져 있는 화장실로 들어가 소변을 보았다. 킬러는 좋은 기회라고 생각했지만 원장과 아무런 이야기를 나누지 않고 그를 해치우기는 싫었다. 확인해야 할 것이 있었던 것이다.

소변을 보고 난 원장은 안방으로 들어가지 않고 원장실로 들어가 불을 켰다. 그리고 수화기를 집어 들고 어딘가에 전화를 걸었다. 킬러는 조금 열린 문을 통해 흘러나오는 원장의 목소리에 귀를 기울였다.

"최 진 선생이십니까? 아이구 안녕하십니까? 여긴 고아원입니다. 그거 때문에 전화 올렸습니다. 뭐 하나 여쭤볼 게 있어서 말입니다."

"……"

"다름이 아니고 왜 그렇게 다비드 킴을 찾고 계시는지 그걸 좀 알고 싶군요."

"……"

"그 사람 어머니를 찾는 것도 결국은 그 사람을 찾기 위해서 그러는 거 아닙니까?"

"……"

"물론 그러시겠지요. 저는 다만 좀 더 협조해 드릴 수 없을까 해서 물어본 겁니다. 왜 그 사람을 찾는지를 분명히 알면 저한테도 도움이 되지 않겠습니까?"

"……"

"그러시다면 잘 알겠습니다. 하여튼 수배인물인 것만은 틀림없군요. 그런데 말씀입니다. 그자의 목에 현상금이 걸려 있습니까?"

"……"

"백만 원이면 너무 적군요. 누가 자기 목숨도 위험한데 백만 원에 그런 짓을 하겠습니까? 적어도 2백만 원은 돼야지."

"……"

"아, 아닙니다. 제가 알고 있다는 게 아니라 호기심에 알아본 것뿐입니다."

"……"

"뭐 아무 때라도 오십시오. 오시는 거야 얼마든지 좋습니다."

"……"

"찾을 것도 같습니다. 그렇지만 역시 위험한 일이라 함부로 움직이기가 어렵군요."

"……"

"지금 오시겠다구요? 좋습니다. 11시쯤에는 오시겠군요. 기다리겠습니다."

원장이 수화기를 놓은 것과 킬러가 안으로 들어선 것은 거의 동시의 일이었다.

"아, 누구십니까?"

"다비드 킴입니다."

원장의 입이 벌어졌다. 전혀 다르게 얼굴 모습을 바꾼 다비드 킴을 그는 경악에 가까운 눈으로 바라보았다. 총구가 배를 쿡 찌르자 그는 주저앉을 듯이 비틀거렸다.
"소리치면 죽여 버린다. 조용히 나와!"
다비드 킴은 원장의 목덜미를 움켜쥐고 밖으로 끌어냈다. 늙은 원장은 부들부들 떨면서 운동장 맞은편, 창고가 있는 곳으로 끌려갔다. 그러면서도 과거의 관계를 생각해서 그는 한번 저항을 시도해 보았다.
"너, 이놈. 이게 무, 무슨 짓이냐? 너를 길러준 은혜도 모르느냐? 이, 이놈."
킬러가 목덜미를 쥔 손에 힘을 주자 원장은 더 이상 말을 못하고 캑캑거렸다.
창고 뒤쪽에 원장을 끌어다놓은 킬러는 호주머니에서 고무장갑을 꺼내 천천히 손에 끼었다.
"도, 도대체 왜 이러는 거야?"
"당신은 지금 나를 팔아먹으려 하고 있어. 그래도 변명할 게 있나?"
"팔아먹다니, 무, 무슨 말이야?"
"최 진이란 놈한테 나의 과거를 알렸지? 조금 전에도 전화를 했지? 2백만 원에 나를 팔아먹을 셈인가? 이 늙은 여우새끼!"
"아, 아니야. 그건 잘못 안 거야."
원장은 필사적으로 호소하고 있었다. 일찍이 그렇게 무서운 얼굴을 원장은 본 적이 없었다.
"그건 오해야. 나는 어디까지나 자넬 위한다고 한 짓이야."
"그렇다면 좋아. 최 진이 여기 몇 번 찾아왔지?"
"하, 한 번 찾아왔어."

"찾아와서 무슨 말을 했지?"
 "자네에 대해서 물었어. 그렇지만 나는 모른다고 했어. 자네가 부탁한 대로 모른다고 말이야."
 "거짓말하지 마. 내 과거가 전부 알려졌어. 당신이 알려주기 전에는 아무도 알 수 없는 일이야. 보상금을 타먹으려고 알려준 거지?"
 "아, 아니야. 내가 그런 짓을 할 리가 있나."
 킬러는 원장의 목을 틀어쥐고 벽에다 밀어붙였다.
 "우리 어머니에게 보낸 돈을 당신이 계속 착복한 걸 알았지만 난 모른 체했어. 당신을 용서해 준 거란 말이야. 당신이 우리 어머니의 묘지를 알려준 것만으로도 나는 감사하기로 했어. 난 당신한테 적지 않게 사례도 했어. 그리고 내 과거를 누구한테도 말하지 말고 당신도 깨끗이 잊어 달라고 했지. 당신은 그렇게 하겠다고 약속했어. 그런데 약속을 지키지 않았어."
 킬러의 목소리에는 억양이 없었다. 그는 조용히 기계처럼 말하고 나서 원장을 쏘아보았다. 원장은 무슨 말인가 해야 한다고 생각했지만 목이 막혀 말을 할 수가 없었다.
 다비드 킴은 왼손으로 원장의 목을 움켜쥔 채 오른손을 펴 손가락 끝으로 늑골 밑을 쿡 찔렀다. 대단한 충격이었던지 원장은 입을 크게 벌리면서 무릎을 꺾었다. 창고 벽에 등을 기댄 채 미끄러져 내려오는 원장을 킬러는 다시 끌어올린 다음 이번에는 귀 뒤 유두골 밑을 억센 주먹으로 후려쳤다. 원장의 입에서는 신음소리 하나 흘러나오지 않았다. 그는 몸을 잠깐 부르르 떨더니 이내 축 늘어져 버렸다. 킬러가 손을 풀자 그의 몸은 힘없이 땅

바닥으로 풀썩 쓰러졌다. 킬러는 원장을 무표정하게 내려다보다가 일에 완전을 기하기 위해 왼쪽 무릎으로 원장의 등을 눌렀다. 그리고 두 손으로 머리통을 감싸 쥔 다음 그것을 오른쪽으로 힘껏 비틀었다. 우두둑 하고 목뼈가 부러지는 소리가 나자 그제야 킬러는 머리통을 놓고 일어섰다.

흡사 가벼운 운동을 마친 사람처럼 옷을 털고 난 그는 운동장을 가로질러 아까처럼 담을 뛰어넘었다.

정확히 10시 30분에 그는 수수밭 속에서 차를 끌어내어 서울로 향했다. 10분 후 그의 차는 처음으로 검문을 당했다. 의례적인 것이었으므로 검문소의 경찰은 차 넘버와 금발의 외국인을 보고는 조사도 하지 않고 웃으면서 통과시켜 주었다.

다비드 킴은 시속 1백 킬로까지 속력을 내보고 싶었지만 길이 곧지 않고 커브가 심해 그렇게 할 수가 없었다.

10시 50분에 그의 스카이라크는 검은 지프와 충돌할 뻔했다. 커브를 막 돌자 지프 한 대가 바로 눈앞에서 질주해 오고 있었다. 그는 급히 핸들을 꺾었고 지프는 급브레이크를 걸었다. 내장을 긁어내는 듯 한 끼익 하는 소리를 들으면서 그는 그대로 차를 몰고 달려갔다.

"쌍놈의 새끼!"

지프 운전대에 앉아 있던 사내가 숨을 헐떡이며 중얼거렸다. 그는 험악한 눈초리로 뒤를 돌아보았지만 스카이라크는 이미 어둠 속으로 사라져 보이지 않았다.

"갑시다."

운전대 옆에 묵묵히 앉아 있던 젊은 사내가 말했다. 그는 최 진이었다.

지프는 부르릉 소리를 내면서 다시 출발했다. 진은 목에 배인 식은땀을 손으로 닦으면서 조금 전 차를 몰고 도망친 금발의 외국인을 얼핏 생각했다. 유난히 보기 좋은 금발이라고 그는 생각했다. 그리고 그뿐 그는 곧 금발에 대해 잊어버렸다.

11시 5분에 지프는 고아원 앞에 도착했다.

벨을 누르자 소년이 나와 문을 열어주었다. 원장실에 가기 전에 원장 부인이 달려왔다. 원장을 찾아왔다고 하자 그녀도 원장을 찾는 중이라고 말했다.

"글쎄, 아까 전화를 걸겠다고 나가시더니 아직까지 안 보이시네요."

그들은 원장실로 들어갔다. 진은 실내를 자세히 살펴보았다. 모든 것이 제자리에 놓여 있는 것으로 보아 아무 이상이 없는 것 같았다.

"여기서 전화를 걸었나요?"

"네, 그래요."

원장 부인은 헝클어진 머리를 흔들며 대답했다. 얼굴과 차림새가 패나 지저분해 보였다. 진은 원장이 자기한테 전화를 건 다음 사라졌다고 판단했다.

"화장실에 가보셨나요?"

"네, 거기도 없어요."

정문도 잠겨 있었다고 했다. 그렇다면 잠옷 차림으로 어디를 갔을까.

"누구 찾아온 사람 없었습니까?"

"없었어요."

진과 운전 요원은 밖으로 나와 운동장을 둘러보았다. 조금 후 진은 운동장 가운데서 슬리퍼 한 짝을 발견했다. 슬리퍼가 떨어진 곳에서 곧장 앞으로 걸어가자 창고가 나타났다. 창고 문에는 밖으로 자물통이 채워져 있었다. 창고 뒤로 돌아가던 그는 멈칫했다.

원장은 땅바닥에 얼굴을 처박은 채 엎어져 있었다. 원장 부인이 울부짖으며 남편을 끌어안았다. 진 일행이 멍하니 서 있자 그녀는 빨리 병원으로 옮기라고 악을 썼다. 요원이 허리를 굽혀 원장의 맥을 짚어보더니

"늦었습니다."

하고 간단히 말했다.

신고를 받은 경찰이 사이렌을 울리며 나타난 것은 반 시간쯤 지나서였다. 진은 신분을 밝힌 다음 이 사건을 공개하지 말도록 당부했다.

"따로 연락을 드리겠습니다만 비밀리에 이 사건을 처리해 주시기 바랍니다."

경찰은 얼어붙은 자세로 그의 말을 듣고 있다가 그가 차에 오르자 재빨리 경례를 했다. 한발 앞서 원장이 죽어 버리자 진은 기분이 착잡했다. 다비드 킴에 대해 가장 중요한 열쇠를 쥐고 있던 사람이 죽었으니 앞으로 수사는 더욱 어렵게 되었다. 그런데 누가 원장을 죽였을까? 잠옷 차림의 원장을 창고 뒤로 끌고 가서 죽인 걸 보면 강도 살인은 아닌 것 같다. 소리 하나 나지 않게 신속하게 해치운 걸 보면 놀라운 솜씨를 가진 자의 짓이다.

"목뼈가 부러졌더군요. 굉장히 힘이 센 자의 솜씨던데요."

요원이 꽤 감동한 듯 한 목소리로 말했다.

서울까지 오는 동안 진의 생각은 다비드 킴에게 기울어지고 있었다. 그런 솜씨로 원장을 죽일 수 있는 사람은 다비드 킴밖에 없다. 그는 이미 나의 움직임을 포착하고 있었고 그래서 원장의 입을 아예 막아 버리기 위해 그를 죽여 버린 것이다.

이렇게 생각하자 새로운 전율이 엄습해 왔다. 동시에 다비드 킴에 대한 증오가 새삼 끓어올랐다.

9월 6일로 접어든 통금의 거리를 지프는 쏜살같이 달려갔다. 본부에 도착한 진은 특수부 사무실로 뛰어 올라갔다. 침대에 누워 잠자고 있던 김 반장이 눈을 감은 채로

"어떻게 됐나요?"

하고 물었다.

"죽었습니다."

진은 잠바를 벗어던지며 허탈에 빠져 말했다. 김 반장이 담요를 젖히고 벌떡 일어나 앉았다.

두 사람은 한동안 말없이 서로를 쳐다보았다.

특수부가 설치되면서 전 대원은 귀가하지 않고 본부에서 잠을 잤다. 밤과 낮을 따질 겨를이 없을 만큼 사태가 급박하고 중대했으므로 작전이 끝날 때까지는 아무도 집에 돌아갈 수가 없다. 그것은 명령이었다. 김 반장과 진이 한 방을 쓰고 있었다.

"원장이 죽었단 말이오?"

김 반장은 담배에 불을 붙이면서 작은 소리로 진에게 다시 물었다.

"네, 살해됐습니다. 제가 거기에 도착하기 직전에 죽은 것 같습니다."

진은 고아원에서 일어난 일을 대충 이야기해 주었다. 그리고 결론을 내리듯 잘라 말했다.

"다비드 킴의 짓입니다."

김 반장은 고개를 끄덕이면서 담배를 빙글빙글 돌렸다.

"그렇다면 그놈이 아직 서울에 있군."

"있습니다!"

"원장은 다비드 킴을 가끔 만난 모양이군."

"그랬을 겁니다. 그런데 그놈이 원장을 죽인 걸 보면 이번에도 우리 쪽에서 그쪽으로 정보가 새어나갔기 때문에 그런 것 같습니다. 우리가 놈에 대해 더 이상 조사하지 못하도록 미리 손을 쓴 겁니다."

"그럴 가능성이 많겠지요."

김 반장의 입에서 괴로운 한숨 소리가 흘러나왔다.

"어떻게 하면 좋겠습니까?"

진은 노여움으로 얼굴이 벌겋게 달아오르고 있었다.

"아직도 정보가 새고 있다면 막지 말고 그대로 놔둡시다."

"포기하는 겁니까?"

"아니지요. 그걸 이용하는 겁니다. 우리도 방법을 달리해야 합니다. 그걸 이용해서 엉터리 정보를 흘려보낸 다음 5열을 색출하는 겁니다. 언젠가는 체포될 겁니다. 그러니까 정보가 새는 것을 앞으로는 막으려고 하지 맙시다."

"그게 가능하겠습니까?"

"어렵겠지만 해 봐야지요. 정보가 새는 것을 막으면 5열을 색출하기가 불가능해질 겁니다."
 "정보 누설을 그대로 방치해 두면 5열을 체포할 때까지는 작전이 마비되지 않습니까?"
 "그러니까 요령 있게 정보를 흘려야지요. 아주 중요한 정보는 우리끼리만 알도록 하고 그렇지 않은 것은 흘려보내는 겁니다. 5열은 우리 전화를 도청하고 있을지도 모르니까 말 한마디 할 때에도 신경을 써야 합니다."
 진은 방안을 둘러보았다. 방안은 두 개의 책상과 두 개의 침대, 그리고 각종 자료철로 가득 차 있었다.
 "혹시 여기에 도청장치가 있는 게 아닐까요?"
 "그럴 줄 알고 철저히 조사해 봤는데, 아직까지는 없는 것 같소. 그렇지만 수시로 점검해 봐야 할 겁니다."
 그들은 불을 끄고 침대에 누웠다. 진은 어둠 속에서 담배를 피웠다. 피로가 몰려왔지만 쉬이 잠이 올 것 같지가 않았다. 날이 새면 고아원에 다시 찾아가 무엇인가 찾아야겠다고 생각하면서 그는 눈을 감았다. 그때 사이렌 소리가 요란스럽게 들려왔다. 어디선가 불이 난 모양이었다.
 진은 호기심에 침대에서 일어나 창가로 다가가 커튼을 걷었다. 오른쪽 빌딩 숲 위로 불빛이 밤하늘을 휘황하게 밝혀주고 있었다.
 "K일보 쪽이 아닌가?"
 김 반장이 침대에서 몸을 일으키며 물었다. 진은 불길한 예감에 소방서에 전화를 걸어보았다. 이윽고 전화를 끊고 난 그는 급히 옷을 입었다.

"K일보가 타고 있습니다."

놀란 김 반장도 침대에서 뛰쳐나와 옷을 집어 입었다. 그들은 급히 K일보 쪽으로 걸어갔다. 통금시간이라 구경꾼은 별로 없었지만 화재 현장은 소방차들로 혼잡을 이루고 있었다. 계속 사방에서 소방차들이 몰려오고 있었다.

불은 지하실에서부터 타올라 이미 3층을 태우고 있었다. 소방차에서 맹렬히 물이 뿌려지고 있었지만 불길이 워낙 거세어 좀처럼 잡힐 것 같지가 않았다.

진과 김 반장은 맞은편 길에 서서 불타는 광경을 멀거니 구경하고 있었다. 불길이 높이 올라감에 따라 불꽃이 멀리까지 날아왔으므로 그들은 점점 뒷걸음질을 쳤다.

기름통이 터지는지 가끔씩 쾅 하는 소리가 주위를 울렸다. 그때마다 불꽃이 하늘높이 올라가곤 했다. 10층짜리 건물이 온통 불길에 휩싸이자 소방대원들은 진화 작업을 포기하고 불길이 옆 건물로 확산되는 것만을 막았다. 반백의 윤학기 사장이 와이셔츠 바람으로 이리 뛰고 저리 뛰면서 고함을 질러대고 있었지만 무슨 말인지 잘 들리지가 않았다.

"선거를 앞두고 K일보가 이렇게 되다니 큰일인데요."

진이 중얼거리자 김 반장도 고개를 끄덕였다. 조금 후에 그들은 경찰들이 몰려 서 있는 곳으로 뛰어갔다. 몇몇 경찰이 김 반장을 알아보고 경례를 했다.

"어떻게 된 건가?"

김 반장이 경찰관 하나를 붙잡고 물었다.

"방화인 것 같습니다."

"범인을 체포했나?"

경찰관이 고개를 저었다. 그들은 소방대원 두 명이 무엇인가 질질 끌고 오는 것을 바라보았다. 그것은 얼굴을 알아볼 수 없을 정도로 까맣게 탄 시체였다.

"벌써 4명 쨉니다."

경찰관이 말했다.

"기자도 있나?"

"그런 것 같습니다. 야근 기자들도 있는데 몇 명이 빠져나오지 못한 것 같습니다.

"방화인지 어떻게 아나?"

"범인을 목격한 자가 있습니다."

"어디에?"

"조금 전에 대학병원으로 실려 갔습니다."

"죽었어?"

"아직 죽지는 않았을 겁니다."

김 반장은 목격자의 이름을 알아낸 다음 진과 함께 대학병원으로 달려갔다. 목격자는 중태라 면회가 금지되어 있었다. 의사는 고집불통이었다.

"살 것 같습니까?"

"위독합니다."

"그렇다면 더욱 만나봐야겠습니다. 죽으면 중요한 이야기를 못 듣게 되니까요."

"글쎄, 안 된다니까요. 지금은 의식 불명이라 말을 할 수가 없

습니다."

"그래도 좋습니다. 주사라도 놔서 의식을 찾게 해 주십시오."

"그건 위험해서 안 됩니다."

"압니다. 그렇지만 그 사람의 증언은 매우 중요합니다."

한참 실랑이를 벌이고 나서야 의사는 마지못해 요구를 들어주었다. 그러나 주사를 놓는 것만은 끝까지 거부했다.

그들은 환자실 문을 조심스럽게 밀고 안으로 들어갔다.

환자는 전신을 붕대로 감싸고 있어서 모습을 알아볼 수가 없었다. 보이는 것이라고는 코와 입, 그리고 귀뿐이었다. 김 반장은 적이 낭패한 기색이었지만 포기하지 않고 끈질기게 물었다.

환자는 거의 알아듣기 힘든 목소리로 조금씩 말을 꺼냈다. 그것을 한데 모아 하나의 이야기로 조립하는데 또 한참이 걸렸다.

환자는 윤전실에서 일하는 공원이었다. 그는 당직으로 윤전실이 있는 지하실에서 잠을 자고 있었는데, 한밤중에 이상한 소리를 듣고 눈을 떴다. 그리고 소스라치게 놀랐다. 그도 그럴 것이 밖으로 통하는 환기통을 뚫고 검은 그림자가 들어서고 있었던 것이다. 그가 소리치자 그림자가 달려들었다.

그는 아무거나 집어 들고 휘둘렀지만 범인은 혼자가 아니고 여러 명이라 당해낼 도리가 없었다. 얼마 후에 그는 뒤통수에 충격을 느끼고 정신을 잃었다. 그리고 의식을 찾은 것은 열기를 느끼고서였다. 눈을 뜨자 윤전실은 온통 불바다였다. 그는 필사적으로 환기통으로 기어갔다. 이미 몸은 불길에 싸여 있었지만 그는 살아야 한다는 일념으로 쇠창살을 붙잡고 몸을 끌어올렸다.

이상과 같은 이야기를 듣고 난 김 반장과 진은 마음이 착잡했다. 병원을 나온 그들은 허탈한 심경으로 새벽길을 터벅터벅 걸어갔다.

"이건 조직적인 방화가 틀림없습니다."

진이 한참 만에 입을 열었다. 김 반장도 거기에 동의했다.

"그놈들 짓이 아닐까요? 놈들한테는 K일보 같은 것이 없어지는 게 훨씬 도움이 될 테니까요."

"눈에 가시였을 테지. 그렇지만 증거가 있나. 가서 한번 찾아봅시다."

그들은 택시를 잡아타고 화재 현장으로 다시 달려갔다. 불은 거의 꺼져 있었지만 K일보 건물은 골조만 남은 채 완전히 재로 화해 있었다.

아까와는 달리 사람들은 허탈에 빠져 느릿느릿 움직이고 있었다.

한쪽에서는 이미 화재 감식반이 조사를 진행하고 있었다. 그들도 방화라는데 의견의 일치를 보고 있었다. 진은 윤학기 사장을 바라보았다. 그는 기자들에 둘러싸인 채 눈물을 글썽이고 있었다. 차마 말을 걸 수가 없어 진은 시선을 돌려 버렸다. 그때 누군가가 어깨를 툭 쳤다. 돌아보니 사회부장이었다. 그는 온몸이 흙투성이가 된 채 힘없이 웃고 있었다.

"어떻게 된 겁니까? 신문은 못 나오는 거죠?"

사회부장은 천천히 고개를 끄덕였다.

"신문사가 이렇게 완전히 타버렸으니 불가능하죠. 기자가 다섯 명이나 타죽었어요. 다른 사원들까지 합치면 모두 열한 명이나 됩니다."

그는 악이받쳐 어금니를 지근지근 깨물고 있었다. 진은 가슴이 쓰려왔다.

"다른 곳에서 임시로 신문을 만들 수 없을까요?"

"불가능해요. 자료 하나 건지지 못했으니 완전히 망한 겁니다. 기계도 못 쓰게 됐어요."

사회부장의 목소리는 너무 절망적이어서 듣기에 민망할 정도였다.

"방화가 확실한 것 같은데…… 어떻게 보십니까?"

"보이지 않는 힘이 이렇게 막강한 줄은 몰랐죠. 싸움에서 우리가 진 겁니다. 우리가 상대하기에는 놈들은 너무 막강해요."

"그놈들은 누굽니까?"

사회부장은 진을 힐끔 보고 나서 입을 다물어 버렸다. 그러고 나서 저쪽으로 가버렸다.

진은 김 반장과 함께 돌아와 즉시 특수부 회의에 참석했지만 확실한 결론을 얻어내지는 못했다.

"조직에 의한 방화라는 심증이 가지만 범인을 체포하지 못한 단계에서는 어떤 결론을 내린다는 게 무섭습니다. 그러나 우리는 이번 방화 사건이 놈들의 짓이라는 것을 전제로 해서 대책을 강구하지 않으면 안 됩니다."

김 반장은 몇 가지 지시를 내렸다.

첫째, 조직의 테러가 극렬해 가고 있으므로 그들의 테러에 희생되지 않도록 요원들은 더욱 주의할 것.

둘째, 테러 대상이 될 가능성이 있는 것을 수시로 체크하여 보호할 것.

셋째, 대통령 후보로 내정되어 있는 민사당의 장연기(張然基) 씨를 철저히 보호할 것.

넷째, X와 다비드 킴을 하루 속히 체포할 것.

이를 위해서 특수부의 인원을 더 보강할 필요가 있었다. 김 반장의 요구로 즉시 10명의 요원이 S국에서 차출되어 특수부에 편입되었다. 그중 5명이 장연기의 경호를 위해 급파되었다.

최 진은 특수부 본부를 나와 어제 사고가 일어났던 고아원으로 다시 찾아갔다. 다비드 킴을 쫓는 그의 집념은 갈수록 강해지기만 했다.

초상집에서 조사를 한다는 것은 정말 거북스럽고 내키지 않는 일이었다. 그러나 그는 고아원에 도착하자마자 체면불구하고 조사를 해나갔다.

고 원장이 남긴 유품들을 하나도 남기지 않고 깡그리 뒤지고 그 부인에게 참고가 될 만한 이야기를 듣는 동안 거의 하루해가 다 지나갔다. 간밤에 잠을 설친 그는 몹시 피곤했지만 단서를 찾는 데 혈안이 되어 움직였다.

아쉽게도 다비드 킴의 편지는 한 통도 남아 있지 않았다. 분명히 많은 편지가 왔을 텐데 모두 소각해 버렸는지 하나도 찾을 수가 없었다. 다비드 킴이 고 원장을 살해한 것이다. 그 열쇠란 무엇일까? 하여튼 다비드 킴은 고 원장을 죽임으로써 이제 완전히 잠적해 버린 셈이다. 따라서 그를 찾으려면 죽은 고 원장의 입을 열게 해야 한다. 그가 간직한 다비드 킴에 대한 비밀은 무엇일까.

아무리 물었지만 고 원장의 부인은 다비드 킴에 대해서는 아무것도 모르고 있었다. 단지 외국에서 수시로 편지가 왔다는 것만은 시인하고 있었다.

"협조해 주셔야 합니다. 이건 원장님의 살해범을 잡기 위해서 그러는 겁니다. 편지는 한 사람한테서만 온 겁니까?"

"네, 그래요."

"편지만 왔습니까?"

"돈도 온 것 같았어요."

"그 돈은 누가 썼습니까?"

"잘 모르겠어요. 누구에게 전해 줘야 한다고 하면서 가지고 나가곤 했어요."

그 돈이 다비드 킴이 보낸 것이라면 그것이 누구한테 갔는가 하는 것은 자명해진다. 바로 다비드 킴의 어머니인 김수자 여인에게 간 것이 틀림없다. 고 원장은 다비드 킴으로부터 돈을 받아 그것을 김수자에게 전해 주었을 것이다. 그렇다면 다비드 킴은 왜 자기 어머니에게 직접 돈을 보내지 않고 고 원장을 통했을까. 이상한 일이다. 한 가지는 추정해 볼 수 있다. 김수자가 살아 있을 가능성이 크다는 점이 그것이다. 김수자가 죽었다면 다비드 킴이 돈을 보냈을 리가 없지 않은가.

여기서 진의 수사는 벽에 부딪혔다. 더 이상 수사한다는 것이 불가능했다. 고 원장의 부인이 갑자기 히스테리를 부린 것이다.

"이건 너무하지 않아요? 장례도 치르지 않았는데, 이렇게 인정사정없이 꼬치꼬치 캐묻는 법이 어딨어요? 몰라요! 나가 주세요! 빨리 나가 주세요!"

부인은 고래고래 소리를 지르다가 끝내 울음을 터뜨렸다.
 진은 본부로 돌아왔다가 이튿날 오후 다시 고아원을 찾아갔다. 그의 끈질긴 방문에 고 원장 부인은 질려 버렸는지 어제처럼 신경질을 부리지는 않았다.
 "죄송합니다. 하지만 할 수 없군요. 부인께서 어느 정도 정직하게 말씀해 주시느냐 에 따라 범인을 체포할 수 있다는 걸 알아주십시오. 마음이 아프시겠지만 질문에 답해 주십시오. 원장께서는 외국에서 보내온 돈을 누구한테 갖다 줬습니까?"
 "모른다고 하지 않았어요? 전 정말 몰라요. 제발 더 이상 묻지 말아 주세요."
 "몰라도 좋습니다. 대강만이라도 말씀해 주십시오. 대강만이라도 말입니다."
 부인은 헝클어진 머리를 쓸어 올리더니 한숨을 푹 내쉬었다.
 "병원에 가져간다고 그랬어요."
 "어, 어느 병원입니까?"
 "어느 병원인지는 몰라요. 누가 입원해 있는데 입원비를 가져다준다고 그랬어요."
 이제야 윤곽이 드러나는 것 같았다. 진은 긴장한 눈으로 부인을 바라보았다.
 "그러니까 그것은 입원비로 부쳐온 것이었군요?"
 "그랬나 봐요."
 "어느 병원인지 한번 잘 생각해 보십시오."
 "생각해 볼 것도 없어요. 어느 병원인지 한 번도 들어본 적이 없었어요."

부인의 태도는 더 이상 움직일 수 없을 정도로 완강했다.
"편지하고 돈은 언제부터 언제까지 왔습니까?"
"모르겠어요."
진은 부인을 노려보다가 주먹으로 탁자를 쾅하고 쳤다.
"정말 이렇게 협조 안할 겁니까? 정 그렇다면 연행해 가겠습니다."
"마음대로 하세요. 누가 뭐래도 모르는 건 모르는 거니까요."
"그러지 말고 대답해 주십시오. 바른 대로 말씀해 주시면 사례하겠습니다."
진은 역겨움을 느끼면서 주머니 속에서 지폐 뭉치를 꺼내 탁자 위에 탁 놓았다.
"5만 원입니다. 이걸 모두 다 드리겠습니다. 싫다면 가겠습니다."
부인은 곁눈질로 돈 뭉치를 힐끔 쳐다보았다. 무시하는 것 같았지만 액수가 많은데 구미가 당기는지 아까처럼 모르겠다고 발을 빼지는 않았다.
"두 가지만 말씀해 주십시오. 어려운 것도 아닙니다. 원장님이 생전에 찾아간 병원 이름하고 언제부터 언제까지 편지와 돈을 받았는지 그것만 말씀해 주십시오."
부인은 무엇인가 곰곰 생각해 보다가 마침내 입을 열었다.
"자세히는 잘 몰라요."
"자세하지 않아도 좋습니다."
"편지가 온 건 20년이 넘나 봐요. 그리고 돈이 오기 시작한 건 한 10년 됐어요. 그러다가 작년 봄부터 끊어졌어요. 그 사람이 한국에 왔대나 봐요."

"그 사람을 본 적이 있나요?"

"없어요."

"편지와 돈은 자주 왔습니까?"

"대개 한 달에 한 번씩은 왔어요."

"자, 그럼 병원 이름을 대주십시오."

진은 거칠어 오는 호흡을 가다듬기 위해 잠시 창밖으로 시선을 돌렸다. 가을로 접어든 날씨는 구름 한 점 없이 맑았다. 여자가 기침을 했다.

"이름은 모르고 무슨 정신병원이라고 들었어요."

"감사합니다. 자, 이걸 가지십시오."

진은 돈을 들어 부인의 손에 쥐어 주었다. 여자는 돈을 받자 금방 안색이 풀어지면서 멋쩍게 웃음을 흘렸다.

"차라도 한잔 드시고 가시지요."

"아닙니다. 이만 가봐야겠습니다."

진은 급히 그곳을 나와 본부로 돌아왔다.

즉시 전국에 산재해 있는 정신병원을 대상으로 수사가 벌어졌다. 정신병원뿐만 아니라 신경정신과가 있는 종합병원에도 수사관의 손이 미쳤다. 최근 10년 동안에 '김수자??'라는 환자가 입원한 적이 있는 병원을 찾는 일인 만큼 수사는 광범위하게 벌어졌다. 영문도 모르고 수사 의뢰를 받은 전국의 경찰은 의문점이 생길 때마다 질문을 해왔고, 질문을 받은 경찰의 수사 책임자는 그것을 직접 S국 특수부로 문의해 왔다.

"현재 입원해 있는 환자는 대상이 안 됩니까?"

"물론 대상이 됩니다. 정신병 환자 중 김수자라는 인물을 찾아야 합니다. 여자는 분명한데 그 밖의 것은 아무것도 밝혀진 게 없습니다."

전국에 걸친 수사였지만 대상이 분명히 정해져 있었기 때문에 사실 그렇게 힘든 일은 아니었다.

이틀이 지난 9월 9일 하오 1시에 특수부는 경찰 책임자로부터 수사결과를 통보받았다. 그것은 다음과 같았다.

①김수자(金秀子)=나이 50세, 서울 출신. 1967년부터 72년 사이 국립 정신병원에 입원.

②김수자(金秀子)=나이 25세, 서울 출신. 서울시립 정신병원에 입원 중.

③김수자(金水子)=나이 42세, 부산 출신. 69년부터 75년 사이 국립 정신병원에 입원, 사망.

④김수자=60여세, 출신지 불명. 67년부터 76년 사이 중앙 정신병원에 입원, 사망.

⑤김수자(金洙子)=29세, 광주 출신. 현재 전주 예수병원에 입원 중.

⑥김수자(金守子)=50세, 김해 출신. 70년부터 73년 사이 부산 시립병원에 입원.

⑦김수자(金樹子)=45세, 대전 출신. 현재 대전 베드로 병원에 입원 중.

⑧김수자(金戌子)=35세, 춘천 출신. 71년부터 73년 사이 춘천 기독병원에 입원, 사망

⑨김수자(金秀子)=60세, 인천 출신. 70년부터 71년 사이 인천 갱생병원에 입원.

※참고=연령은 사망자는 사망 당시의 나이, 퇴원자는 퇴원 당시의 나이, 입원 중인 자는 현재의 나이를 가리킴.

수사 보고서는 검토하고 난 진은 우선 60이상의 환자를 선정했다. 40대인 다비드 킴의 생모라면 60이 넘었을 것이기 때문이었다. 따라서 ④번과 ⑨번이 수사 대상에 올랐다. 그러나 ④번은 사망했으므로 ⑨번이 가능성이 있었다.

그는 즉시 인천으로 달려갔다. 갱생병원은 인천시내에서 4킬로쯤 벗어난 바닷가에 자리 잡고 있었는데 병원치고는 무척 음산한 분위기를 띠고 있었다. 오래 된 붉은 벽돌 건물은 흡사 교도소 같은 인상이었는데 입구에 들어서자마자 찬송가 소리가 들려오는 바람에 그는 좀 어리둥절했다.

마당에는 푸른 환자복을 입은 환자들이 어슬렁거리고 있었다. 진을 보자 환자들의 시선이 일제히 그에게 쏠렸다. 모두가 표정이 없는 멍한 얼굴들이었고 하나같이 힘이 없어 보였다. 두 명의 여자 환자가 갑자기 생글생글 웃으면서 그에게 다가와 양쪽에서 옷자락을 붙잡고 따라왔다. 둘 다 젊은 여자들이었다.

"이거 놔요. 놓지 않으면 때려줄 테니까."

그가 눈을 부라리자 그제야 여자들은 손을 떼고 물러섰는데 몹시 섭섭해 하는 눈치들이었다. 건물 안으로 들어선 그는 총무과라고 쓰인 방으로 들어가 찾아온 용건을 말했다.

"실례지만 어디서 오셨는가요?"

회전의자에 앉아 몸을 흔들고 있던 뚱뚱한 중년 사내가 그를 아래위로 훑어보면서 물었다.

"수사기관에서 왔습니다."

진이 날카롭게 대답하자 사내가 벌떡 몸을 일으켰다.

"아, 그렇습니까? 어제께도 형사 한 분이 다녀갔는데……"

"알고 있습니다."

"그런데 왜 그 사람을 조사하는 건가요?"

사내는 몹시 조심스럽게 나오면서 부하 직원에게 김수자의 신상카드를 가져오게 했다.

"아실 필요 없습니다. 혹시 누가 와서 묻더라도 수사기관에서 조사해 갔다는 말은 하지 마십시오."

진은 카드를 찬찬히 들여다보고 나서 필요한 것들을 메모했다. 김수자의 현주소는 인천시내였고 보호자가 아들로 되어 있었다. 아들의 이름은 박인문(朴仁文).

"이 환자는 완쾌해서 퇴원했나요?"

"네, 그렇습니다. 보시면 알겠지만 70년 12월에 입원해서 다음 해 3월에 퇴원했습니다. 그러니까 약 석 달 정도 입원한 셈이지요."

"잘 알겠습니다."

병원을 나온 진은 즉시 주소를 찾아 나섰다. 주소를 찾는 데는 한 시간도 채 못 걸렸다. 그곳은 빈민가였다.

박인문은 마침 집에 있었다. 40대의 그는 노동자 같았는데 겁먹은 표정으로 그를 맞아들였다. 진은 적이 실망했다. 그의 예상대로라면 박인문이 다비드 킴이어야 한다. 그러나 박인문은 전혀 다른 얼굴이었다. 혹시 다른 형제가 없을까 해서 그는 다비드 킴의 사진을 꺼내보였다.
"이 사람 혹시 본 적 없습니까?"
"모르겠는데요. 처음 보는 사람입니다."
김수자는 병석에 누워 있었다. 진이 사진을 보이자 그녀는 앙상한 손을 내저으면서
"몰라요. 그런 사람 몰라요."
하고 대답했다. 잘못 짚었다고 생각하자 진은 맥이 탁 풀렸다.
"형제분은 몇 분이나 되십니까?"
"제 동생이 하나 있는데 동사무소에서 일하고 있습니다."
박인문은 무슨 죄나 지은 듯이 두 손을 마주 비볐다.
"춘부장께서는……?"
"일찍 돌아가셨습니다."
"실례 많았습니다."
더 이상 지체할 필요가 없었으므로 진은 그곳을 나와 서울로 돌아왔다.
이제 남은 것은 중앙 정신병원에 있었다는 또 다른 김수자이다. 그녀는 이미 사망했다. 사망 당시의 나이도 60여세라고만 되어 있고 출신지도 분명치가 않다.
이미 저녁때가 되었으므로 그는 다음날 가보기로 하고 본부로 돌아왔다.

X의 비밀(秘密)

이날 밤 특수부 요원 한 명이 김 반장의 특별지시를 받고 급히 도쿄로 떠났다. 암호 3호로 통하는 그는 하네다 공항에 도착하는 즉시 모오리 형사의 지원을 받도록 되어 있었다. 오후 11시에 3호와 마중나온 모오리 형사는 공항 대합실에서 만났다. 3호는 모오리 형사가 운전하는 하늘색의 닷산에 오르자 용건을 이야기했다.

"일본에 거주하고 있는 한국인 두 명을 찾으려고 합니다."

"합법적으로 거주하고 있으면 쉽게 찾을 수 있죠. 그들은 누굽니까?"

"X라는 암호를 가진 거물의 가족입니다. 그 부인과 아들이 일본에서 살고 있습니다. 여기에 그들의 사진과 인적사항이 있습니다."

3호가 운전대 앞에 서류봉투를 하나 꺼내놓았다. 모오리는 그것을 힐끔 보고 나서

"사태가 점점 심각해지는 모양이지요?"
하고 물었다.

"그렇습니다."

"X는 누굽니까?"

"현재 수배 중인 인물입니다."

3호는 과묵했다. 더 이상 X에 대해 말하려고 하지 않았다. 모오리도 굳이 캐묻지는 않았다.

"주소만 알아내면 되는 거요?"

"네, 우선 그것만 알려주시면 되겠습니다. 필요하면 또 부탁을 드리겠습니다."

"한 가지 알려줄 게 있는데……"

"네, 뭡니까?"

"R이 조금 전에 프랑스로 떠났습니다. 에어프랑스로 떠났습니다. 파리행입니다."

"R이라면 한국에 왔던 요시다 말입니까?"

"그렇죠."

"무슨 일로 떠났는가요?"

"그건 모릅니다. 지금 국회 회기 중인데 해외여행을 떠난 걸 보면 매우 중요한 일로 떠난 게 분명합니다."

시내로 들어선 차는 프라자 호텔 앞에서 정거했다. 3호는 호텔 입구에서 모오리 형사와 헤어졌다. 예약된 방에 들어서자 3호는 즉시 서울로 전화를 걸었다.

"여기는 십자성……"

졸린 듯 한 음성이 흘러나왔다.

"여기는 3호, 중요한 정보가 있습니다. R이 조금 전에 프랑스 파리로 떠났습니다. 기종은 에어프랑스…… 모오리 형사의 정봅니다."

"알았다."

서울의 특수부에서 전화를 받은 사람은 김 반장이었다. 침대에 드러누운 채로 전화를 받고 난 그는 담요를 걷어치우고 일어났다. 그리고 깊이 잠들어 있는 최 진을 깨웠다.

"일본에서 연락이 왔는데 R이 오늘 프랑스 파리로 떠난 모양이오. 에어프랑스 편으로 갔다고 하는데 조사를 해보는 것이 어떻소?"

아직 잠이 덜 깬 눈으로 멀거니 김 반장을 바라보고 있던 진은 침대에서 내려와 천천히 옷을 입었다.

"인터폴(국제경찰)에 부탁해 보죠."

그는 하품을 하면서 수화기를 집어 들고 다이얼을 돌렸다. 한참 만에 반응이 왔다.

"까자르 씨, 오랜만입니다. 나 미스터 최입니다."

진이 영어로 말하자 프랑스인도 영어로 대꾸했다.

"아, 미스터 최, 오랜만입니다. 왜 연락이 없었습니까?"

"그렇지 않아도 지금 찾아가려고 하는데 어떻습니까?"

그때 여자의 흥얼거리는 소리가 조그맣게 들려왔다. 까자르는 머뭇거리다가 아파트 주소를 가르쳐주었다.

이미 밖은 통금이었다.

까자르의 거처는 한강변에 있는 맨션아파트였다. 초인종을 누르자 화려한 가운 차림의 까자르가 문을 열어주었다. 독신 생활하는 사람치고 내부는 사치스럽게 꾸며져 있었다. 잠옷 차림의 한국 여자 하나가 뛰어나오다가 그를 보자 도로 방안으로 들어가면서 문을 쾅 하고 닫았다.

진은 까자르가 따라주는 커피를 한 잔 마시고 나서 찾아온 용건을 이야기했다.

"요시다 마사하루라는 일본인이 한 시간쯤 전에 도쿄에서 파리로 떠났습니다. 에어프랑스를 타고 갔습니다. 이자가 파리에서 무엇을 할 것인지 조사를 부탁합니다. 이게 그자에 대한 자료입니다."

까자르는 진이 내민 카드를 보고 나서 그자가 누구이며 무슨 죄목이냐고 물었다.

"일본의 참의원 의원인데 국제음모를 꾸미고 있습니다."

"그렇다면 곤란한데요."

까자르가 난색을 표했다.

"우리 인터폴은 일반 범죄만 취급합니다. 정치인을 미행했다가 외교문제라도 발생하면 곤란합니다."

"그러니까 말썽이 나지 않도록 조사해 달라는 겁니다. 그 사람을 체포해 달라는 게 아니고 동태를 체크해 달라 이겁니다. 그래야 우리도 인터폴에 협조할 수 있지 않습니까. 사실 이건 어마어마한 범죄입니다."

"내 마음 같아서는 도와드리고 싶지만 저쪽에서 어떻게 나올지 저도 잘 모르겠습니다. 파리에는 한국 측 정보원이 하나도 없습니까?"

"있긴 하지만 정보가 샐 염려가 있어서 그럽니다."

까자르는 파이프 담배를 뻑뻑 빨아대면서 무엇인가 곰곰이 생각했다. 한참 후 그는 수화기를 집어 들고 파리 인터폴을 불렀다. 반 시간쯤 지나자 응답이 왔다. 까자르는 프랑스어로 말했다. 진은 무슨 말인지 알아들을 수가 없었다. 한참 후 전화를 끊고 난 그는 진을 향해 기분 좋게 웃어보였다.

"됐습니다. 저쪽에서 손을 써주겠답니다. 그 대신 인터폴이 개입한 것은 비밀로 해줘야 하겠습니다."

"그야 물론이지요."

진도 기분이 좋아 웃었다. 그의 정사를 더 이상 방해하고 싶지 않아 그는 곧 밖으로 나왔다.

이튿날, 그러니까 9월 10일 아침 최 진은 중앙정신병원을 찾아갔다. 그 병원은 서울 교외에 자리 잡고 있는데 인천의 갱생병원보다 더 초라해서 찾는데 애를 먹었다. 첫 인상이 병원이라기보다는 무슨 수용소 같은 인상이어서 꽤 을씨년스러웠다.

흰 페인트칠을 한 건물은 블록으로 지은 2층 건물이었는데, 낡고 헐어서 전체적으로 회색빛을 띠고 있었다. 밖에 나와 있는 환자는 없었고, 건물 안에서 환자들의 짐승 같은 울부짖음만이 들려오고 있었다. 날씨마저 흐려서 그의 마음은 영 개운치가 않았다.

원장이 그를 직접 대면했는데 그는 앙상하게 마른 60대의 사내였다. 도수 높은 안경 너머로 눈을 힐끔거리면서 쳐다보는 것이 여간 불쾌하지가 않았다.

"경찰이 한번 다녀갔지요?"

"네네, 그렇습니다. 김수자 씨에 대해서 조사를 해갔습니다."

진은 탁자 위로 기어가는 바퀴벌레를 바라보다가 고개를 쳐들었다.

"김수자 씨 카드를 좀 보여 주십시오."

"네, 금방 가져오겠습니다."

원장은 옆방으로 들어갔다가 곧 나왔다.

"바로 이겁니다."

진은 카드를 받아들고 먼저 거기에 붙어 있는 낡은 사진부터 들여다보았다. 그것은 조그만 증명사진으로 고생에 찌든 부인의 찌푸린 얼굴을 찍은 것이었다.

"이 사진은 입원 당시의 사진입니까?"

"네네, 그렇습니다."

원장은 진이 질문을 던질 때마다 깜짝깜짝 놀라곤 했다.

"이 카드에 보면 정확한 나이도 출신지도 나타나 있지 않군요? 주소도 없구요."

"네네, 그렇습니다. 그건 그 여자가 환자라 잘 몰라서 그랬습니다."

"보호자라도 있을 거 아닙니까? 보호자는 모든 걸 알고 있을 텐데요?"

"네네, 그렇지요. 그런데 사실은 보호자가 없었습니다."

"그렇다면 어떻게 해서 여기에 입원했었지요? 누가 입원을 시켰습니까?"

진은 짙은 안개 속에 자신이 들어선 기분이었다. 원장은 이마에 번진 진땀을 손수건으로 닦고 나서 입을 열었다.

"사, 사실은 어떤 사람이 그 여자를 데리고 왔습니다. 입원비는 댈 테니 입원시켜 달라고 말입니다. 그러면서 자기는 보호자가 아니라고 했습니다. 그래서 입원시킨 겁니다."

"그 사람이 누굽니까?"

"고기팔(高起八) 씨라고 고아원 원장이었습니다."

"그 사람이 어떻게 해서 그 여자를 데려오게 됐나요?"

"그건 잘 모르겠습니다. 미쳐서 돌아다니는 걸 불쌍해서 데려왔다고만 했습니다. 그래서 저는 곧이곧대로 믿고……"

입원비는 상상도 할 수 없을 정도로 쌌다. 그러니까 이 병원은 명색이 병원이지 사실은 환자들을 가둬 놓고 굶어죽지 않을 정도로 식사만 제공하고 있었다. 이런 이유 때문에 이 병원에는 일반 정신병원의 엄청난 입원비를 감당할 수 없는 서민들이 많이 몰려들고 있었다.

"고씨는 이곳에 자주 왔었나요?"

"아닙니다. 한 번도 오지 않고 입원비만 보냈지요. 가끔 전화는 왔었습니다."

10년 간 입원해 있는 동안 한 번도 찾아오지 않았다니 그가 어떠한 인물인지는 충분히 짐작이 가고도 남는다.

다비드 킴에게는 물론 병원에 자주 가보고 있다고 했겠지. 그러면서 입원비가 많이 올랐으니 돈을 많이 보내달라고 했겠지. 어머니에 대해서 유다른 효심을 가지고 있는 다비드 킴은 어머니의 병이 완쾌되기를 빌면서 고씨가 요구하는 대로 돈을 아끼지 않고 보냈을 것이다.

그러나 고씨는 값싼 병원에 김수자를 처박아두고 다비드 킴이 보내주는 돈의 대부분을 10년 동안 가로챈 것이다.

"그 여자는 많이 미쳤었나요?"

"네, 증상이 심했습니다."

"김수자 씨는 76년에 이미 죽은 걸로 되어 있는데, 왜 죽었습니까?"

"자, 자살했습니다."

"자살?"

"네, 자살했습니다. 혀를 깨물고……"

아마 그 여자는 결국 영양실조에 걸려 죽었을 것이라고 진은 생각했다. 시선이 마주치자 원장은 얼른 외면했다. 부정이 드러날까 봐 전전긍긍하고 있는 것이 분명했다.

"누가 시체를 인수해 갔습니까?"

"제가 인부들을 사서 공동묘지에 묻었습니다."

"공짜로 그런 일을 하지는 않았을 텐데요……?"

"네, 나중에 고씨가 비용을 가지고 왔습니다. 그때 저하고 둘이서 소주를 한 병 사들고 묘지에 찾아갔었지요."

이것으로 다비드 킴이 왜 고 원장을 살해했는가 하는 것은 자명해진다. 다비드 킴은 한국에 와 보고서야 어머니가 엉터리 정신병원에 수용되어 결국은 영양실조로 죽은 것을 알게 되었을 것이다. 그리고 고원장이 돈을 착복한 사실도 알았을 것이다. 그런데 고 원장은 여기에 한술 더 떠 수사기관에 그를 넘길 기미를 보였다. 이것을 눈치 챈 다비드 킴은 분노를 참지 못해 고씨를 때려 죽였을 것이다.

"김수자 씨가 묻힌 공동묘지는 어디 있습니까? 수고스럽지만 좀 함께 가주시겠습니까?"

"네네, 그거야 뭐 어렵지 않습니다."

원장은 선심을 쓸 기회가 생겼다는 듯 앞장서 나섰다.

공동묘지는 차로 10분쯤 되는 거리에 있었는데, 산 하나가 온통 봉분으로 덮여 있었다. 그들은 묵묵히 무덤 사이를 걸어 올라갔다.

이윽고 중간쯤에서 원장은 우뚝 걸음을 멈췄다. 그리고 놀란 목소리로 외쳤다.

"엇? 무덤을 누가 파갔습니다."

진은 눈을 크게 뜨고 그곳을 내려다보았다. 과연 무덤 자리로 보이는 곳이 입을 크게 벌리고 있었다.

"분명히 여기였습니까?"

"네, 틀림없습니다."

원장은 주위를 두리번거리다가 흙을 헤치고 각목 하나를 집어 들었다. 그리고 흙을 털어낸 다음 그것을 진에게 보였다.

"보십시오. 여기에 글자가 있지 않습니까?"

자세히 보니 거기에 '김수자의 묘?' 라는 먹글씨가 써져 있었다.

"이건 누가 쓴 겁니까?"

"고씨가 쓴 겁니다."

"이걸 누가 파갔는지 알 수 없을까요?"

"알 수 있을 겁니다."

그들은 공동묘지에서 내려와, 어귀에 있는 조그만 토담집 앞으로 다가갔다.

토담집 안에서 노인 한 사람이 나타나 그들을 바라보았다. 머리가 유난히 희고 허리가 구부정한 노인이었다. 노인은 이 공동묘지를 관리하고 있는 사람으로서 아들과 함께 모든 일을 도맡아하고 있었다. 그들은 매일 도시락을 싸들고 이곳으로 출근한다고 했다. 원장의 이야기를 듣고 난 노인은 안으로 들어가 아들을 데리고 나왔다. 30대의 아들은 자고 있었는지 눈을 비비며 얼굴을 찌푸렸다.

"김수자 씨 묘를 어디로 이장했는지 좀 가르쳐 주실 수 없을까요?"

진은 자기와 비슷한 연배의 사내를 바라보며 말했다.

"왜 그러시죠?"

사내는 자기가 만만치 않다는 걸 보여주려는 듯 눈을 치뜨며 물었다. 그것을 보고 원장이 나섰다.

"아, 이분은 수사기관에서 나온 분이오."

그러나 사내는 조금도 동요하는 빛을 보이지 않았다. 그는 여전히 얼굴을 찌푸리고 있다가

"이장한 데가 여기서 멀어요."

하고 퉁명스럽게 말했다.

"어디쯤인지 가르쳐만 주십시오."

"의정부 쪽으로 가다보면 금강공원묘지라고 있어요. 거기 관리사무실에 가서 물어보면 알 수 있어요."

"감사합니다. 그런데 이장해달라고 부탁했던 사람이 누구였

습니까?"

"그런 걸 일일이 기억할 수 있나요? 잘 모르겠습니다."

사내는 충혈 된 눈을 한번 휘번덕 굴리고 나서 침을 칵 하고 뱉었다.

마침 노인이 공동묘지 저쪽으로 사라졌기 때문에 진은 사내를 다그칠 수가 있었다.

"이것 봐요. 수사에 협조하는 것이 그렇게 싫을 거야 없지 않소. 당신이 정 그런 투로 나온다면 함께 동행 해야겠소. 잘 생각해서 바른 대로 말해 봐요. 이장을 부탁했던 사람이 누구요. 혹시 이렇게 생긴 사람 아니오?"

다비드 킴의 사진을 내보이자 사내가 멈칫했다.

"네, 바로 이 사람입니다."

"언제 이장했지요?"

"작년 가을쯤으로 생각됩니다."

진이 날카롭게 캐묻자 사내는 의외로 순순히 대답해 주었다.

"그 사람 이름이 뭐라고 하던가요?"

"그런 건 잘 모르겠습니다. 어떤 늙은 사람하고 같이 왔는데, 주로 그 늙은 사람이 말을 하고 그 젊은 사람은 거의 말을 하지 않았습니다."

"그 늙은 사람은 빼빼 마르고 대머리에 안경을 끼지 않았던가요?"

"네, 그랬습니다."

바로 고아원의 고 원장일 거라고 진은 생각했다.

"그 젊은 사람에 대해서 좀 자세히 얘기해 주시오."

"그 사람은 죽은 사람의 아들인 것 같았습니다. 키가 크고 힘깨나 쓰게 보였지만 아주 예의 바르고 겸손했습니다. 금강공원에 가보면 알겠지만 아주 잘 만들어졌습니다."

"경비가 얼마나 들었나요?"

"한 5백 정도 들었을 겁니다. 참, 공원 관리사무실에 가보시면 장부에 그 사람이 이름이 적혀 있을 겁니다."

어머니의 묘를 그렇게 훌륭하게 만들어 놓을 정도라면 다비드 킴은 자주 그곳에 가볼 것이다. 문제는 그자가 어머니 묘 앞에 나타나는 시간을 포착하는 것이다. 언제쯤 나타날까.

금강공원묘지를 향해 차를 타고 가는 동안 진은 시종 입을 꾹 다물고 있었다. 다비드 킴이 머지않아 그 앞에 정체를 드러낼 것만 같아 그는 자못 흥분하지 않을 수 없었다.

금강공원묘지에 닿은 것은 한 시간쯤 지나서였다. 그곳은 고급의 공원묘지로서 상류층이 많이 이용하고 있었다.

진은 지프를 공원 입구에 세워두고 관리사무실부터 찾아갔다. 거기에는 다비드 킴의 이름이 김일수(金一洙)로 되어 있었다. 물론 가명일 것이다.

"이 사람이 경비를 지출했습니까?"

"네, 물론이지요."

"얼마를 냈습니까?"

"모두 해서 5백 40만 원입니다."

직원은 일어서서 창밖을 가리켰다.

"저어기 큰 소나무가 두 그루 보이죠? 바로 거깁니다."

거개에는 보기 좋게 가지를 뻗은 큰 소나무 두 그루가 흔들리고 있었다.

"그 사람이 여기에 자주 옵니까?"

"그동안 한 번 여기에 왔었지요. 한 서너 달 됐을 겁니다. 그 사람 부탁으로 매일 꽃을 갖다 놓고 있습니다. 돈은 정확하게 부쳐옵니다."

"그 사람 이렇게 콧잔등이 꺼지지 않았던가요?"

진이 사진을 내보이자 직원은 고개를 끄덕였다.

"네, 맞습니다. 인상이 험하지만 보기보다는 사람이 아주 점잖더군요. 굉장히 부자인 모양이에요. 으리으리한 차를 타고 다니는 걸 보니까."

진의 눈이 빛났다.

"무, 무슨 차를 타고 왔던가요?"

"무슨 차종인지는 모르지만 하여간 국산차는 아니었습니다."

"혹시 차번호를 아십니까?"

"그런 걸 어디 기억해 두나요? 필요하시다면 나중에 유의해서 보지요."

"네, 꼭 부탁합니다. 그 사람이 나타나면 눈치 채이지 않게 차번호를 적어두십시오. 이건 매우 중요한 일입니다. 그리고 그 사람은 물론 그 누구한테도 수사기관에서 여기 왔다는 말은 하지 마십시오."

"네네, 알겠습니다."

중년 사내는 어느 쪽을 택해야 자기에게 득이 되는지를 아는 사람이었다. 어머니의 묘를 화려하게 만들어 놓고 나자 다비드 킴은 자기의 할 일을 완수했다고 생각하는지 거의 이곳에 나타나지 않고 있다. 그가 일정한 간격으로 이곳에 나타날 것이라고 기대했던 진은 적이 실망하지 않을 수 없었다. 그렇다고 언제 나타날지도 모르는 놈을 상대로 끝없이 기다리고 있을 수도 없는 일이다. 생각 끝에 그는 5만 원을 꺼내 사내에게 주었다.

"아니, 이건 뭡니까?"

직원은 놀라고 기쁜 나머지 들뜬 목소리로 물었다.

"받으십시오. 차 넘버를 알려주시든가 그밖에 다른 정보를 알려주시면 그때 가서 5만 원을 더 드리겠습니다. 달리 생각지는 마시고 받으십시오. 그리고 만일 그 사람이 여기 나타났을 때 즉시 알려주시면 10만 원을 더 드리겠습니다. 이곳으로 전화를 해 주시면 됩니다."

진은 명함을 내주었다. 직원은 허리를 굽히면서 돈과 명함을 받아들었다. 수사를 해오면서 진은 돈의 위력을 새삼스럽게 느끼고 있었다. 그는 정보를 얻기 위해 그것을 최대한으로 이용할 생각이었다. 웬만한 사람이면 모두가 돈 앞에 무릎을 꿇기 마련이었다.

다비드 킴의 어머니 즉 김수자의 묘를 확인하기 위해 그는 직원을 따라 비탈길을 올라갔다. 수목이 많아서 묘라기보다는 공원 같은 인상이었다. 양지바른 비탈에 자리 잡고 있어서 햇빛이 가득 비치고 있었고, 전망이 아주 좋았다.

김수자의 묘 앞에 이른 그는 적이 놀랐다. 봉분의 허리하며 앞에 가로 놓인 제단, 그리고 묘비가 온통 대리석으로 되어 있었다. 주위에는 잔디가 곱게 깔려 있었고 묘지 둘레로는 철책이 둘러져 있었다. 묘비는 그의 가슴께에 닿을 만큼 컸고, 거기에 죽은 이의 이름이 박혀 있었다.

　진은 제단 위에 놓여 있는 큼직한 화병과 거기에 꽂혀 있는 붉은 장미꽃을 한동안 멍하니 바라보았다. 죽은 이의 아들을 체포하기 위해 이곳까지 왔다는 사실이 어쩐지 죽은 이에게 죄스럽게 생각되었다.

　다비드 킴은 정말로 이상한 사나이다. 이해하기 어려운 점이 많은 사나이다. 보기 드물 정도로 잔인한 킬러가 자기 어머니에게만은 눈물겹도록 효성이 지극하다. 그것도 자기를 끝까지 길러주지도 않은, 자기를 버린 어머니를 말이다. 그에게도 그런 인간적인 면이 있단 말인가.

　진은 돌아서서 앞을 바라보았다. 멀리 들판이 보였고, 들판 가운데로 고속도로가 뻗어 있었다. 전망이 확 트인 것이 그가 보기에도 명당자리인 것 같았다.

　바로 이 자리에서 다비드 킴을 죽이게 된다면 그것은 불행한 일이다. 제발 그렇게 되지 않기를 바라고 싶다.

　9월 14일, 밤 9시 조금 지나 도쿄에 있는 S국 특수부 요원 3호는 급히 레스토랑을 나왔다. 어떻게 다급히 뛰어나왔는지 마침 안으로 들어서던 젊은 남녀와 부딪칠 뻔했다. 젊은 청년이 뭐라고 욕을 퍼부었지만 그는 들은 체도 하지 않고 밖으로 나가 골목으로 들어서서 우산을 펴들었다.

　거리는 제법 차가운 가을비가 추적추적 내리고 있었다. 그는 코트 깃을 세운 채 맞은편 건물 출입구를 우산 밑으로 노려보았다. 한 떼의 사람들이 출입구로 쏟아져 나오고 있었다. 그 중에서 한 사람을 가려내야 했으므로 그의 눈은 튀어나올 듯이 정면을 응시하고 있었다.

그곳은 일어 학원이었다. 따라서 수강생은 모두가 도쿄에 살고 있는 외국인들이었다. 이윽고 3호의 눈이 번쩍 빛났다. 그는 골목을 나와 행인들 속으로 끼어들었다.

10여 미터 앞에 방금 학원에서 나온 장발 청년과 금발의 여인이 어깨를 나란히 하고 걸어가고 있었다. 청년은 건장해 보였다. 여느 일본 청년들처럼 멋지게 차려 입은 그 청년은 이미 일본의 풍속에 동화된 듯 어깨를 들썩거리며 걸어가고 있었다.

3호의 눈에는 그러한 청년이 도무지 한국 청년처럼 보이지가 않았다. 그러나 그는 분명히 한국 청년이었다. 그것도 X 즉 조남표의 아들인 것이다. 3호는 모오리 형사로부터 X 가족들의 주소를 통보받자 그 즉시 주소를 찾아내어 잠복했다. X의 아내는 거의 외출을 삼가고 있었고 그 아들만이 뻔질나게 밖으로 나돌아 다니고 있었다.

그들이 공중전화를 사용하는 것을 보고 3호는 그 집에 아직 전화가 설치되지 않은 것을 알았다. 그때부터 그는 X의 아들을 미행하기 시작했고, 그것이 벌써 며칠 째 계속되고 있었다. 3호는 지치고 화가 났지만 포기하지 않고 미행을 계속했다. 반드시 무엇인가 걸리고 말 것이라고 그는 굳게 생각하고 있었다.

3호는 김 반장과 진을 제외한 요원 중에서 가장 우수한 사나이였다. 그는 서른세 살로 아직 미혼이었다. 중키에 밋밋한 얼굴을 가진 그는 겉으로 보기에는 평범하기 짝이 없는 인상이었지만 그의 전신에 배어 있는 팽팽한 긴장감은 그가 얼마나 치밀

하고 자신만만한 사나이인가를 말해 주고 있었다.
　X의 아들은 함께 일어를 배우고 있는 미국 처녀와 현재 연애 중인 것 같았다. 그들은 언제나 붙어 다니고 있었다.
　어깨 위로 치렁치렁 흘러내린 금발을 바라보던 3호의 시선이 밑으로 움직였다. 블루진 바지에 감싸인 팽팽한 엉덩이의 흔들림이 군침이 돌 정도로 육감적으로 보였다.
　남녀는 서로 허리에 팔을 두른 채 거리낌 없이 사람들 사이를 헤쳐가고 있었다.
　개새끼, 꽤 행복한 자식인데. 3호는 중얼거리면서 간격을 좁히기 위해 몇 걸음 급히 걸어갔다.
　긴자의 거리를 요란스럽게 웃으며 지나간 그들은 골목으로 꺾어들더니 어느 조그만 호텔 앞에서 걸음을 멈추었다. 3호는 걸음을 멈추지 않고 그들 앞으로 다가갔다. 청년이 호텔을 턱으로 가리키면서 뭐라고 말하자 금발이 몸을 흔들면서 깔깔거리고 웃었다. 3호는 그들을 지나치다가 한참 후에 뒤돌아보았다. 청년과 금발이 막 호텔 안으로 들어가고 있었다.
　빌어먹을. 3호는 피우던 담배를 집어던진 다음 그들을 따라 호텔 안으로 들어갔다.
　남녀가 프런트에 다가서 있는 것을 보면서 3호는 커피숍으로 들어갔다. 프런트와 출입구가 잘 보이는 곳에 자리를 잡고 앉으면서 그는 자 이제부터 또 기다려야 하나 하고 중얼거렸다.
　한 시간이 지나도 두 남녀는 나타나지 않았다. 3호는 다시 커피 한 잔을 시켜 마셨다. 미행하는데도 이젠 지쳐 버렸다. 그러나 집어치울 수도 없다. 무엇인가 걸릴 때까지 기다려야 한다.

다시 한 시간이 지났다. 그때서야 X의 아들 조명식(趙明植)과 금발이 나타났다. 밖으로 나와서까지도 그들의 얼굴은 벌겋게 달아올라 있었다. 저런 망할 것들, 하고 중얼거리면서 3호는 천천히 몸을 일으켰다.

비는 아까보다 좀 거세게 내리고 있었다. 청년과 금발은 사거리에 이르더니 키스를 한 차례 하고 나서 헤어졌다. 금발은 오른쪽으로, 청년은 길을 건너 곧장 걸어갔다. 3호는 금발은 거들떠보지도 않고 청년을 따라갔다.

조명식은 외국 여자와 정사를 나눈 것이 기분이 좋은지 휘파람을 불어대면서 걸어가고 있었다. 이윽고 그는 어느 큰 빌딩 앞에 이르더니 어깨를 으쓱하면서 안으로 뛰어 들어갔다.

3호는 고개를 쳐들고 빌딩을 쳐다보았다. 그것은 국제 전화국이었다. 3호는 긴장했다.

조명식은 접수구의 아가씨와 담소를 하고 있었다. 조금 후 벨 소리가 나자 그는 지정된 부스 속으로 들어가 수화기를 집어 들었다. 3호는 소파에 앉아 신문을 펴들면서 부스 속의 청년을 쏘아보았다. 벽 위에 높이 걸린 시계가 11시 40분을 가리키고 있었다.

조명식은 손을 흔들면서 뭐라고 지껄이고 있었는데 표정이 사뭇 굳어 있는 것으로 보아 화를 내고 있는 것 같았다. 5분쯤 지나 그는 수화기를 난폭하게 내려놓고 밖으로 나와 요금을 지불한 다음 3호 앞을 지나쳐 갔다. 그때 두 사람의 시선이 부딪쳤지만 청년은 무심코 그대로 걸어갔다. 그가 나가는 것과 동시에 3호는 일어서서 접수구로 다가섰다. 예쁘장하게 생긴 제복의 처녀가 웃으며 그를 맞았다.

"조금 전에 국제전화를 걸고 간 그 청년……어디다 전화를 걸었는지 좀 알고 싶은데……"

"무슨 일로 그러시나요?"

"좀 조사할 게 있어서 그럽니다."

"저기, 경찰이신가요?"

"이곳 경찰은 아닙니다."

"그럼……?"

"한국에서 왔습니다."

처녀가 눈을 동그랗게 떴다. 그러나 이내 생글거리면서

"미안합니다. 고객들의 비밀을 지켜드려야 하기 때문에 그건 알려드릴 수 없습니다. 죄송합니다."

라고 공손하게 말했다.

"통화 내용을 알자는 게 아니고 전화번호만이라도……"

"그것도 안 됩니다. 죄송합니다."

상냥한 것이 들어줄 것도 같으면서 그녀는 좀처럼 승낙을 하지 않았다. 마침 다른 손님이 왔기 때문에 그녀는 그쪽으로 고개를 돌려버렸다. 3호는 화가 치밀었지만 꾹 참고 기다렸다. 그러나 손님이 가고 난 뒤 다시 부탁해도 마찬가지였다.

"정 그러시다면 위에 여쭤보겠어요."

여직원은 안쪽으로 들어가 어떤 상사와 잠깐 이야기를 나누더니 곧 돌아왔다. 그리고 고개를 흔들었다.

"안되겠습니다. 가르쳐 드리고 싶지만 위법이라 곤란하답니다. 죄송합니다."

3호는 입술을 깨물면서 돌아서 나오다가 모오리 형사를 생각했다. 그는 즉시 공중전화 부스로 들어가 경시청으로 전화를 걸었다.

"모오리 형사님은 안 계십니다."

신경질적인 목소리가 들려왔다.

"지금 계신 곳을 알 수 없을까요?"

"기다려 보시오."

모오리 형사가 있는 곳은 술집이었다. 3호는 전화를 끊은 다음 술집 전화번호를 돌렸다.

모오리는 술에 잔뜩 취해 있었다. 그러나 3호의 이야기를 듣더니 곧 오겠다고 했다.

20분도 채 못 되어 그는 나타났다. 술을 많이 마셨는지 냄새가 확 풍겨왔다.

"알아가지고 올 테니 잠깐 기다리시오."

그는 안으로 들어가더니 얼마 안 있어 곧 나왔다.

"놈은 한국에 전화했습니다. 이게 전화번호입니다."

3호는 모오리가 주는 메모지를 들여다보고 나서 그것을 주머니에 집어넣었다.

"통화 내용을 알 수 없을까요? 전화 건 시간은 11시 40분이었는데 교환수가 혹시 엿들었을지도……"

그의 말이 끝나기도 전에 모오리는 이미 안으로 들어가고 있었다. 술에 취했으면서도 몸가짐은 흐트러지지 않고 있었다.

10분쯤 지나 모오리는 웃으며 나왔다.

"돈을 보내 달라고 떼를 쓰더랍니다. 교환수가 심심했던지 다행히 엿들었더군요. 술이나 마시러 갑시다."
　3호는 시계를 보았다. 이미 9월 15일로 접어들고 있었다.
　"좋습니다. 제가 한 잔 사죠."
　전화국을 나온 그들은 가까운 나이트클럽으로 들어갔다. 3호도 꽤 술이 센 편이라 그들은 새벽녘까지 계속해서 술을 마시고 춤을 추었다.
　만취된 몸으로 가까스로 숙소에 돌아온 3호는 점심때까지 곯아떨어져 있다가 1시쯤에야 눈을 떴다. 그리고 비로소 자기가 중요한 일을 잊고 있었다는 것을 깨달았다. 침대에서 뛰쳐나온 그는 양복 주머니 속에서 메모지를 꺼내들고 서울로 지급전화를 걸었다. 5분이 못되어 반응이 왔다.
　"여기는 십자성……"
　"여기는 3호. 아들이 아버지에게 전화. 전화번호는 9국의 2516."
　"통화 내용은?"
　"송금 부탁……"
　"오케이, 지시가 갈 때까지 대기할 것."
　도쿄의 3호로부터 지급전화를 받고 난 김 반장은 즉시 전화국에 넘버 소유자를 조회했다. 10분도 못되어 전화국으로부터 통보가 왔다.
　"부산의 퍼시픽 호텔입니다."
　"감사합니다."
　김 반장은 긴급회의를 개최했다. 그는 부원들에게 함구할 것을 엄격히 지시한 다음 5명을 선발했다. 그리고 비밀을 지키기 위해 행선지도 말하지 않은 채 그들에게 출발 준비를 하라고 일 렀다.

이윽고 두 대의 야전용 지프에 분승한 그들은 경부 고속도로로 달려 나갔다. 김 반장은 앞 차 운전대 옆에 앉아서 초조하게 앞을 바라보고 있었다.

계절은 가을이었지만 아직 9월 중순이라 산과 들은 여전히 녹음에 싸여 있었다.

"헬리콥터를 이용하시지 그랬습니까?"

뒤에 앉은 부원이 김 반장을 향해 말했다.

"번거롭고…… 비밀이 누설될 염려도 있어서……"

지프는 신품이라 속력이 좋았다. 그러나 다급한 그에게는 기어가는 것만 같았다.

"더 속력을 내봐."

"이 이상은 안 됩니다. 뒤집힙니다."

운전부원이 핸들을 힘주어 잡으면서 말했다.

김 반장 일행이 부산에 닿은 것은 거의 6시가 가까워서였다. 그들은 지체하지 않고 똑바로 퍼시픽 호텔로 향했다.

그들이 퍼시픽 호텔에 닿았을 때는 수평선 위로 막 태양이 지고 있었다.

김 반장은 일반 손님처럼 방을 하나 잡은 다음 두 명의 부원을 시켜 지배인을 데려오게 했다. 그동안 그는 열어젖힌 창문을 통해 핏빛으로 물든 수평선을 바라보고 있었다.

중년 지배인은 끌려오자마자 항의부터 했다.

"도대체 왜들 이러십니까? 여기가 어디라고 이러십니까?"

"미안합니다. 조용히 하십시오."

김 반장이 손을 들어 그를 제지했다. 그리고 전화번호를 적은 종이쪽지를 지배인 코앞에 내밀었다.

"이 전화번호는 이 호텔에 있는 거지요?"

지배인은 그것을 힐끔 보고 나서 고개를 저었다.

"아닙니다. 이런 전화번호는 여기에 없습니다."

그의 말이 끝나자마자 복부에 일격이 가해졌다. 무릎을 꿇고 쓰러지는 그를 두 명의 부원이 부축해 일으켰다. 다른 부원이 다시 한 번 그를 갈기려고 하자 지배인은 사색이 되어 애걸했다.

"마, 말씀드리겠습니다. 그렇지만 제, 제가 위험합니다."

"염려할 것 없어. 우리가 지켜줄 테니까."

지배인은 눈물을 닦았다.

"그건…… 밀실 전화번호입니다."

"밀실에는 누가 있지? 우린 다 알고 있으니까 바른 대로 말하시오."

"누군지는 모릅니다. 거기 들어갔다 나온 아가씨 말이 노신사가 한 분 계시 답니다."

"아가씨라니, 콜걸 말인가?"

"네……"

"지배인이 밀실에 들어 있는 사람 얼굴도 모르나? 아는 사람이 누구야?"

"아무도 없습니다. 경호원들이 지키고 있기 때문에 접근할 수가 없습니다."

"경호원은 몇 명인가?"

"두 명입니다."

"아무리 경호원이 있다 해도 당신은 이 호텔 지배인이 아닌가? 지배인이 접근을 못하다니 이상하지 않은가?"

"사장님의 특별 지시입니다. 거기에는 아무도 가지 말라고 했습니다."

"사장은 어디 있나?"

"사, 사장실에 있습니다."

"사장을 체포해. 이리로 데려와."

지시를 받은 두 명의 부원이 밖으로 뛰어나갔다.

"밀실은 어디 있나?"

"5층에 있습니다."

지배인은 떨기 시작했다.

"밀실 구조를 말해 봐."

지배인은 떨리는 손으로 종이에 그림을 그렸다.

"여기가 입구입니다. 입구를 들어서면 방이 하나 있는데 거기에 경호원들이 있습니다. 문간방 저쪽에 또 하나 방이 있는데 그 방은 응접실이고 그 옆방이 침실입니다. 들어가는 곳은 문간방을 통해서만 들어갈 수 있는데 응접실에 비상구가 하나 있어서 나갈 때는 그쪽으로 나갈 수도 있습니다."

"비상구는 어디로 통하지?"

"바로 바닷가로 통합니다."

"비상구를 가서 지켜. 사살하면 안 되니까 위협사격만 해."

두 명의 부원이 나가자 아까 나갔던 부원들이 사장을 끌고 들어왔다.

"당신들은 누구요? 왜들 이러는 거요?"

사장은 40대의 험한 인상을 가진 사내였다. 김 반장은 피우던 담배를 비벼 끈 다음 사장을 쏘아보았다.

"기관에서 왔다는 것만 알아 두시오. 밀실에 누가 있소?"

주위를 둘러보는 사장의 얼굴이 뻣뻣하게 굳어져 갔다.

"시침 떼지 말아요. 조남표를 숨겨주는 이유를 듣고 싶군. 그러고 보니까 이 호텔도 이상하군. 조남표하고 어떤 사이요?"

"난 그런 사람 모릅니다. 비켜 주시오. 나가겠소!"

"안 돼!"

문을 막고 서 있던 부원이 김 반장의 사인을 받자 주먹으로 사장의 턱을 후려갈겼다. 연거푸 복부를 후려치자 사장은 신음을 토하면서 바닥 위로 엎어졌다.

"좋아. 지금 대답 못하겠다면 뒤로 미루지. 일어서!"

사장은 비틀거리면 일어서서 질린 눈으로 김 반장을 바라보았다.

"자, 밀실로 우리를 안내하시오. 당신은 경호원들하고 잘 통하겠지. 안되겠나?"

세 명의 부원이 한꺼번에 몰매를 놓을 듯이 다가서자 사장은 허덕거리면서

"아, 안내하겠습니다."

라고 말했다.

"도망칠 생각은 하지 마시오. 당신이 도망치면 이 호텔 문을 닫게 될 테니까."

김 반장이 사장 뒤를 바싹 따라붙으면서 말했다.

그들은 5층까지 엘리베이터를 타고 올라갔다. 5층에서 내리자 김 반장은 권총을 빼들고 사장의 등을 쿡 찔렀다.
"다른 사람들한테 눈치 채지 않게 태연히 걸어가시오."
사장은 몸을 한 번 부르르 떤 다음 천천히 걸어갔다.
밀실은 5층의 왼쪽 끝에 있었다. 복도는 중간에서 막혀 있었고 그 앞에 웨이터가 탁자를 놓고 앉아 있었다. 사장을 보자 그는 벌떡 일어나 절을 했다. 그리고 탁자 위의 부저를 눌렀다.
"누구냐?"
인터폰을 통해 거친 목소리가 흘러나왔다.
"사장님께서 오셨습니다."
"잠깐 기다려!"
조금 후 문이 열리자 대기하고 있던 부원이 먼저 주먹을 내뻗었다.
"아이쿠!"
경호원이 얼굴을 싸쥐자 부원들이 일제히 뛰어들어 놈을 때려눕혔다. 순식간에 일어난 일이라 경호원은 소리 한번 지르지 못한 채 길게 뻗어버렸다.
내부는 다시 복도였다. 문간방에 대기하고 있던 경호원은 권총을 빼들다 말고 이마에 몽둥이를 세차게 얻어맞고 비명을 지르며 쓰러졌다.
다른 부원들은 이미 침실 쪽으로 뛰어들고 있었다.
그때 X는 침대 위에 누워 콜걸을 희롱하고 있었다. 비명 소리를 듣고 그는 팬티를 입을 사이도 없이 뛰어나가려는데 사나이들이 들이닥쳤다. 그는 얼결에 S25 자동소음권총의 방아쇠를 당겼다. 앞에 서 있던 사나이가 쓰러지자 뛰어들던 사나이들이 뒤로 주춤 물러섰다. 그 틈을 이용해서 그는 권총을 휘두르며 비상구 쪽으로 달려 나갔다.

그때 쓰러졌던 사나이가 몸을 날려 그의 허리를 끌어안았다. 두 사람이 뒤엉켜 쓰러지자 몽둥이를 들고 있던 부원이 X의 얼굴을 향해 몽둥이를 휘둘렀다.

이마에 딱 하고 부딪히자 몽둥이가 부러져 나갔다. 다른 부원이 의자를 들어 X를 힘껏 내려쳤다. 김 반장이 뭐라고 할 틈도 없이 부원들은 맹수처럼 달려들어 X를 짓이겼다.

그러나 X 역시 만만치가 않았다. 비록 봄은 늙었지만 주먹으로 평생을 살아온 사나이인 만큼 악착같은 데가 있었다.

피투성이가 된 얼굴을 흔들면서 그는 주먹을 마구 휘둘렀다. 머리에서 뿜어 나온 피가 얼굴로 흘러내리고 있었기 때문에 그는 눈을 못 뜨고 있었다. 그것이 그의 행동에 제약을 가하고 있었다. 그는 흡사 짐승처럼 울부짖으면서 부원의 목을 끌어안고 어깨 너머로 메다붙였다. 그리고 의자를 집어 들고는 마구 휘둘렀다.

방안은 온통 아수라장이 되고 있었다. 의자며 탁자는 온통 부서지고 문짝까지 떨어져나갔다. 신음소리를 내면서 달려드는 X를 향해 부원 하나가 맥주병을 휘둘렀다. 얼굴에 정통으로 부딪치자 맥주병은 퍽 하는 소리를 내면서 산산이 흩어져 날아갔다. 그 충격에 X는 잠시 저항을 잃고 비틀거리며 서 있었다. 이윽고 그는 무릎을 꺾으면서 앞으로 풀썩 쓰러졌다. 그리고는 다시 움직이지 않았다.

김 반장은 먼저 총을 맞고 쓰러진 부원을 들여다보았다. 가슴에 총을 맞은 부원은 이미 숨이 끊어져 있었다.

"앰뷸런스를 불러!"

부원들은 부상당한 몸을 이끌고 재빨리 일을 처리해 나갔다. 움직일 수 없을 정도로 부상한 사람들은 병원에 입원시키고, 퍼시픽 호텔 사장과 별로 부상하지 않은 경호원은 연행되었다.

김 반장은 X가 입원하는 바람에 부산을 떠날 수가 없었다. X는 너무 상처가 깊었기 때문에 그를 서울로 데려가는 것은 무리였다.

아무튼 X를 체포했다는 것은 사냥작전을 전개한 이래 가장 큰 성과라고 할 수 있었다. 그래서 모두가 흥분하고 있었다. 본부로부터 엄 과장이 내려오고 국장으로부터 축하 전화까지 왔다. 그러나 김 반장은 이 모든 것도 X가 입을 열지 않을 경우에는 아무 쓸모가 없다는 것을 잘 알고 있었다.

X는 깨어나지 못하고 있었다. 금방이라도 숨이 끊어질 것 같았다. 때문에 의사는 산소호흡을 시키고 있었다. 피를 너무 많이 흘려 수술하기조차 어려웠다.

"동공에 유리가 많이 박혀 수술해도 실명은 불가피합니다. 뇌도 많이 손상되어 의식을 찾을 수 있을는지 모르겠습니다. 우선 생명을 건져야 하는데 오늘 밤이 고비일 것 같습니다."

담당의사는 김 반장을 향해 원망스러운 듯이 말했다. 김 반장은 팔짱을 낀 채 묵묵히 환자를 내려다보기만 했다. 엄 과장이 의사를 향해 말했다.

"어떤 수단을 써서라도 의식을 차리게 해 주십시오. 이 사람이 죽으면 곤란합니다."

"죽으면 곤란하다면서 왜 사람을 이렇게 때렸지요?"

"당신이 참견할 일이 아니오."

화가 난 김 반장이 쏘아붙이자 의사는 얼굴을 붉히면서 나가 버렸다. 두 사람은 부원들에게 엄중히 경비를 서도록 당부한 다음 식사를 하기 위해 밖으로 나왔다.

심사가 사나워진 김 반장은 시종 입을 다물고 있었다. 설렁탕을 한 그릇씩 먹은 다음 다방에 들러 커피를 마시고 나자 그제서야 김 반장은 입을 열었다.

"X가 퍼시픽 호텔에 숨어 있었다는 것이 좀 이상합니다. 더구나 손님으로 있었던 게 아니고 호텔 사장의 비호를 받으면서 숨어 있었습니다. 사장 놈이 아무래도 일당이 아닌가 생각됩니다. 그놈이 같은 일당이라면 호텔은 바로 그놈들이 운영하는 것이 틀림없습니다."

엄 과장이 고개를 끄덕였다.

"그 사장 놈을 엄중히 문초해 보지요."

"그렇지 않아도 그렇게 할 생각입니다. 신원조회도 부탁해봤습니다."

김 반장은 찻잔을 천천히 저은 다음 입으로 가져갔다.

"그놈들이 호텔에 손을 대고 있다는 것이 사실이라면 퍼시픽 하나만은 아닐 겁니다. 호텔은 가장 확실한 수입원이고 장사도 잘 되니까 놈들이 손댔을 가능성이 많습니다."

"그렇겠군요."

"놈들은 일본에서 자금을 가져오는 외에 국내에서도 자금을 만들고 있는 게 분명합니다."
"그걸 분쇄해야겠지요."
그들은 다방을 나와 호텔 사장을 가둬 둔 경찰서로 향했다. 사장은 부산에서 유지로 행세하고 있어서인지 경찰로부터 꽤 대접을 받고 있었다. 숙직실 침대에 누워 있다가 그들이 들어가자 그는 슬그머니 일어났다. 그때 경찰서장이 직접 찾아와서 엄 과장과 김 반장을 한쪽으로 데려갔다.
"무슨 일로 그러십니까? 저 김 사장 여러 가지로 좋은 일을 하고 있는 분인데…… 웬만하면……"
엄 과장이 서장을 힐끔 쳐다보았다.
"자세한 것을 말씀드릴 수는 없습니다. 하여튼 조사를 요하는 인물이란 것만 알아주십시오. 좋은 일을 한 것도 위장하기 위해서 그런 것인지 모릅니다."
경찰서장은 금테 안경을 벗었다가 다시 끼면서 놀란 표정을 지었다.
"그게 정말입니까?"
"조사를 해보면 드러나겠지요. 지금까지 여러 가지로 관계를 가지셨겠지만 지금부터는 달리 생각하셔야 합니다."
"아니, 뭐 관계를 가진 건 없습니다. 단지 너무 갑작스런 일이라……"
"그놈을 취조실로 데려가야겠습니다."
"네, 그렇게 하시죠."
서장은 당황해서 말했다.
숙직실로 돌아간 김 반장은 사장을 손가락으로 가리켰다.

"이봐, 당신 일어나."

그가 서장을 바라보며 머뭇거리자 밖에 대기하고 있던 부원이 안으로 들어가 그를 난폭하게 끌고 나왔다.

"도대체 왜들 이러는 거요?"

"몰라서 묻나?"

서장은 고개를 끄덕이다가 돌아서 가버렸다.

취조실로 들어가자 사장은 완전히 얼어붙어 버렸다. 이미 호텔에서 이 사나이들이 무서운 자들이라는 것을 알았던 만큼 그는 전전긍긍하고 있었다.

"여기에 신원조회 들어온 게 있습니다."

부원이 메모지를 김 반장에게 내주었다. 김 반장은 메모지를 들여다본 다음 그것을 엄 과장에게 넘겼다.

"김태식(金太植), 무슨 돈으로 호텔을 지었지? 당신은 일찍이 조남표의 부하로 깡패였는데 도대체 호텔 지을 돈은 어디서 났어? 누구한테 뜯었다 해도 푼돈일 텐데 말이야."

취조실은 지하실이었는데 습기 때문에 곰팡이 냄새가 가득 차 있었다. 그 냄새가 싫어 모두가 담배를 피워대고 있었다. 김 형사는 책상 위에 놓인 스탠드의 광도를 올린 다음 그것을 김 사장의 얼굴 쪽으로 꺾었다. 강한 불빛을 받은 김태식은 한동안 눈을 뜨지 못해 고개를 돌리고 있었다.

"고개를 똑바로 들어!"

김 반장은 책상 밑으로 정강이를 걷어찼다. 김태식은 고개를 쳐들면서 얼굴을 찌푸렸다.

"묵비권을 행사할 텐가? 경찰에겐 그것이 통할지 몰라도 우리한테는 안 통해. 대답을 하지 않으면 아가리를 찢어놓는다. 어디서 돈이 나서 호텔을 지었어? 자금주가 누구야? 조남표인가? 수입금은 모두 누가 가져가나? 대동회에서 가져가나?"

몹시 두려워하면서도 김 사장은 입을 다물고 있었다.

"이 자식이!"

화가 난 김 반장이 손을 들어 상대의 따귀를 후려갈겼다.

"다시 묻겠다. 왜 조남표를 호텔에 숨겨 주었지?"

"잘 아는 사이라 그랬습니다."

"그래, 좋아. 그러면 호텔은 무슨 돈으로 지었지?"

"일본에 있는 친구가 돈을 대준 겁니다."

"거짓말 마. 당신을 믿고 수십억을 대주는 미친놈이 어딨어? 당신 배후가 누구야?"

"배후는 없습니다."

김 반장은 벌떡 일어섰다.

"이 새끼, 혼내 줘!"

부원이 김 사장을 일으켜 세웠다. 부원은 김 사장보다 키가 작고 호리호리했다. 그러나 그가 양손으로 번개같이 옆구리를 후려치자 김 사장은

"어이쿠!"

하는 소리를 내면서 주저앉고 말았다. 숨통이 막히는지 그는 한동안 헐떡거리면서 바닥을 기다가 한참만에야 몸을 일으켰다.

이번에는 복부를 향해 주먹이 날아갔다. 김 사장은 다시 쓰러져서 일어나지 못하고 뒹굴었다.

"엄살떨지 마. 이런 건 아무것도 아니야. 서울로 가면 당신은

죽게 돼."

무표정하게 바라보던 엄 과장이 조용한 목소리로 말했다.

"이리 와 앉아!"

김 반장의 지시에 김 사장은 무릎으로 기어와 의자 위에 간신히 걸터앉았다.

"우리도 손을 대는 건 싫다. 자, 순순히 자백해. 바른 대로 말하지 않으면 당신은 절대로 풀려나지 못해. 너희들 조직을 말해 봐! 보스가 누구냐?"

"전…… 전…… 아무것도 모릅니다. 다만……"

뒤에 서 있던 부원이 김 사장의 머리칼을 움켜잡고 책상 위에 힘껏 밀어붙였다. 김 사장이 고개를 쳐들었을 때 그의 코에서는 피가 줄줄 흘러내리고 있었다.

"전…… 전…… 아무것도 모릅니다. 다만……"

"다만 뭐야?"

"물 좀 주십시오."

부원이 주전자를 주자 그는 정신없이 물을 마셨다. 그리고 한숨을 쉬고 나서 천천히 입을 열었다.

"저는 다만…… 시키는 대로 했을 뿐입니다."

"누가 시킨 거야?"

"조…… 조남표입니다."

"조남표의 배후는 누구냐?"

"그건 모릅니다."

"이 새끼, Z가 누구냐?"

"모릅니다."

"전기 고문을 받고 싶나?"

"용서해 주십시오. 저…… 저는 정말 아무것도 모릅니다. 시키는 대로 했을 뿐입니다."

김 사장은 덜덜 떨어댔다.

"그러니까 호텔 진짜 주인은 조남표란 말이지?"

"네, 그렇습니다."

"조남표는 돈이 어디서 나서 호텔을 지었지?"

"일본에서 돈이 온 걸로 알고 있습니다."

"일본에서 누가 돈을 보냈어?"

"그건 모릅니다."

"모른다고만 하지 마. 거짓말을 하면 용서 안 해."

"정말입니다. 정말 모릅니다."

김태식은 애걸조로 말했다.

"조직에 대해서 아는 대로 말해 봐."

"정말 아는 거라곤 없습니다. 단지 저는 호텔에 대해서만 책임을 맡고 있습니다. 그밖에는 아는 것이 하나도 없습니다."

"호텔 수입금은 조남표가 가져가나?"

"네, 그렇습니다."

"너희들이 경영하는 호텔이 여러 개 있을 텐데……"

"몇 개 체인을 맺고 있습니다."

"어디어디야?"

"킹, 콘티넨탈, 내셔널입니다."

"이 호텔들을 모두 조남표가 관장했나?"

"네, 그렇습니다. 명목상의 사장은 따로 있고, 모든 지시는 그 사람이 내렸습니다."
 그때 부원이 들어와 작은 소리로 김 반장에게 보고했다.
 "X가 의식을 찾았답니다."
 김 반장은 김태식을 부원에게 맡기고 엄 과장과 함께 급히 병원으로 향했다. 가는 도중에 그들은 호텔 문제를 언급했다.
 "네 곳의 호텔 사장들을 모두 체포해서 데려다가 조사하는 게 좋겠습니다."
 "그런데 그게 간단한 문제가 아닙니다. 엄연히 합법적인 장사를 하고 있는데 무턱대고 잡아들일 수는 없을 겁니다. 이런 경우에 대비해서 놈들도 법적으로 하자가 없게 준비를 해놓고 있을 겁니다."
 엄 과장의 반대에는 일리가 있었다.
 "그렇다면 세무서에 연락해서 감사를 시키죠. 세금으로 몇 번 계속해서 때리면 문을 닫을 수밖에 없을 겁니다."
 "그게 좋겠군. 그렇게 합시다."
 병원에 도착한 그들은 병실에 들어가기 전에 담당 의사를 만났다.
 "지금은 안 됩니다. 환자가 의식을 차리긴 했지만 아직 위험합니다."
 "알고 있습니다. 그렇지만 지체할 수가 없습니다."
 병실 안으로 들어간 김 반장은 문을 닫아걸었다.
 X는 신음 소리를 내면서 머리를 움직이고 있었다. 김 반장은 바싹 붙어 서서 그를 흔들었다.
 "조남표, 내 말 들리나?"

"……"

"내 말 들리나? 당신이 대답하지 않으면 당신 아들 조명식이 위험하다."

코와 입만 남긴 채 얼굴이 온통 붕대로 감겨 있었기 때문에 표정을 읽을 수가 없었다. 김 반장의 말을 들었는지 X는 움직임을 멈추고 있었다. 부르튼 입술은 조금 벌어져 있었다. 김 반장은 허리를 굽히고 좀 더 큰소리로 말했다.

"당신 아들 신병도 우리가 확보하고 있어. 묻는 대로 대답하지 않으면 당신 아들도 가만두지 않겠다. Z가 누구냐?"

"……"

조남표는 움직일 기미를 보이지 않았다. 입술은 여전히 벌어진 채 고정되어 있었다. 김 반장은 X를 잡아 흔들었다.

"대답하지 않을 테냐? 대답하지 않으면 죽여 버리겠다. 너는 물론 네 아들도 죽여 버리겠다!"

X가 머리를 흔들었다. 손도 내저었다. 그리고 입술도 움직이기 시작했다. 그러나 웅얼웅얼 하는 소리만 날 뿐 무슨 말인지 알아들을 수가 없었다.

"큰소리로 말해봐! 무슨 말인지 안 들린다!"

김 반장과 엄 과장은 조남표의 입 가까이 귀를 갖다 댔다.

"좀 더 큰소리로 말해 봐! 무슨 말이야? 큰소리! 큰소리로!"

조남표의 입술이 크게 움직였다.

"우리 아들은……"

"좀 더 크게! 당신 아들이 어쨌어?"

"내 아들은 아무 관계없어…… 손대지 마. 손…… 대면 죽일 테다."

"망할 자식!"

김 반장은 X의 복부를 힘껏 내려쳤다.

"Z가 누구냐?"

남표의 입술이 움직이지 않았다. 벌어진 입술 사이로 파리 한 마디가 날아와 앉더니 기어 다니기 시작했지만 그는 꼼짝도 하지 않았다.

"너희들이 노리는 게 뭐냐? 너희들 계획을 말해 봐!"

"……"

"최동희를 죽인 놈이 누구냐?"

"……"

"K일보도 너희들이 불 질렀지?"

"……"

"너희들은 머지않아 박멸된다! 너희들이 경영하는 호텔도 모두 파악해뒀다! 목숨이라도 건지고 싶으면 묻는 대로 대답해! 보스가 누구냐?"

남표는 목석같았다. 죽음을 앞에 놓고도 그는 쉽게 입을 열려고 하지 않았다. 중태인 그에게 고문을 가한다는 것이 꺼림칙하고 위험한 일인 줄 알면서도 김 반장은 주전자를 집어 들어 남표의 얼굴 위에 물을 부었다. 입과 코에 물이 들어가자 남표는 숨이 막혀 머리를 가로저으면서 기침을 세게 했다. 그러나 워낙 중상이라 몸은 움직이지 못했다.

"우…… 우…… 우…… 그만…… 그만……"

"자, 자백해! Z가 누구냐?"

"모…… 몰라……"

"이 새끼, 아직도 부족하나?"

김 반장은 주전자 꼭지를 아예 입 속에 틀어넣었다. 조남표는 몸부림을 쳤다.

"그만…… 그만…… 살려 줘."

"누가 최동희를 죽였지?"

"Z…… Z……"

"다비드 킴은 어디 있나?"

"모, 모른다…… Z가……"

"Z가 알고 있나?"

"그래…… 그렇다……"

조남표의 호흡이 거칠어지고 있었다. 주전자를 뺐지만 상태가 갑자기 악화되고 있는 것 같았다.

"Z는 누구냐? 그것만 대답해! 그러면 살려 주겠다!"

"……"

"너희들에게 정보를 제공해 주는 놈이 누구냐?"

"……"

"Z와 R이 만나서 무슨 이야기를 했지?"

김 반장이 다시 물을 부으려고 하자 엄 과장이 말했다.

"그만합시다. 죽어 버리면 곤란하니까."

김 반장은 남표의 어깨를 붙잡고 흔들었다.

"정신 차려! Z가 누구냐?"

남표는 괴로운지 턱을 쳐들고 신음했다.

"망할 놈의 인간! 죽기 전에 털어놓아야 할 거 아니야!"

그들이 아무리 신경을 곤두세우고 물었지만 상대는 입을 열지 않았다. 이미 죽음의 문턱에 다가선 X는 숨만 가쁘게 내쉬고 있었다.

날짜는 이미 자정을 지나 9월 16일로 접어들고 있었다. 김 반장과 엄 과장은 조남표 옆에 눌어붙어 앉아 그의 입이 떨어지기를 기다리고 있었지만 상대는 좀처럼 움직일 기미를 보이지 않았다. 성능이 좋은 두 대의 녹음기가 환자의 머리맡에 놓여져 조그만 소리까지 흡수해 들이고 있었다. X가 입술을 움직일 때면 두 사람은 숨을 죽이고 귀를 기울이곤 했다.

새벽 3시쯤 X의 입에서 소리가 흘러나왔다. 그러나 워낙 작은 소리라 좀처럼 알아들을 수가 없었다. X는 이미 죽어가고 있었다. 그 자신도 어떻게든지 소리를 내보려고 애쓰는 것 같았지만 마음대로 되지가 않는 모양이었다. 김 반장은 안타까운 나머지 상대의 식어가는 손을 움켜쥐었다.

"자, 말해 봐. 힘을 내서 말해 봐. 힘을 내서⋯⋯"

김 반장은 작은 소리로 속삭였다. 4시쯤에 X의 입에서 조금 큰 소리가 흘러나왔다.

"우리⋯⋯ 집⋯⋯ 사람⋯⋯"

들을 수가 있는 소리는 그것뿐이었다.

"그 다음을 말해봐!"

"당신 마누라가 어쨌다는 거야?"

"⋯⋯"

안타깝게도 X의 말은 거기서 끝나 버렸다. 입술은 푸르딩딩한 빛을 띤 채 더 이상 움직이려고 하지 않았다. 호흡도 멎은 것 같았다.

　김 반장은 밖에 대기하고 있는 부원에게 의사를 데려오게 했다. 간호원과 함께 뛰어온 의사는 환자의 얼굴이 온통 물에 젖어 있는 것을 보자 노기를 띠면서 그들을 바라보았다. 그러나 그들의 표정이 하나 같이 굳어 있는 것을 보자 잠자코 산소마스크를 환자의 얼굴에 씌우고 산소를 넣기 시작했다.

　"어떻습니까?"

　"매우 위독합니다."

　"깨어나겠습니까?"

　"깨어나더라도 그리 오래 가지는 못할 겁니다. 말은 물론 못합니다."

　"살 것 같습니까?"

　"지금 같아서는 죽은 거나 마찬가집니다."

　김 반장과 엄 과장은 병실을 나와 가까운 여관으로 들어갔다. 너무 피곤했으므로 그들은 곧장 잠자리에 들었다.

　이보다 조금 전 다비드 킴은 Z로부터 긴급 지시를 하나 받았다. 그 지시라는 것은 부산의 어느 병원에 입원해 있는 X를 제거하라는 것이었다.

　"어느 병원인지는 알 수 없어. X가 현재 체포되어 병원에 입원해 있다는 것만 알고 있어. X가 입을 열기 전에 제거해 버려. 그리고 현재 어느 정도 입을 열었는지 그것도 알아 봐."

　이용 가치가 없어지고, 실수를 하고, 더구나 비밀을 누설할 염려가 있는 자는 가차 없이 제거당하기 마련이다. X를 잃는다는 것은 큰 타격이 아닐 수 없다. 그러나 현재로서는 필요 없는 인물이다. 살려두면 오히려 이쪽에 손해가 될 뿐이다.

Z가 자세히 설명은 하지 않았지만 다비드 킴은 Z의 심증을 충분히 알 수 있을 것 같았다. 그렇다고는 하지만 어느 병원에 입원해 있는지도 모르는 X를 어떻게 제거하나. 병원을 알아낸다 해도 거기에는 S국 특수부 요원들이 눈에 불을 켜고 지키고 있을 것이다. Z가 나에게 이 일을 부탁한 이유를 알 수 있을 것 같다. 내가 아니면 해내기 어렵기 때문에 나에게 지시를 내렸을 것이다. 그렇지만 이것은 너무 어려운 일임에 틀림없다. 더구나 시간이 너무 촉박하다. 시간이 없다는 것은 그만큼 위험 부담이 많다는 것을 의미한다.

김 반장은 X를 체포한 일을 엄중히 보안 조치했기 때문에 S국 내에서도 X가 어디에 입원해 있는지 모르고 있었다. 따라서 Z에게도 정보가 들어가지 않은 것이 당연했다.

다비드 킴은 통금이 풀릴 때까지 소파에 앉아 있었다. 불도 켜지 않은 어두운 방에 앉아 묵묵히 담배를 피우는 동안 그의 머릿속에는 이미 하나의 계획이 구체적으로 짜여지고 있었다.

4시 30분에 그는 슈트케이스 하나만을 들고 팰리스 호텔을 나왔다. 언제나 팁을 두둑이 주는 이 금발의 외국인을 향해 웨이터는 밖에까지 따라 나오며 정중히 허리를 굽혔다.

인적이 없는 어두운 새벽 거리를 그는 발소리도 내지 않으면서 재빨리 걸어갔다. 10분 후 우체국 앞에 도착한 그는 잠깐 머뭇거리다가 그대로 그 앞을 지나쳐 1백 미터쯤 떨어져 있는 주차장으로 걸어갔다.

조금 후 주차장에서 스카이라크를 몰고 나온 그는 남산 쪽으로 향하다가 주유소에 들러 기름을 가득 채운 다음 남산 터널을 지나 경부고속도로로 진입했다.

일단 고속도로로 들어서자 시속 1백 50킬로로 달려갔다. 주변의 풍경들이 휙휙 지나가고, 같은 방향으로 달리던 차들도 뒤로 쑥쑥 쳐져갔다. 이렇게 경쾌하게 달려보기는 오랜만이었으므로 그는 기분이 매우 흡족했다.

한 시간쯤 달리자 어둠이 걷히면서 시야가 뿌우옇게 밝아오기 시작했다. 30분쯤 더 달리자 날이 완전히 밝아왔다. 서울을 출발한 지 두 시간 후 그는 경부간 중간지점에 위치한 휴게소에 도착했다. 거기서 10분 동안 휴식을 취하면서 그는 햄버거에 커피를 곁들여 마셨다. 그런 다음 맑은 아침 공기를 몇 번 깊이 들이키고 나서 다시 차에 올랐다.

차는 아까와 같이 무서운 속도로 달려갔다. 그는 좀 심심했으므로 라디오를 틀었다. 뉴스가 막 흘러나오고 있었다. 뉴스는 일상적인 평범한 것들뿐이었다.

차창으로 햇빛이 비쳐들자 그는 선글라스를 꺼내 끼었다. 눈부신 햇빛이 주위를 금빛으로 물들이기 시작하고 있었다. 4시간 만인 9시에 그는 마침내 부산에 들어섰다. 매우 빨리 달려온 셈이었다. 인터체인지를 지나자 그는 차의 속도를 줄이고 다른 차들의 행렬에 끼어들었다. 시내에 들어서기 전에 그의 차는 샛길로 들어서서 사람들의 눈에 띄지 않는 야산 기슭으로 다가가 정거했다. 거기서 그는 주위를 둘러본 다음 가발을 벗고 검은 빛이 나는 수수한 넥타이를 맸다. 그리고 담배를 한 대 피우고 나서 다시 차도로 나와 시내로 들어갔다.

서두르지 않고, 그렇다고 한가하게 노닥거리지도 않고 그는 침착하게 움직이고 있었다. 누군가가 그를 관찰했다면 그가 스케줄에 따라 정확하게 움직이고 있는 것을 알았을 것이다.

시내로 들어선 그는 일급 호텔인 오리엔트 호텔로 먼저 차를 몰았다. 스카이라크를 몰고 들어오는 그를 호텔 수위가 마치 귀빈을 대하듯이 맞아들였다.

그는 주차장에 차를 세워놓은 다음 슈트케이스를 들고 호텔 안으로 들어가 직통전화가 있는 특실 하나를 예약했다.

10층에 자리 잡은 특실은 크고 호화로웠다. 그는 담배를 피우면서 창밖으로 거리를 내려다보다가 저고리를 벗고 화장실로 들어갔다.

거울 앞에 다가선 그는 스포츠형의 머리를 한번 쓰다듬어 보면서 안 되겠다는 듯 고개를 갸우뚱했다. 이윽고 그는 비누를 많이 풀어 얼굴을 깨끗이 씻었다. 세수를 하면서 보니 턱에 수염이 꽤 자라 있었다. 그래서 그는 면도로 그것을 말끔히 밀어냈다.

방으로 돌아온 그는 먼저 교환전화를 통해 식사를 주문했다. 그리고
"전화번호부도 함께 가져오게."
하고 부탁했다.
"시내 전화번호부는 방에 있을 겁니다. 탁자 밑에서 찾아보십시오."
"아, 그래. 알았어."
수화기를 내려놓고 난 그는 탁자 밑에서 전화번호부를 꺼내

들고 병원 부분을 찾았다. 이제부터 종합병원에 모두 전화를 걸어 볼 셈이다.

　종합병원은 모두 해서 10여 개쯤 되었다. 그는 직통전화 수화기를 집어 들고 첫 번째 병원의 전화번호를 돌렸다. 곧 교환이 나왔다.

　"입원실 담당을 부탁합니다."

　"입퇴원은 총무과에서 맡고 있는데요."

　"그럼 총무과를 부탁합시다."

　"잠깐 기다리세요."

　찰칵거리는 소리가 몇 번 나더니

　"총무팝니다."

하는 굵은 남자 목소리가 들려왔다.

　"어제 입원한 환자를 한 사람 찾고 있는데……"

　"실례지만 어디십니까?"

　"아, 여긴 시경 형사과요."

　"아, 그러십니까. 말씀하십시오."

　굵은 목소리가 갑자기 당황해 하며 작아지는 것 같았다. 다비드 킴은 가라앉은 목소리로 점잖게 말했다.

　"50대 남잔데 많이 다쳤을 거요. 이름은 조남표…… 아니 다른 이름으로 입원했을지도 모르겠군."

　"잠깐 기다려 보십시오."

　"자세히 조사해 보시오."

　"네네, 알겠습니다."

　전화를 기다리는 다비드 킴의 표정은 진지했다. 자신이 형사를 사칭했다는 사실에 대해 그는 조금도 이상하게 생각하는 것 같지가 않았다. 10분도 못되어 응답이 왔다.

"그런 환자는 없습니다."

"없을 리가 있나. 거기 입원했다는 말을 듣고 전화를 건 거야. 직접 가봐야겠나?"

그의 목소리는 노기를 띠고 있었다.

"정말입니다. 어제 입원한 환자는 모두 3명인데 한 사람은 교통사고를 당한 여자고 또 한 사람은 맹장수술을 한 학생이고 나머지 한 사람은 화상을 입은 할머니입니다."

상대방의 말이 떨어지기 전에 다비드 킴은 전화를 철컥 하고 끊었다. 그때 웨이터가 식사를 가져왔다.

연한 고기로 만든 비프스테이크를 그는 하나도 남기지 않고 천천히 먹어치웠다. 아무리 바쁜 일이 있어도 그는 식사 시간을 언제나 한 시간 이상 확보해 두곤 했다. 천천히 여유 있게 식사하는 동안 그의 머리는 보다 구체적인 계획을 위해 바쁘게 움직이곤 했다. 사실 그는 이 한가로운 식사 시간을 최대한 이용할 줄을 알았다. 다음의 목표, 거기에 대한 계획, 그리고 방법 등은 대체로 이 식사 시간에 결정되곤 했다.

식사를 마치고 난 그는 다시 각 종합병원에 전화를 걸기 시작했다. 어느 병원이나 시경 형사과라는 한마디에 친절히 응답해 주었지만 조남표가 입원해 있는 병원은 좀처럼 나타나지가 않았다. 여덟 번째 전화를 걸었을 때 마침내 그가 찾던 병원이 나타났다. 그 병원은 어느 대학병원으로 어제 저녁 8시경에 50대의 노신사 한 사람이 초죽음이 되어 앰뷸런스에 실려 왔다는 것이다.

"그 환자 이름이 뭐요?"

"조남표라고 합니다."

킬러는 수화기를 바꿔들었다. 맞은편 벽을 바라보는 그의 눈이 독수리 눈처럼 치켜 올라갔다.

"그 환자는 지금 몇 호실에 있지?"

"515실에 있습니다."

"보호자는 없나요?"

"수사기관에서 나왔다는 사람들이 지키고 있습니다."

"음, 이봐요. 어떤 사건인데…… 경찰이 따로 수사할 필요가 있어서 그러니까 경찰에서 전화 왔었다는 말은 하지 말아요. 알았소?"

"네네, 알았습니다."

"환자 상태는 어떤가?"

"아주 중탭니다."

"죽지는 않았나?"

"아직 죽지는 않았습니다."

킬러는 수화기를 내려놓은 다음 기지개를 켰다. 목표가 확정된데 대한 만족감이 얼굴에 잠깐 나타났다가 사라졌다.

김 반장이 조남표를 대학병원에 입원시키는 데 있어서 본명을 사용한 것은 큰 미스였다. 만일 본명을 사용하지 않고 가명을 사용했거나 입원 사실 자체를 극비에 붙였다면 다비드 킴의 접근을 어느 정도 막을 수 있었을 것이다.

드디어 다비드 킴의 행동이 시작되었다. 슈트케이스를 들고 밖으로 나온 그는 얼굴을 선글라스로 가린 채 시내 중심가를 향해 천천히 걸음을 옮겼다. 그의 그러한 모습은 마치 관광차 내려온 여행객 같아서 조금도 이상해 보이거나 하지가 않았다.

그의 옷차림은 화려하지도 않고 그렇다고 초라해 보이지도 않았다. 그의 옷차림에는 시련된 멋이 배어 있었다. 회색 바탕에 감색 체크무늬의 저고리와 짙은 밤색 바지, 역시 푸른 체크무늬의 와이셔츠, 그리고 검정 구두 차림이 그의 외양의 전부였지만 워낙 완강하게 단련된 육체라 제멋대로 퍼진 도시인들과는 달리 겉모습이 한결 세련되고 멋이 있었다. 그 옆을 스쳐가는 여자들이 하나같이 이 미들급 복서처럼 생긴 사나이에게 호감어린 시선을 던지곤 했지만 그는 입을 꾹 다문 채 길가에 즐비하게 늘어선 간판과 쇼윈도만 바라보면서 걸어갔다.

얼마 후에 그는 어느 가발 상점 앞에서 걸음을 멈추었다. 30대의 유부녀처럼 생긴 여인이 주근깨가 많은 얼굴을 쳐들면서 유리문을 통해 그를 바라보았다. 주근깨가 많은 얼굴이지만 코며 입술이 오목조목하게 생긴 예쁜 얼굴로, 빨간 털 셔츠에 감싸인 상체의 볼륨이 유난히 두드러져 나온 젖가슴으로 하여 한번쯤 다시 바라보고 싶을 정도로 풍만해 보였다.

30대 여인 특유의 선정적인 시선이 유리문 너머로 부딪혀오자 다비드 킴은 문을 밀고 안으로 들어섰다. 여자가 뒤로 묶은 머리채를 재빨리 풀어헤치면서 자리에서 일어났다. 하체의 곡선이 바지를 찢을 듯이 팽팽했다.

"어서 오세요."

하얀 덧니가 빨간 입술 사이로 잠깐 나타났다가 사라졌다. 다비드 킴은 슈트케이스를 탁자 위에 올려놓으면서 조용히 미소했다.

"가발을 하나 사려고 하는데……"
"왜 그렇게 머리를 짧게 깎으셨어요? 운동하시나 보지요?"
여자의 부드러운 눈길이 유난히 커 보이는 그의 코를 응시했다. 다비드 킴은 담배를 꺼내들면서 고개를 끄덕였다.
"뭐 별로 운동은 하지 않습니다."
"전 운동선수인 줄 알았어요. 체격이 아주 좋으시기에……"
그렇게 말해 놓고 여자는 얼굴을 살짝 붉혔다. 달콤한 체취가 풍겨오는 그런 여자였다.
다비드 킴은 여자가 권하는 대로 소파에 주저앉았다. 그가 담배를 들고 있자 여자는 성냥불까지 당겨주었다.
"가발을 쓰시면 아주 멋있겠어요."
"갑자기 머리를 기르고 싶은데 빨리 자라야지요. 그래서 기를 때까지 가발을 쓰고 다닐까 해서 왔습니다."
다비드 킴의 목소리는 조용하고 부드러웠다. 그래서 듣는 사람에게는 무척 점잖은 인상을 풍겨주고 있었다.
"하나 쓰세요. 마침 좋은 게 있어요. 값도 별로 비싸지 않고……"
여자는 생기 있게 움직였다. 그녀는 진열장 안에서 까만 가발을 하나 꺼내더니 탁자 위에 올려놓았다.
"요샌 약간 길어 보이는 머리가 유행 아니에요? 그렇게 장발도 아니고 약간 귀를 덮을까 말까 하는 자연스런 스타일 말이에요. 머리가 방금 이발소에서 나온 것처럼 깔끔하면 어쩐지 촌스러워 보이던데요."

다비드 킴은 미소하면서 가발을 머리 위로 가져갔다. 여자가 재빨리 거울을 탁자 위에 올려놓은 다음 머리빗을 들고 그의 뒤로 돌아갔다.

"거울을 보고 계셔요. 제가 빗어드릴 테니까."

여자의 젖가슴이 그의 뒷머리를 슬쩍 건드렸다. 고급 화장품 냄새가 물씬 풍겨왔다. 다비드 킴은 부드러운 시선으로 거울 속을 들여다보고 있었다. 여자는 재치 있게 빗질을 하고 있었다. 가발을 쓴 자신의 모습에 만족하면서 다비드 킴은 머리 뒤로 움직이고 있는 여자의 젖가슴을 뚫어질 듯이 바라보고 있었다. 저렇게 중량감 있는 가슴이라면 외제에 손색이 없겠는 걸, 하고 그는 생각했다.

"어머, 멋있어요. 어때요?"

"괜찮은데요."

"어머, 괜찮은 정도가 아니에요."

여자가 장삿속으로 그러는지, 아니면 다른 마음이 있어서 그러는지 그는 얼른 판단이 서지 않았다. 그는 가발을 벗어 여자에게 넘겼다.

"마음에 안 드세요?"

"아니오. 봉지 속에 넣어 주시오."

"쓰고 가시지 그래요."

"좀 쑥스러워서……나중에 쓰지요."

여자가 돌아서서 가발을 봉지 속에 넣는 동안 그는 여자의 히프를 바라보고 있었다. 이미 그의 눈은 여자의 깊은 곳까지 응시하고 있었다. 여자의 엉덩이는 더 이상 주체하지 못할 정도로 발달되어 있었다. 바지 위로 드러나 보이는 삼각의 팬티라인은 그대로 도발적이었다. 전체적으로 볼 때 이 선량하고 예쁘장한 유부녀의 육체에는 남자를 갈구하고 있는 욕망의 번득임 같은 것이 깃들어 있는 것 같았다. 그녀의 섹스가 강한 때문인지 아니면 그녀가 과부이기 때문인지는 알 수가 없었다.

다비드 킴은 그녀가 건네주는 가발 봉지를 슈트케이스 속에 넣은 다음 안주머니 속에서 지갑을 꺼냈다.

"얼맙니까?"

"글쎄요?"

여자가 덧니를 보이면서 웃었다. 그리고

"5만 원만 주세요."

하고 말했다.

그는 지갑 속에서 빳빳한 만 원짜리 지폐 다섯 장을 꺼내어 주었다. 한 푼의 에누리 없이 5만 원을, 그것도 새 지폐로 거침없이 내어놓는 그의 태도에 여자는 위압을 느꼈는지 갑자기 겸손해졌다.

"감사합니다."

다비드 킴은 웃으면서 몸을 일으켰다. 그러자 여자가 당황해하며 그를 제지했다.

"잠깐 기다리세요. 차 한 잔 드시고 가세요."

다비드 킴은 가만히 여자를 바라보았다. 웃음이 사라진 그의 얼굴에는 표정이 없었다. 그러나 그것은 잠깐이었고 그는 이내 웃어보였다.
"방금 마시고 오는 길입니다. 다음 기회에 마시지요."
여자가 아쉬운 듯이 그를 바라보았다. 그녀의 시선이 슈트케이스 위로 떨어졌다.
"여행 오셨나 본데 지금 돌아가시면 언제 기회가 있겠어요?"
"기회는 얼마든지 있지요."
다비드 킴은 가방을 들고 문 쪽으로 돌아섰다. 여자의 목소리가 초조해지고 있었다.
"서울서 오셨나요?"
"네, 그렇습니다."
"부산 구경하셨나요?"
"아직 못했습니다."
"제가 안내해 드릴까요?"
"바쁘시지 않습니까?"
"저녁에는 괜찮아요. 지금 어디에 숙소를 정하셨나요?"
"오리엔트 호텔에 정해 두고 있습니다."
"그럼 있다가 만나요. 시내 구경시켜 드릴게요. 제가 호텔을 찾아가도 될까요?"
"좋습니다. 7시에 호텔 커피숍에서 만납시다."
그는 의미 있게 웃어 보이고는 상점을 나왔다.
다음에 그가 들른 곳은 안경점이었다. 그는 안경점에서 도수 없는 굵은 검정 테 안경을 하나 샀다. 그것은 지적인 분위기를 풍기는 안경으로 그의 마음에 썩 들었다.
세 번째로 그는 의료기를 파는 상점을 찾아갔다. 거기서 그는 청진기와 의사용 가운을 하나 샀다. 이것으로 준비는 일단 끝난 셈이다. 그는 가운을 일부러 구겨서 슈트케이스에 넣었다.

호텔로 돌아온 그는 안으로 들어가지 않고 주차장으로 가서 차를 꺼냈다.

호텔에서 대학병원까지는 20분 거리였다. 병원 구내는 넓고 수목이 울창해서 차를 정차시켜 두기에 안성맞춤이었다. 그는 병원 뒤쪽 큰 고목나무 사이에 차를 숨겨놓은 다음 뒷문을 통해 병원 건물 안으로 들어갔다.

병원 복도에는 사람들이 많이 다니고 있었다. 그는 복도를 천천히 걸어가다가 대기실로 나와 가게에서 과일을 몇 개 산 다음 엘리베이터를 탔다.

과일 봉지를 들고 있는 그를 이상하게 쳐다보는 사람은 아무도 없었다.

5층까지 올라온 그는 엘리베이터를 내려 병실 문을 바라보면서 걸어갔다. 5층에도 역시 사람들이 많았다. 병실은 복도를 사이에 두고 양쪽에 늘어서 있었는데 그가 노리고 있는 병실은 오른쪽에 있었다.

514호실 앞을 그는 아무 거리낌 없이 자연스럽게 지나쳤다. 거기서부터는 아마 특실인 것 같았다. 바로 515호실 앞에 한 사내가 버티고 서 있었다. 사내는 지루한 듯 하품하면서도 그 앞을 지키고 있었다. 거기서 10미터쯤 더 들어간 곳에 간호원 실이 있었다.

다비드 킴은 복도 끝까지 걸어갔다가 다시 발길을 돌렸다. 515호실 앞을 지나칠 때 그 앞에 서 있는 사내와 시선이 부딪쳤지만 그들의 시선은 아무렇지도 않게 엇갈렸다.

515호실 앞을 지나쳐온 그는 오른편에 있는 화장실로 들어갔다. 515호실에서 화장실까지는 약 6미터 거리였다. 화장실 안으로 들어간 그는 창문을 통해 복도를 내다보았다. 515실 입구가 환히 내다보였다. 그때 515호실 문이 열리면서 두 사람이 굳은 표정으로 나왔다. 한 사람은 40대의 멋진 신사였고, 또 한 사람은 50대로 보이는 늙고 초라한 사내였다. 다비드 킴은 직감적으로 그들이 S국의 간부들임을 알았다. 그들이 화장실 앞을 지나쳐 갈 때 그는 그들의 얼굴을 머릿속에 박아두었다. 소변을 보고 난 그는 밖으로 나와 다시 엘리베이터를 타고 밑으로 내려왔다. 그리고 입·퇴원 수속을 맡아보는 창구로 다가가 입원 신청을 했다.

"담당의사 사인 가져 오셨나요?"

창구 저쪽에서 안경을 낀 여직원이 사무적으로 물었다. 다비드 킴은 고개를 저었다.

"어디가 아파서 온 게 아니라 종합 진찰을 받으려고 온 겁니다. 종합 진찰을 철저히 받으려면 며칠 걸리겠지요?"

"네, 입원하셔야 해요."

부드럽고 점잖은 말씨를 쓰는 이 중년의 건장한 사나이에게 여직원은 금방 태도를 바꿔 상냥하게 나왔다. 그녀는 종이쪽지를 내밀면서 말했다.

"여기다가 써 주세요."

다비드 킴은 볼펜으로 종이쪽지에 자신의 인적사항을 적었는데 모두가 가짜였다. 그는 적은 것을 돌려주면서 더욱 부드럽게 말했다.

"부탁이 하나 있는데 들어주시겠소?"

"네, 뭔데요? 제가 할 수 있는 일이라면……"

입이 큰 여직원은 예쁘게 보이려고 입을 오므렸다. 다비드 킴은 입원 보증금 5만 원 외에 만 원을 더 보태어 창구 안으로 디밀었다.

"다름이 아니고 내 마음에 맞는 병실을 쓰고 싶다 이거요. 자, 이건 받아두시고……"

아마 여직원은 상대가 대단한 부자라고 생각했던 모양이다. 그녀는 어쩔 줄 모르며 몸을 일으켰다.

"어느 병실이 마음에 드시나요?"

"5층에 있는 506호실을 쓰고 싶은데……"

"왜 하필 그 방을?"

"아, 옛날에 그 방에 한번 입원한 적이 있었는데, 마음에 썩 들었어요."

"잠깐 기다려 보십시오."

그녀는 안쪽으로 들어가더니 곧 나왔다.

"마침 그 방이 비어 있어요. 그럼 그 방을 쓰시지요."

"고맙소. 헌데 다른 사람들 들이지 말고 나 혼자 있고 싶은데 가능하겠소?"

"네, 염려마세요. 특실이니까 혼자 계실 수 있어요. 지금 입원하시겠어요?"

"지금 좀 눕고 싶은데……"

"네, 그럼 그렇게 하세요."

그녀가 직접 안내하려는 것을 그는 만류했다.

다시 뒷문으로 빠져나온 그는 차로 다가가서 슈트케이스를 꺼내들고 병원 건물로 돌아왔다. 506호실은 515호실을 조금 지나 왼쪽에 붙어 있었다. 515호실 앞을 지나칠 때 특수부 요원이 그를 똑바로 바라보았다. 그러나 그는 상대를 거들떠보지도 않은 채 그 앞을 지나쳐 그가 지정해둔 병실로 다가갔다.

506호실 안에서는 이미 간호원이 침대 정리를 하고 있었다. 그가 소리 없이 들어서자 간호원은 인기척을 못 느끼고 일을 계속하고 있었다. 그녀가 허리를 앞으로 잔뜩 굽히고 침대를 손질할 때 둥근 엉덩이가 무척 자극적으로 흔들렸다. 보기 좋게 살찐 다리는 곧고 길었다.

그가 기침을 하자 간호원이 재빨리 돌아섰다. 그녀는 얼굴을 붉히면서 조금 사납게 그를 바라보았다.

"이 방에 입원하시는 환자신가요?"

"그렇습니다."

그는 정중하게 대답했다. 간호원은 그의 아래위를 훑어보더니 남자가 의외로 멋지게 생겼다고 생각했는지 얼굴 표정을 누그러뜨렸다. 그리고 환자복을 집어 들면서

"옷을 갈아입으세요."

라고 말했다.

다비드 킴은 침대에 앉으면서 그녀를 가만히 바라보았다.

"입고 싶을 때 입을 테니 거기 놔두시오."

"규칙이에요."

"알고 있습니다."

그녀는 환자복을 침대 위에 놓고 나서 팔짱을 끼었다. 다비드 킴은 부드러운 눈으로 그녀의 몸을 바라보았다. 한번 만지고 싶은 몸이었다. 특히 젖가슴은 훌륭했다.

"부탁이 있는데……"

"네, 무슨 부탁인가요?"

"오늘은 의사를 만나고 싶지 않으니까 내일부터 진찰을 받도록 합시다."

"그거야 뭐 어렵지 않죠."

실내는 어두웠기 때문에 낮인데도 불이 켜져 있었다.

간호원이 나가고 나자 그는 방안의 불을 끈 다음 출입문을 조금 열었다. 그리고 515호실 쪽을 쏘아보았다. 조금 열린 문 사이로 515호실 문과 그 앞에 서 있는 사내의 모습이 잘 보였다. 그는 침대 위에 비스듬히 누워 다시 그쪽을 바라보았다. 침대 위에서도 515호실 앞이 잘 보였다.

한 시간쯤 지났지만 515호실 앞에서는 그가 기대하고 있는 변화가 일어나지 않았다.

아까 나갔던 간호원이 다시 들어왔다. 그녀는 방안에 불이 꺼져 있자 주춤했다.

"왜 불을 끄셨죠?"

"아, 그대로 놔두시오. 빛이 싫어서 그런 거니까……"

그는 침대 위에 누운 채로 말했다. 간호원이 향내를 피우면서 다가왔다.

"어디 아프신 데라도 있나요?"

"아니오."

"그럼 왜 종합 진찰을 받으시려고 하시죠?"

"한번 철저히 종합진찰을 받아보는 것도 좋을 것 같아서 그런 거요."

간호원은 잠시 침묵을 지켰다. 어두운 방안에서 멋지게 생긴 남자와 단둘이 있다는 것이 묘한 기분을 던져주는 모양이었다. 다비드 킴은 그녀가 접근해 오기를 기다리고 있었다. 누워서 보니 그녀의 젖가슴은 더욱 탐스러워 보였다.

"운동하시는가 보죠?"

"뭐 별로……"

그는 손을 뻗어 그녀의 손을 가만히 잡았다. 토실토실하고 따뜻한 손이었다. 그녀는 움찔하다가 그대로 가만히 있었다.

"손이 예쁘군. 언제부터 간호원이 되었지?"

"금년에 학교를 졸업하고 바로 이 병원으로 왔어요."

"일할 만해요?"

"싫어 죽겠어요."

그는 상체를 일으켜 그녀의 허리를 끌어안았다.

"아이, 이러지 마세요."

그러면서도 그녀는 그를 뿌리치지 않았다. 그에게는 여자를 꼼짝 못하게 하는 자력 같은 힘이 있는 것 같았다. 어떤 여자도 그 앞에서는 몸이 얼어붙곤 했다.

"참, 저기 515호실 앞에 서 있는 사람은 누구요?"

그는 지나가는 투로 그녀에게 물었다. 간호원은 잠시 어리둥절해 하다가

"형사인가봐요."

라고 대답했다.

"왜 형사가 거기 지키고 서 있지? 도둑놈이라도 잡으려고 그러는 건가?"

"아이, 아니에요."

"그럼?"

"어떤 환자가 입원해 있는데 그 사람을 지키고 있나 봐요."

"저 사람 혼자서 저렇게 지키고 있는 거요?"

"안에도 또 한 사람 있어요."

"그럼, 매우 귀하신 분인가 보군."

"그렇지 않고…… 아마 범인인 것 같아요. 중상인데 형사들이 계속 심문하고 있어요."

다비드 킴은 고개를 끄덕이면서 잠시 침묵을 지켰다.

"잘못 자리를 정한 것 같은데……"

그는 혼자 중얼거렸다.

"방을 옮기시겠어요?"

"아니, 뭐 그럴 필요는 없어요. 어쩐지 기분이 좋지 않아서……. 환자가 비명을 지르면 시끄럽겠군."

"그렇지는 않아요."

"환자를 심문하면 고문도 할 텐데…… 비명 소리가 들리지 않을까?"

"그렇지는 않아요. 환자는 너무 중상이라 의식도 못 차리고 있어요."

"잘못하다가는 죽겠군?"

"네, 그럴 것 같아요."

간호원으로부터 알아낼 것을 다 알아낸 그는 갑자기 차가운 표정이 되면서 그녀를 외면했다. 그녀를 빨리 쫓아내기 위해서였다. 그의 돌변한 표정에 간호원은 어쩔 줄 몰라 하다가 그대로 주춤주춤 나가 버렸다.

다비드 킴은 문을 조금 열어놓은 채 침대 위로 올라가 515호실 쪽을 바라보았다. 초가을의 따뜻한 날씨였기 때문에 병실 문이 조금 열려 있다고 해서 이상할 것은 없었다. 침대에 비스듬히 누운 채 그는 계속 줄담배를 피워댔다. 어느 한순간을 그는 기다리고 있었다.

515호실 앞의 사내는 여전히 그곳을 떠나지 않고 있었다. 그는 사내의 신체적인 구조를 하나하나 뜯어보았다. 어디로 보나 상대는 잘 단련된 육체를 지니고 있었다.

한 시간이 지났을 때 마침내 515호실의 문이 열리면서 한 사내가 나타났다. 안에서 지키고 있는 경호원인 것 같았다. 그들은 문 앞에서 몇 마디 잡담을 나누더니 안에서 나온 경호원은 화장실로 가고 밖에 서 있던 경호원은 그대로 그 자리를 지켰다. 순간 그때까지 침대위에 비스듬히 누워 있던 다비드 킴이 재빨리 몸을 일으켰다.

그의 다음 행동은 상상할 수 없을 정도로 기민했다. 슈트케이스를 들고 밖으로 나온 그는 화장실 쪽으로 다가갔다. 조금 전에 화장실로 들어갔던 경호원은 대변실로 들어갔는지 보이지 않았다. 다비드 킴은 빈 대변실로 들어가서 슈트케이스를 열고 구겨진 흰 가운을 꺼내 입었다. 그리고 검은색 가발과 안경도 꺼내 썼다. 마지막으로 청진기를 한 손에 들자 그의 모습은 영락없이 의사처럼 보였다.

그렇게 차리고 대변실을 나오기까지 1분도 채 안 걸렸다. 화장실 안에는 그때까지 다행히 사람이 없었다. 그는 슈트케이스를 쓰레기통 안에 숨겨놓은 다음 복도를 내다보았다. 마침 의사 하나가 간호원실 쪽으로 가고 있었으므로 그는 재빨리 복도로 나와 자연스럽게 그 의사 뒤를 따라갔다. 그의 왼손은 주머니 속에 그리고 오른손은 청진기를 들고 있었다.

그가 의사 차림으로 515호실 앞에 이르렀을 때 경호원은 약간 이상한 듯이 그를 바라보았다. 그럴 수밖에 없는 것이 그는 처음 보는 의사였던 것이다.

"수고하십니다."

다비드 킴이 부드럽게 인사하자 경호원도 고개를 숙이며 웃어보였다. 그리고 그가 들어갈 수 있도록 문을 열어 주었다. 안으로 들어간 그는 병실을 둘러보았다. 창가에 놓여 있는 침대 위에 X가 누워 있는 것이 보였다. 그밖에는 아무것도 없었다. X는 죽은 듯이 누워 있었는데 산소호스가 흔들리고 있는 것으로 보아 그는 아직 살아 있는 것 같았다.

다비드 킴은 침대로 다가서서 시트를 걷어냈다. 그리고 주먹으로 X의 가슴뼈 아래 명치를 힘껏 올려쳤다. 충격에 X의 몸이 튀어 올랐다가 떨어졌다. 다시 한 번 명치를 후려치자 X는 몸을 한 번 부르르 떨고 나서 사지를 쭈욱 뻗었다.

킬러는 머리맡으로 다가가서 산소마스크를 벗겨낸 다음 이번에는 손바닥을 칼날처럼 세워 X의 목을 두 번 후려쳤다. 그러고 나서 청진기 줄로 그의 목을 칭칭 감았다.

X가 완전히 죽은 것을 확인하자 다비드 킴은 다시 그의 얼굴 위에 산소마스크를 씌운 다음 시트를 목에까지 덮어 주었다.

이때까지 걸린 시간이 5분도 채 안되었다. 밖으로 나온 그는 역시 경호원에게 웃어 보였다. 그리고 화장실 쪽으로 가려고 몸을 돌리는 순간 506호실에서 나오는 아까의 그 간호원과 시선이 부딪쳤다. 간호원은 병실에 들어갔다가 환자가 없는 것을 보고 도로 나오는 길이었다. 그녀는 515호실에서 나오는 의사를 이상한 듯이 바라보았다.

그런 의사는 이 대학병원에 없었던 것이다. 새로 온 의사인가 하고 생각했을 때 의사가 급히 다가서며 말했다.

"아, 그 방 환자 좀 볼까?"

불과 수 초간이었다. 뭐라고 말하기도 전에 그녀는 다비드 킴에게 떠밀려 병실 안으로 들어갔다.

문이 닫히는 순간 그녀는 의사의 정체를 알아보았다. 의사의 얼굴에는 아무런 표정도 없었다. 다만 두 눈만이 안개에 싸인 듯이 뿌옇게 흐려 보일 뿐이었다. 그녀는 소리를 쳐야 한다고 생각했다. 그러나 몸이 얼어붙어 아무 말도 할 수가 없었다.

그녀는 반사적으로 탁자 위에 놓여 있는 재떨이를 집으려고 허리를 굽혔다. 그 순간 킬러의 무쇠 같은 팔이 그녀의 목을 휘어 감았다.

"으으윽."

간호원은 목을 빼려고 발버둥 쳤지만 쓸데없는 짓이었다. 왼팔로 간호원의 목을 끌어안은 킬러는 오른 팔꿈치로 그녀의 뒤통수를 힘껏 밀어붙였다. 가냘픈 목이 뚝 하고 부러지는 소리가 나자 킬러는 그녀를 침대 위에 눕혀놓고 늑골을 다시 한 번 올려 쳤다. 그런 다음 그녀의 시체를 침대 밑에 쑤셔 박았다.

이렇게 일을 끝내고 난 그는 거울에 자기 몸을 비춰보았다. 얼굴에는 땀방울 하나 맺히지 않았고 옷자락 하나 찢어진 곳도 없다.

이윽고 그는 태연한 모습으로 병실을 나왔다. 다비드 킴은 경호원 옆을 지나쳐 화장실로 갔다.

그가 막 화장실 문을 밀고 안으로 들어가자 아까 화장실에 들어갔던 경호원이 세면대 앞에 엎드려 손을 씻고 있었다.

다비드 킴은 소변기 앞에 다가서서 소변을 보았다. 이윽고 경호원이 밖으로 나가자 그는 재빨리 쓰레기통에서 슈트케이스를 꺼내들고 대변실로 들어가 가발과 안경 그리고 가운을 벗어 그 속에 집어넣고 조용히 나왔다.

화장실을 나오면서 보니 두 경호원이 515호실 앞에서 이야기를 나누고 있었다. 다비드 킴은 엘리베이터를 타고 내려가 후문으로 빠져 대기해 둔 차에 올랐다. 이때까지 걸린, 그러니까 그가 두 건의 살인을 끝내기까지 걸린 시간은 꼭 10분간이었다. 이것은 거의 초인적인 스피드였다. 이런 스피드 속에서도 그는 조금도 허둥대지 않고 끝까지 냉혹하고 침착하게 행동했던 것이다.

한편 515호실의 경호원이 X의 죽음을 발견한 것은 다비드 킴이 사라진 지 10분쯤 지나서였다. 침대 시트가 목까지 덮여 있는 것을 이상하게 생각한 그는 침대로 다가가서 시트를 들춰보았다. 놀랍게도 X의 목에는 청진기 줄이 칭칭 동여매어져 있었고 이미 그는 혀를 깨물고 죽어 있었다.

 부근 여관에서 밀린 잠을 자던 김 반장은 전화 연락을 받고 흡사 벼락 치듯 고함을 질렀다.
 "뭐라구?"
 "의사로 가장해서 들어왔습니다! 화장실에 간 사이에……"
 "이런 바보 같으니! 그놈이 사라진 지 얼마나 됐어?"
 "10분쯤 됐습니다."
 김 반장은 즉시 시경에 전화를 걸어 부산시 일원에 대한 비상 수색망을 요청했다. 약간 장발에 검은 테 안경을 낀 범인의 인상이 즉시 수배 대상에 올랐다. 그러나 조금 지나 506호실에서 간호원의 시체가 발견됨으로써 범인의 인상은 안경을 끼지 않은 스포츠형 헤어스타일의 운동선수로 바뀌어졌다. 간호원의 시체를 발견한 사람은 경호원이었다. 그는 가짜 의사가 515호실을 나와 맞은편 병실로 간호원을 데리고 들어갔던 사실을 생각해 내고 바로 그 방의 환자가 범인이었음을 알아냈다. 간호원의 시체는 곧 침대 밑에서 발견되었고 병원은 발칵 뒤집혔다.
 30분도 채 되기 전에 부산에서 빠지는 모든 도로가 차단되고 밖으로 나가는 자동차와 열차에 대한 검문검색이 시작되었다. 차량뿐만 아니라 선박과 비행기에 대해서도 수사요원의 손길이 뻗쳤다.
 김 반장은 병원으로 와서 단서를 찾기에 혈안이 되었다. 그러나 수사에 도움을 줄 만한 사실은 발견되지 않았다. 그는 미칠 것 같았다. 한편으로 범행 수법에 혀가 내둘러지기도 했다. 이런 솜씨라면 다비드 킴의 짓일 것이라는데 그는 생각이 미쳤다. 그놈이라면 아무리 철벽같은 수사망이라도 뚫고나갈 것이 틀림없었다. 그는 생각 끝에 공개수사를 하기로 결정했다. 병원에서 기자들이 오기를 기다리는 동안 첫 방송이 스파트 뉴스로 흘러 나왔다.

갑자기 비상망이 펴졌기 때문에 시내의 차도는 차량들도 혼잡을 이루고 있었다.

다비드 킴은 이미 수사망이 펴진 것을 알자 바로 서울로 가는 것을 뒤로 미루기로 했다.

그는 시내에 들어서다 말고 해변 쪽으로 차를 몰았다.

해수욕장에 이르렀을 때 거기에는 여름이 남기고간 잔해가 아직도 곳곳에 널려 있었다. 차에서 내린 그는 슈트케이스 속에서 의사 가운을 꺼내 그것을 모래 속에 파묻은 다음 해변을 유유히 거닐었다.

바다는 더없이 푸르렀고, 파도가 칠 때마다 하얀 포말이 해변을 따라 길게 춤을 추고 있었다. 그는 모래밭에 앉아 천천히 담배를 피웠다. 7시까지는 아직 시간이 남아 있었다.

그는 모래를 손바닥으로 쓰다듬은 다음 손가락으로 그 위에 낙서를 했다. 그러자 외롭고 고통스러웠던 어린 시절이 생각났다. 지금은 고통이 없어졌다고 하지만 고독한 것은 그때나 마찬가지였다. 왜 그럴까. 왜 고독할까.

그가 이렇게 넋을 빼고 앉아서 생각에 잠겨보기는 실로 오랜만이었다. 석양이 바다를 붉게 물들일 때까지 그는 모래밭에 우두커니 앉아 있었다.

  그가 일어나서 차 속으로 들어가 라디오를 켠 것은 6시가 지나서였다. 라디오에서는 막 스파트 뉴스가 흘러나오고 있었다. 뉴스는 오늘 대학병원에서 발생한 두 건의 살인사건과 범인의 인상착의를 알려주고 있었다. 별로 놀라지 않고 뉴스를 듣고 난 그는 다이얼을 FM음악에 맞추어놓은 다음 검은 가발과 안경을 꺼내 썼다.

  30분 후 그는 오리엔트 호텔과 가까운 곳에 차를 세워놓고 호텔 쪽으로 걸어갔다.

  약속 시간까지는 아직 10분이 남아 있었다. 그는 호텔 커피숍으로 들어가지 않고 호텔 맞은편에 있는 다방으로 들어가 커피를 마시면서 호텔 입구를 바라보았다. 다행히 다방은 외부가 잘 보이도록 꾸며 놓았기 때문에 호텔 입구를 감시하기는 아주 좋았다.

  이미 날씨도 어두워지고 있었다. 그는 여자가 틀림없이 나타날 것이라고 확신하고 있었다.

  가발 상점 여주인이 나타난 것은 7시 5분 전이었다. 그녀는 머리를 예쁘게 손질하고 감색 투피스 차림을 하고 있었다. 잔뜩 부푼 기대에 싸인 모습으로 그녀가 호텔 안으로 사라지자 다비드 킴은 자리를 고쳐 앉았다.

  약속 시간 30분이 지나도 그는 그 자리에 앉아 호텔 입구만 바라보고 있었다. 마침내 그 여자가 낙담한 표정으로 호텔 밖으로 나온 것은 8시 5분경이었다. 밖으로 나와서도 그녀는 미련이 있는지 그 앞에 주춤거리고 서서 오가는 행인들을 바라보고 있었다.

한참 후 그녀가 힘없이 그곳을 떠나자 다비드 킴은 일어섰다. 재빨리 밖으로 나온 그는 멀리 떨어져서 그녀를 미행했다. 뒤따르면서 그의 눈은 빈틈없이 그녀 주위를 살피고 있었다. 혹시 그녀가 뉴스를 듣고 형사를 달고 나오지 않았나 해서였다.

그녀는 풀어진 걸음걸이로 느릿느릿 걸어가고 있었다. 쇼윈도를 기웃거리기도 하고 아베크 남녀를 부러운 눈으로 쳐다보기도 하면서 천천히 걸어갔다.

얼마 후 그녀는 극장 앞에서 걸음을 멈췄다. 그 극장에서는 알랑들롱이 나오는 무슨 범죄 영화를 상영하고 있었다. 그녀는 간판을 한동안 쳐다보고 나서 영화를 보기로 결심했는지 매표구에서 표를 사가지고 안으로 사라졌다. 다비드 킴도 지체하지 않고 극장 안으로 따라 들어갔다. 여자는 뒤쪽 구석진 자리에 앉았다.

다비드 킴은 뒤에 서서 그녀를 바라보았다. 좌석은 손님들로 빈틈없이 메워져 있었다.

알랑들롱의 차가운 눈과 가는 입꼬리에 냉혹한 미소가 감도는 순간 그의 손이 재빨리 금발의 따귀를 후려갈겼다. 금발이 화면 가득히 흩어지는 사이로 까뜨리느 드뇌브의 얼굴이 나타났다. 따귀를 맞고도 신비스런 미소를 짓고 있었다.

다비드 킴이 시선을 내렸을 때 가발 상점 여주인의 옆에 남자가 하나 앉는 것이 보였다. 다비드 킴의 눈이 빛났다. 그는 흥미있게 그들을 바라보았다. 남자가 상체를 꼿꼿이 하고 앉아 있는 것으로 보아 그들은 서로 모르는 사이인 것 같았다.

한 시간쯤 지났을 때 남자가 먼저 일어나 밖으로 나갔다. 5분쯤 지나자 여자가 일어났다. 다비드 킴은 반대편 쪽으로 나가 출입구를 지켰다. 그의 예상대로 조금 후에 두 사람이 어깨를 나란히 하고 극장 밖으로 나가는 것이 보였다. 남자는 새파랗게 젊은 청년이었다. 장발에 정장을 하고 굽 높은 구두를 신고 있는 것으로 보아 제비족 같았다.

그들이 부근 다방으로 들어간 것을 보고 다비드 킴은 좀 떨어진 가로수 옆에 몸을 가리고 서서 기다렸다. 30분 후에 그들이 밖으로 나왔을 때 여자는 청년의 팔짱을 꼭 끼고 있었다. 킬러는 묵묵히 그들을 따라갔다. 미행하는 그의 태도는 매우 진지해 보였다. 골목으로 들어서자 여자는 더욱 바싹 청년의 팔을 끌어안았다. 청년도 팔을 뻗어 그녀의 허리를 조였다. 골목은 혹가다가 가로등이 있을 뿐이어서 꽤 어두웠다. 어두운 것이 미행하는 데 퍽 도움이 되었다. 마침내 남녀는 어느 여관 앞에서 걸음을 멈추었다. 그들은 서로 얼굴을 쳐다보더니 곧장 여관 안으로 들어갔다. 깔깔거리는 여자의 웃음소리가 멀리까지 들려왔다.

여관은 막다른 골목 안에 있었으므로 그는 돌아서 나오다가 골목이 갈라지는 곳에서 멈춰 서서 담배를 피웠다. 잠시 후 그는 그곳에 있는 조그만 술집으로 들어갔다.

노동자 차림의 사내 셋이 욕지거리를 해대며 술을 마시고 있다가 그가 들어서자 입을 다물고 이상한 듯이 그를 바라보았다. 그는 구석진 자리에 앉아 소주를 시켰다. 그가 혼자서 술을 마시는 것을 보고는 노동자 한 사람이 합석하자고 제의했다. 다비드 킴은 웃으면서 세 사내 틈에 끼어들었다.

"선생은 이런 데 올만한 분이 아닌데 어떻게 혼자서 이렇게……"

한 사내가 혀 꼬부라진 소리로 물었다. 킬러는 잔을 받으면서
"네, 지나다 한잔 하고 싶어서 들렀습니다."
라고 대답했다.

그가 비싼 안주 두 접시를 시키자 사내들의 얼굴에 생기가 돌았다. 그들은 차례대로 손을 내밀어 인사를 청했다. 다비드 킴은 가짜 이름을 대고 난 다음 그들이 주는 술을 사양하지 않고 받아마셨다.

"선생님은 무슨 일을 하고 계십니까?"
옆에 앉은 사내가 물었다.
"네, 조그만 사업을 하나 하고 있습니다."
"아, 그럼 사장님이시군요."

다비드 킴이 부인하지 않자 그들은 새삼스럽게 다시 그를 쳐다보았다.

이윽고 그들은 기분이 좋은지 유행가를 부르기 시작했다. 다비드 킴도 젓가락을 두드리며 그들의 노래에 장단을 맞췄다. 그러나 노래 부르는 것만은 한사코 거부했다. 그의 눈은 골목을 바라보고 있었다. 머릿속은 지금 여관에서 벌어지고 있을 정사 장면으로 가득 차 있었다.

거의 두 시간 가까이 지났을 때 가발 상점 여주인과 청년이 술집 앞으로 지나가는 것이 보였다. 다비드 킴은 자리를 털고 일어섰다.

그러자 사내들이 그를 붙잡았다.

"아니, 왜 이러는 거요? 이렇게 안주를 시켜 놓고……"
"미안합니다. 갈 데가 있어서 이만 실례하겠습니다."
 그는 술값을 모두 치른 다음 남녀가 사라진 쪽으로 급히 걸어 갔다. 그들은 차도로 나와 택시를 기다리고 있었다. 이윽고 그들이 빈 택시를 잡자 다비드 킴도 차도로 뛰어나와 택시에 뛰어올랐다.
"저기, 앞에 가는 파란 택시를 따라갑시다."
 킬러의 말에 운전사는 고개를 끄덕였다.
"너무 바싹 쫓지 마시오. 적당히 간격을 유지해 주시오."
 그가 미리 5천 원 한 장을 운전대 위에 올려놓자 젊은 운전사는 차의 속도를 줄이면서 앞 차와의 간격을 적당히 유지했다.
 택시 속에서도 두 남녀는 서로 껴안고 있었다. 여자는 숫제 청년의 품속에 안겨 있다시피 했다. 다비드 킴은 무표정한 시선으로 그들의 뒷모습을 바라보고 있었다.
 30분쯤 지나서 그들이 탄 택시는 어느 아파트 앞에서 멈춰 섰다. 그 아파트는 겉보기에 상당히 호화로워 보이는 고급 맨션아파트였다.
 택시에서 내린 사람은 여자 혼자였다. 그녀는 택시 안에 있는 청년을 향해 손을 흔들면서 아파트 입구 쪽으로 걸어갔다. 파란 택시가 떠나는 것을 확인하고 나서 다비드 킴은 차에서 내렸다. 그리고
"이봐요!"
하고 여자를 불렀다.
 아파트 안으로 들어가려던 여자는 힐끔 돌아보더니 주춤거

리며 그 자리에 섰다.

　다비드 킴이 가까이 다가섰지만 그때까지도 그녀는 그를 못 알아보고 있었다.

　"모르시겠습니까? 7시에 만나기로 한……"

　"어머!"

　그녀는 소스라치게 놀라면서 그의 가발과 안경쓴 모습을 바라보았다.

　"어떻게 여길 알고……"

　"다 아는 수가 있지요."

　그녀는 얼굴을 확 붉히면서 두려운 듯이 그를 바라보았다. 다비드 킴은 시종 웃어보였다.

　"우연이었습니다. 우선 약속을 지키지 못한 거 죄송합니다."

　여자는 여전히 얼굴을 붉히고 있다가 그를 다시 만난 것이 기쁜지 기대에 찬 표정이 되었다.

　"저희 집에 들어가시겠어요? 차 한 잔 끓여 드릴게요."

　"가족들이 보면 이상하게 생각하지 않을까요?"

　"저 혼자 있어요."

　두 사람의 시선이 뜨겁게 부딪쳤다.

　"그렇다면 좋습니다."

　여자가 앞장서서 걸어가자 다비드 킴은 천천히 그녀를 따라갔다. 입구의 경비원이 호기심어린 눈으로 그들을 바라보았다.

　여자의 아파트는 8층에 있었는데 그녀는 정말 혼자 살고 있었다. 호화롭게 꾸며진 내부를 돌아보면서 다비드 킴은 당분간 숨어 있기에는 썩 좋은 곳이라고 생각했다.

여자는 일단 집으로 들어서자 대담하게 나왔다. 속이 환히 들여다보이는 드레스로 갈아입은 그녀는 차 대신 위스키를 가져왔다.

"취미치고는 악취미군요. 여기까지 미행하다니……"

그녀는 질책하고 나서 술을 꼴깍하고 마셨다. 다비드 킴은 맞은편 소파에 비스듬히 앉아 있는 그녀의 몸매를 여유 있게 감상했다. 브래지어와 팬티 차림의 몸은 투명한 잠옷 때문인지 무척 육감적으로 보였다.

"우연이었다니까요. 호텔로 가다가 도중에 봤죠."

"그럼 여관에도 따라오셨군요?"

"재미있더군요."

여자의 눈이 이글이글 빛나기 시작했다.

"전 남자가 필요했어요. 보시다시피 전 혼자예요. 모르는 남자와 여관에 들어갔다는 게 이상할 거 하나도 없지 않아요?"

"그렇죠. 이상할 건 없죠. 다만 질투를 느꼈다고나 할까. 그 청년 멋있게 생겼더군요."

"애송이에요. 겉만 멋있지 볼 거 없어요."

여자는 그를 흘겨보다가 소리 없이 웃었다. 그 웃음으로 그녀는 수치심을 씻어내려고 애쓰고 있었다.

그녀의 이름은 오정자(吳貞子), 나이는 32세였다. 8년 전 어느 해운회사에 근무하는 남자와 결혼했는데 어느 쪽 결함인지 그녀는 오래도록 아기를 낳지 못했다. 이 때문에 시집살이가 점점 어려워졌고, 남편과의 사이도 차츰 멀어지기 시작했다. 항해사인 남편은 일 년 열두 달 배를 타고 다니느라고 집에서 지내는 시간이 거의 없다시피 했다. 그녀는 자신이 아기를 갖지 못하는 이유가 남편 탓이라고 생각했다. 남들처럼 남편과 매일 부부관계를 가질 수만 있다면 자기도 아기를 얼마든지 낳을 수 있을 것 같았다. 불만이 쌓이고 고독을 이겨내지 못하게 된 그녀는 마침내 댄스홀에 출입하게 되고 거기서 만난 남자와 밀회를 즐겼다. 외간 남자와의 정사는 그녀에게 드릴만점의 쾌락을 안겨주기에 족한 것이었다. 상대방도 가정이 있는 남자였기 때문에 그들은 공모자로서 열심히 드릴을 즐겼다. 그러나 몇 달 못가 정사 현장이 시집 식구들에 의해 발각됨으로써 그녀는 간통죄로 구속되고 말았다.

"두 달 만에 교도소에서 나오니까 홀가분하더군요. 가발 장사가 잘된다기에 아버지한테서 돈을 타내서 가게를 차렸죠. 이젠 남편도 없고 하니까 제 손으로 밥벌이를 해야 않겠어요? 자, 이게 저의 이력이에요."

그녀는 두 팔을 벌리면서 소리 내어 웃었다. 절망감 같은 것이 느껴지는 그런 웃음이었다.

"참, 그 가발하고 안경 좀 벗을 수 없으세요?"

다비드 킴은 가발과 안경을 벗었다.

"그 저고리도 벗으세요. 답답해요."

여자는 벌써 주기가 오르는 것 같았다. 다비드 킴은 저고리를 벗고 넥타이를 풀어 내렸다. 여자가 또 소리 내어 웃었다. 그도 따라 웃었다.

"별로 웃음이 없네요. 웃어도 소리도 내지 않고 웃네요. 제 이야기를 듣고 실망했지요?"

"아니오."

그는 여자의 잔에 술을 따랐다. 그녀를 빨리 취하게 할 필요가 있었다.

"거짓말 말아요. 제가 창녀 같지요?"

"아니오. 그런 일이야 얼마든지 있을 수 있는 일이니까."

"아주 너그러우시네요."

"글세……"

여자는 불타는 눈으로 그를 쏘아보더니 일어나서 천축에 판을 걸었다. 감미로운 음악이 방안에 잔잔히 흐르기 시작했다.

"오세요."

여자는 속삭이면서 벌써 스텝을 밟고 있었다. 다비드 킴은 천천히 다가가 그녀의 허리에 팔을 감았다. 그녀는 기다렸다는 듯이 상체를 폭 안기면서 그의 목을 끌어안았다. 다비드 킴은 바로 밑에서 가쁜 숨을 몰아쉬며 올려다보고 있는 여자의 얼굴을 가만히 들여다보다가 입술을 덮쳐눌렀다.

그들은 멈춰 서서 뜨겁게 키스했다. 여자는 신음을 토하면서 몸부림을 쳤다. 드레스가 거추장스럽게 손에 와 감기자 다비드 킴은 그녀의 어깨에서부터 그것을 벗겨 내렸다. 그녀는 드레스가 밑으로 흘러내리도록 내버려두었다.

그들은 다시 스텝을 밟아나갔다. 그녀는 취기와 흥분으로 해서 제대로 몸을 가누지 못하고 있었다. 다비드 킴은 등으로 손을 올려 브래지어 끈을 풀었다. 브래지어가 풀어지자 그녀는 귀찮은 듯 그것을 털어 버렸다.

풍만한 젖가슴이 흔들리면서 밀려오자 다비드 킴은 그녀를

돌려세운 다음 뒤에서 그녀를 껴안았다. 겨드랑이 밑으로 손을 넣어 젖가슴을 애무하자 그녀는
 "아, 몰라요. 몰라요. 맘대로 하세요."
하고 부르짖었다.
 "옷을 벗지."
 다비드 킴은 이렇게 말하면서 자신의 옷을 재빨리 벗어치웠다. 그동안 그녀도 팬티를 벗어던졌다. 그가 완전히 옷을 벗고 그녀를 향해 돌아서자 그녀는 눈을 크게 뜨면서
 "어머 멋져요!"
하고 소리쳤다.
 그는 다가가 그녀를 으스러지게 껴안았다. 숨이 막히는지 그녀는 캑캑거렸다.
 "당신 대단하군. 조금 전에 젊은 놈하고 즐기고서도 또 하고 싶나?"
 "그건 애송이라니까요. 실망만 했어요."
 그녀의 손이 그의 그것을 더듬어 잡았다.
 "저는 사람 볼 줄 알아요."
 "다행이군."
 그는 그녀의 음부를 쓰다듬어 주었다.
 "부탁이 있어요."
 그녀가 갑자기 하소연하듯이 나직이 속삭였다.
 "뭔데?"
 "전…… 아기를 갖는 게 소원이에요."
 "아버지 없는 아기를 말인가?"

"그게 무슨 상관이에요. 멋진 사람의 아기를 낳아 평생 혼자 살면서 아기나 키우는 게 소원이에요. 제 소원 들어주실래요?"

"글쎄, 내가 능력이 있을까?"

"아이, 그러지 말아요. 전 예감이 있어요. 첫눈에 그것을 느꼈어요. 선생님이라면 충분히 저를 임신시킬 수 있을 거라고 생각했어요."

"글세……"

"아이, 그러지 말고 아기를 갖게 해 줘요! 부탁이에요."

"하룻밤 사이게 그게 가능할까?"

"그러니까 일주일 동안 여기 계세요. 저하고 둘이 아무 데도 가지 말고 말이에요."

"나를 사육할 셈이군. 그렇게 하려면 나를 잘 먹여야 할 걸."

"염려마세요."

"좋아. 임신시켜 주지. 쌍둥이로 말이야."

까르르 웃음을 터뜨리는 그녀를 안아들고 그는 목욕탕으로 들어갔다.

"젊은 놈팽이가 묻힌 것을 깨끗이 씻어. 불쾌하니까."

"미안해요. 선생님이 약속을 안 지켰기 때문이에요."

그들은 한 몸으로 얽힌 채 샤워를 했다.

다비드 킴이 이렇게 도피처를 마련해 놓고 있을 때 특수부의 김 반장 일행은 시내를 뒤지고 있었다. 김 반장은 비행기로 내려온 특수부 요원들을 세 파트로 나누어 의료기 상점과 안경점. 그리고 가발 상점을 하나 빠짐없이 점검하도록 했다. 그러나 밤이 깊어 대부분의 상점들이 문을 닫았기 때문에 조사는 불충분했고 더디기만 했다.

그런대로 청진기와 가운을 판 의료기 상점을 찾아낸 것은 거의 새벽녘이 가까워서였다. 상점 주인은 잠이 덜 깬 목소리로 물건을 사간 사람의 인상착의를 설명했다.

이때까지 부산시 일원에 대한 비상망은 계속 강화되고 있었지만 어디로 숨어 버렸는지 범인의 종적은 묘연하기만 했다.

밤을 꼬박 새운 김 반장은 아침 9시쯤에 두 번째로 범인이 물건을 사간 안경점을 찾아냈다. 안경점 주인이 말하는 인상착의는 의료기 상점 주인이 말해준 것과 일치했다.

"혹시 그 사람 이렇게 생기지 않았던가요?"

안경점 주인은 다비드 킴의 사진을 들여다본 다음 고개를 흔들었다.

"이 사람은 아닙니다. 콧잔등이 이렇게 꺼지지 않고 코가 컸어요. 인상도 다른데요."

여기서 김 반장은 범인이 다비드 킴이 아니라고 단정을 지었다. 그렇다면 다비드 킴에 필적하는 킬러가 또 하나 있다는 말이 된다. 신출귀몰하는 그놈은 누구일까. 그는 피우던 담배를 신경질적으로 집어던지고 가발 상점을 찾아 나섰다.

10시 조금 지나 시내 중심가에 자리 잡은 한 가발 상점 앞에서 그는 차를 내렸다. 그 상점은 아직 문을 열지 않고 있었다.

"모두 조사하고 이 집 하나만 남았습니다."

요원 하나가 김 반장에게 말했다.

"문을 두드려 봐."

셔터를 두드렸지만 안에서는 아무 반응도 없었다. 김 반장은 옆에 붙어 있는 시계상점으로 들어갔다. 그의 이야기를 듣고 난 시계상점 주인은 고개를 저었다.

"주인은 가게에서 자지 않고 출퇴근하고 있는데, 어디서 살고 있는지는 모르겠습니다. 보통 9시면 문을 여는데, 오늘은 꽤 늦는데요. 아주 미인이에요."

"여잡니까?"

"네, 아마 과부인 것 같아요."

그 순간 김 반장은 가슴이 철렁 내려앉는 것을 느꼈다.

"이 건물 주인은 따로 있습니까?"

"네, 물론이지요. 가발 상점도 지난봄에 세 들었지요."

"건물주는 어디에 살고 있습니까? 혹시 전화번호 있나요?"

"있습니다. 좀 기다리십시오."

조금 후 전화번호를 받아든 김 반장은 건물주의 집으로 전화를 걸었다. 주인은 다행히 집에 있었다. 이쪽이 경찰이라고 하자 주인은 성의껏 응해주었다.

"가발 상점 여주인의 이름과 주소를 알 수 없겠소?"

"알 수 있지요. 가게 계약할 때 계약서에 적어 놨으니까요. 잠깐 기다리십시오."

잠시 후 건물주는 큰소리로 불러댔다.

"이름은 오정자…… 해금강 아파트 D동 816호입니다."

"수고스럽지만 지금 와서 이 가게 문을 좀 열어주실 수 있겠습니까?"

"그야 어렵지 않지요."

"고맙습니다."

전화를 끊고 난 김 반장은 요원 두 명을 가게 앞에 있게 하고 나머지 요원들을 데리고 해금강 아파트로 달려갔다. 시간은 9월 18일 오전 10시 40분을 가리키고 있었다.

18일은 일요일이었다. 이날 다비드 킴이 눈을 뜬 것은 9시쯤이었다. 밤새도록 성의 유희에 탐닉한 그는 온몸이 찌뿌드드했다. 여자는 아직 침대 속에 잠들어 있었다.

침대 밖으로 나온 그는 가볍게 팔다리를 흔들면서 피로를 풀었다. 운동을 하고 난 그는 욕탕 속으로 들어가 샤워를 하고 난 다음 팬티만을 입고 소파에 앉아 담배를 피웠다. 기분 좋은 아침이었다. 만일 쫓기고 있는 몸이 아니라면 그녀의 요구대로 얼마 동안 이곳에 눌러앉아 쾌락에 젖어보고 싶었다.

그녀는 더운지 시트를 걷어찬 채 모로 드러누워 있었다. 허리에서 둔부로 올라가는 곡선이 급경사를 이루고 있었다. 몹시 보기 좋은 몸이었다. 그녀는 밤새도록 신음을 토했다. 그 점에 있어서만은 굉장한 힘을 가진 여자였다. 몇 번씩이나 클라이막스에 오른 그녀는 마침내 새벽녘에 울며 애걸했다.

"사랑해요. 이제 그만, 그만 해요."

그는 이런 스포츠에는 자신이 있었다. 장거리주자인 그는 여자의 애걸을 무시한 채 그녀가 의식을 잃고 늘어져 버릴 때까지 줄기차게 달려갔다. 땀에 젖어버린 그녀는 손가락 하나 움직이지 못한 채 완전히 뻗어버렸고 그것을 보고 나서야 그는 몸을 일으킨 것이다.

공복을 느낀 다비드 킴은 냉장고에서 사과를 하나 꺼내 그것을 베어 먹으면서 방안을 거닐었다. 조금 후 그는 갑자기 잊은 것이나 있는 듯 현관으로 나가 조간신문을 집어 들었다.

예상했던 대로 신문 사회면에는 그의 몽타주가 두 가지나 실려 있었다. 한 가지는 변장하지 않은 본래 모습이었고 다른 하나는 가발과 안경을 낀 그림이었다. 기사 내용은 경찰이 수사를 압축해 가고 있으며 범인을 체포하거나 소재를 알려주는 사람에게는 백만 원의 상금을 주겠다는 것이었다.

다비드 킴은 침대 위의 여자를 한 번 바라보고 나서 신문을 소리 나지 않게 구겨서 쓰레기통 속에 집어던졌다. 바로 그때 초인종 소리가 들려왔다. 다비드 킴은 당황했다. 사방을 둘러보았지만 도망칠 데라곤 없었다. 그는 이렇게 빨리 수사의 손길이 닿는다는 것이 도무지 믿어지지 않았다.

현관으로 소리 없이 다가선 그는 구멍을 통해 밖을 내다보았다. 밖에는 웬 청년이 하나 서 있었다. 가만 보니 그 청년은 어제 오정자와 함께 여관에 들어갔던 그 제비족이었.

계속 초인종 소리가 울려왔고 다비드 킴은 망설이고 있었다. 그때 여자가 가운을 걸치고 나왔다. 그녀는 다비드 킴을 안으로 들어가게 한 다음 밖을 내다보았다. 그리고 문을 열었다.

"어머, 웬일이세요?"

"웬일이라니요? 벌써 저를 잊으셨나요?"

"아니 이렇게 아침에 오시기에……"

"왜, 못 올 데를 왔나요? 아무 때라도 오라고 하지 않았습니까? 들어오라는 말도 안하는군요."

여자는 당황했다. 청년 앞을 막아서는데 가운 자락이 벌어지면서 흰 젖가슴이 드러났다. 그것을 본 청년은 그녀의 앞가슴을 한 손으로 쥐면서 안으로 밀고 들어왔다.
"좀 들어갑시다!"
"안 돼요! 나중에 오세요! 누가 있어요!"
"혼자 산다고 그러지 않았소?"
청년은 길게 째진 눈을 희번덕거리더니 알겠다는 듯 고개를 끄덕였다.
"아하, 그러고 보니까 놈씨가 있는 모양이군. 그렇다면 내가 물러설 수 없지. 어떤 놈인지 한번 봅시다."
청년은 여자를 젖히고 안으로 성큼 들어섰다.
그때까지 다비드 킴은 팬티 차림으로 창가에 서 있었다. 안으로 들어서던 청년이 주춤했다. 그러나 워낙 막 굴러먹은데다가 사람을 볼 줄 모르고 거기다가 건방지기 짝이 없는 이 청년은 어깨를 으쓱하면서 소파에 털썩 주저앉았다. 당수가 2단인 청년은 그 나름대로 믿는 바가 있었다.
청년이 다리를 꼬면서 담배를 꼬나무는 것을 다비드 킴은 무표정하게 바라보았다. 햇빛을 등에 받은 그의 모습은 흡사 조각품 같았다. 그는 그렇게 꼼짝 않고 서 있었다.
"흥, 볼 만하군."
청년은 담배 연기를 후우 하고 뿜으면서 조롱기 섞인 눈으로 상대를 바라보았다. 상대의 몸은 훌륭했다. 그러나 저 정도야 상대해 볼 수 있다고 청년은 생각하고 있었다.
궁지에 몰린 것은 여자였다. 그녀는 어쩔 줄 모르면서 두 사람을 번갈아보다가 청년을 힐책하기 시작했다.
"이게 뭐예요? 주인 허락도 없이 이렇게 들어오는 법이 어딨어요?"
"주인? 주인 좋아하시는군. 당신이야말로 이게 뭐야? 나하고 어제 재미 보면서 약속한 바 있지? 우리 오래오래 사귀자고 말이야. 아기까지 갖자고 했지? 그래놓고 곧장 다른 남자하고 또 붙었군. 아주 전문이야. 전문이라고……"
"남이 뭘 하든 당신이 무슨 상관이야? 나가요! 나가!"
여자가 언성을 높였다.
"경찰을 부를 테니까 빨리 나가요!"
"흥, 경찰? 불러보시지. 이렇게 된 바엔 나도 못 나가겠어. 쫓으려면 저 사람을 쫓아!"
"배짱이군요. 좋아요. 경찰을 못 부를 줄 알아요?"
그녀는 거칠게 탁자 위의 전화통을 집어 들었다. 그때 다비드 킴이 어느새 다가와 그녀의 손목을 잡았다.
"그럴 필요 없어요. 이런 걸 가지고 경찰까지 부를 필요는 없어요."
수화기를 내려놓고 난 다비드 킴은 청년에게 악수를 청했다.
"우리 싸울 것 까지는 없지 않소. 서로 초면이고, 모르고 한 일이니까 말이오. 우리 알고나 지냅시다."
"흥, 그럴듯하군. 좋습니다."
청년은 손을 내밀어 다비드 킴의 손을 잡았다. 이상하게도 처음 만난 두 사람이 가볍게 악수를 하고 나자 그때까지 살벌하던 분위기가 갑자기 풀리는 것 같았다. 여인은 남자들의 행동에 어리둥절해 하다가 커피를 끓이기 위해 주방으로 들어갔다.
 다비드 킴은 러닝셔츠와 바지를 주워입고 나서 다시 소파에 앉았다. 그들은 여자가 커피를 가져올 때까지 말없이 담배를 피웠다.
 여자는 될 대로 되라고 생각했는지 아까처럼 당황하지 않고 자연스럽게 행동했다. 커피를 탁자 위에 놓으면서 그녀는 자기를 사이에 두고 자기와 상대한 두 남자가 대좌하고 있다는 사실에 기묘한 흥분을 느꼈다.
 "이렇게 되면 1대 2가 아닌가요?"
 청년이 갑자기 물었다. 다비드 킴은 커피를 저으면서 가만히 미소했다.
 "뭐 어떻습니까? 그럴 수도 있는 일 아닙니까. 서로 공존할 수 있다면 다행이지요."
 그의 말에 청년이 웃음을 터뜨렸다. 여자는 얼굴이 시뻘게지더니 입술을 꼭 깨물었다. 청년은 여전히 어깨를 들썩이면서 웃었다.
 "매우 악담을 잘하시는군요."
 "악담이 아니오."
 다비드 킴은 손을 저었다. 청년은 신기하다는 듯이 다비드 킴을 바라보았다.
 "그게 가능하다고 봅니까?"
 "가능하지요."
 "마담 생각은 어때요?"
 청년이 빈정거리며 물었다. 여자는 두 사람을 쏘아보더니 결심한 듯 말했다.
"당신들이 애들처럼 싸우지만 않는다면……"
청년이 다시 웃음을 터뜨렸다. 여자도 미소 지었다. 그러나 킬러만은 웃지 않았다.
"야아, 마담 대단해. 이거 당장 섹스파티를 열어야겠는데……"
청년은 소리치면서도 킬러의 표정을 요모조모로 뜯어보고 있었다. 어디서 본 듯한 얼굴 같았기 때문이다. 그러나 얼른 생각이 나지 않았다.
"아침 식사 안하셨죠?"
여자가 청년을 바라보며 느닷없는 질문을 했다. 여자란 분위기에 재빨리 적응할 줄을 아는 모양이다.
"안했습니다. 좀 차려 주겠습니까?"
여자는 웃으면서 일어섰다. 그리고 안으로 들어가 옷을 갈아입고 나왔다.
"잠깐 기다리세요. 찬거리가 없어서 사와야 해요. 불고기 맛있게 해 드릴게요. 그동안 두 분은 싸우지들 말고 다정하게 앉아 있어요."
여자는 가벼운 걸음걸이로 밖으로 나갔다.
실로 놀라운 발전이었다. 세 사람이 이렇게 그럴 듯하게 어울릴 것이라고는 생각지도 못한 일이었다. 그러나 이것은 다비드 킴이 그렇게 유도했기 때문이었다.
"어떻습니까? 저 여자 어때요?"
청년은 음험하게 웃으면서 상대를 바라보았다.

"좋더군요. 아주 좋아요."

다비드 킴은 거침없이 대꾸했다.

"아주 색골이죠?"

"색골입니다."

눈을 빛내는 것으로 보아 청년은 몹시 궁금한 눈치였다.

"누가 먼저 떨어졌습니까?"

"저 여자가 먼저……"

"야아, 그러면 굉장히 센데요."

청년은 또 낄낄거리고 웃고 나더니 갑자기 얼굴빛이 흐려졌다. 이윽고 그는 슬그머니 일어나 화장실 쪽으로 갔다. 그때 그의 상의 오른쪽 주머니에 꽂혀 있는 신문이 다비드 킴의 눈에 비쳐들었다.

화장실로 들어간 청년은 떨리는 손으로 신문을 꺼내 펴들었다. 어디서 본 듯한 얼굴, 그것은 그가 신문에서 본 몽타주 중의 하나인 것 같았다. 그것을 확인하기 위해 그는 신문 사회면을 들여다보았다. 그리고 틀림없다고 생각한 순간 뒤로 인기척을 느꼈다.

획 돌아선 청년은 문을 열고 들어서는 다비드 킴을 향해 오른쪽 주먹을 내질렀다. 그러나 그는 킬러의 적수가 아니었다. 그보다 먼저 킬러의 발이 그의 사타구니를 걸어찼다. 당수 2단의 청년은 힘 한번 써보지도 못한 채

"아이 구!"

하면서 무릎을 꺾었다. 쓰러지는 그의 뒷덜미를 킬러의 해머 같은 주먹이 무자비하게 후려쳤다.

청년은 쓰러진 채 그래도 기를 써보려고 발을 저었다. 그러나 오른쪽 늑골이 온통 부러져나가는 충격을 느끼고는 이내 기절해 버리고 말았다. 다비드 킴은 청년을 들어서 물이 가득 찬 욕탕 속에 거꾸로 처박았다. 그리고 급히 옷을 차려입은 다음 슈트케이스를 들고 그곳을 나왔다.

밖에서 문을 걸어 잠그고 난 그는 엘리베이터 쪽으로 걸어갔다. 그때 엘리베이터의 불빛이 8자에서 깜빡거리는 것이 보였다. 그는 급히 계단을 통해 7층으로 내려가다 말고 뒤를 돌아보았다. 찬거리를 가슴에 받쳐 든 오정자가 엘리베이터를 나와 816호실 앞으로 다가서는 것이 보였다.

문 두드리는 소리를 들으며 다비드 킴은 엘리베이터를 기다렸다가 그것을 타고 밑으로 내려갔다. 가발에 선글라스를 낀 그가 택시를 집어타고 아파트 단지를 막 빠져나갔을 때 김 반장 일행을 태운 차가 나타났다.

다비드 킴은 차 창밖으로 초가을 햇볕이 포근히 내려 쪼이는 거리를 물끄러미 내다보면서 천천히 담배를 피워 물었다.

다비드 킴과 아슬아슬하게 엇갈려 도착한 김 반장 일행은 엘리베이터를 타고 허겁지겁 8층으로 올라갔다. 그들이 816호실 앞에 도착했을 때 오정자는 발을 동동 구르며 문을 두드리고 있었다.

"실례지만 오정자 씨 되십니까?"

"네, 그런데요?"

"이 안에 남자가 있죠? 이렇게 생긴······?"

김 반장이 몽타주 두 장을 꺼내보이자 여자는 놀라면서 변장하지 않은 다비드 킴의 몽타주를 손가락으로 가리켰다.
"또 한 사람 있어요. 그런데 왜 그러세요?"
"나중에 설명하겠소. 그놈은 살인범이오. 신문도 못 봤소? 당신은 시장에 갔다 오는 길인가?"
여자는 가슴에 안고 있던 봉지를 떨어뜨렸다. 여러 가지 찬거리들이 와르르 흩어졌다. 그녀는 겨우 숨을 돌리고 나서
"밖에 찬거리를 사가지고 와보니까 이렇게 문이 잠겨 있지 않아요."
라고 말했다.
아파트 관리실 직원이 열쇠를 갖고 와서 문을 따기까지 다시 5분이 흘렀다.
"나와라! 포위됐다!"
문을 열고 소리쳤지만 안에서는 아무 반응이 없었다. 그제서야 김 반장은 한발 늦은 것을 깨달았다.
방을 모두 뒤지고 마지막으로 욕실 문을 열었을 때 김 반장은 주춤했다. 누군가가 두 다리를 위로 쳐든 채 욕탕 속에 거꾸로 처박혀 있었던 것이다.
뒤따라 들어온 여인이 높다랗게 비명을 지르며 뛰쳐나갔다.
욕탕 속에서 끌어낸 시체를 들여다보고 난 김 반장은
"빌어먹을!"
하고 중얼거렸다.
말은 그렇게 했지만 가슴을 스쳐가는 섬뜩한 기분만은 어쩔 수가 없었다. 완전히 보기 좋게 당한 것이다. 놈은 행동하는데 있어서 단 1분의 착오도 허용하지 않는 놈이다.

김 반장은 급히 수화기를 집어 들고 긴급 수배를 재차 지시했다. 그러나 그는 이제 자신할 수가 없었다.

이때 다비드 킴은 주차장에 도착해서 스카이라크를 끌어내고 있었다.

인적이 없는 해변가로 그것을 몰고 간 그는 거기서 회색 싱글로 옷을 갈아입고 변장을 새로 했다. 얼굴에 특수 약품을 칠하자 얼굴은 백인처럼 흰 빛을 띠었다. 거기에 다시 약품을 칠하자 그의 피부는 보기 좋게 그을린 모습이 되었다. 그 위에 금발을 눌러쓰고 코밑수염을 달자 그는 영락없이 외국인처럼 보였다. 마지막으로 선글라스를 끼고 난 그는 푸른 바다를 한동안 바라보다가 이윽고 그곳을 떠났다.

20분쯤 후 그는 경부고속도로 진입로에서 처음으로 검문 경찰의 제지를 받았다. 그를 보고 난 경찰은 미소를 지으면서 그대로 통과시켜 주었다.

그곳을 일단 통과하자 다비드 킴은 악셀을 힘차게 밟으면서 길게 뻗은 고속도로를 똑바로 바라보았다.

무서운 흑막(黑幕)

하루 전인 9월 17일 저녁, 최 진은 스칸디나비아 클럽으로 국제경찰의 까자르를 만나러 갔다. 약속 시간은 7시였다. 그에게 일을 부탁한 것은 1주일 전이었다. 그동안 소식이 없어 진은 단념하고 있던 차였다. 그에게 전화를 해보았지만 출장 중이라는 것이었다. 그런데 갑자기 두 시간 전에 그로부터 연락이 온 것이다. 그는 먼저 와 기다리고 있었다. 그는 혼자였다.

"미안합니다. 홍콩에 좀 다녀오느라고 늦었습니다."

까자르는 소식이 늦은데 대해 깊이 사과했다.

"무슨 급한 일이라도 있었습니까?"

"팽의 죽음에 대해서 조사할 게 있어서 가봤습니다."

"성과가 있었습니까?"

"허탕만 치고 왔습니다."

까자르는 담배를 깊이 빨다가 호주머니에서 봉투를 하나 꺼냈다.

"파리와 통화한 내용을 여기 타이핑해 가지고 왔습니다."

"감사합니다."

진은 봉투를 받아서 타이핑한 것을 꺼내보았다. 거기에는 R, 즉 요시다 마사하루의 움직임이 비교적 소상히 적혀 있었다.

※편의상 요시다가 만난 사람들을 모두 ABCD로 표기함.

△9월 10일 오후 7시, 숙소인 샹제리 호텔 커피숍에서 30대의 어느 동양 여인(A)과 접선. 그녀를 따라 파리 교외의 한 아파트를 방문. 밤 10시에 혼자 아파트를 나와 호텔로 돌아옴. 11시에 콜걸로 보이는 금발 여자(B)가 그의 방을 방문.

△9월 11일 오후 1시, 어제의 그 아파트를 방문. 3시 30분에 40대의 동양인 남자(C)와 함께 아파트를 나와 중국 음식점에서 식사. C의 주위를 경호원으로 보이는 동양인 청년 두 명이 눈에 띄지 않게 항상 감시. 5시 30분 C와 헤어져 일본 대사관 방문. 8시 파리 시장이 주최하는 파티에 참석. 만취되어 호텔로 돌아옴.

△9월 12일 12시, 50대의 동양인(D)이 요시다의 방을 방문. 2시에 두 사람이 함께 외출 역시 그 아파트를 방문했다가 C와 함께 중국음식점에서 식사. 세 사람 모두 만족한 표정. 저녁 7시 요시다가 먼저 도쿄 행 JAL기편으로 파리

출발.

△9월 13일 12시, D도 도쿄 행 JAL기편으로 파리 출발.
△요시다가 ACD와 함께 만났던 장소인 아파트는 북한 통상사무소 직원 김덕봉(金德奉)의 소유임.
△A는 북한 통상사무소 여직원 조성애(曺成愛)로 밝혀짐.
△문제의 인물 C에 대해서는 아는 바 없음.
△사진을 첨부하니 참고하기 바람.

진은 인터폴이 미행하면서 찍은 스냅사진들을 들여다보았다. 그가 알아볼 수 있는 인물은 요시다와 D였다. D는 바로 대륙산업 회장인 아낭이었다.

이들 일본인들이 파리에서 북한 사람들을 만났다는 것은 바로 무엇을 의미하는가. 심상치 않은 일이다. 그들은 무슨 일을 꾸몄을까. 두 사람이 따로따로 파리로 가서 C를 만났다는 것은 매우 중요하고 비밀을 요하는 일 때문이었을 것이 틀림없다. C라는 인물은 경호원들까지 따라붙고 있는 것을 보면 상당한 지위의 인물인 것 같다. 누굴까.

"요구하신 것이 제대로 됐는지 모르겠습니다."
"이거면 충분합니다. 감사합니다."

진은 어느 때보다도 가슴이 설레이는 것을 느꼈다. 더 깊은 흑막이 가로 놓여 있음을 그는 직감적으로 느꼈다.

본부로 돌아온 그는 KIA로 전화를 걸었다. 그리고 30분 후 KIA 본부로 관계자를 만나러 갔다. 진이 제시한 C의 사진을 들여다보고 난 관계자는 그것을 다른 사람에게 넘겼다.
"10분만 기다려 주십시오. 결과가 나올 겁니다."
KIA 관계자는 C의 사진을 어떻게 입수했으며, 무슨 일 때문에 그러느냐고 일체 묻지 않았다. 다른 기관과의 관계에 있어서는 그것이 상례로 되어 있었다. 협조에 응하되 다른 기관의 비밀을 알려고 하지 말 것, 이것이 이들 기관이 상호간에 지키는 예의였다. 10분 후 사진을 가지고 갔던 요원이 타이핑한 것을 들고 돌아왔다. 진은 그것을 받아 급히 펴보았다.

　　△허일욱(許一旭)＝1933년 1월 5일 함북 청진 산. 김일성대학 기계과 졸업. 모스크바 육군대학 졸업. 군사기술학교. 군사기지 사령관. 현 육군소장. 이 자는 현재 북한에서 최고의 병기전문가로 알려지고 있음.

진은 돌아오는 차 속에서 자신이 지금 상대하고 있는 것이 얼마나 어마어마한 대상인가를 새삼 깨달았다.
북한의 병기 전문가가 일본 굴지의 군수회사 사장과 파리에서 만났다는 것은 무엇을 의미하는가. 북한이 무기를 도입하려는 것이 아닐까. 요시다와 아낭은 남북한 양쪽에 손을 대고 있다. 도대체 그들이 최종적으로 노리는 것이 무엇일까?
진이 김 반장과 만난 것은 이튿날 오후 2시경이었다. 비행기로 올라온 김 반장은 진을 데리고 조용한 한식집으로 갔다.
"어떻게 됐습니까?"
"놓쳤어. 아주 대담한 놈이야. 다비드 킴 만큼이나 무서운 놈

무서운 흑막(黑幕)

하루 전인 9월 17일 저녁, 최 진은 스칸디나비아 클럽으로 국제경찰의 까자르를 만나러 갔다. 약속 시간은 7시였다. 그에게 일을 부탁한 것은 1주일 전이었다. 그동안 소식이 없어 진은 단념하고 있던 차였다. 그에게 전화를 해보았지만 출장 중이라는 것이었다. 그런데 갑자기 두 시간 전에 그로부터 연락이 온 것이다. 그는 먼저 와 기다리고 있었다. 그는 혼자였다.

"미안합니다. 홍콩에 좀 다녀오느라고 늦었습니다."

까자르는 소식이 늦은데 대해 깊이 사과했다.

"무슨 급한 일이라도 있었습니까?"

"팽의 죽음에 대해서 조사할 게 있어서 가봤습니다."

"성과가 있었습니까?"

"허탕만 치고 왔습니다."

까자르는 담배를 깊이 빨다가 호주머니에서 봉투를 하나 꺼냈다.

"파리와 통화한 내용을 여기 타이핑해 가지고 왔습니다."

"감사합니다."

진은 봉투를 받아서 타이핑한 것을 꺼내보았다. 거기에는 R, 즉 요시다 마사하루의 움직임이 비교적 소상히 적혀 있었다.

※편의상 요시다가 만난 사람들을 모두 ABCD로 표기함.

△9월 10일 오후 7시, 숙소인 샹제리 호텔 커피숍에서 30대의 어느 동양 여인(A)과 접선. 그녀를 따라 파리 교외의 한 아파트를 방문. 밤 10시에 혼자 아파트를 나와 호텔로 돌아옴. 11시에 콜걸로 보이는 금발 여자(B)가 그의 방을 방문.

△9월 11일 오후 1시, 어제의 그 아파트를 방문. 3시 30분에 40대의 동양인 남자(C)와 함께 아파트를 나와 중국 음식점에서 식사. C의 주위를 경호원으로 보이는 동양인 청년 두 명이 눈에 띄지 않게 항상 감시. 5시 30분 C와 헤어져 일본 대사관 방문. 8시 파리 시장이 주최하는 파티에 참석. 만취되어 호텔로 돌아옴.

△9월 12일 12시, 50대의 동양인(D)이 요시다의 방을 방문. 2시에 두 사람이 함께 외출 역시 그 아파트를 방문했다가 C와 함께 중국음식점에서 식사. 세 사람 모두 만족한 표정. 저녁 7시 요시다가 먼저 도쿄 행 JAL기편으로 파리

출발.

△9월 13일 12시, D도 도쿄 행 JAL기편으로 파리 출발.

△요시다가 ACD와 함께 만났던 장소인 아파트는 북한 통상사무소 직원 김덕봉(金德奉)의 소유임.

△A는 북한 통상사무소 여직원 조성애(曺成愛)로 밝혀짐.

△문제의 인물 C에 대해서는 아는 바 없음.

△사진을 첨부하니 참고하기 바람.

진은 인터폴이 미행하면서 찍은 스냅사진들을 들여다보았다. 그가 알아볼 수 있는 인물은 요시다와 D였다. D는 바로 대륙산업 회장인 아낭이었다.

이들 일본인들이 파리에서 북한 사람들을 만났다는 것은 바로 무엇을 의미하는가. 심상치 않은 일이다. 그들은 무슨 일을 꾸몄을까. 두 사람이 따로따로 파리로 가서 C를 만났다는 것은 매우 중요하고 비밀을 요하는 일 때문이었을 것이 틀림없다. C라는 인물은 경호원들까지 따라붙고 있는 것을 보면 상당한 지위의 인물인 것 같다. 누굴까.

"요구하신 것이 제대로 됐는지 모르겠습니다."

"이거면 충분합니다. 감사합니다."

진은 어느 때보다도 가슴이 설레이는 것을 느꼈다. 더 깊은 흑막이 가로 놓여 있음을 그는 직감적으로 느꼈다.

본부로 돌아온 그는 KIA로 전화를 걸었다. 그리고 30분 후 KIA 본부로 관계자를 만나러 갔다. 진이 제시한 C의 사진을 들여다보고 난 관계자는 그것을 다른 사람에게 넘겼다.
"10분만 기다려 주십시오. 결과가 나올 겁니다."
KIA 관계자는 C의 사진을 어떻게 입수했으며, 무슨 일 때문에 그러느냐고 일체 묻지 않았다. 다른 기관과의 관계에 있어서는 그것이 상례로 되어 있었다. 협조에 응하되 다른 기관의 비밀을 알려고 하지 말 것, 이것이 이들 기관이 상호간에 지키는 예의였다. 10분 후 사진을 가지고 갔던 요원이 타이핑한 것을 들고 돌아왔다. 진은 그것을 받아 급히 펴보았다.

△허일욱(許一旭) = 1933년 1월 5일 함북 청진 산. 김일성대학 기계과 졸업. 모스크바 육군대학 졸업. 군사기술학교. 군사기지 사령관. 현 육군소장. 이 자는 현재 북한에서 최고의 병기전문가로 알려지고 있음.

진은 돌아오는 차 속에서 자신이 지금 상대하고 있는 것이 얼마나 어마어마한 대상인가를 새삼 깨달았다.
북한의 병기 전문가가 일본 굴지의 군수회사 사장과 파리에서 만났다는 것은 무엇을 의미하는가. 북한이 무기를 도입하려는 것이 아닐까. 요시다와 아낭은 남북한 양쪽에 손을 대고 있다. 도대체 그들이 최종적으로 노리는 것이 무엇일까?
진이 김 반장과 만난 것은 이튿날 오후 2시경이었다. 비행기로 올라온 김 반장은 진을 데리고 조용한 한식집으로 갔다.
"어떻게 됐습니까?"
"놓쳤어. 아주 대담한 놈이야. 다비드 킴 만큼이나 무서운 놈이야."

"그럼 다비드 킴이 아니란 말씀입니까?"

"아니야."

"어쩐지 몽타주가 다비드 킴과는 다르다고 생각했는데. 그런데 몽타주를 보고 생각난 것이 있습니다."

"뭐요?"

김 반장이 눈이 번쩍 빛났다.

"그자의 모습이 도쿄에서 저를 죽이려고 했던 자의 모습과 비슷합니다. 저를 죽이려고 했던 자는 선글라스를 끼고 있어서 확실히 단정할 수는 없지만…… 어쩐지 비슷한 것 같습니다."

"그 암호명 B라는 자 말인가요?"

"네, 그렇습니다."

"음……"

김 반장은 깊이 신음했다. 한참 후에 그는 진을 향해 조심스럽게 입을 열었다.

"X로부터 자백 받은 건데 최 선생 아버님을 살해한 놈을 알아냈소."

진의 눈이 커지면서 상체가 앞으로 기울어졌다.

"Z의 짓이오……"

"그놈이…… 바로 그놈이……"

진은 젓가락을 놓으며 중얼거렸다. 김 반장은 괜히 말을 꺼냈다고 생각했지만 이미 꺼내놓은 말이었다. 진의 얼굴이 벌겋게 달아오르는 것으로 보아 몹시 충격이 큰 것 같았다. 그는 흥분을 누르려고 무진 애를 쓰고 있었다.

"Z, 그놈은 제가 맡겠습니다. 그놈은 아무한테도 양보하지 않겠습니다."

진은 숙명적인 대결을 느끼면서 어금니를 질근 깨물었다.

Z, 그자가 자동소음권총으로 아버지를 쏘았다고 생각하자 진은 피가 끓어올랐다. 아버지를 잃었을 때의 고통이 생생히 전해져와 그는 견딜 수가 없었다.

"너무 그렇게 집념을 가지지 마시오. 복수란…… 결코 좋은 게 아니니까."

김 반장이 설득조로 말했지만 진의 귀에는 아무것도 들리지가 않았다. 그는 식사할 생각도 잊은 채 멀거니 앉아 있다가 생각난 듯 주머니에서 봉투를 꺼내 김 반장에게 주었다.

"바로 이 자가 파리에서 요시다와 만난 자입니다. KIA에서 자료를 얻어 왔습니다."

그것을 읽고 난 김 반장은 눈이 휘둥그레졌다.

"이 사진을 보십시오. 대륙산업의 아낭이란 자까지 파리에 나타났습니다. 이게 무엇을 의미하는 건지 삼척동자도 알 수 있지 않겠습니까?"

"음, 이건 심각한 일인데……. 무서운 흑막이 있는 것 같은데……"

김 반장의 얼굴이 주름으로 잔뜩 덮였다.

"어떻게 생각하십니까?"

"무기 거래가 있는 것이 틀림없어요. 최 선생, 이건 우리끼리만 알고 있도록 합시다."

"과장님한테도 비밀로 합니까?"

"과장한테는 말해도 되겠지. 그리고 이 문제는 KIA와 합동으로 처리하는 게 좋겠어. 북쪽은 KIA 소관이니까 말이야. 하여간 무서운 흑막이 있는 게 틀림없어요."

식당을 나온 그들은 본부로 가서 엄 과장에게 이 사실을 보고했다. 그로부터 1시간 후 엄 과장은 극비리에 KIA국장을 만났다. S국장과는 달리 안경을 끼고 유행에 뒤떨어진 옷을 입고 있는 대학교수 같은 인상의 KIA국장은 엄 과장이 제시한 자료를 보고 나자 얼굴이 시뻘게졌다.

"이 사실을 알고 있는 사람이 누굽니까?"

"저와 특수부 요원 두 명이 알고 있습니다."

"그 두 사람은 누굽니까?"

"믿을 만한 사람들입니다. 그들이 정보를 알아낸 겁니다."

"S국장에게는 알렸겠지요?"

"알리지 않았습니다."

K국장의 눈이 번쩍 빛났다.

"왜 알리지 않았죠? 계통을 밟아 처리해야 하지 않나요?"

난처해진 엄 과장은 담배를 빨아대면서 거북한 듯이 K국장을 바라보았다.

"현재 S국 내에서는 정보가 새고 있습니다. 5열이 있어서 모든 일에 지장을 초래하고 있습니다."

K국장은 놀란 듯이 눈을 크게 떠보였다.

"S국에 특수부가 설치될 정도로 사태가 심각하다는 건 나도 알고 있었소. 그렇지만 S국 내에 5열이 있다는 건 금시초문인데…… 그렇지만 국장한테까지 보고를 안 한대서야……"

"국장께서 아시면 노하시겠죠. 그렇지만 이것만은 S국 소관이 아닌 것 같고 문제는 국장 주변에 있는 인물들입니다. 그 사람들한테 정보가 들어가면 틀림없이 저들도 알게 됩니다. 그래서 국장에게 알리지 않은 겁니다. 그렇게 아시고 이번 문제를 처리해 주시기 바랍니다."

"알겠소."

K국장은 무겁게 고개를 끄덕였다.

"그 대신 우리 특수부와 긴밀한 연락을 가져야 하겠습니다. 왜냐하면 요시다와 아낭은 현재 우리가 상대하고 있는 제일 큰 적들이기 때문입니다. 그들이 파리에 간 것은 우리와 깊은 관계가 있는 일입니다. 따라서 K국 혼자서 처리할 일이 아닙니다."

"알겠소. 내가 직접 지휘하겠소."

엄 과장이 이렇게 K국장과 긴밀한 회담을 진행하고 있을 때 진은 도쿄의 도미에에게 전화를 걸고 있었다. 10분쯤 지나자 도미에가 나왔다. 전화를 받은 도미에는 깜짝 놀라고 있었다. 진은 사무적으로 말했다.

"새로운 정보는 없나요?"

"아직 없어요. 어떻게 지내세요?"

그녀는 흥분하고 있었다.

"이쪽은 매우 바쁩니다. 아낭과는 어느 정도 진척됐나요?"

"꽤 깊이……"

"그럼 빠른 시일 내에 정보를 빼내시오. 아낭이 요시다와 함께 파리에서 북한 사람을 만나 비밀 거래를 했는데 그 내용을 알아보시오."

"파리에 다녀온 건 알고 있어요."

"그리고 그들의 대한(對韓)작전 내용도 상세히 알아봐 줘야겠소. 얼마 전 요시다가 한국에 다녀갔는데 Z와 모종의 계획을 세운 게 분명해요."

"알겠어요. 그런데 그렇게 사무적인 이야기만 하시기에요?"

도미에가 잔뜩 볼멘 목소리로 말했다.

"미안합니다. 이렇게 떨어져 있으니 할 수 없지 않습니까?"

"제가 서울로 갈까요?"

"아, 그건 위험해서 안 돼요."

"피이……"

"참, 몸조심하시오. 정보가 새고 있다는 걸 알고 있을지도 모르니까 주의해서 행동하시오. 전화는 당분간 하지 마시오. 내가 걸 테니까 말이오. 내가 비밀 전화를 따로 하나 가설할 테니까, 그때 가서 전화해 주시오."

"알겠어요. 미운 사람……"

"그리고…… 필요하시면 모오리 형사에게 도움을 청하시오. 그 사람은 믿을 수 있으니까."

"그 사람은 징그러워요."

전화가 찰칵 하고 끊겼다.

"잘 해내야 할 텐데……"

옆에 앉아 있던 김 반장이 근심스러운 듯이 말했다. 진은 침묵하고 있다가 결심한 듯 말했다.

"어떻습니까? 사무실을 옮기는 게?"

"나도 그 생각을 하고 있었는데……"

"여기는 불안해서 못 있겠습니다. 모든 것이 도청당하는 것만 같고……"

"그렇다고 특수부를 통째로 옮길 수는 없지요. 그렇게 되면 S국 전체를 불신하는 것이 되고 5열의 침투를 막을 수가 없게 돼요. 새 사무실을 마련하되 아무도 모르는 곳에 비밀리에 만들어야 해요. 그래야 전화 도청도 안 당하지."

"그럼 그렇게 하나 잡아보겠습니다. 그리고 그 사무실은 우리 둘이서만 알고 있도록 하지요. 새 사무실이 마련되면 저는 주로 거기에 나가 있겠습니다."

"그렇게 합시다."

진은 그 길로 밖으로 나왔다. 그는 자신이 혹시 미행당하고 있을지도 모른다고 생각하자 등골이 오싹했다. 이제부터는 자신의 모습을 숨겨야 할 필요를 느꼈다. 미행자가 있다면 새 사무실을 차리는 것도 쓸데없는 것이다.

그는 택시를 잡아타고 한참을 달리다가 어느 식당 앞에서 내렸다. 식당 안으로 들어가 식사를 하고 난 그는 계산을 치른 다음 화장실 쪽으로 가는 체하다가 그쪽에 있는 후문으로 빠져나왔다. 골목을 급히 빠져나오면서 보니 좁은 골목 안에는 아무도 보이지 않았다.

그는 다시 택시를 타고 시내를 한 바퀴 돌다가 낡은 빌딩들이 늘어서 있는 곳에서 차를 내렸다. 종로 뒷골목으로 들어선 그는 건물들을 기웃거리면서 걸어갔다.

30분 후 그는 어느 4층 건물 앞에서 걸음을 멈추었다. 무척 오래된 건물인 듯이 우중충해 보이는 그 건물은 너무 초라해서 사람들의 눈에 별로 띄지 않을 것 같았다.

그는 삐걱거리는 계단을 올라가보았다. 밖에서 짐작했던 대로 내부는 어둡고 음침해 보였다. 복도에서 두리번거리고 있는데 허리가 꾸부정한 노인 한 사람이 다리를 절룩이며 그에게 다가왔다.

"어떻게 오셨습니까?"

"관리인을 좀 만나고 싶은데요."

"제가 주인이니까 저한테 말씀하십시오."

노인은 콜록콜록 기침을 했다.

"그렇다면 잘 됐군요. 빈방 없습니까?"

"방이야 많지요. 뭣에 쓰시려구요?"

"뭐…… 조그만 사업을 하나 해보려고 그럽니다."

"그러니까 사무실로 쓰실 거군요."

"네, 그렇습니다."

반시간쯤 지나 진은 4층 구석진 방 하나를 계약했다.

이튿날 아침 특별지시를 받은 전화국 직원 두 명이 사무실에 급히 나타나 긴급 전화 두 대를 가설했다. 조금 후에는 용달차가 책상, 소파, 침대 등을 싣고 나타났다. 업무를 정식으로 시작한 것은 오후 1시부터였다. 진은 먼저 도미에게 전화를 걸었다. 다행히 그녀는 그때까지 집에서 자고 있었다. 진은 새 전화번호를 알려준 다음

"이쪽 암호는 북극성! 나는 타이거, 그쪽은 흑장미!"

하고 말했다.

"흑장미라고요? 멋진데요. 그런데 안 계실 때는 어떡하죠?"

"믿을 만한 사람을 하나 채용할 테니까 언제라도 필요하면 전화하시오."

"알았어요."

여자의 깊은 한숨 소리와 함께 전화를 찰칵 하고 끊겼다. 진은 사촌 동생에게 전화를 해서 밖으로 불러냈다. 고등학교를 졸업하고 대학 진학에 실패, 현재 재수를 하고 있는 그의 사촌 동생은 진의 말을 듣자 기꺼이 일을 맡겠다고 나섰다. 진은 엄한 표정으로 말했다.

"네가 하는 일은 전화를 받는 일이야. 정확히 전화를 받아야 한다. 그밖에는 할 일이 아무것도 없어. 그러니까 먹고 자고 하면서 사무실에서 공부나 열심히 해. 그 대신 네가 있는 곳을 다른 사람한테 알린다거나 무엇을 알아내려고 해서는 절대 안 돼. 알았어?"

"알겠습니다."

"월급은 5만 원이다."

"감사합니다."

이제 스무 살인 동호라는 이름의 청년은 머리를 긁적거리며 웃었다. 집안이 넉넉지 못한 그는 좁은 독서실에서 라면을 사먹으면서 입시 공부를 하고 있었기 때문에 형의 제의는 그야말로 굴러들어온 떡이나 마찬가지였다.

이날 밤 8시 조금 지나 도쿄의 도미에는 모오리 형사의 방문을 받았다. 모오리 형사는 들어서면서부터 코를 벌름거렸다.

"아, 냄새 좋은데……. 역시 여자 혼자 사는 곳이라……"

그를 기다리다 지친 도모에는 팔짱을 끼고 앉아 한숨을 푹푹 내쉬었다.

"혹시 미행이 있을지도 몰라 멀리 돌아오느라고 늦었지요. 미안합니다."

모오리 형사는 능글맞게 소리 내어 웃으면서 소파에 털썩 주저앉았다.

"그거 가져오셨나요?"

도미에가 볼멘 목소리로 물었다. 그녀는 조금 후에 있을 아낭과의 정사 장면을 생각하고는 몸을 가만히 떨었다.

"아, 가져왔지요."

모오리 형사가 꺼내놓은 것은 손바닥 안에 들어갈 수 있는 소형 카메라였다.

"이건 정보용으로 사용하는 특수 카메라로 이번에 새로 개발된 독일젭니다. 경찰용을 민간인한테 빌려주면 위법입니다. 그렇지만 도미에 씨 같은 아름다운 아가씨가 부탁하는 것이라 거절할 수도 없고……"

"감사합니다."

도미에는 차갑게 대하면서 카메라를 백 속에 집어넣으려고 했다. 그것을 모오리 형사가 막았다.

"아, 잠깐…… 보통 카메라하고는 달라서 설명이 필요합니다. 이렇게 작지만 이 속에는 필름 백 커트분이 들어 있어서 웬만한 것은 다 찍어낼 수 있죠."

모오리는 작동하는 법을 자세히 설명했다. 그런 다음
"그런데 이걸 어디다가 쓰려고 그러죠?"
하고 물었다.
"그건 아실 필요 없어요."
"제가 알아야겠는데요. 그래야만 이 카메라를 빌려드리겠습니다."
"그럼 그만두세요."
도미에는 단호한 태도에 모오리는 쓰게 웃었다.
"그건 농담입니다. 다만 내 의도는 도와드리고 싶어서 그러는 겁니다. 혼자 모험을 하는 것보다는 둘이서 하는 것이 훨씬 안전할 겁니다. 어떻게 생각하세요?"
"필요 없어요."
"지금은 그렇게 말하겠지만 언젠가는 내 도움이 꼭 필요할 거요."
"글쎄요. 전 약속이 있어서 나가봐야겠어요."
도미에가 카메라를 백 속에 넣은 다음 일어서자 모오리 형사도 멋쩍은 듯 따라 일어섰다.
"몸조심하십시오."
헤어질 때 모오리 형사는 유들유들한 태도를 버리고 정색을 하고 말했다. 도미에는 섬뜩했으나 뒤돌아보지 않고 택시를 집어탔다.
그녀가 호텔에 도착했을 때 아낭은 이미 목욕까지 하고 나서 혼자 소파에 앉아 맥주를 마시고 있었다. 그녀가 안으로 들어서자 그는

"망할 것"
하고 중얼거리면서 일어서더니 침대로 가서 누웠다.
"늦어서 미안합니다."
도미에는 살짝 웃어 보인 다음 기계적으로 옷을 벗었다. 고오노의 소개로 아낭과 관계를 가지면서 그녀는 아낭에게 있어서 무시 못 할 존재로 자리를 굳혀가고 있었다. 아낭은 아무리 화가 난 일이 있어도 아낭은 도미에의 미소만 보면 가슴이 녹아나곤 했다. 그녀는 정말 보기 드물 정도로 매력적인 여성임에 틀림없었다.

도미에는 그가 이끄는 대로 그의 품속으로 파고 들어갔다. 50대의 나이인데도 아낭의 정력은 대단해서 그녀를 괴롭게 만들 때가 더러 있었다.

짐승처럼 씩씩거리면서 정력을 쏟아놓고 난 아낭은 땀투성이가 된 몸을 씻기 위해 욕실로 들어갔다. 그 틈을 이용해 재빨리 일어난 도미에는 핸드백에서 수면제를 꺼내 맥주병 속에 쏟아 넣고 흔들었다. 뿌옇게 일어난 거품이 가라앉는 것을 보고서야 그녀는 다시 침대로 가서 누웠다. 목욕을 하고 난 아낭은 소파에 앉아 기분 좋게 맥주를 마셨다. 그가 한잔 마시라고 했지만 그녀는 피곤하다는 이유로 그대로 자는 체했다.

수면제를 탄 맥주를 모두 마시고 난 아낭은 비틀거리며 침대 위로 올라오더니, 그녀의 배 위에 허벅지를 척 걸치면서 잠이 들었다.

도미에도 눈을 감았다. 문득 아버지의 모습이 떠올랐다. 정이라곤 털끝만치도 느껴지지 않던 아버지, 그 아버지가 갑자기 생각난다. 역시 혈육은 어쩔 수 없는 것일까?

도미에는 눈을 떴다.

커튼 사이로 달빛이 스며들고 있어서 그렇게 어둡지는 않았다. 그녀는 아낭의 코고는 소리에 귀를 기울이며 한참 동안 꼼짝 않고 누워있었다.

수면제를 탄 술을 잔뜩 마신데다 정사까지 치렀기 때문에 아낭은 깊이 잠이 든 것 같았다.

그녀는 자기 배 위에 올라와 있는 아낭의 살찐 허벅지를 가만히 밀었다. 다리를 완전히 젖힐 때까지도 그는 드르렁드르렁 코를 골고 있었다.

그녀는 숨소리를 죽이며 침대 밖으로 내려섰다. 벌거벗은 몸이 달빛을 받아 고혹적인 선을 이루고 있었다.

그녀는 소파에 다리를 꼬고 앉아 담배를 피웠다. 소리 없이 어둠 속에서 담배를 피우고 있는 그녀의 모습은 흡사 몽유병자 같은 데가 있었다.

그렇게 담배 한 대를 다 태우고 난 그녀는 살그머니 일어나서 벽장문을 열었다. 그리고 아낭의 가방과 카메라를 꺼냈다. 다음에 그녀는 욕실로 들어가 문을 닫아 건 다음 불을 켰다.

가방은 철제로 만들어져 있어 매우 견고했다. 그녀는 그것을 열어보려고 했지만 잠겨 있어 열리지가 않았다. 망설이던 그녀는 밖으로 나와 다시 벽장문을 열었다. 그때 전화벨 소리가 요란스럽게 울렸다.

기절할 듯 놀란 그녀는 재빨리 수화기를 들어 귀로 가져갔다.

"회장님 계십니까?"

굵은 남자 목소리가 들려왔다. 수화기를 떼어놓자 계속 웅웅거리는 소리가 났다. 그녀는 아낭을 바라보았다. 다행이 아낭은 여전히 코를 골고 있었다.

그녀는 아예 전화선을 뽑아버렸다. 그리고 벽장 속에서 아낭의 옷을 꺼내 열쇠를 찾았다. 열쇠꾸러미가 나오자 그녀는 옷을 다시 벽장 속에 넣어두고 욕실로 들어갔다. 열쇠를 구멍에 맞추어 돌리자 마침내 가방이 열렸다.

가방 속에는 돈다발과 이상하게 생긴 권총, 그리고 서류봉투 세 개가 들어 있었다. 그녀는 다른 것에는 손도 대지 않고 서류봉투를 꺼냈다.

그녀는 잠깐 서류를 보았지만 무슨 내용인지 도무지 알아볼 수가 없었다. 세 개의 서류가 모두 이상한 것들뿐이었다. 그녀는 적이 실망하면서도 그것들을 가방 위에 펼쳐놓고 한 장 한 장 정성스럽게 촬영했다.

찰칵찰칵 하는 카메라 셔터 소리가 무섭도록 조용한 공기를 깨뜨리고 있었다.

서류를 모두 찍어대는 데 20분 걸린 것 같았다. 그녀는 이마에 흐르는 땀을 손등으로 씻어내면서 몸을 일으켰다. 욕실을 나온 그녀는 아까처럼 모든 것을 제자리에 놓아두고 벽장문을 닫았다.

무척 오랜 시간이 흐른 것 같았다. 그녀는 다시 소파에 앉아 담배를 피우다가 전화선을 뽑아버린 것이 생각나 일어나서 전화코드를 다시 꽂아두었다. 그녀가 담배를 모두 피우고 났을 때 전화벨이 울렸다.

그녀는 그대로 앉아 있었다. 전화벨이 한참 울어도 아낭은 깨어나지를 못하고 있었다. 그녀는 더 들을 수가 없어 수화기를 집어 들었다.

"회장님 계십니까?"

아까의 그 굵은 목소리가 들려왔다.

"지금 주무시는데요."

그녀는 일부러 졸린 음성으로 대답했다.

"좀 깨워주세요."

전화를 건 사내는 성이 난 것 같았다. 도미에는 수화기를 쾅 내려놓고 나서 아낭을 흔들었다. 한참만에야 아낭은 눈을 비비면서 비틀비틀 일어나 수화기를 집어 들었다.

"전화가 안 돼? 그럴 리가 있나. 뭐? 도착했다구? 알았어. 지금은 안 돼. 내일 11시에 만나지. 안내를 잘해. 귀한 손님이니까. 그리고…… 밖에 노출시키면 안 돼. 외부 사람의 접근을 철저히 봉쇄해."

전화를 받고 난 아낭은 길게 기지개를 켜면서 하품을 했다. 그리고 불을 켰다.

"아, 정신없이 잤는데……"

"누가 업어 가도 모르겠어요."

도미에는 곱게 눈을 흘겼다. 아낭은 침대 위에 비스듬히 누우면서 그녀의 엉덩이를 톡톡 두드려주었다.

"이젠 젊은 애들 못 당하겠어. 녹초가 되니 말이야."

도미에는 털로 덮인 아낭의 가슴을 쓰다듬었다.

"이렇게 한밤중에 전화가 다 오구, 몹시 바쁘신 모양이죠?"

"음, 항상 바쁘지. 그런데 참 전화 손댔나?"

도미에는 고개를 끄덕였다.

"네, 저도 자다가 너무 시끄럽게 굴어서 수화기를 내려놔 버렸어요."

"그랬었군. 시끄럽다고 그러면 쓰나. 중요한 전환데……"

"죄송해요. 그런데 뭐가 그렇게 중요한 전화예요?"

"음, 파리에서 손님이 왔어."

아낭은 아직 잠이 덜 깼는지 거듭 하품을 했다.

"멋진 파리 아가씨가 왔나 보죠?"

"아니야."

"뭐가 아니에요. 다 알아요."

도미에는 몸을 획 돌렸다. 아낭의 손이 엉덩이를 슬슬 쓰다듬자 그녀는 신경질적으로 그것을 뿌리쳤다.

"아니라니까. 사업차 이곳에 온 사람이야. 한국인이니까 안심해."

"파리에서 왔다고 하지 않았어요?"

"그래, 파리에서 온 북한 사람이야."

도미에는 입을 다물었다. 더 이상 꼬치꼬치 캐묻다가는 의심을 살 것 같았다.

"이제 마음이 놓이나?"

"그래요."

아낭은 껄껄 웃고 나더니 그녀를 뒤에서 품었다.

"내일 그 사람하고 점심을 할 테니까 동석하도록 하지."

"제가요?"

"그래."

"영광인데요."

"귀중한 손님이니까 즐겁게 해줘. 혹시 시내 관광을 하게 될지도 모르니까 그때는 도미에가 안내까지 해 줘야겠어."

"그건 싫은데요. 귀찮아요."

"그러지 말고 내 부탁이니까 들어줘."

"그러다가 그 사람이 저를 탐내면 어떡하죠?"

"그게 문젠가. 수십억 달러가 왔다 갔다 하는 판인데."

"어마, 그럼 돈이 저보다 중요하다는 말인가요?"

도미에는 상체를 일으키더니 씩씩거리며 아낭을 노려보았다. 그녀의 탐스러운 젖가슴이 숨을 쉴 때마다 분노로 물결치고 있었다.

"아, 그런 게 아니야. 내가 말을 잘못했어. 그만큼 이번 일이 중요하다는 뜻이지 결코 그런 의미는 아니었어. 내 사과하지. 내 뜻은 그 사람을 즐겁게 해줘야 한다 이거였지. 화를 내긴……"

아낭이 얼굴로 젖가슴을 비벼대자 도미에는 낮게 신음하면서 도로 누웠다. 아낭의 몸이 그녀의 배 위로 올라갔다. 도미에는 침대의 삐걱거리는 소리를 들으면서 아낭의 어깨 너머로 천정을 물끄러미 바라보았다. 천정이 뿌옇게 흐려보였다.

9월 20일 아침, 도미에는 일찍 호텔을 나와 아파트로 돌아왔다. 그리고 서울로 즉시 국제 전화를 걸었다.

"여기는 흑장미……"

그러자 당황한 목소리가 들려왔다.

"여기는 북극성……"

진의 목소리가 아니자 도미에는 적이 실망했다.

"전해야 할 필름 한 통이 있어요. 그리고 파리에서 이상한 사람이 왔다고 전해 줘요. 그분, 지금 어디 있죠?"

"어디 계신지 모릅니다. 곧 연락이 올 겁니다."

"메모해 뒀다가 꼭 전해줘요."

"알겠습니다."

새우생은 잎이긴 라면 그릇을 집어 들면서 얼굴을 찌푸렸다. 그가 사촌형으로부터 암호 인사까지 가르쳐 받고 외부로부터 이상한 전화를 받은 것은 이것이 처음이었다. 깜짝 놀란 그는 얼결에 라면 그릇을 떨어뜨렸다.

형은 외출할 경우 한 시간마다 반드시 전화를 걸어왔다.

9시에 전화벨이 울렸다. 동호는 수화기를 집어 들고 슬픈 목소리로 첫 번째 보고를 했다.

"여기는 북극성……"

"타이거다. 전화 없었나?"

"흑장미한테서 전화가 왔습니다. 말씀드릴까요?"

"아니, 내가 가겠다."

30분 후 나타난 진을 보고 동호는 깜짝 놀랐다. 진은 완전히 변장하고 있어서 알아보기가 힘들 정도였다. 스포츠형의 머리는 하이칼라로 변해 있었고 눈은 브라운 빛깔의 안경으로 가려져 있었다.

통화 내용을 전해들은 그는 즉시 도쿄로 전화를 걸었다. 그때까지 도미에는 외출하지 않고 있었다.

"흑장미……"

"북극성의 타이거…… 필름이 뭐지요?"

"아낭의 서류를 찍은 거예요."

"내용은?"

"모르겠어요. 무조건 찍어 뒀어요."

"파리에서는 누가 왔나요?"

"아낭의 말이…… 북한에 있는 사람인데 큰 거래가 있나 봐요. 오늘 그 사람하고 점심식사를 하기로 했어요. 필름 필요 없으면 내버릴까요?"

"큰일 날 소리…… 내가 도쿄로 가겠소."

"그럼 제 아파트에 와 계세요. 열쇠는 관리인한테 맡겨 두겠어요."

도미에의 아파트 주소를 메모한 다음 진은 전화를 끊었다. 그로부터 한 시간 후 그는 가명으로 여권을 발급받아 JAL기편으로 도쿄로 향했다. 그의 출발을 알고 있는 사람은 단 한 사람 김 반장뿐이었다. 5열의 침투를 막기 위해 두 사람은 아무한테도 이 사실을 알리지 않았던 것이다.

도쿄에 도착한 진이 도미에의 아파트에 들어선 것은 1시 30분경이었다. 여성의 체취가 물씬 배어 있는 실내를 거닐면서 그는 도미에의 연락을 기다렸다.

집안은 제멋대로 흐트러져 있었다. 옷가지가 여기저기 처박혀 있었고, 먹다만 사과 조각이 나뒹굴고 있었으며 화장품 뚜껑들은 그대로 열려진 채였다. 거기에는 생활이 인정되지 못한 여자의 권태와 고독이 그대로 배어 있었다.

　진은 벽에 걸려 있는 조그만 액자를 바라보았다. 그것은 줄무늬가 있는 수영복을 입고 있는 도미에의 모습으로 누가 보아도 군침을 흘릴 정도의 몸매를 보여주고 있었다. 한참 동안 그 사진을 들여다보고 나서 진은 그 옆의 액자로 시선을 돌렸다.

　거기에는 도미에 부녀의 사진이 붙어 있었다. 무척 오래 된 사진인 듯 그것은 누렇게 바래 있었는데 중년 사나이의 품에 안겨 있는 소녀의 모습이 지금의 도미에와 비슷했다. 머리에 큼직한 리본을 단 소녀는 겁먹은 표정으로 이쪽을 바라보고 있었다. 도미에는 아버지를 미워하면서도 이 사진을 걸어놓고 있다. 이것은 무엇을 뜻하는 것일까. 도미에의 아버지 오오다께는 한 마디로 탐욕에 젖어 있는 듯 한 모습이었다.

　2시가 조금 지나자 전화벨이 울렸다. 진이 수화기를 집어 들자 먼저 한숨 소리가 들려왔다.

　"오셨군요."

　"네, 조금 전에……"

　"잠깐 빠져나와 전화하는 거예요."

　"그 사람하고 함께 있나요?"

　"네, 그래요. 오시겠어요?"

　"어떤 자인지 봐야겠습니다."

　"택시를 타고 도쿄 레스토랑으로 오세요. 거기 특실에 들어 있어요."

　"알겠습니다."

　아파트를 나온 진이 막 택시를 타려는데 누군가가 급히 다가

오며 그를 불렀다.

"최 진 씨 아니오?"

"아, 모오리 형사님……"

그들은 반갑게 악수를 나누었다.

"변장해서 몰라봤습니다. 언제 오셨나요?"

"조금 전에 도착했습니다."

"도미에 양을 만나러 오는 길인데……"

"지금 없습니다."

그들은 함께 택시를 탔다.

"어디 가시는 길입니까?"

"누굴 좀 만날 일이 있어서……"

모오리 형사의 눈이 번뜩였다.

"사실은 어제 도미에 양에게 특수 카메라를 빌려줬습니다. 무슨 중요한 일이 있는 모양인데…… 최 선생이 이렇게 날아오신 걸 보니까 제 짐작이 맞는 것 같군요. 도미에 양이 지금 아낭에게 밀착해 있는 것도 알고 있습니다."

"……"

진은 뭐라고 대꾸할 수 없어 그대로 듣기만 했다.

"내 목적은…… 도미에 양에게 닥치는 위험을 막아주는 일입니다. 계속 아낭과 관계하면서 정보를 빼내다가는 도미에 양은 언젠가는 위험에 빠지게 될 겁니다."

모오리 형사의 말에는 일리가 있었다. 그러나 지금으로서는 어떻게 할 수 없는 일이라고 진은 생각했다.

"무슨 일이 일어나고 있습니까?"

모오리 형사는 약간 성난 듯이 물었다. 진은 모오리의 협조가 필요했다.

"지금으로서는 확실한 걸 알 수가 없습니다. 다만……"

진은 아낭이 북한 사람과 만나고 있으며, 모종의 무기 거래가 있을 것 같다고 말해 주었다.

"이건 극비이기 때문에 모오리 형사님만 알고 계십시오."

"아, 물론이죠. 그런데 무기 거래가 확실하다면 이건 우리 일본과도 관계가 깊은 일입니다. 심각한 외교문제가 발생할 소지가 많습니다. 현재 일본 국내법은 전쟁 가능성이 있는 분쟁지역에 무기 판매를 철저히 금지하고 있습니다. 만일 그런 일이 있게 되면 한국과 국교 단절 사태까지 일어날 겁니다."

모오리 형사의 얼굴이 알려져 있었기 때문에 그들은 도쿄 레스토랑으로부터 멀리 떨어진 곳에서 차를 내려 따로 따로 걸어갔다.

도쿄 레스토랑은 최고급 요릿집이었다. 10층 빌딩 전체가 식당으로 사용되고 있을 만큼 규모도 크고 질도 고급이었다.

진은 출입구가 보이는 맨 아래층 구석자리에 앉아 늦은 점심을 들었다. 모오리 형사는 어디로 갔는지 보이지 않았다. 이미 그들은 말은 안했지만 공동 수사의 묵계가 이루어져 있었다.

진은 식사에는 거의 손도 안 댄 채 출입구만을 지켜보고 있었다. 거의 한 시간 가까이 그러고 있자니 눈이 아프고 머리가 어지러워 왔다.

3시 반이 되자 마침내 도미에의 모습이 보였다. 진은 뚫어질 듯이 출입구 쪽을 응시했다. 도미에 일행은 웃으면서 밖으로 나가고 있었다. 사진을 통해 눈에 익혀 두었던 자의 모습이 뚜렷이 보였다. 키가 작고 약간 뚱뚱한 사나이는 아낭과 무엇인가 귀엣말을 나누면서 천천히 걸어 나가고 있었다. 바로 그 뒤를 도미에가 따르고 있었고, 그들의 앞뒤를 4명의 경호원들이 에워싸듯이 하면서 나가고 있었다. 앞선 경호원들은 일본인들 같았고, 뒤에 있는 경호원들은 옷차림이 세련되지 못하고 머리를 바싹 치켜 깎은 것으로 보아 북한인들 같았다.

검은 색의 리무진이 조용히 출입구 앞에 와서 멎자 그 뒤를 역시 검은 색의 벤츠가 다가와 정거했다. 양쪽의 운전사들이 뛰어나와 뒷좌석의 문을 열자 경호원들은 두 줄로 늘어서서 차렷 자세를 취했다.

문제의 인물들은 출입구 앞에서 힘차게 악수를 나누었다. 길 가던 행인들이 한 번씩 그들을 쳐다보면서 지나갔다. 악수가 끝나자 북한 사나이는 도미에와 함께 벤츠에 올랐고, 대륙산업 회장은 리무진에 올랐다.

교통 경찰관이 다른 차들의 진입을 막으면서 리무진이 좌회전할 수 있도록 길을 터주었다. 엄연한 교통규칙 위반이었지만 그것을 보고 항의하는 사람은 아무도 없었다.

리무진이 먼저 미끄러지듯 굴러가자 어디서 나타났는지 경호차가 나타나 재빨리 그 뒤를 따라붙었다. 벤츠는 좌회전하지 않고 곧장 앞으로 움직였다. 이번에도 역시 경호차 한 대가 그 뒤를 따라갔다.

그제서야 레스토랑 밖으로 나온 진은 얼른 택시를 집어타고 벤츠를 쫓았다. 벤츠의 뒤쪽 창문이 햇빛을 받아 하얗게 빛나고 있었기 때문에 뒷자리에 앉은 두 남녀의 모습은 보이지가 않았다. 조금 후 빌딩의 그늘 속으로 들어가서야 두 사람의 모습이 보였다.

도미에는 챙이 넓은 흰 모자를 쓰고 있었는데, 자주 남자 쪽으로 고개를 돌리면서 웃곤 했다. 북한 사나이 역시 즐거운 듯이 어깨를 들썩거리며 웃고 있었다. 차가 속력을 내지 않고 느릿느릿 굴러가는 것으로 보아 아마 시내 관광에 나선 것 같았다.

차가 멈춘 곳을 보니 어느 맥주홀 앞이었다. 경호원들까지 따라 들어간 것을 보고서야 진은 택시를 내렸다.

입구에 들어서니 고고 리듬이 귀청을 찢을 듯이 실내를 후려치고 있었다. 실내는 학교 강당만큼이나 넓었다. 실내 중앙에서 장발 청년들과 여자들이 뒤엉켜 흔들어대고 있었다.

도미에 일행이 자리를 잡고 있는 것을 보고서야 진도 자리를 잡으려고 두리번거렸다. 그때 앳돼 보이는 처녀 하나가 그의 팔을 툭 치며 웃었다.

"혼자 오셨어요?"

"응, 그래."

"저도 혼자예요. 우리 동석해요."

"좋지."

진은 마침 잘 됐다고 생각했다. 그는 일부러 도미에 일행과 가까운 곳에 자리를 잡고 앉았다.

북한 사나이는 생전 처음 이런 곳에 와본 듯 어리둥절한 눈으로 주위를 휘둘러보고 있었다. 경호원들도 마찬가지였다.

"일본 사람 아니지요?"

무서운 흑막 · 227

"그래요."

진은 고개를 끄덕였다. 애송이는 볼우물을 지으면서 웃었다.

"말이 서툴러서 금방 알겠어요. 중국인이에요?"

"아니, 한국······. 이런 데 혼자 오나?"

"네, 혼자 잘 와요. 전 외국인이 좋아요."

"나도······"

"춤추실래요?"

"글쎄."

진은 춤추는 사람들을 바라보았다. 모두가 젊은이들로 30대 이상은 드물었다. 나이가 들어 보이는 사람들은 거의가 외국인들 같았다.

"좀 있다 추지. 우선 한 잔 마시고······"

진은 애송이 처녀에게 술을 따라주다 말고 도미에를 바라보았다. 도미에의 눈이 이쪽을 뚫어지게 응시하다가 시선이 부딪치자 냉큼 저쪽으로 돌아갔다.

도미에가 북한 사나이를 이런 곳으로 끌고 온 이유는 철저히 놀려 먹으려는 저의가 분명했다. 다른 관광명소가 많은데 젊은 애들이 들끓는 이런 곳으로 그를 데려왔다는 것은 상대방을 철저히 무시했기 때문일 것이다.

문득 허일욱이 고개를 잔뜩 젖히고 천정을 바라보더니 눈이 휘둥그레졌다. 진도 천정을 바라보고는 입을 딱 벌렸다.

천정은 온통 투명한 유리로 되어 이층에서 움직이고 있는 사람들의 모습이 그대로 드러나 보였다. 무엇보다도 미니스커트를 입은 여자들의 하체가 적나라하게 드러나 보이는 데는 오히려 그것을 구경하는 쪽이 더 민망할 정도였다. 여러 가지 빛깔의 삼각팬티가 현란하게 흔들리고 있었다. 이층도 아래층과 마찬가지로 고고 홀이었다. 아슬아슬하게 그곳만 가려진 풍만한 하체들이 음악에 맞춰 뒤틀고 흔들어대다 못해 발광하고 있었다.
 웃음소리에 진은 정신을 차렸다. 애송이가 그를 재미있다는 듯이 바라보며 웃고 있었다.
 "이런 거 처음 봤어요?"
 "음, 그래."
 "어때요?"
 "좋은데……"
 도미에의 시선이 다시 이쪽을 훑고 지나갔다.
 북의 사나이는 민망스러운지 얼굴이 시뻘게지면서 땀을 닦고 있었다. 그리고는 도미에를 쳐다보면서 멋쩍게 웃었다.
 애송이가 자꾸 졸랐기 때문에 진은 그녀와 함께 홀로 나가 고고 춤을 추기 시작했다. 도미에가 호기심어린 눈으로 그의 춤추는 모습을 바라보고 있었다. 진도 그녀에게서 시선을 떼지 않고 있었다.
 음악이 한창 클라이맥스에 이르렀을 때 갑자기 도미에가 일어섰다.
 "아, 미안……"
 진은 애송이의 어깨를 툭 친 다음 급히 홀을 빠져나왔다.
 "뭐예요?"
 애송이가 뒤에서 원망스럽다는 듯 소리 질렀다.
 도미에는 사나이를 데리고 지하실로 내려가고 있었다. 진은 급히 계산을 치르고 그들을 따라갔다.

지하실은 온통 맥주병 깨지는 소리로 가득 차 있었다. 시커먼 콘크리트 벽을 향해 젊은 남녀들이 맥주병을 힘차게 집어던지고 있었다.

진은 어리둥절했다. 벽에 부딪혀 산산이 부서지는 병 조각들을 보고 그는 처음에는 깡패들이 행패 부리는 줄 알았다. 그러나 가만 보니 그렇지가 않은 것 같았다. 모두가 돈을 주고 병을 산 다음 그것을 집어던지고 있었다. 폭발하는 감정을 해소하는 방법으로써는 아주 그럴듯한 것이었다. 인간의 파괴 본능에 편승한 돈벌이라고나 할까. 퍽퍽 요란스런 소리를 내면서 흩어지는 병 조각들을 보고 있자니 진도 왠지 가슴이 상쾌해지는 것 같았다. 사람들이 득실거리고 있었기 때문에 진은 그 사이에 끼어 도미에 일행 바로 옆에까지 진출할 수 있었다. 도미에의 목소리가 들려왔다.

"여기는 불만을 해소하는 곳이에요. 자, 이걸 들고 가장 증오하는 사람이 저기 있다 생각하고 힘껏 던지세요."

"이건 자본주의 사회의 병리를 그대로 반영해 주는 좋은 놀이군. 자본주의 타도를 위해!"

허일욱은 병을 높이 쳐들더니 끙 하고 소리를 내면서 그것을 던졌다. 그리고 그것이 벽의 중간에서 박살나자 기분이 좋은지 껄껄거리고 웃었다. 이번에는 도미에 차례였다. 그녀는 무려 다섯 개나 쉬지 않고 던졌다. 그리고는 숨이 차는지 헐떡거리면서 흐트러진 머리칼을 쓸어 올렸다.

진은 다음 행선지가 자못 궁금했다. 엉뚱한 도미에가 북의 사나이를 어디로 끌고 갈지 바싹 호기심이 생겼다.
 고고 홀을 나온 도미에 일행은 다시 대기하던 벤츠를 타고 드라이브에 들어갔다. 진도 택시를 잡으려고 하는데 녹색의 닷산이 앞에 와 정거하면서 문이 열렸다. 안에서 모오리 형사가 손짓하고 있었다.
 "당돌한 아가씨죠?"
 모오리가 진을 돌아보며 물었다.
 "그런 것 같습니다."
 "경호원까지 거느리고 있는 걸 보니까 상당히 지위가 높은 것 같은데…… 도미에가 안내하는 저자는 누구요?"
 차는 중심가로 들어서고 있었다.
 "북한 사람인데 북한군 육군 소장입니다. 병기 전문가로 알려져 있죠."
 "짐작이 가는군."
 "이건 극비사항입니다."
 갑자기 브레이크를 밟았기 때문에 그들이 탄 차는 끼이익 소리를 내면서 멈췄다.
 "또 이상한 곳으로 들어가는데……. 자, 가봅시다."
 도미에 일행은 어느 건물로 들어서고 있었다.
 "저기가 어딥니까?"
 "섹스 영화관입니다."
 두 사람은 어이없다는 듯 서로 바라보다가 극장 쪽으로 걸어갔다. 극장 안은 사람들로 초만원을 이루고 있었다. 그들이 내뿜는 열기로 실내는 후덥지근했다.

화면에서는 벌거벗은 남녀가 땀을 뻘뻘 흘리며 정사를 벌이고 있었다. 신음 소리가 계속 흘러나오고 있었다. 남녀는 클라이맥스를 향해 몸부림치고 있었다. 도미에 일행은 자리가 없어 뒤쪽에 서 있었다. 그들은 꼼짝하지 않고 응시하고 있었다.

"도미에가 저자를 완전히 떡 주무르듯 하는군."

모오리가 귀엣말로 속삭였다.

한 시간쯤 지나자 도미에 일행은 극장을 나와 그 맞은편에 있는 긴자 호텔로 들어갔다. 그들을 따라 호텔로 들어간 진은 도미에가 허일욱의 팔짱을 끼고 엘리베이터를 타는 것을 보고는 그만 낙담하고 말았다.

"더 이상 쫓아다닐 필요가 없지 않을까요?"

모오리가 곁에서 소근 거렸다.

그들은 호텔을 나와 도미에의 아파트로 와서 기다렸다. 진은 배가 고팠으므로 냉장고를 뒤져 이것저것 먹을 만한 것들을 골라 먹었다. 모오리 형사는 맥주를 마시면서 방안을 마구 어지럽혀 놓았다.

그 시간에 도미에는 북의 사나이와 함께 호텔 방안에 있었다.

북의 사나이는 함께 방안에 있게 되자 몹시 즐거운 모양이었다. 이렇게 멋진 아가씨와 정사를 즐길 생각을 하자 잠시도 가만 앉아 있을 수가 없는 것 같았다.

그에 비해 도미에는 전혀 딴판이었다. 그녀는 다리를 바싹 오므린 채 굳은 표정으로 소파에 앉아 있었다. 절대 몸을 허락해서는 안 된다는 강한 결의 같은 것이 얼굴에 나타나 있었다.

허일욱은 능글능글 웃으며 그녀 옆에 다가와 앉더니, 반응을 떠보려는지 그녀의 어깨를 가만히 껴안았다. 도미에는 조금 웃어 보이면서 어깨를 두어 번 흔들었다. 이 정도야 참을 수 있다고 그녀는 생각했다.

사내의 입에서 뜨거운 입김이 흘러나오고 있었다. 북의 사나이는 벌써 잔뜩 흥분하고 있었다. 도미에는 웃음이 나왔다. 그것을 호의적인 반응으로 생각했는지 사나이의 손이 이번에는 그녀의 허리를 더듬었다.

"아이, 이러지 마세요."

도미에는 눈을 곱게 흘기면서 떨어져 앉았다.

"왜, 왜? 내, 내가 싫나?"

허일욱은 어린애처럼 달라붙어 왔다.

"아이, 그런 게 아니라…… 처음부터 이럴 수가 있어요?"

"아, 그런가. 그렇지."

사나이는 황송해 하면서 그녀의 조그만 손을 감싸 쥐었다.

"아, 아주 예쁜 손이야."

그는 쪽 소리가 나게 그녀의 손등에 입을 맞추었다.

"그러시지 말고 목욕부터 하세요."

"목욕? 아까 했는데……"

"또 하셔야죠. 시내를 돌아다니셨는데……"

"아, 그런가."

"도쿄는 공해 도시라 한 시간만 밖에서 돌아다녀도 먼지가 까맣게 끼어요."

"그, 그렇지."

그는 멋적은 듯 히죽 웃고 나서 도미에가 시키는 대로 옷을 벗기 시작했다.

도중에 그는 용기를 내어

"나하고 함께 목욕할까?"

하고 물었다.

"아이, 만나자마자 처음부터 어떻게 함께 목욕해요? 먼저 하고 나오세요."

"그, 그러면 그렇게 할까."

팬티 바람이 되자 사나이는 공처럼 욕실로 굴러들어갔다. 샤워 소리를 듣자 도미에는 즉시 수화기를 들고 다이얼을 돌렸다. 즉시 누군가가 전화를 받았다.

"흑장미……"

"타이거……"

"미워요. 듣기만 하세요. 화장대 오른쪽 맨 밑에 있는 서랍을 빼내고 손을 넣어보세요."

"다른 정보는?"

"아직 몰라요. 이제부터 시작이에요. 나 같은 창녀를 당신은 경멸하겠지요?"

"천만에……. 그런 말은 삼가 하시오."

"아까 그 애송이는 누구예요?"

"모르는 여자요."

그녀는 갑자기 슬픔을 느끼고 입을 다물어 버렸다. 수화기를 놓고 나자 허일욱이 수건으로 몸을 닦으면서 나왔다.

"어, 시원한데……"

팬티 중간이 솟아오른 것도 상관하지 않고 사나이는 도미에 쪽으로 다가왔다.

도미에의 전화를 받고 난 진은 그녀가 가르쳐준 대로 서랍을 빼낸 다음 그 속에 손을 넣어보았다. 조그만 봉지가 손에 잡혀 꺼내보자 소형 카메라와 필름이 들어 있었다.
"바로 이 카메랍니까?"
"내가 빌려준 거요."
모오리 형사의 눈이 날카롭게 빛났다. 진은 직경 1센티미터도 못되는 조그만 필름을 손바닥 위에 올려놓고 들여다보았다.
"이건 몇 커트짜리 필름입니까?"
"백 커트. 이 카메라에만 사용할 수 있는 특수 필름이죠. 이 카메라는 현재 나온 정보용으로는 가장 우수한 거죠. 어둠 속에서도 촬영이 가능해요."
"지금 현상을 해봐야겠는데 일반 사진관에서도 현상이 가능합니까?"
"안 되지요. 이걸 현상하려면 경시청으로 가서 기술자에게 부탁해야 해요."
"수고스럽지만 지금 좀 안되겠습니까?"
"해봅시다."
아파트를 나온 그들은 바로 도쿄 경시청으로 향했다.
도쿄 경시청은 밖에서 보기에 다른 건물과 전혀 구별되지 않을 정도로 평범했다. 적어도 입초 순경 한 사람쯤 있을 줄 알았는데 어디에도 순경은 보이지 않았다. 일반 건물처럼 사람들이 자유스럽게 출입하고 있었다.

　이것이 바로 일본의 다른 점일 것이라고 그는 생각했다. 도쿄의 치안을 담당하고 있는 경시청 빌딩에 입초 순경 하나 없다는 것은 그만큼 시민들에게 자유스러운 인상을 주기 위한 배려가 아닐까. 전후 선진국으로 부상한 일본은 이런 면에까지 신경을 쓰고 있다. 제복의 사나이들이 몽둥이를 들고 거리를 어슬렁거린다는 것은 아무래도 보기 좋은 풍경은 아니다. 인간이 스스로를 얽매는 법률을 만들어 놓았다는 것 자체가 부끄러워해야 할 일이다.

　모오리 형사의 뒤를 따라 들어가면서 진은 주위를 자꾸만 휘둘러보았다. 어디에도 눈에 보이는 감시는 없었다. 그러나 보이지 않는 곳에서 수십 수백 개의 눈초리들이 출입자들을 일일이 체크하고 있을 것이라고 그는 생각했다. 모오리 형사의 방은 3층에 있었다. 그는 독립된 방을 가지고 있었다. 모오리는 그를 기다리게 한 다음 필름을 가지고 나갔다.

　진은 방안을 둘러보았다. 벽에는 여자의 나체 사진이 두 장이나 붙어 있었고 그 옆에는 기록카드 같은 것도 걸려 있었다. 어지럽게 흩어져 있는 책상 위에서 두 대의 전화가 동시에 울었다. 한쪽 구석에는 침대도 있었고 텔레비전과 라디오도 놓여 있었다. 보기에도 부러운 형사의 방이었다. 30분이 지나자 모오리가 뛰어들어 왔다. 그는 물에 젖은 한 장의 사진을 책상 위에 집어던지며 풀어진 필름을 진에게 넘겼다.

　"이것 하나밖에 뽑지 못했소."
　"왜요?"

"도미에 양이 필름을 뽑을 때 빛이 들어간 모양이오. 첫 번째 것은 살았는데 나머지는 날아갔어요."

필름을 들여다보고 난 진은 그것을 내던진 다음 사진을 집어 들었다.

그 사진에는 이상한 약자와 숫자가 적혀 있었다. 숨을 죽이고 한동안 들여다보았지만 그것이 무엇을 가리키는 것인지 알 수가 없었다.

"이게 뭐죠?"

"글세……"

모오리 형사도 고개를 갸우뚱했다.

진과 모오리가 아무리 들여다보고 있어도 알 수 없는 내용은 다음과 같은 것들이었다.

$\triangle FB-3A = 5$

$\triangle B-65 = 10$

$\triangle MP48 \cdot MP50 = 10,000$

$\triangle M202 = 200$

$\triangle M392 = 200,000$

$\triangle T45 = 100$

$\triangle M521 = 50$

$\triangle S25 = 50$

$\triangle F19 = 20$

$\triangle HF = 1,000$

$\triangle MF \cdot LF = 2,000$

△VHF · UHF · SHF = 3,000

연달아 담배를 태우고 있던 진이 모오리를 쳐다보면서 입을 열었다.

"이건 무기가 틀림없습니다. 옆에 있는 숫자는 무기 숫자일 겁니다. 어떻게 생각하십니까?"

모오리는 눈을 깜박거렸다.

"내가 보기에도 그런 것 같습니다. 그렇지만 무슨 무기인지 도무지 알 수가 없군요. 이런 약자만 가지고는 알 수가 없어요."

"이걸 한국으로 가져가서 알아봐야겠습니다."

"한국으로 가져가 봐도 알 수 없을 걸요. 이건 대륙산업에서 생산 해 내는 무기이기 때문에 이를테면 산업 기밀에 속하는 거지요. 무기는 무기되 무슨 무기인지, 그 회사의 고급 간부가 아니고는 모를 겁니다."

"다른 나라에 판매한 무기 종류를 알아보면 알 수 있지 않을까요?"

"무기 판매는 외국과의 외교 관계를 고려해서 극비로 되어 있습니다. 따라서 우리 같은 일개 형사가 어느 나라에 무슨 무기를 팔았는지 알아낸다는 것은 거의 불가능한 일이죠."

"그래도 방위청 같은 데서는 알고 있지 않을까요?"

"어느 정도 알고 있겠죠. 그렇지만 약간 정도 알고 있지 내막을 속속들이 알지는 못할 겁니다. 대륙산업쯤 되면 정계를 떡 주무르듯 하기 때문에 무기 거래 같은 것도 제대로 방위청에 보고하지 않을 겁니다."

"어떻게 알아보는 수가 없을까요?"

"글쎄…… 이 점에 대해서는 별로 도움을 못 드리겠는데요. 제 능력에 한계가 있고 보니…… 미안합니다."

그들은 무거운 침묵에 빠졌다. 한참 후 모오리가 그 침묵을 깼다.

"한 가지 생각나는 게 있는데……"

"뭡니까?"

진의 시선이 빛났다.

"이건 하나의 가능성인데…… 혹시 북한에서 온 허일욱한테 무기 성능을 설명해 주는 서류가 있지 않을까요? 무기 성능을 알아야 거래가 될 테니까 말입니다. 모르면 몰라도 공장에서 무기도 구경했을 거로 보는데…… 어떻습니까?"

"그렇군요. 가능성이 있는 일입니다."

"허일욱이 도쿄에 찾아온 이유가 무기를 직접 보기 위해서일 겁니다."

"그럴 테죠. 그렇다면 그자가 무기 내용이 든 서류를 가지고 있겠군요?"

"지금 가지고 있을 겁니다."

"지금 거기에 접근할 수 있는 사람도 도미에뿐인데……"

진은 괴로운 표정을 지으며 중얼거렸다.

"할 수 없지 않습니까? 도미에에게 부탁하는 수밖에……"

그들은 서로 약속이나 한 듯이 몸을 일으켰다.

30분 후 그들은 도미에가 들어 있는 호텔에 닿았다. 모오리 형사가 수첩을 내보이면서 용건을 말하자 프런트 계원은 순순히 숙박인 카드를 열람해 보고 나서 호실을 알려주었다.

"허일욱 씨는 109호실에 들었습니다."

"알겠소. 경찰이 왔다는 말은 절대 하지 마시오."

"알겠습니다."

계원은 긴장해서 대답했다. 그들은 커피숍으로 들어가 잠시 망설였다. 도미에에게 자연스럽게 연락을 취할 수 있는 방법이 얼른 떠오르지가 않았다. 생각 끝에 진이 직접 그 방으로 전화를 걸어보기로 했다.

진은 카운터의 전화 대신 라운지에 설치되어 있는 공중전화를 이용했다. 부스 속에 들어간 그는 교환을 통해 109호실을 불렀다. 다행히 도미에가 전화를 받았다.

"혹시 커피 시키셨습니까?"

"아닌데요."

"여기는 타이거, 북의 사나이는 중요한 자료를 가지고 있소. 카메라는 프런트에 맡겨두겠소."

부스에서 나와 커피숍으로 들어가면서 진은 이마의 땀을 닦았다.

"됐어요?"

모오리 형사가 눈을 빛내며 물었다.

"됐습니다. 카운터에 카메라를 맡겨두겠다고 말했습니다."

모오리 형사는 카메라를 종이에 곱게 싼 다음 그것을 프런트 계원에게 가져갔다.

"어떤 여자가 이걸 찾으러 올 거요. 묻지 말고 내주시오."

"그렇지만 확인하지 않고 내주다가 잘못 전하기라도 하면 곤란하지 않습니까? 귀중품인 것 같은데……"

프런트 계원은 난처한 표정을 지었다.

"아, 그건 염려할 필요 없어요. 내가 저기 앉아 있을 테니까."

모오리 형사는 주머니에서 신문을 꺼내더니 그것을 말아 쥐었다.

"내가 이 신문을 흔들면 여자한테 묻지 말고 그걸 내주시오."

"그렇다면 안심하겠습니다."

정확성이 몸에 밴 계원은 그제야 안심하는 눈치를 보였다.

진과 모오리는 라운지 구석에 길게 놓여 있는 의자에 가서 앉았다. 거기서는 프런트가 잘 보였다. 그들은 말없이 담배를 피우면서 프런트를 주시했다.

이때 도미에는 샤워를 하기 위해 옷을 벗고 있었다.

웃옷을 모두 벗어버리고 브래지어만의 상체를 드러내자 허일욱의 눈빛이 번뜩였다. 그는 가까이 다가와서 그녀의 허리를 껴안았다.

"방금 그거 무슨 전화였지?"

"잘못 걸려온 전화였어요. 커피 시키지 않았느냐고 그러지 않아요. 시킨 적 없다고 그랬죠."

그녀는 사내의 손에서 몸을 빼더니 나머지 옷들을 재빨리 벗어버린 다음 욕실로 뛰어 들어갔다. 인어처럼 팔딱거리는 그 탄력 있는 몸매를 사내의 이글거리는 눈이 쫓아갔다.

욕실로 들어간 그녀는 콧노래를 부르면서 샤워를 했다. 몸에 가볍게 비누칠을 하고 나서 그것을 씻어내는 동안 문득 누구를

무서운 흑막 · 241

위해서 이렇게 몸을 씻는가 하는 생각이 들었다. 동시에 서글픈 감정이 일었다. 그러나 그녀는 이내 콧노래를 부르면서 다시 샤워를 했다.

북의 사나이로부터 정보를 빼내려면 하룻밤 같이 지내는 수밖에 없다. 그렇게 되면 몸을 지킨다는 것은 불가능한 일이다.

샤워를 끝낸 그녀는 타월로 몸을 두른 채 밖으로 나왔다. 단구의 사나이는 소파에 앉아 있다가 벌떡 일어섰다. 그리고 더 참지 못하겠다는 듯이 도미에에게 다가가 그녀를 껴안았다. 그녀의 몸을 가리고 있던 타월이 밑으로 흘러 떨어지고 흰 나체가 드러났다. 막 샤워를 하고 난 끝이라 그녀의 육체는 무르익은 복숭아 빛이었고 몸에서는 김이 피어오르고 있었다.

"자, 침대로 가지."

"아이, 잠깐 기다리세요. 화장을 해야죠."

"그런 건 나중에 해."

"아이, 안 돼요. 잠깐만 기다리세요."

보채는 사나이를 떼어놓고 거울 앞에 다가앉아 화장을 하고 있는 그녀의 모습은 그야말로 뇌쇄적이어서 사나이로 하여금 한숨을 자아내게 하기에 족한 것이었다. 그녀가 허리를 틀면서 상체를 한 번씩 움직일 때마다 사나이는 마른 입술을 혀로 핥으면서 한숨을 푹푹 내쉬었다. 사나이는 벌겋게 충혈 된 눈으로 그녀의 엉덩이를 뚫어지게 바라보고 있었다.

화장을 마치고 난 도미에는 발딱 일어서서 돌아섰다. 그리고 사나이를 똑바로 바라보았다. 자본주의 사회의 가장 두드러진 특징은 여성의 발랄함이다. 그 발랄함에 사나이는 지금 숨이 막

힐 것 같았다. 가슴, 허리, 둔부, 허벅지를 바라보던 그의 조그만 두 눈이 하복부 아래 그늘진 곳에서 딱 멎어버렸다.

"좋아, 아주 좋아."

이렇게 중얼거리고 도미에에게 달려가 그녀를 껴안았다. 도미에의 키가 그보다 더 커보였다. 도미에는 그의 튀어나온 배를 밀어내면서 깔깔거리고 웃었다. 키는 작았지만 그는 힘이 세서 도미에를 번쩍 안아 침대로 데려갔다. 그가 애무를 하려고 손을 뻗을 때마다 도미에는 깔깔거리고 웃었다. 그녀는 그의 손이 닿을 때마다 간지러워 견딜 수가 없었다.

그녀가 너무 웃어대자 사나이는 좀 민망한 빛을 보였다. 그러나 이내 화난 표정으로 그녀를 위에서 덮쳐 눌러오기 시작했다. 그가 씩씩거리며 공격을 가해오자 도미에는 하체를 능숙하게 돌려 빼면서 상체를 일으켰다.

"왜, 왜 그래?"

"잠깐만 기다려요."

"왜 그러는 거야?"

흥분과 노여움으로 사나이의 얼굴은 벌겋게 달아올라 있었다. 도미에는 두 손으로 젖가슴을 가리며 두려운 빛을 띠었다.

"임신하면 어떡하죠?"

"몰라서 묻나? 해결 방법이 있지 않아?"

"그런 방법은 싫어요. 그렇게 되면 제 몸만 엉망이 돼요. 저기…… 그걸 사용하는 게 어때요?"

"무얼 사용하자는 거야?"

사나이의 얼굴이 일그러졌다.

"아니, 그렇게 화내시면 싫어요. 전 어떻게든 즐겁게 해드리려고 그러는 건데……"

"화 안 냈어."

"전 사실 지금까지 남자하고 이런 호텔은 와본 적이 없어요."

"정말이야?"

"정말이에요. 그러니까 저를 좀 이해해 주셔야 해요."

"그래. 좋도록 해."

사나이의 표정이 조금 풀렸다.

도미에는 침대 밖으로 나와 옷을 입었다. 사나이의 눈이 휘둥그레졌다. 그는 자기가 벌거벗고 있다는 것도 잊은 채 침대에서 뛰어나와 도미에를 붙들었다.

"어디 가려고 그래?"

"아이, 그거 하나 사려구요."

"그거라니?"

"아이, 그거, 고무 말이에요."

도미에가 눈을 곱게 흘겼지만 사나이는 고무가 무엇을 뜻하는지 아직 눈치를 못 채는 것 같았다.

"고, 고무가 뭐야?"

"아이…… 그거, 콘돔 말이에요."

사나이의 얼굴이 다시 일그러졌다. 그는 그제야 알아들은 것 같았다.

"그거라면 보이한테 부탁해도 되지 않아? 직접 갈 필요 없이……"

"아이, 창피해서 그래요. 잠깐이면 돼요."

옷을 입고 바삐 나가는 그녀를 향해 사나이는 성난 목소리로 외쳤다.

"열 개만 사와!"

뒷전으로 그의 소리를 들으면서 도미에는 쿡 하고 웃었다. 그리고

"미친놈"

하고 중얼거렸다.

아래층으로 내려온 그녀는 먼저 라운지 구석으로 다가가 거기에 설치되어 있는 자동판매기에 동전을 넣고 버튼을 눌렀다. 콘돔이 하나 튀어나오자 그녀는 얼른 그것을 백 속에 집어넣은 다음 이번에는 프런트로 다가갔다.

"조그만 물건을 하나 찾으러 왔는데요."

프런트 계원은 앞에 서 있는 미모의 여인을 바라보고 나서 잠자코 라운지 저쪽 구석자리에 앉아 있는 사나이에게 시선을 돌렸다. 그리고 한 사나이가 신문을 흔드는 것을 보자 고개를 끄덕이면서 말없이 여자에게 물건을 내주었다.

그녀가 다시 방에 들어갔을 때 북의 사나이는 침대 위에 누워 담배를 피우고 있었다. 콘돔을 하나밖에 사오지 않은 것을 알자 사나이는 불만스러운 기색이었다. 그러나 그녀가 옷을 벗고 올라오자 이내 즐거운 표정이 되었다.

도미에는 할 수 없다고 생각했다. 이왕 이 길에 들어선 이상 육체를 온전하게 지킨다는 것은 불가능한 일이다. 자신의 미모와 육체를 이용하지 않고는 정보를 빼낼 수가 없다.

그녀는 눈을 감은 채 사나이를 받아들였다. 그녀의 기분은 사

나이가 일을 치르고 일어설 때까지 그대로 무겁게 가라앉아 있었다. 그녀는 사나이와 육체관계를 맺었다고 생각하지는 않았다. 그러나 사나이가 만족한 표정으로 욕실로 들어가는 것을 보자 죽이고 싶도록 증오심이 솟았다.

조금 후 그녀는 침대에서 일어나 재빨리 핸드백을 열고 빨간 알약을 꺼내 하나 먹었다. 그리고 조그만 병 속에 담겨 있는 녹색의 물약을 머리에 뿌렸다. 방안은 금방 고급 화장품 냄새로 가득 찼다.

준비를 끝내고 난 그녀는 도로 침대 속에 들어가 누웠다.

샤워를 하고 나온 사나이는 코를 킁킁거리면서 고개를 갸우뚱했다.

"이거 무슨 향내지?"

"제가 화장 좀 했어요."

"아, 그래. 냄새 좋은데……"

침대 속으로 기어들어온 그는 여자의 몸을 슬슬 애무했다.

"아, 졸려요. 한숨 자요."

"음, 그럴까. 나도 좀 피곤한데."

사나이는 도미에를 깊이 품으면서 늘어지게 하품을 했다.

머리에 뿌린 향기를 맡으면 아무리 강한 사람도 30분 이내에 잠이 든다. 약의 효력은 약 1시간 지속된다. 그러나 도미에는 미리 예방약을 복용했기 때문에 마취될 리가 없었다.

그녀는 북의 사나이가 손장난을 하는 대로 내버려두었다.

"이러시다 떠나시면 전 뭐가 되지요?"

"자주 올 테니까 염려 마."

그의 손이 그녀의 하복부를 쓰다듬었다. 벌레가 기어가는 것 같아 그녀는 다리를 오므렸다.

"피이, 그걸 어떻게 장담해요. 안 오시면 찾아갈래요. 주소가 어디에요?"

"가르쳐줘도 못 올 걸?"

"왜 못 가요. 지구 끝이라도 찾아갈래요."

사나이는 여자가 자기에게 반한 줄 아는 모양이었다. 기분이 좋은지 사나이는 흐흐흐 하고 웃었다.

"어디세요? 서울이에요, 평양이에요?"

"평양이야."

"어마, 그러면 거긴 정말 제가 못 가겠네요."

그녀가 시무룩한 표정을 짓자 사나이는 또 흐흐 하고 웃었는데 이미 잠이 오는지 눈꺼풀이 풀리고 있었다.

"내…… 자주 올 테니까 염려하지 마. 이번 일만 잘되면 우린 서울에서도 만날 수 있어."

"남북이 갈라져 있는데 어떻게 그렇게 할 수 있어요?"

"이런 바보……. 남북이 통일되면 될 거 아니야. 그렇게 되면 우리 서울서 만날 수도 있어."

도미에는 사나이의 말을 더 듣기 위해 허벅지 사이로 손을 집어넣어 쓰다듬었다.

"통일될 수 있을까요?"

"그건…… 문제없어. 곧 통일될 거야."

"피이, 그걸 어떻게 장담해요?"

"장담할 수 있어. 이번 겨울이면 서울서 만날 수 있어."

도미에는 발작적으로 웃었다. 그것이 무시하는 것으로 보였던지 북의 사나이는 발끈했다.

"내가 누군지 아나?"

"사업하시는 분이 어떻게 그런 걸 아세요? 저라고 까막눈인지 아세요?"

도미에는 그의 약을 올렸다.

"이봐, 나는 장사꾼이 아니야."

"그럼 뭐예요?"

"군인이야. 군인도 시시한 군인이 아니야. 알았어?"

"군인도 시시한 군인이 있고 시시하지 않은 군인이 있나요?"

"이런 제기랄…… 아, 잠이 오는데."

"시시한 군인."

"이봐, 나는 육군 소장이야. 알겠어? 북한의 무기는 모두 내 손을 거쳐야 돼. 이만하면 알았지?"

그는 도미에의 젖가슴을 쥐고 흔들었다.

"피이, 믿을 수 없는데요."

"믿을 수 없으면 할 수 없지. 그렇지만 사실이야."

사나이는 이제 자야겠다고 생각했는지 그녀에게 등을 돌리고 새우처럼 허리를 구부렸다.

"언제 다시 오세요?"

"10월 15일."

"절 만나러 오시는 거예요?"

"도미에를 만나기도 할 겸 물건을 가져가야 해."

곧 조용해지더니, 이윽고 천천히 코고는 소리가 들려오기 시작했다. 도미에는 꼼짝하지 않고 누워 있다가 10분쯤 지나 침대 밖으로 빠져나왔다.

이미 창밖은 어둠이 잠겨들고 있었다. 한 번 경험이 있는 그녀는 사나이의 양복에서 열쇠를 꺼낸 다음 조그만 철제 가방을 열었다.

가방 속에는 한 뭉치의 서류가 들어 있었다. 그것을 조심스럽게 꺼내든 그녀는 카메라를 챙긴 다음 발소리를 죽여 가며 욕실로 들어갔다.

서류에는 각종 무기를 찍은 사진들이 함께 철해져 있었다. 도미에는 무턱대고 셔터를 눌러댔다. 서류 하나하나를 훑어볼 여유가 없었다. 백 커트나 되는 것을 모두 찍고 나서야 그녀는 욕실을 나왔다.

싫은 사나이의 품에 안겨 하룻밤을 지낸다는 것이야말로 괴로운 일이다. 그러나 그녀는 그 괴로움을 참으며 그날 밤을 북의 사나이의 품에 안겨 지샜다.

아침에 눈을 뜨자 북의 사나이는 다시 한 번 그녀의 육체를 요구했다. 그러나 도미에는 한사코 그를 거부했다. 그 바람에 두 사람은 뒹굴며 싸웠다. 북의 사나이는 씨근거리며 그녀에게 달려들었지만 그때마다 그녀가 몸을 돌려 빼자 나중에는 화까지 냈다.

"왜 이러는 거야? 왜?"

"안 돼요. 처음부터 모든 걸 알고 나면 두 번 다시 저를 안 찾으시겠지요. 그러니까 이번에는 안 돼요. 다음에 오실 때 저를 마음대로 하세요. 그때는 실컷 저를 가지세요."
 사나이는 그녀의 엉덩이를 힘껏 후려갈기고 나서 그것을 포기했다. 몹시 불쾌해 하는 빛이 얼굴에 역력히 나타나 있었다. 그러나 도미에가 옷을 입고 나가려고 하자 그는 몹시 서운한 눈치를 보이면서 그녀에게 돈을 주려고 했다.
 "저는 창부가 아니에요!"
 도미에는 그의 손을 뿌리쳤다.
 "그런 의미가 아니야. 자, 그러지 말고 받아."
 "싫어요."
 그가 주는 돈을 받지 않는 그녀의 태도는 한결 그녀 자신을 돋보이게 했다.
 여자란 으레 돈에 약하게 마련인데 그녀만은 전혀 그렇지가 않았다.
 사나이의 아쉬워하는 눈길을 뒤로 젖혀두고 그녀는 밖으로 나왔다. 아래층으로 내려오니, 낯선 신사 하나가 그녀 앞으로 다가섰다.
 "회장 비서실에 있습니다. 회장님께서 지금 곧 모시고 오라고 해서 왔습니다."
 신사는 정중하게 말했다.
 "알았어요. 집에 들렀다 가야 하니까 집에까지 좀 태워다 주시겠어요?"
 "네, 그러시죠."
 밖에는 벤츠 한 대가 대기하고 있었다. 비서는 깍듯이 그녀를 응대했다. 아파트에 도착하자 그녀는 비서를 차에서 기다리게 하고 아파트로 뛰어 들어갔다.

그때까지 진과 모오리 형사는 그녀의 아파트에서 자고 있었다. 방안에 술 냄새가 가득하고 술병이 여기저기 뒹굴고 있는 것으로 보아 간밤에 술을 많이 마신 것 같았다.

모오리 형사는 팬티 바람으로 그녀의 침대 속에 들어가 베개를 껴안고 쿨쿨 자고 있었고, 진은 소파에 비스듬히 앉아 잠들어 있었다.

화가 머리끝까지 치민 도미에는 전축을 크게 틀어놓고 방문을 활짝 열어젖혔다.

"뭐예요? 남의 침대에서 무례하게!"

놀라 일어난 모오리 형사를 쏘아보며 그녀는 마구 화를 냈다. 소파에서 일어난 진은 쑥스러워 그녀를 외면하고 창가로 다가가려고 했다. 그러자 그녀가

"내다보지 말아요. 밖에 기다리는 사람이 있어요!"
하고 말했다.

모오리가 허둥지둥 옷을 입고 소파로 다가와 앉자 그녀는 핸드백에서 카메라를 꺼내 탁자 위에 놓았다.

"이 속에 다 찍어뒀어요. 전 지금 회장한테 가야 해요. 여기들 계시려면 청소 좀 하고 계세요."

그녀는 진을 응시하더니 갑자기 그에게 달려들어 그의 목을 껴안고 키스했다. 그리고는 밖으로 급히 뛰어나갔다. 그 뒷모습이 왠지 외로워 보였다. 도미에를 태운 벤츠가 사라지자 두 사람은 아파트를 나와 경시청으로 향했다. 두 사람은 모두 허둥대고 있었기 때문에 세수하는 것조차 잊고 있었다.

그들이 도미에가 찍어다 준 백 커트의 사진을 탁자 위에 펼쳐 놓고 들여다본 것은 그로부터 한 시간 후였다. 그들의 예상대로 그것들은 무기의 내용과 성능을 설명한 매우 중대한 자료들이 었다. 진은 도미에가 아낭에게서 빼낸 정보와 이번의 것을 맞춰 보았다.

①FB-3A=미국의 B52를 개발한 것으로 가변후퇴익(可變後退翼)을 채용한 초음속 전략폭격기. 단거리 공대지(空對地)미사일 3발 또는 19톤의 폭탄을 적재할 수 있으며 컴퓨터화한 각종 항법장치를 갖추고 있어 전자동으로 목적지에 진입·공격·귀환이 가능함. (주문=5 變)

②B-65=기내에 고성능의 각종 전자기기(電子器機)가 적재되어 어두운 밤이나 시계(視界) 제로에서도 초저공비행이 가능. 20밀리 기관포 4문으로 동시 포격 가능. (주문=10機)

③MP48·MP50=기관총. 구경 9밀리, 중량 4.20킬로그램, 전장 83센티, 발사속도 1분간에 5백 발, 유효사정 1백 80미터. 간편하고 강력하며 고장 없음. (주문=1만 정)

④M202=75밀리 유탄포, 공정작전용으로 어떤 방향으로도 쏠 수 있는 360도의 방향사계(方向射界)를 갖추고 있음. 중량 1천 4백 킬로그램. 3개의 대형 낙하산에 매달아 가지고 공정대원과 함께 지상 낙하 가능. (주문=200 문)

⑤M932=이중탄환. 이 실탄이 발사되면 앞의 탄환은 보통실탄과 같이 초속 2천 8백 피트로 정확히 탄도를 날아가

지만 뒤편 탄환은 초속 2천 6백 피트로 약간 큰 나선상의 코스를 그리며 날아감. 모든 화기로 발사 가능. (주문=20만 발)

⑥T45=중전차(重戰車). 중량은 56.9톤, 포신은 56구경 4.93미터. 초속 8백 10미터의 강력한 파괴력을 가지고 있으며 포탑 전면과 차체 우전면에 7.92밀리 기관총이 각각 1정씩 장비되어 있음. 장갑(裝甲)두께는 102밀리. (주문=1백 대)

⑦M521=공수 가능한 전차(戰車). 중량 16.8톤의 소형으로서 낙하산에 매달아 공중투하 가능. 시속 67킬로. 보통 탄환과 유도탄 병용 가능. 중량이 가벼워 도하(渡河)가 용이. (주문=20 대)

⑧S25=S형 전차. 도하할 때 부력을 내는 방식을 채용함으로써 차체를 물 위에 뜨게 하여 캐터필러의 회전으로 전진할 수 있게 되어 있음. 105밀리 포를 갖추고 있으며 세 종류의 탄약을 자동적으로 선택하여 3초마다 1발의 탄환을 발사할 수 있음. (주문=50 대)

⑨F19=저공전투기. 전기신호로 각부를 작동시킬 수 있으며 저공 진입에 의한 지상공격이 가능. VG익(可變翼)을 실용화함. (주문=20대)

⑩HF=원거리 통신기. (주문=1천 대)

⑪MF·LF=중거리 통신기. (주문=2천 대)

⑫VHF· UHF· SHF=근거리 통신· 육상중계 통신· 위성중계 원거리 통신· 파르스 통신· 레이더 통신·

영상 통신 가능. (주문=3천 대)

　　내용을 모두 검토하고 난 진은 현기증이 일었다. 그는 즉시 서울의 김 반장에게 전화를 걸었다.

　　S국 특수부의 김상배 반장은 어둠에 잠긴 거리를 천천히 걸어갔다. 최 진의 김포 도착시간까지는 아직 시간 여유가 있었으므로 그는 미리 저녁식사나 해둬야겠다고 생각하고 뒷골목으로 들어섰다.
　　매우 검소한 그는 언제나 싸구려 음식점에서 식사하는 버릇이 있었다. 아무리 주머니에 돈이 많이 들어 있어도 그는 비싼 식당에 출입하는 것을 삼가 했다. 원료비 5백 원어치도 못되는 음식을 몇 천 원씩 받아먹는 고급 레스토랑에 출입한다는 것은 사실 사치스런 허영 이외의 아무것도 아니었다. 고급 식당에서 의젓한 솜씨로 식사를 한다고 해서 자신에게 어떤 의미가 부여되는 것은 결코 아니었다. 그런 고급 식당을 볼 때마다 그는 불쾌했다.
　　사람들의 허영과 사치를 자극하는 고급 레스토랑은 최근 들어 부쩍 늘어나고 있었다. 배가 고파서 음식을 먹으러 가는 것이 아니라 그런 곳에의 출입을 즐기기 위해 사람들은 고급 레스토랑을 찾고 있었다. 도시인들은 그런 곳에 점잖게 앉아 맛도 없는 음식을 맛있는 듯 쩍쩍 씹으며 돈과 시간을 낭비하고 있는 것이다. 자신이 문명의 찌꺼기를 먹고 있다는 것을 자각하는 사람은 과연 몇이나 될까.

낡은 한옥을 개조해서 만든 식당으로 들어간 김 반장은
"설렁탕 하나 주시오. 소주 반병하고……"
하고 말했다. 늦은 시간이라 식당에는 사람들이 별로 없었다.

뚝배기에 담긴 설렁탕을 국물 하나 없이 모두 먹고 난 그는 피로가 몰려드는 것을 느꼈다. 그대로 쓰러져 자고 싶었다. 몸이 약해진 탓인지 소주 반병에 눈앞이 아찔했다.

밖으로 나온 그는 커피를 한 잔 마시기 위해 어슬렁어슬렁 다방을 찾아 나섰다.

조금 걸어가자 식당이 끝나고 골목은 어두웠다. 골목을 오른쪽으로 돌아갔을 때 뒤에서 두 사나이가 급히 걸어오는 것이 얼핏 보였다. 사나이들과의 거리는 10미터쯤 될 것 같았다.

그는 문득 방어 본능이 일었지만 술기운으로 그것을 묵살해 버렸다. 너무 피곤한 탓으로 신경이 날카로워진 모양이라고 그는 생각했다.

사나이들의 걸음은 몹시 빨라 금방 뒤에 인기척이 느껴졌다. 골목은 두 사람이 겨우 걸어갈 수 있을 정도로 좁았다.

김 반장은 20미터 저쪽 큰길가로 나서면 다방이 있을 것이라고 생각하면서 뒤에 다가오는 사람들을 위해 한쪽으로 비켜섰다. 그 순간 쇠뭉치 같은 것이 그의 옆머리를 강타했다. 휘청하면서 벽에 기대선 그는 소리를 질러야 한다고 생각했다. 그러나 의식이 멀어지는 것만 느껴질 뿐 혀가 움직여지지가 않았다. 옆구리에 차고 있는 피스톨까지 손을 가져가기에는 거리가 너무 멀었고 시간도 너무 늦어 있었다.

칼날이 번쩍 하면서 복부로 날아드는 순간 이 늙은 50대의 형사는 무릎을 꺾으면서 앞으로 엎어졌다. 엎어진 그의 뒤통수를 향해 다시 한 번 쇠뭉치가 둔탁한 소리를 내면서 떨어졌다.

범인들의 발자국 소리가 멀리 사라지는 것을 느끼면서 김 반장은 아내와 자식들을 생각했다. 아내에게 너무 고생을 시켰단 말이야. 한복 두루마기를 한번 해 입고 싶어 했는데…… 그것도 못 해주고…… 쯧쯧…… 두루마기 한 벌에 4만 원이라 하든가 5만 원이라 하든가…… 해주지…… 해 주고말고…….

별 하나가 쏜살같이 그의 눈 속으로 떨어지는 것을 느끼면서 그는 눈을 감았다.

밤 11시, KAL기는 예정대로 김포공항에 도착했다.

입국 수속을 마치고 밖으로 나온 진은 주위를 둘러보았지만 어디에도 김 반장은 보이지 않았다. 분명히 마중 나오겠다고 했는데 웬일일까. 불길한 예감이 들었지만 진은 애써 그것을 누르고 다시 조심스럽게 주위를 살펴보았다. 혹시 미행자가 없나 해서였다.

중요한 정보를 가지고 돌아오는 만큼 각별히 조심하지 않을 수 없었다. 다행히 그가 변장하고 있어서인지 그를 노리고 있는 자들은 없는 것 같았다.

웬일일까. 이쪽에서 중요한 정보를 가지고 간다고 하자 김 반장은 마중 나오겠다고 했다. 그런데 나오지 않았다. 웬일일까. 무슨 급한 일이라도 생긴 모양이지.

그는 공중전화 부스로 들어가 그의 개인 사무실로 전화를 걸어보았다.

"여기는 북극성, 아무 일도 없었습니다."

재수생이 졸리는 목소리로 대답했다.

"전화는?"

"전화도 없었습니다."

그는 이번에는 특수부로 전화했다.

"김 반장께서는 9시에 나가셨습니다. 목적지는 말씀하시지 않았습니다."

부스에서 나온 진은 마지막 택시를 타고 오랜만에 집으로 갔다. 아내는 이제 거의 체념 상태에 들어가 있어서 그가 하는 일에 침묵을 지켰다.

몹시 피곤했던 참이라 그는 이튿날 아침 늦게까지 늦잠을 잤다. 10시쯤에 일어난 그가 특수부에 전화를 걸자

"K병원에 빨리 가보십시오. 김 반장이 피살됐습니다!"
하는 소리가 들려왔다.

그는 혹시 잘못들은 게 아닌가 해서 다시 한 번 확인했다. 그리고는 아내가 그의 앞에 내려놓는 밥상을 밀어 버리고 밖으로 뛰쳐나갔다.

"빨리! 빨리! K병원! 빨리!"

엉거주춤 앉아 마구 외쳐대는 그를 택시 운전사가 불안한 눈으로 쳐다보곤 했다. 병원에는 엄 과장과 특수부 요원들, 그리고 생전에 김 반장과 가까이 지내던 늙은 형사들이 이미 나와 있었다.

진은 그들을 헤치고 안으로 들어섰다. 김 반장의 시체는 침대 위에 시트로 덮여 있었다. 진은 그것을 잠깐 헤쳐보고 나서 곧

물러나왔다.

그리고 화장실로 들어가 울면서 토했다. 그렇게 참혹하게 머리가 깨어진 시체는 처음이었다. 뒤에 안 일이지만 김 반장은 병원에 실려 온 뒤에야 숨이 끊어진 모양이었다.

이틀 뒤 김상배 반장은 어느 공원묘지에 묻혔다.

그날따라 아침부터 비까지 추적추적 내리고 있었다. 비 때문인지 유족들의 오열이 더욱 처절하게 주위를 울리고 있었다.

국가의 안전을 지키기 위해 지하에서 싸우다 숨진 그에게는 아무런 추서도 주어지지 않았다. 다만 특수부 요원들이 갖다 놓은 국화 다발만이 쓸쓸히 비를 맞고 있을 뿐이었다. 김 반장이 경찰에 그대로 남아 있었다면 이런 비참한 죽음은 당하지 않았을 것이다. S국에 발탁되어 너무 무리한 일을 맡다가 이런 죽음을 당한 것이다.

이제 어떡할 것인가. 가장 유능한 요원이 죽었으니 특수부의 앞날이 암담하다. 이제부터 진짜 싸움 아닌가. 슬픔과 분노, 그리고 절망이 엇갈리는 눈으로 진은 엄 과장을 바라보았다. 그리고 차례대로 다른 과장들을, 마지막으로 S국장에게 시선을 던졌다.

S국장은 굳은 표정으로 서 있었는데 눈빛이 몹시 침울해 보였다. 모두가 슬퍼하고 있었다.

장례식을 마치고 본부로 돌아온 특수부는 긴급회의에 들어갔다. 국장 자신이 직접 회의를 주재했는데 내용은 주로 부원의 안전에 관한 것이었다.

"놈들이 김 반장을 살해했다는 것은 우리 S국에 대한 정면 도전이라고 할 수 있습니다."

엄 과장이 먼저 상기된 표정으로 말했다. 국장은 고개를 끄덕였다.

"김 반장은 무기를 휴대하고 있었나요?"

"권총을 휴대하고 있었습니다. 그런데도 사용도 못하고 당한 겁니다."

국장은 손가락으로 탁자를 뚝뚝 두드렸다.

"앞으로 특수부에서 더 이상의 희생자가 나와서는 안 됩니다. 특수부 요원들은 무기를 꼭 휴대하고 다니고 언제나 2인 이상이 함께 다니도록 하시오. 필요한 경우에는 적을 사살해 버려도 좋아요."

얇은 입술이 차가워 보였다. 동그란 두 눈은 날카롭게 빛나고 있었다.

"김 반장이 없어서 특수부는 큰 타격입니다."

엄 과장이 근심스러운 듯 말했다.

"원래 그 사람은 밖에서 차출되어 온 사람이 아닌가요. 그 사람이 없다고 해서 특수부가 해체될 수는 없는 거 아니오?"

"그렇습니다."

"그럼 계속해서 일하시오. 어렵겠지만 최선을 다하시오. 지원은 최대한으로 할 테니까."

"알겠습니다."

진은 시종 입을 다물고 있었다. 그는 할 말이 없었고 하고 싶지도 않았다. 다만 김 반장의 처참하던 모습만이 머릿속을 꽉 채

우고 있을 뿐이었다.

"앞으로의 수사 방향은 어떻게 될 건가요?"

"Z의 정체를 밝혀 체포하든가 사살할 작정입니다. 그자만 제거하면 다른 것들은 자동적으로 소멸될 겁니다."

"어째서 그런 결론이 나왔지요?"

"수사 결과 적들은 Z를 정점으로 조직적으로 움직이고 있는 것을 알았습니다. 그리고 Z는 야심가입니다. 단순한 범인이 아니고 권력에 도전하는 야심가입니다. 그는 자기의 야심을 달성하기 위해 무슨 짓이나 할 겁니다. 따라서 그를 제거하는 것이 급선무입니다."

"그자에 대한 수사는 어느 정도 진척됐나요?"

"조금도 진척이 없습니다. 단서도 못 잡고 있습니다. 그렇지만 언젠가는 정체가 밝혀질 겁니다."

"엄 과장은 항상 자신만만한데…… 이번과 같은 실수가 없도록 하시오. 다음 말해 보시오."

엄 과장의 얼굴이 붉어졌다.

"다음은 다비드 킴에 대한 수사를 더욱 더 강화할 생각입니다."

"다비드 킴뿐만 아니라 이번에 X를 살해한 놈도 대단한 것 같던데 어떻게 생각해요?"

"그자에 대해서도 수사를 계속하고 있습니다."

"지금까지의 성과란 X를 체포한 것뿐이오. 그렇지만 X마저 잃고 결국 얻은 게 뭐요? 이런 식으로 나가다간 특수부뿐만 아니라 우리 S국 자체의 존립마저 위태로워지니까 처음부터 수사

방향을 다시 검토해 보시오."

국장은 노한 것 같았다. 벌떡 일어선 그는 급히 밖으로 나가 버렸다. 국장이 이렇게 엄 과장을 질책한 것은 처음 있는 일이었다. 무거운 침묵이 한동안 실내를 짓누르고 있었다. 그 침묵을 깨고 엄 과장이 입을 열었다.

"내가 말하고 싶은 것은 여러분들이 절대 희생 되서는 안 된다는 겁니다. 김 반장님은 정말 억울하게 희생됐습니다. 다시 그와 같은 희생이 일어나지 않게 주의하기 바랍니다. 언제 어디서 놈들이 우리를 습격할지 모르니까 절대 경계심을 풀어서는 안 됩니다. 그리고 나는 국장님이 화를 내실 만하다고 생각합니다. 사실 그동안 우리는 별로 성공을 거두지 못해 왔습니다. 적은 점점 더 포악하게 나오고 있고 힘이 강대해지고 있습니다. 거기에 비해 우리의 힘은 한정되어 있습니다. 더구나 내부에 5열 마저 있어 정보는 계속 누설되고 있습니다. 이러한 조건에서 싸워야 하기 때문에 우리는 매우 불리합니다. 그러나 우리가 적을 분쇄하지 않으면 국가는 큰 혼란에 빠지게 됩니다. 적들은 수단 방법을 가리지 않고 그들의 목적을 달성하기 위해 날뛰고 있습니다. 우리가 여기서 주저앉거나 패하면 모든 것은 끝장입니다. 상태가 이러하니 모두들 각오를 새로이 하고 일에 임해주기 바랍니다."

진은 일본에서 가져온 정보를 내놓을까 하고 생각했다. 그러나 아무래도 마음이 놓이지가 않았다. 5열이 알게 되면 아냥의 무기 밀매계획이 수정될지도 모른다. 좀 더 기다려 보자.

회의가 끝나 밖으로 나온 진은 택시를 타고 시내를 한 바퀴

돈 다음 어느 다방으로 들어갔다. 그리고 곧 뒷문으로 빠져나와 다시 택시를 타고 그의 개인 사무실로 돌아왔다.

하루 종일 비까지 내리고 있어서 그는 몹시 울적했다. 김 반장의 죽음이 몰고 온 충격이 너무 컸기 때문에 그는 조금도 움직이고 싶지가 않았다.

날이 어두워질 때까지 그는 침대에 누워 있었다. 재수생은 진의 그러한 모습에 조심스럽게 눈치를 살폈다.

"어디 아프세요?"

"아니야."

"라면 하나 끓여 드릴까요?"

"그만둬."

진이 돌아눕자 재수생은 더 이상 말을 걸지 않았다. 완전히 날이 어두워지자 진은 침대에서 일어나 소파에 기대앉았다. 재수생이 불을 켜려고 하는 것을 그는 말렸다.

"불 켜지 마. 오늘은 일찍 자거라. 내가 생각할 게 좀 있다."

형의 무거운 음성에 재수생은 침대로 가서 드러누웠다. 진은 어둠 속에서 가만히 앉아 담배만 연거푸 피웠다. 어둠은 흡사 습기처럼 그의 몸을 감싸고 가슴속까지 적셔주고 있었다.

그는 어느새 자기도 모르게 눈시울이 축축이 젖어드는 것을 느꼈다. 뜨거운 볼을 타고 흘러내리는 것을 그는 그대로 가만히 내버려두었다.

얼마 되지 않은 동안이었지만 그는 자신이 김상배 반장과 얼마나 깊이 밀착되어 있었던가를 새삼 강렬히 느끼고 있었다. 김 반장의 인품은 훌륭한 것이었다. 그는 따르고 믿을 수 있는 사람이었다. 그에게는 모든 것을 털어놓아도 좋을 포용력이 있었다. 죽은 뒤에 생각하니 그는 아버지 같은 데가 있었다. 그런 그가 참혹하게 살해된 것이다. 머리를 흉기로 난타당하고 복부를 칼에 찔려 죽은 것이다. 분노와 함께 다시 절망감이 덮쳐왔다. 김 반장이 없는 이제 진은 어떻게 혼자 행동해야 할지 난감하기만 했다.

고독한 투혼(鬪魂)

　다비드 킴은 너무 답답했다. 언제까지 이렇게 호텔 방에 처박혀 있어야 되는지 답답하기 짝이 없었다. 답답하다 못해 그는 화가 났다.
　Z로부터는 아무 연락이 없었다. 이쪽에서는 그에게 연락할 수가 없다. 굳이 연락을 취하려 한다면 한 사람을 통해서 할 수 있긴 하지만 Z가 금하고 있기 때문에 할 수 없다.
　다비드 킴은 맥주병을 들고 방안을 거닐었다. 그는 맥주를 한 모금 마신 다음 다시 걷곤 했다. 티셔츠 위로 불거져 나온 근육이 몸을 움직일 때마다 팽팽하게 부풀어 오르곤 했다.
　그가 Z와 관계를 맺기 시작한 것은 10년 전부터였다.
　10년 전 그는 뉴욕에 있었는데 슬럼가에 잘못 들어간 외국인 하나가 흑인들에게 뭇매를 맞고 있는 것을 보았다. 그 외국인은 돈푼이나 있는지 고급 캐딜락에 금발 미녀까지 데리고 있었다.

흑인들은 차를 부수고 여자의 옷까지 찢어내고 있었다. 외국인은 여자의 비명 소리를 들으면서도 꼼짝 못하고 얼어터지고만 있었다.

여느 외국인 같았으면 그는 흑인들에게 맞는다고 해서 특별한 관심을 두지는 않았을 것이다. 그러나 그 외국인만은 여느 외국인과는 달랐다. 적어도 그의 눈에만은 그렇게 보였다. 그 외국인은 바로 한국인이었던 것이다.

그들 사이로 뛰어든 그는 순식간에 맨손으로 흑인 두 명을 때려눕혔다. 무서운 강자가 나타난 것을 알자 나머지 흑인들은 줄행랑을 쳤다.

그때부터 두 사람은 갑자기 가까워졌다. Z는 유학생이었는데, 재벌의 아들인지 무척 호화롭게 생활하고 있었다. 항시 경찰에 쫓기고 있던 다비드 킴은 Z의 아파트에 은신하면서 상당한 신세를 졌다. 그는 자신이 한국 여자와 일본 남자 사이에 태어난 혼혈이라는 것, 그리고 불우한 고아 시절을 거쳐 미국으로 입양되어 온 것 등을 털어놓기까지 했다.

야심가인 Z는 다비드 킴을 자기 사람으로 만들기 위해 온갖 친절을 다 베풀었고, 다비드 킴은 그러한 Z에게 보답하기 위해 헌신적으로 그를 보좌했다. 그들은 그때 형과 아우로 혈맹을 맺었는데 Z가 귀국하면서 한동안 만나지 못했었다. 그러다 얼마 전에 Z의 부름이 있었고 그래서 다비드 킴은 한국에 오게 된 것이다. Z는 그를 계획에 끌어들이면서 이번 계획이 성공할 경우 평생 호화롭게 생활할 수 있는 보수를 주겠다고 약속했다. 지금까지 다비드 킴은 그 약속을 믿으면서 충실히 일해 왔다.

갑자기 불이나 난 것처럼 전화벨이 울렸다. 그는 전화통을 노려보다가 발작적으로 수화기를 집어 들었다.

"여기는 B······"

"Z다! 별일 없겠지?"

"일거리를 주십시오."

"이번에 상대해야 할 놈은 최 진이다. 빠른 시일 내에 해결해. 그자에 대한 자료는 사서함 속에 있다."

"차도 바꿔야겠습니다."

"두 대를 준비해 놓겠다. 임페리얼과 크라운이다."

그가 뭐라고 할 사이도 없이 전화는 찰칵 하고 끊겼다.

다비드 킴은 시계를 보았다. 오후 6시가 가까워오고 있었다. 창문으로는 저녁놀이 비쳐들고 있었다. 그는 밖으로 나와 우체국까지 걸어가 지정된 사서함 속에서 필요한 것들을 꺼내가지고 다시 돌아왔다. 그리고 봉투 속에서 최 진에 대한 자료들을 꺼내 그것을 정독했다.

이튿날 아침, 다비드 킴은 검정색 임페리얼 승용차를 몰고 8시 정각에 주차장을 나왔다. 러시아워로 접어들기 시작한 시내의 교통 혼잡을 느긋이 바라보면서 그는 차량의 홍수 속에서 천천히 차를 몰아갔다.

고급 승용차를 몰고 있는 금발의 이 외국인을 사람들은 부러운 눈으로 쳐다보면서 지나갔다. 버스 속에서도, 합승 속에서도 사람들은 부러운 시선을 던져왔다.

그는 그런 시선들을 따갑도록 느끼면서도 사람들을 향해 한 번도 눈을 돌리지 않았다. 그의 머릿속은 다만 한 가지 일로 가득 차 있었다.

　30분 후 그는 겨우 차량의 홍수 속에서 빠져나와 S국 본부가 있는 20층 빌딩의 맞은편에 차를 세웠다.

　20층 빌딩의 창문들은 아침 햇빛을 받아 눈부시게 빛나고 있었다. 아래층에서부터 훑어가던 그의 시선이 5층에서 딱 멎었다. 5층은 바로 S국 본부다. S국이 5층 전부를 사용하고 있다. 조그만 무역회사 간판을 하나 달아놓고 있기 때문에 일반인들은 아무도 그곳이 S국 본부라는 것을 모르고 있다.

　다비드 킴은 선글라스 너머로 빌딩 정문을 바라보았다. 9시가 가까워지자 많은 사람들이 빌딩 속으로 들어가고 있었다. 아니, 빌딩이 사람들을 흡수해 들이고 있는 것 같았다. 이쪽에서 빌딩까지 사이에 약 20미터의 차도가 가로질러 달리고 있었다. 따라서 빌딩에 출입하는 사람들의 얼굴을 육안으로 구별하는 것은 쉽지 않을 것 같았다. 인도까지 합치면 정문까지의 직선거리는 25미터쯤 될 것 같았다.

　더구나 빌딩에는 정문 외에도 양쪽으로 옆문이 각각 하나씩 나 있었다. 이런 상태에서는 사람을 찾아낸다는 것이 지극히 어려운 일이다.

　다비드 킴이 망설이고 있을 때 교통경찰이 다가와 경례를 했다. 그리고 빨리 차를 치우라고 손짓을 했다. 상대가 외국인인데다 외교관 넘버를 단 고급 승용차를 굴리고 있기 때문에 증명까지 굳이 보자고 하지는 않았다. 일단 국내 차량이었다면 주차위반으로 딱지를 떼었을 것이다. 다비드 킴이 웃어보이자 경찰도 미소하면서 다시 손을 흔들었다.

다비드 킴은 차를 우측으로 꺾어 맞은편 빌딩 쪽으로 몰고 갔다. 빌딩 앞에는 많은 차들이 주차하고 있었기 때문에 그는 그 속으로 차를 몰고 들어가 엔진을 껐다.

아침부터 금발의 외국인이 어슬렁거린다는 것은 남의 눈에 이상하게 보이기 마련이다. 그래서 그는 무슨 볼일이라도 있는 것처럼 큼직한 서류용 가방을 하나 든 채 차에서 내려 곧장 정문 쪽으로 걸어갔다.

정문을 지키고 있던 수위가 그를 바라보았지만 그의 멋지고 당당한 모습에 눌렸는지 그를 체크하려고도 하지 않았다. 빌딩 속으로 들어간 그는 넓은 홀을 쓱 훑어보고 나서 엘리베이터 쪽으로 침착하게 걸어갔다.

엘리베이터는 모두 4대가 있었는데 그것으로도 사람들을 미처 제대로 소화하지 못하고 있는지 그 앞에는 막 출근한 사람들로 붐비고 있었다.

엘리베이터는 통로를 사이에 두고 두 대씩 마주보고 있었는데 왼쪽 두 대는 홀수 층에, 오른쪽 두 대는 짝수 층에만 정거하도록 되어 있었다. 그리고 4대 모두 5층까지는 논스톱으로 달리고 있었다.

다비드 킴은 왼쪽 홀수 층 엘리베이터에 올랐다.

엘리베이터를 타고 19층까지 올라간 그는 한 층 걸어 올라갔다. 20층은 레스토랑이었다. 아침이라 레스토랑에는 사람이 거의 없었다. 갑자기 나타난 금발의 외국인을 향해 웨이터들의 시선이 쏠렸다.

그는 창가에 앉아 천천히 비프스테이크를 먹기 시작했다. 20

층 아래 보도 위를 움직이는 사람들의 모습이 흡사 개미떼처럼 보였다. 식사를 하고 난 그는 커피 한 잔을 천천히 마신 다음 레스토랑을 나와 다시 엘리베이터를 탔다. 이번에는 짝수 엘리베이터였다.

1층까지 내려온 그는 화장실로 들어가 금발을 벗고 대신 검은 가발을 썼다. 거기에다 금테안경을 끼고 코밑수염까지 달고 난 그는 이윽고 밖으로 나와 길을 건너갔다.

길을 사이에 두고 S국과 마주보는 곳에 5층짜리 낡은 건물이 하나 있었다. 그 건물 앞에서 맞은편 29층 빌딩을 눈여겨 바라보고 난 그는 곧 뒤돌아서서 5층 건물로 들어갔다.

관리실은 1층에 있었다. 그는 관리실로 들어가 돋보기안경을 쓴 노인을 만났다.

"사무실을 하나 구하려고 합니다."

"아, 마침 2층에 방이 하나 비었습니다."

"5층 중간 방을 쓰고 싶은데……"

"5층은 현재 비어 있는 것이 없습니다. 왜 하필 5층을 쓰려고 합니까?"

노인은 이상스럽다는 듯이 그를 쳐다보았다. 그는 노인에게 담배를 권한 다음 라이터로 불을 붙여주었다.

"저는 높은 데를 좋아합니다. 높은 데 있으면 전망이 좋지 않습니까."

"허긴 그래요."

노인은 이 예의바른 신사에게 호감이 가는 지 갑자기 말씨가 부드러워졌다.

"돈은 충분히 드리겠습니다. 5층 중간 방 하나만 부탁드리겠습니다."

다비드 킴이 돈을 충분히 주겠다는 말에 노인의 눈이 번쩍 하고 빛났다.

"여긴 도심이라 방세가 비싼 편이에요."

"잘 알고 있습니다."

"다섯 평짜리는 하나 비워드릴 수 있는데 50만 원 보증금에 매월 8만 원씩입니다."

"좋습니다. 헌데 보증금은 다음 달에 드리기로 하고 그 대신 이번 달에는 방세로 10만 원을 드리겠습니다."

"그건 곤란합니다. 보증금이 없으면 곤란합니다. 정 보증금이 없으면 월세 12만 원은 내셔야 합니다."

다비드 킴은 지갑 속에서 12만 원을 꺼내 노인에게 주었다. 12만 원을 쥔 노인은 놀란 듯이 그를 바라보다가 말없이 계약서를 내밀었다.

노인은 굴러들어온 떡을 놓치고 싶지가 않았던 모양이다. 그는 5층 중간 방을 쓰고 있는 사람을 구슬러 2층으로 내려 보내고 다비드 킴을 그 방에 들어가게 했다.

"무슨 사무실로 쓰실 건가요?"

"뭐, 조그만 사업을 하나 시작해 볼까 합니다."

"보시다시피 여기에는 전화도 있고 책상도 하나 있습니다. 그저 몸만 들어오시면 되지요. 이걸 쓰시든지 새로 구입하시든지 하십시오."

"아, 이대로가 좋습니다."

"그런데 이걸 쓰시려면 사용료를 더 주셔야 합니다. 관리비도 있구요."

노인은 2만 원을 더 요구했다. 다비드 킴은 두말하지 않고 돈을 준 다음 사무실 열쇠를 받았다.

이윽고 그는 창가로 다가가서 맞은편 빌딩을 바라보았다. 20층 빌딩이 한눈에 다 들어왔다.

한편 이때 최 진은 금강공원묘지에 있었다.

그는 다비드 킴의 어머니의 묘 앞에 서 있었다. 묘 앞의 꽃병에는 처음 왔을 때처럼 꽃다발이 꽂혀 있었다.

그것은 국화였는데 꽃은 지 얼마 안 되는지 싱싱한 향기를 풍기고 있었다.

진은 그것을 보고 있는 동안 착잡한 기분을 느끼지 않을 수 없었다. 관리인에게 매일 꽃을 갈아놓게 할 정도로 다비드 킴의 효성이 지극하다. 효성이 있다는 것은 그 사람이 인간을 사랑한다는 의미도 된다. 그런데 효성이 지극한 다비드 킴은 잔혹하기 이를 데 없는 킬러인 것이다. 그는 극과 극을 동시에 지닌 인간인가. 아무리 생각해도 이해하기가 어려운 인물이다. 인간이 최악과 최선을 동시에 실천한다는 것은 거의 불가능한 일이다. 그런데 다비드 킴은 그것을 동시에 행하고 있다. 이것은 그가 그만큼 무서운 인물이라는 것을 뜻한다.

범인의 성격을 이해하면 체포하는데 도움이 될 수가 있다. 그러나 다비드 킴만은 종잡을 수가 없다.

비탈길을 내려온 그는 관리실에 들러서 관리인을 만나보았다. 중년의 관리인은 진에게 돈을 받은 적이 있기 때문에 깍듯이 그를 맞아들였다. 진은 부탁했던 일을 물어보았다.

"그렇지 않아도 부탁하신 일을 도와 드리려고 기다리고 있는데 도무지 그 사람이 나타나지를 않습니다. 나타나기만 하면 즉시 연락해 드리겠는데……"

관리인은 미안하다는 듯이 말했다.

"전화도 오지 않았나요?"

"딱 한 번 왔습니다."

진은 귀가 번쩍 띄었다.

"어, 언제 왔었습니까?"

"그러니까 한 사오 일 된 것 같은데요."

"뭐라고 하던가요?"

"네, 뭐 , 묘지 관리를 잘하고 있느냐 묻고 꽃다발도 잊지 말고 갈아놓으라고 그러더군요. 그래서 아무 때라도 와 보시면 알겠지만 잘해놓고 있다고 그랬죠."

"그밖에 다른 말은 없었나요?"

"뭐, 별말은 없었고…… 참, 관리비를 잘 받았다고 그랬죠."

"그 사람이 관리비를 우송하고 있습니까?"

"네, 며칠 전에 한 달 치를 보냈더군요."

"뭘로 보냈던가요?"

"우편환으로 보냈습니다."

"그 우편환 좀 구경할 수 없을까요?"

"우체국에 가서 돈을 모두 찾고 없습니다."

"그럼 봉투만이라도 볼 수 없을까요?"

"글쎄, 그것도 버리고 없는데요."

"어디다가 버렸습니까?"

"저기 쓰레기터에다 버렸습니다."

사내는 창밖을 가리켰다. 진이 함께 좀 찾아보자고 하자 사내는 얼굴을 찌푸렸다.

"아니 그걸 찾아서 뭐하시려구요?"

"글쎄 필요가 있어서 그럽니다."

"그러시다면……"

그들은 관리실을 나와 뒤쪽 숲 속으로 들어갔다.

쓰레기터는 숲 속의 낮은 빈터에 있었다. 너무 오래도록 치우지 않은 탓인지 악취가 코를 찔렀다.

"찾기 어려울 걸요."

사내는 고개를 저으면서 막대기로 쓰레기를 뒤지기 시작했다. 불에 탄 쓰레기가 없는 것을 보고 진은 좀 안심했다. 반드시 쓰레기 속에 봉투가 있을 것으로 믿고 그는 샅샅이 뒤져 나갔다. 반시간쯤 뒤져도 나오지 않자 사내는 침을 뱉으면서 뒤로 물러섰다.

진은 사내를 돌려보낸 다음 혼자서 계속 쓰레기를 뒤적거렸다. 그의 그러한 모습은 집요한 데가 있었다. 그는 서두르지 않고 차분하게 확신을 가지고 쓰레기를 헤쳤다.

거의 두 시간 가까이 지났을 때 그는 더럽게 찢기어진 봉투 하나를 발견했다. 그것을 들고 관리실로 달려가면서 그는 꽤 흥분하고 있었다. 관리인은 봉투를 보고 나서 말했다.

"용케 찾으셨습니다."

봉투에는 J우체국의 소인이 찍혀 있었다. 이것이면 가능성이 있을지도 모른다.

"돈은 대게 언제쯤 부쳐옵니까?"

"매월 하순쯤에 부쳐옵니다. 꼬박꼬박 부쳐 와요."

"만약 연락을 취할 일이 있으면 어떻게 합니까?"

"연락을 취할 수 없지요. 그 점이 좀 이상하긴 해요. 연락처를 알려주지 않았거든요. 그렇지만 연락이 전혀 안 되는 것은 아니지요."

진의 눈이 빛났다.

"어떻게 연락이 됩니까?"

"대개 한 달에 한 번씩은 전화가 오니까요."

다비드 킴을 이쪽으로 끌어들일 방법이 생각나지 않는다.

"다시 부탁을 드리겠습니다. 그 사람이 나타나면 급히 좀 알려 주십시오. 그게 어려우시면 차번호라도 메모해 두시면 고맙겠습니다."

"아, 물론이지요. 알려드리고말고요."

"연락은 이쪽으로 해 주십시오."

그는 S국 전화번호 대신 집 전화번호를 적어주었다. S국은 5열 때문에 안 된다. 그의 개인 사무실은 누구한테도 알려줄 수 없다. 그래서 그는 집 전화번호를 알려준 것이다.

더러운 봉투 하나만을 소중히 간직한 채 그는 공원묘지를 나왔다. 그리고 곧장 J우체국으로 향했다.

그 시간에 다비드 킴은 시내를 돌면서 쇼핑을 하고 있었다.

그는 한 가게에서 한 가지 물건만을 샀다. 그가 먼저 구입한 것은 고성능 망원경이었다. 그 다음이 망원렌즈가 달린 카메라, 그리고 마지막이 무비 카메라였다.

이윽고 사무실로 돌아온 그는 창문 한쪽 구석에 무비 카메라를 설치해 놓고 S국 빌딩을 향해 그것을 작동시켰다. 다르르 소리를 내면서 무비 카메라가 돌아가자 그는 망원경을 들고 5층을 살피기 시작했다. 그러나 5층은 모두 커튼에 가려 있어 안을 들여다볼 수가 없었다.

무비 카메라가 돌아가는 동안 그는 소파에 앉아 미리 잠을 자두었다. 무비 카메라 필름은 3시간마다 하나씩 갈아 끼우도록 되어 있었다.

해가 질 때까지 그는 카메라를 돌렸다. 그리고 날이 어두워지자 카메라를 돌려 벽 쪽으로 향하게 하고 낮에 찍은 필름을 모두 돌려보았다.

정확히 말해 그것은 9월 28일 오전 11시부터 오후 6시 40분까지 S국 빌딩을 출입하는 사람들을 모두 찍은 것이었다. 밤새도록 그는 그것을 돌렸다. 그것은 매우 고된 일이었지만 그는 조금도 피로한 기색을 보이지 않고 화면을 세밀히 관찰했다.

작업은 이튿날 새벽녘에야 끝났다. 결론은 최 진이 없다는 것이었다.

그는 최 진의 모습을 잡기 위해 9월 29일 오전 8시부터 저녁 5시 40분까지 다시 카메라를 잡았다. 그러나 그날 역시 최 진의 모습은 카메라에 잡히지 않았다.

9월의 마지막 날 하루를 더 다비드 킴은 카메라를 돌렸다. 그러나 3일째 필름에도 진의 모습은 잡히지 않고 있었다.
 마침내 다비드 킴은 진이 S국에 출입하지 않는다는 결론을 내렸다.
 정오에 사무실을 나온 그는 가까운 곳에 있는 주차장으로 갔다. 그 주차장은 임페리얼 승용차를 주차해둔 곳과는 다른 곳이었다. 거기에는 크라운을 따로 주차시켜 놓고 있었다. 외국인으로 변장할 경우 그는 고급 임페리얼을 이용했고 한국인으로 분장할 때는 평범한 크라운을 사용했다.
 오랫동안 어머니 산소를 찾지 못한 그는 문득 생각난 것이 있어서 라디오 버튼을 눌렀다.
 라디오에서는 헌법 개정 국민투표실시 상황을 알려주고 있었다. 어느 채널이나 마찬가지였다. 여 기자의 중계 뉴스에 그는 귀를 기울였다.
 "여기는 종로 A지구입니다. 아침 6시부터 줄을 잇기 시작한 투표자들은 오후 12시 20분 현재 50퍼센트 이상이 투표를 했으며 이러한 상황으로 나간다면 마감 시간인 오후 6시까지는 80퍼센트 이상의 투표율을 기록할 것으로 보입니다."
 아나운스먼트와 함께 투표자들과의 인터뷰가 있었다. 어떤 청년은 수상의 용단을 극구 찬양하고 있었다.
 다비드 킴은 라디오를 끄고 담배에 불을 붙였다.
 30분 후 차는 금강 공원묘지에 들어섰다. 관리실에서 직원이 뛰쳐나왔지만 그는 그대로 비탈길 위로 차를 몰아가 어머니 산소 옆에 정차했다.
 산소 앞으로 다가선 그는 호주머니에 두 손을 찌른 채 잠깐

묵념했다. 이윽고 눈을 뜬 그가 산소 앞에 놓인 꽃병에서 국화 한 송이를 꺼내어 냄새를 맡고 있을 때 관리인이 다가왔다.
"어떻게 오셨는가요?"
관리인은 그의 모습을 몰라보고 있었다. 콧잔등을 수술한데 다 변장까지 했으니 알아볼 리라 만무했다.
"아, 여기 누워 있는 분하고는 친척이 됩니다."
다비드 킴은 노인처럼 느리게 말했다.
"아, 그러십니까? 그럼 아드님 되시는 김일수 씨한테서 연락을 받으셨군요?"
"네, 그렇습니다."
"그분은 통 안 오시더군요."
"바빠서 그러겠지요. 자, 수고하십시오."
다비드 킴은 관리인이 뭐라고 말할 사이도 없이 산소를 벗어나 급히 차를 몰고 그곳을 떠났다. 관리인은 안경을 낀 다음 크라운 넘버를 읽었다.
관리실로 돌아오면서 그는 코밑수염을 기른 그 사나이가 어쩐지 이상하다고 생각했다. 왜 저렇게 급히 떠날까? 아마 바빠서 저러겠지. 그는 수화기를 집어 들고 진이 가르쳐준 전화번호에 맞춰 다이얼을 돌렸다.

이때 최 진은 J우체국에서 이 사람 저 사람을 만나보고 있었다. 다비드 킴의 사진을 보이며 여러 직원들을 만나 보았지만 그를 보았다는 사람은 하나도 없었다.
우체국을 나온 그는 다방으로 들어가 커피를 한 잔 마신 다음 개인 사무실로 전화를 걸었다.

"북극성……"

"타이거, 전화 온 거 없나?"

"있습니다."

"어디서?"

"집에서 전화가 왔는데…… 무슨 공원묘지에서 빨리 연락해 달랍니다."

진은 금강공원묘지로 급히 전화를 걸었다. 관리인은 좀 흥분해서 말했다. 진도 가슴이 뛰고 있었다.

"그때 그 사람이던가요?"

"아닙니다. 다른 사람이었습니다. 나이는 한 사오십 되어 보이고……"

"알겠습니다. 제가 그리 가겠습니다."

택시를 타고 달리는 동안 진은 흥분으로 가슴이 몹시 뛰는 것을 느꼈다. 차가 공원묘지에 닿자 그는 차에서 내려 관리실로 뛰어갔다. 관리실 직원도 그를 알아보고 뛰어나왔다.

"그 사람 어떻게 생겼던가요?"

"키는 크고 몸은 아주 단단해 보였습니다."

"얼굴은 어떻든가요?"

"뭐, 안경을 끼고 코밑에는 수염을 길렀더군요. 머리는 약간 희끗 희끗하고……"

"콧잔등은 꺼지지 않았던가요?"

"아니오. 아주 멀쩡하던데요."

"목소리는 어땠습니까?"

"아주 점잖았습니다."

"김수자 씨 묘에 가서 뭘 하던가요?"

"두 손을 호주머니에 넣고 고개를 숙이더군요. 나 원, 여기에 오래 있어 봤지만 그렇게 절하는 건 처음 봤습니다."

"그 사람하고 이야기했습니까?"

"네, 그럼요. 길게 이야기하지는 못했어요. 어떻게나 급히 가 버리던지……"

"무슨 이야기를 했습니까?"

"제가 먼저 이야기를 걸었지요. 김수자 씨하고 어떻게 되느냐고 물으니까 친척이라고 하더군요."

"그 밖에는……?"

"김일수 씨가 통 안 온다고 했더니 아마 바빠서 그런 모양이라고 하더군요."

"그리고?"

"그리고는 그냥 갔지요."

그들은 김수자의 묘까지 걸어 올라갔다. 국화꽃 한 송이가 묘 앞에 떨어져 있었다.

"이건 누가 떨어뜨린 건가요?"

"그 사람이 가지고 있다가 내버린 모양입니다."

묘지에 나타난 두 번째 인물은 누구일까. 도대체 종잡을 수가 없다.

"차를 타고 왔던가요?"

"네, 틀림없이 크라운을 타고 왔습니다. 이 눈으로 세 번이나 확인했습니다. 그리고 차번호는 여기 적어놨습니다."

진은 관리인이 내주는 메모지를 받아들고 차량번호를 뚫어지게 쳐다보았다.

그리고

"서울 A……1542……"

하고 중얼거렸다.

"네, 틀림없습니다."

"감사합니다."

진은 약속대로 관리인에게 보상금을 주었다. 적잖은 돈을 받아든 관리인은 어쩔 줄을 몰라 하다가 안으로 들어가 차나 한잔 마시자고 말했다. 진은 더 좀 알아볼 필요가 있었으므로 관리인을 따라 비탈길을 내려갔다. 내려오면서 그는 손에 든 국화꽃을 자꾸만 들여다보았다.

"그 전에 왔던 묘지 임자도 키가 컸지요?"

"네, 이번에 왔던 사람하고 키는 비슷했습니다."

진은 도쿄에서 자기를 죽이려 했던 자도 키가 컸다고 생각했다. 그자의 암호명은 B였지.

다비드 킴, 암호명 B, 그리고 이번의 코밑수염, 이 세 사람이 모두 키가 크다. 그럴 수도 있는 일이다. 그렇지만 우연의 일치치고는 좀 이상하지 않을까.

진은 하나의 사실을 확인하기 위해 바싹 긴장했다.

"묘지 임자인 김일수 씨하고 이번에 왔던 사람하고 말씨는 어땠습니까?"

"글쎄요. 묘지 임자 되는 사람은 오래 돼 나서 기억이 잘 안 나는데요."

"한번 잘 생각해 보십시오. 서로 비슷한 점이 없는가."

"서로 비슷하다면…… 그럼 그 두 사람이 같은 사람이란 말씀인가요?"

관리인이 놀란 듯이 물었다.

"아니, 꼭 그렇다는 게 아니라 비슷한 점을 찾고 싶어서 그럽니다."

"그러고 보니까 체격 같은 것이 비슷한 것 같기도 하군요."

보상금을 듬뿍 받은 관리인은 어떻게든지 그에게 도움을 주려고 머리를 짜내고 있었다.

진은 품속에서 몽타주 두 장을 꺼냈다. 그것은 지난번 부산에서 X를 살해하고 도 아파트 화장실에서 제비족 하나를 때려죽인 범인의 몽타주였는데 하나는 변장하지 않은 모습을 그린 것이었고 다른 하나는 변장한 모습을 그린 것이었다. 그런데 변장한 모습의 몽타주를 들여다보던 관리인의 눈이 갑자기 커졌다.

"이, 이 사람하고 비슷한 것 같습니다. 코밑수염만 없다뿐이지 서로 비슷한 것 같습니다. 안경을 낀 모습이랄지 머리숱이 많은 거랄지 비슷해요."

진은 신음이 터져 나오려는 것을 가까스로 참았다. 이미 그의 표정은 창백하게 굳어 있었다. 이자가 다비드 킴이다! X를 살해한 놈도, 제비족을 때려죽인 놈도, 도쿄에서 그를 죽이려고 한 놈도 모두가 다비드 킴이다. 암호명 B, 그자가 바로 다비드 킴이다. 그렇다면 그자의 얼굴이 달라진 것은 어떻게 된 노릇인가. 혹시 성형한 게 아닐까. 그렇구나!

진은 입이 굳어져 말이 잘 나오지 않았다. 이제야 모두 알 수 있을 것 같았다.

　김수자 씨의 묘를 찾아올 사람은 그 아들인 다비드 킴밖에 없다. 다비드 킴은 처음 이곳에 왔을 때 콧잔등이 꺼진 모습으로 나타났었다. 다시 말해 그때는 성형하지 않은 본래의 모습으로 이곳에 왔었다.

　그런데 이번에 왔을 때는 성형한 모습으로 나타난 것이다. 그는 자기의 성형한 모습을 감추기 위해 철저히 변장을 하고 나타난 것이다. 한 번 본 적이 있는 관리인조차 그를 못 알아볼 정도였으니 그의 변장이 얼마나 완벽한가는 충분히 짐작할 수 있는 일이다.

　"만일 또 필요하시다면 다음에는 아주 결정적인 것을 알아내겠습니다."

　관리인이 무엇인가 기대하는 듯 한 표정으로 말했다.

　"결정적인 것을 알아내 주시면 정말 고맙겠습니다."

　"두 사람 다 체포해야 될 사람입니까?"

　"네, 그렇습니다."

　두 사람이 같은 인물이라는 사실을 진은 말하지 않았다.

　"그렇다면 흉악범들인가요?"

　"네, 그렇습니다."

　관리인은 목을 움츠렸다. 그러나 이내 그의 조그만 두 눈은 호기심과 기대로 반짝거리기 시작했다.

　"저도 그러면 위험을 각오해야 되겠군요."

　"충분히 보상금을 드리겠습니다."

　"알겠습니다. 다음번에 올 때는 반드시 체포할 수 있도록 해

드리겠습니다."

관리인은 제법 굳게 약속했다.

진은 완전히 S국 출입을 삼가하고 있었다. 5열이 있는 이상 그는 S국에 한 발짝도 들여놓지 않을 생각이었다. 김 반장이 살해된 이후 그는 그런 생각이 더욱 굳어져 있었다. 김 반장도 결국은 S국에 출입했기 때문에 죽은 것이다. 그가 신분을 노출시키지 않고 비밀리에 행동했다면 그렇게 노상에서 살해당하지는 않았을 것이다.

진은 이제부터 그야말로 혼자서 외로운 싸움을 벌이지 않으면 안 된다는 것을 절박하게 느끼고 있었다. 그러나 상대는 혼자 상대하기에는 엄청났다. 혼자 싸운다는 것은 달걀로 바위를 치는 것이나 다름없는 짓이다. 그러나 한 발짝도 물러설 수는 없다. 포기할 수는 절대 없다.

그런데 막상 혼자 싸우려고 하니 행동에 한계가 있었다. 차번호를 가지고 그 주인을 찾아내는 것만 해도 우선 그의 혼자 힘으로는 어려웠다.

그는 생각 끝에 엄 과장을 만나기로 했다. 엄 과장이 5열이라는 생각은 없었지만 그를 만난다는 것은 그만큼 위험한 일이었다. 엄 과장의 움직임 하나하나를 5열이 감시하고 있을 것이기 때문이었다. 따라서 사무실로 직접 그에게 전화를 걸 수도 없었다. 전화도 도청당하고 있을 것이기 때문이다.

그는 우선 엄 과장을 밖으로 불러내는 것이 필요했으므로 특수부로 전화를 걸었다. 그의 전화를 받은 엄 과장은 펄쩍 뛰면서 왜 출근하지 않느냐고 따져 물었다.
"급히 좀 만나야겠습니다."
"좋아. 기다리고 있을 테니까 이리 오시오."
"밖에서 만났으면 합니다."
눈치 빠른 엄 과장은 좋다고 했다.
"스카이 호텔 스카이라운지에서 8시에 만나죠."
스카이 호텔은 25층짜리 매머드 호텔이다. 주로 관광객들이 이용하고 있다. 호텔 맞은편은 1층에서 3층이 모두 다방이다. 다방 전면이 모두 유리로 되어 있어 밖을 바라보면서 차를 마시기에 아주 적합하도록 되어 있다.
진은 7시 30분에 스카이 호텔 맞은편 다방으로 나와 2층 창가에 자리를 잡고 있었다. 커피를 천천히 마시면서 그는 30분 동안 호텔 정문에 시선을 박고 있었다.
엄 과장은 정각 8시에 코티나 신형을 타고 나타났다. 그가 호텔 안으로 들어가고 난 지 10분쯤 지나 진은 자리에서 일어나 카운터로 다가갔다. 그리고 차 값을 지불한 후 스카이라운지로 전화를 걸었다.
"손님 중에 엄인회 씨가 계실 겁니다. 좀 바꿔 주십시오."
조금 후 엄 과장의 부드러운 목소리가 들려왔다.
"전화 바꿨습니다."
진은 조용하게 말했다.
"최 진입니다."
"아, 왜 오지 않는 거요?"
"미행이 있을 것 같아서 못 가고 있습니다. 죄송합니다."

"아, 그렇다면 장소를 바꿉시다."

"8층 5호실에 방을 하나 예약해 뒀습니다. 엘리베이터를 타고 내려오시다가 8층에서 내려 주십시오."

"그럽시다."

엄 과장은 시원스럽게 대답했다.

"엘리베이터를 혼자 타셔야 합니다."

"아, 물론……"

"5분 후에 자리를 뜨십시오."

다방을 나온 진은 급히 호텔로 들어가 프런트에서 방 열쇠를 받은 다음 엘리베이터 속으로 들어갔다.

그가 8층 5호실 문을 열고 들어간 잠시 후 노크 소리가 들려왔다. 문을 열자 엄 과장이 소리 없이 들어왔다.

"안심해도 좋아요. 미행은 없으니까."

엄 과장은 안으로 들어서더니 한동안 방안을 거닐었다. 한참 후 그는 걸음을 멈추고 진을 바라보았다.

"변장을 했군요. 본부에는 왜 안 오는 겁니까? 그동안 무슨 일이 있었나요?"

"앞으로 본부에는 나가지 않을 생각입니다."

"왜? 그만둘 생각인가요?"

"아닙니다. 5열이 있기 때문에 그렇습니다. 실은 여기서 이렇게 만나는 것도 5열의 눈을 피하기 위해서입니다."

"음, 5열 때문이라면 나도 할 말이 없소."

"김 반장님께서 살해당한 마당에 공공연히 얼굴을 드러내놓고 다닐 수는 없습니다. 그래서 저는 가능한 한 독자적으로 행동할까 합니다."

"김 반장이 죽은데 대해서는 나도 할 말이 없소."

그들은 창가로 가서 거리를 내려다보았다.

"과장님께서는 계속 이런 상태에서 일하실 겁니까?"

"글쎄, 그렇지 않아도 생각 중이오."

"특수부도 본부에 있는 한은 기능을 제대로 발휘할 수가 없습니다."

"정말 고민인데……"

"이렇게 하면 어떻겠습니까? 이중 조직을 가지는 겁니다."

"이중 조직이라니?"

"특수부는 그대로 활동하게 본부에 놔두고 밖에 따로 조직을 하나 만드는 겁니다. 특수부에서 선발한 믿을 만한 사람들로 팀을 만들면 됩니다. 그리고 특수부와 유기적인 관계를 유지하면서 활동하는 겁니다."

엄 과장은 한동안 생각해 보다가 고개를 끄덕였다.

"음, 그거 괜찮은 생각인데……"

"이쪽 팀은 5열이 침투할 수 없을 정도로 정말 믿을 만한 사람들로 구성해야 합니다. 그래야 완벽하게 수사를 해나갈 수가 있습니다."

"그래야겠지."

"현재 특수부는 믿을 만합니까?"

"내 명령이면 목숨을 내놓을 사람이 몇 명 되지요."

"그 나머지는 어떻습니까?"

"모두 우수한 요원들이지요. 기능면에서 우수한 사람들입니다. 그러나 요원들이 5열의 조종을 받고 있지 않다고 장담할 수는 없어요."

"그런데 특수부 사람들로 따로 팀을 만들 경우 문제되는 게 있습니다."

"뭔가요?"

"모두 5열에게 얼굴이 알려져 있기 때문에 활동에 제약을 받고 방해까지 받을지도 모릅니다."

"음, 그렇겠군."

"이렇게 하면 어떻겠습니까?"

"어떻게?"

"다른 방법인데…… 5열에게 전혀 알려지지 않은 인물들로 팀을 구성하는 겁니다."

"좋기는 한데 그런 사람들이 있을까요? 이 위험한 일에 뛰어들어 일할 수 있는 사람들이 있을까요? 용기도 있고 신념도 있어야 할 텐데……"

그들은 소파로 다가와 앉았다. 엄 과장이 내미는 담배를 진은 받아 피웠다.

"증오심에 불타고 있는 사람들이 몇 명 있습니다."

"증오심이라니요?"

"김 반장의 죽음을 가장 슬퍼하는 사람들입니다. 그 사람들은 김 반장을 살해한 놈들을 증오하고 있습니다."

엄 과장의 눈이 빛났다.

"그 사람들은 누굽니까?"

"김 반장님과 생전에 친하게 지냈던 늙은 형사들입니다."

진은 엄 과장의 반응을 살폈다. 엄 과장은 얼른 반응을 보이지 않았다.

"저는 장례식 때 그들이 우는 것을 보았습니다. 장례식 때 울던 사람은 유족들과 그들뿐이었습니다. 그들은 진정으로 애통해 하고 있었습니다. 그들이야말로 김 반장님의 복수를 위해 앞장서서 싸울 수 있는 사람들입니다. 그들은 지금 증오심에 불타고 있을 겁니다."

"그들은 대개 몇 살이나 되었죠?"

"거의가 김 반장과 비슷한 50대입니다. 경찰에 투신하여 반평생을 보낸 사람들이기 때문에 국내 지리에도 밝고 뒷골목 수사에 유능합니다. 그리고 감각이 날카롭게 발달되어 있는 사람들입니다."

엄 과장은 한동안 입을 다문 채 깊이 침묵했다. 그는 이 제의를 단독으로 결정하기가 난처한 모양이었다. 이윽고 그는

"이 문제는 상부와 협의한 후에 결정하도록 합시다."

하고 말했다. 진은 펄쩍 뛰었다.

"그건 안 됩니다. 이 문제는 과장님 단독으로 결정하시고 비밀을 지키셔야 합니다. 그렇지 않으면 5열이 또 침투합니다. 지금 어떤 결정을 하시지 않으면 우리는 큰 위험에 부닥치게 됩니다. 이걸 보십시오."

그는 일본에서 수집해 온 정보 자료를 꺼내 탁자 위에 늘어놓고 허일욱과 아낭의 무기 거래 내막을 설명했다. 자료를 검토하고 난 엄 과장은 창백하게 질리면서 그를 똑바로 쏘아보았다.

"왜 나한테 보고 안했죠?"

"죄송합니다. 사실은 저는 아무도 믿고 싶지 않았습니다. 과장님까지도 믿을 수가 없었습니다."

엄 과장은 시선을 떨어뜨렸다.

"이 비밀을 알고 있는 사람이 누구죠?"

"KIA국장밖에 없습니다. KIA국장님한테는 보고를 드렸습니다."

엄 과장이 탁자를 두드렸다.

"이건 보통 일이 아니오. 만일 이것이 실현된다면 전쟁이 일어날 거요."

"알고 있습니다."

진은 고개를 끄덕거렸다.

"이건 더 깊은 흑막이 있는 것 같은데…… 놈들이 남쪽의 Z를 지원하면서 동시에 북쪽에 무기를 팔려고 하는 이유는 뭘까? 생각해 봤소?"

"생각해 봤지만 모르겠습니다."

"으음……"

다시 무거운 침묵이 흘렀다. 그 침묵을 깨고 엄 과장이 단안을 내렸다.

"그렇게 하도록 합시다. 특수부 외에 비밀 조직을 따로 만듭시다."

"퇴직한 형사들 중에도 몇 사람 있을 겁니다. 김 반장의 친구 중에 말입니다."

"그밖에 다른 기관에서도 믿을 만한 사람들을 찾아보도록 합시다."

진이 개인 사무실 전화번호와 암호명을 알려주자 엄 과장은 더욱 놀라는 눈치였다.

그들은 이야기 도중에 텔레비전을 켰다. 국민투표 개표상황이 방송되고 있었다. 결과는 헌법 개정 찬성 쪽으로 기울어지고 있었다.

"이제 싸움은 본격적이 되겠군."

엄 과장이 중얼거렸다.

"만일 Z쪽 인물이 당선되면 어떻게 하죠?"

"당선된 뒤에는 할 수 없죠. 그러니까 그 전에 막아야죠."

그들은 텔레비전을 끄고 맥주를 마셨다.

"다비드 킴이란 놈이 김 반장을 살해했을까?"

엄 과장이 잔을 건네면서 물었다. 진은 고개를 저었다.

"그건 다비드 킴의 솜씨가 아닙니다."

"그럼?"

"다른 자들의 소행이겠죠. 몽둥이로 때리고 칼로 찌른 것으로 보아 한 놈의 짓이 아닙니다."

"그자들은 누군가요?"

"역시 Z의 부하들이겠죠. 다비드 킴은 칼이나 몽둥이를 사용하지 않습니다. 그는 보다 전문적이기 때문에 급소를 치거나 총을 사용합니다. B는 그런 면에서 살인 방법이 깨끗하다고 볼 수 있죠."

"B라니? 다비드 킴이란 말인가요?"

"네, 그렇습니다. 여러 가지 점으로 보아 다비드 킴의 암호는 B입니다."

"B는 무슨 머리글자요?"

"그건 아직 모르겠습니다."

"으음…… 어떻게 해서 다비드 킴이라는 걸 알았죠?"

진은 그동안 조사한 내용을 상세히 설명했다. 그의 이야기를 듣고 난 엄 과장은 감탄하는 빛을 보였다.

"그놈이 그렇게 변장하고 성형수술까지 하고 다닐 줄을 몰랐지. 그렇지만 그놈이 꼭 성형했다고 볼 수는 없지 않을까요? 확인하기 전에는 말이오. 그건 어디까지나 추정이 아닌가요?"

"확인이 필요하겠지요. 국내의 유명한 성형외과를 조사해보면 드러날 겁니다. B가 도쿄에서 저를 죽이려고 한 걸 보면 일본에서 성형수술을 했는지도 모르지요. 도쿄의 모오리 형사한테도 부탁을 해보겠습니다."

"그게 좋겠군."

진은 호주머니에서 메모지를 꺼내들었다.

"이건 그자가 공원묘지에 타고 온 자동차 넘버입니다."

"그건 즉시 알아볼 수 있어요."

엄 과장은 수화기를 집어 들더니 직통으로 부른 다음 서울시경으로 다이얼을 돌렸다. S국이라고 하자 상대방은 몹시 놀라는 것 같았다.

"서울 A—1542…… 즉시 알아봐 주시오."

이쪽 전화번호를 알려준 다음 엄 과장이 수화기를 내려놓자 10분도 못되어 전화벨이 울렸다.

"그런 넘버는 없습니다."

전화 저쪽에서 경찰이 말했다.

고독한 투혼 · 291

"가짜란 말인가요?"

엄 과장이 큰소리로 물었다.

"그, 그렇습니다."

"그럼 즉시 그 차를 수배하시오! 살인범이 타고 있으니까 발견 즉시 체포하시오! 사정이 여의치 않으면 사살해도 좋아요!"

"알겠습니다."

"결과를 곧 통보하시오."

"네네……"

전화를 끊고 난 엄 과장은 급히 몇 군데 더 전화를 걸었다. KIA, 각 군 정보대 및 그 밖의 군소 수사기관에 협조를 요청하는 전화였다.

전국의 차도에 비상망이 퍼진 것은 그로부터 한 시간도 채 못돼서였다. 그러나 진은 엄 과장의 이러한 수사 방법에 내심 찬성하지 않았다. 이렇게 많은 사람이 알게 되면 틀림없이 5열의 귀에도 정보가 새어나갈 것이기 때문이었다.

그들은 개표 실황을 보려고 다시 텔레비전을 켰다.

그런데 화면에는 이미 대통령 후보 출마 예정자의 얼굴들이 소개되고 있었다. 그중 집권당 후보인 장연기와 대동회 위원장인 이창성의 얼굴이 가장 크게 클로즈업되고 있었다.

아나운서는 이창성의 말을 인용, 개표가 끝나는 대로 대동회는 정당 등록을 할 것이며 이창성은 대통령 후보로 출마, 장연기와 함께 가장 강력한 후보가 될 것이라고 말하고 있었다.

"출마 예정자들 가운데 두 사람 외에 또 강력한 후보는 없습니까?"

진이 물었다.

"없어요. 두 사람이 라이벌이 될 거요."

"그리고 앞으로는 KIA국장과도 긴밀한 연락을 취해야 하지 않을까요?"

"아, 물론이지요."

"일본 당국과도 이 문제를 놓고 모종의 협의가 있어야 되지 않겠습니까?"

"있어야 되겠지요. 일본 당국이 잘 협조해 주어야 할 텐데…… 그들도 일을 집행하는데 있어서 애로가 많은 모양입니다. 무엇보다도 군국주의자들 때문에……"

헤어지기 전에 진은 엄 과장에게 특별히 부탁했다.

"수배된 자동차가 발견되면 저한테 좀 알려주십시오. 제 손으로 놈을 잡고 싶습니다."

다비드 킴이 그렇게 쉽게 걸려들 리는 없겠지만 진은 혹시나 해서 그렇게 말했다. 엄 과장은 집념이 강한 그를 물끄러미 바라보다가 고개를 끄덕였다.

엄 과장과 헤어져 개인 사무실로 돌아온 진은 도쿄 경시청으로 전화를 걸었다. 모오리 형사는 자리에 없었다. 들어오는 대로 전화를 해줄 것을 부탁하고 기다리고 있는데 엄 과장으로부터 전화가 걸려왔다.

"그 차가 발견됐어요! 지금 요원들을 잠복시켜 놨으니까 나타나기만 하면 체포될 거요."

진은 위치를 알아낸 다음 즉시 그곳으로 달려갔다.

그곳은 어느 주차장이었다. 그 주차장을 중심으로 보이지 않는 감시의 눈들이 이중삼중으로 포위망을 구축하고 있었다. 아무리 대담하고 민첩한 다비드 킴이라 해도 한번 걸려들기만 하면 빠져나갈 수 없을 것 같았다.

그 주차장은 어느 빌딩의 뒤편 빈터에 자리 잡고 있었다. 서울 A—1542 크라운 승용차는 몇 대밖에 남아 있지 않은 다른 차들 속에 끼어 있었다.

주차장 관리실에 2명, 자동차 속에 2명, 빌딩의 창가에 5명, 주차장으로 나가는 후문 쪽에 2명, 주차장 입구 길가에 2명, 주차장 저쪽 낮은 담 너머에 4명, 주차장 출입구를 중심으로 20미터 거리 좌우에 각각 5명, 빌딩 맞은편 보도 위에 2명, 도합 29명이 다비드 킴이 나타나기를 기다리며 발을 구르고 있었다.

진은 엄 과장과 함께 빌딩의 창가에 붙어 서서 1시간 동안 기다리다가 포기하고 사무실로 돌아왔다. 다비드 킴이 이미 냄새를 맡았을 것이라고 그는 생각하고 있었다.

"일본에서 전화 왔었어요. 무슨 말인지는 모르겠어요."

재수생이 안으로 들어서는 그를 보고 말했다. 진은 급히 전화통 앞으로 다가앉았다.

모오리 형사가 기다리고 있었다는 듯 전화를 받았다. 진은 급히 용건을 말했다.

"다비드 킴이란 자가 콧잔등을 수술한 것 같습니다. 도쿄에서 저를 죽이려고 했던 자가 그자인 것 같은데 아직 단정을 내릴 수는 없습니다. 병원을 좀 찾아주시겠습니까?"

모오리는 쾌히 응낙했다.

"그거야 어렵지 않아요. 헌데 일본에서 성형수술한 게 확실

하나요?"

"확실히 알 수는 없습니다. 다만 가능성이 있을 뿐입니다."

"알겠소. 알아보지요. 그리고 참, 우리도 본격적으로 수사에 착수할 것 같습니다. 지금까지의 일을 상부에 보고했더니 간부회의가 열리고 야단들이오. 잘하면 난 일 계급 특진될 것 같은데, 하하……"

모오리 형사의 웃음소리가 걸쭉하게 들려왔다.

"도미에는 어떻게 지내고 있습니까?"

"계속 아낭을 만나고 있는 모양이에요."

전화를 걸고 난 진은 트랜지스터 라디오를 켜놓고 개표상황에 귀를 기울였다. 들어볼 필요도 없이 개헌안은 압도적인 지지를 얻고 있었다.

이날 밤 전 국민은 숨소리를 죽인 채 개헌안이 통과되는 순간을 기다리고 있었다.

개표가 끝난 것은 이튿날, 그러니까 10월 1일 오전 5시 경이었다. 예상했던대로 85%라는 수가 개헌안에 찬성표를 던지고 있었다.

이날 아침 9시가 좀 못되어 택시 한 대가 미아리 쪽에 자리 잡은 KIA본부를 나와 시내 쪽으로 쏜살같이 달려갔다. 창경원 앞에서 이를 발견한 경찰 패트롤카가 사이렌을 울리며 택시를 뒤쫓았다. 그러나 택시는 멈추려고 하지도 않은 채 더욱 과속으로 질주했다.

도주하는 택시와 이를 뒤쫓는 패트롤카의 사이렌 소리로 시내를 관통해서 신촌에 이르는 대로가 한 때 교통 혼잡을 빚고 시끄러웠다.

정작 택시가 패트롤카에 붙잡힌 것은 제2한강교 위에서였다. 무전 연락을 받은 검문소에서 경찰과 헌병이 뛰어나와 철책 바리케이드를 쳐두었기 때문이다.

택시에는 세 사람이 타고 있었다. 잠바 차림의 운전사와 그 옆의 신사복 차림의 젊은 사내, 그리고 뒷자리의 늙은 신사, 이렇게 세 사람이었다. 뒷자리의 노신사는 턱이 온통 수염으로 덮인 데다 선글라스를 끼고 있어서 얼굴을 알아볼 수가 없었다.

패트롤카에서 뛰어내린 경찰 두 명이 난폭한 택시 운전사를 혼내주려고 차에서 그를 끌어내렸다. 그리고 면허증을 요구했지만 운전사는 그대로 버티고만 있었다. 운전석 옆자리에 앉아 있던 젊은 신사가 밖으로 나와 경찰을 한쪽으로 부른 다음 호주머니에서 무엇인가를 꺼내보였다. 그것을 본 경찰은 금방 창백해지더니, 몰려 있는 차들을 헤치고 즉시 택시를 통과시켜 주었다. 그리고 뒷좌석에 앉아 있는 노신사를 향해 허둥지둥 거수경례를 했다.

택시는 김포가도를 쏜살같이 달려갔다. 이윽고 김포공항에 닿자 노신사는 급히 귀빈실로 들어갔고, 그 뒤를 서류 가방을 든 젊은 신사가 급히 따라갔다.

귀빈실을 나올 때 노신사는 40대의 얼굴로 돌아가 있었다. 턱수염도 없었고 선글라스도 벗고 있었다. 그 대신 검은 테의 평범한 안경만 끼고 있었다. 바로 KIA국장이었다.

통과 절차도 없이 밖으로 나온 K국장과 비서는 대기해 있는 차를 타고 급히 비행기 쪽으로 달려갔다. 활주로 위에는 9시 30분 발 도쿄 행 KAL B747기가 둔중한 신음 소리를 내면서 막 출발할 준비를 차리고 있었다.

야마모도 방위국장은 한국에서 온 KIA국장을 배웅하고 난 즉시 비서를 불렀다.
"5시에 비상 간부회의를 열 수 있도록 준비하게!"
격앙된 어조로 지시를 내리는 국장을 보자 비서는 직감적으로 큰 일이 터졌구나 하고 생각했다.
연락을 받은 방위국 간부들은 5시 5분 전에 회의실에 전부 출두하여 국장이 나타나기를 기다렸다.
국장은 5시 정각에 회의실에 들어와 상좌에 무겁게 몸을 내려놓았다. 자리에 앉고서도 그는 한동안 입을 열지 않고 있었다. 그래서 회의실 안은 기침소리 하나 없이 무거운 침묵만이 내려 덮여 있었다.
한참 후 야마모도 국장은 파이프에 불을 붙인 다음 천천히 입을 열었다.
"여러분들이 잘 알고 있다시피 우리 국내법은 관계기관의 허락 없이 국외로 무기를 반출하는 것을 금지하고 있습니다. 이것은 우리 헌법이 평화에 그 기초를 두고 있기 때문입니다. 우리 헌법은 평화를 위협하는 그 어떠한 것도 용납하지 않고 있습니다. 그런데 최근 수년 사이에 우리 헌법의 존립을 위협하는 사태가 계속 일어나고 있습니다.
국외적으로는 소련과 중공의 군사력 강화가 큰 위협이 되고 있습니다. 그래서 우리는 재무장을 했습니다. 우리의 재무장은 침략이 목적이 아니라 바로 평화, 구체적으로 말한다면 우리 일본을 방위하기 위한 것입니다. 그런데 국내의 군국주의자들은 이것을 이용해서 그들의 세력을 키워나가고 있습니다. 그들은 정부기관에도 상당히 침투해 있는 것으로 아는데, 시기가 오면 제거되어야 할 것입니다.

우리가 현재 국내적으로 신경을 써야 할 대상은 바로 이들 군국주의자들입니다. 그런데 이들의 자금원으로 알려져 있는 대륙산업 회장인 아낭 기사꾸가 얼마 전 북한의 무기 전문가와 파리에서 만난데 이어 그 자를 도쿄로 초대했습니다. 그가 만난 이유는 무기 거래를 하기 위해섭니다. 그 자료를 나는 확보해 놓고 있습니다."

야마모도는 가죽으로 덮인 서류철을 손바닥으로 두 번 두드렸다.

"물어볼 것도 없이 무기가 북한으로 흘러 들어가면 한국전쟁이 재발하는 것은 당연한 이칩니다. 분쟁지역에 무기를 팔아먹는다는 것은 불난 집에 부채질을 하는 것이나 다름없습니다. 북한이 일본에서 무기를 사들여 전쟁을 일으켰다는 사실이 알려지면 우리 일본의 국제적 위신은 크게 실추될 것이고 한국은 국교단절도 불사할 것입니다. 뿐만 아니라 한국전쟁이 재발할 경우, 우리 일본이 군국주의자들의 손으로 넘어가는 것은 필연적인 귀결입니다. 그렇게 되면 일본은 과거로 돌아가 다시금 침략전쟁에 휩쓸리게 될 것입니다.

군국주의자들의 철학은 오로지 자국의 방위와 평화가 아니라 침략, 바로 그것입니다. 우리는 그들이 더 이상 발광하도록 내버려 둬서는 안 됩니다.

잘 아시겠지만 아낭은 현재 굴지의 재벌인데다 정치적으로 영향력이 큰 인물입니다. 따라서 그에 대한 수사는 극비로 하지 않으면 안 되고, 우리 방위국의 운명이 걸려 있는 중대사가 아닐 수 없습니다. 먼저 우리는 당장 목전에 다가온 무기 거래를 중지시켜야 합니다. 그러기 위해서 지금부터 당장 아낭과 그 일당의 동태를 감시해주기 바랍니다. 이를 위해 강력반(强力班)을 편성해 주기 바랍니다."

여기저기서 수군거리는 소리가 일어나기 시작했다. 야마모도 국장은 잠시 간부들을 바라본 다음 다시 입을 열었다.

"아낭은 이번에 있게 될 한국의 대통령 선거에 영향력을 끼치려고 획책하고 있습니다. 많은 자금이 흘러들어가고 있다는 정보가 들어왔습니다. 그것이 사실이라면 일종의 간접적인 침략이 아닐 수 없습니다. 외국의 대통령 선거에 영향력을 끼치려 한다는 것은 바로 정치적 영향력을 노리고 있다는 뜻이 됩니다. 아직 음모의 전부를 확실히 알 수는 없지만 하여튼 사실이 밝혀지는 대로 척결하지 않을 수 없다는 것을 명심해 주기 바랍니다. 자세한 것은 한국에서 사람이 오도록 되어 있으니까 그때 가서 일러 주겠습니다."

천정에 매달린 전등의 불빛을 받아 야마모도 국장의 대머리가 번들거렸다. 그의 불독처럼 생긴 얼굴이 더욱 험하게 일그러지고 있었다.

"아낭의 뒤에 참의원 의원인 요시다 마사하루가 있다는 것을 참고해 주기 바랍니다. 아낭의 돈줄을 이용하고 있는 사람이 바로 요시다 의원입니다. 다 알고 있다시피 요시다는 혁신 그룹의 리더로서 군국일본을 주장해온 정치적 영향력이 큰 인물입니다. 따라서 야심만만한 정치가 요시다와 재계의 거물인 아낭이 손을 잡았을 경우 무슨 일이나 해낼 수 있다는 것은 삼척동자도 알 수 있는 일입니다. 불행히도 내가 지금 확보하고 있는 정보에 의하면 그들 일행은 그 힘을 좋지 않은 일에 쏟고 있는 것 같습니다. 이제 수사를 하는데 있어서 특히 유의해 두어야 할 점은 상대가 거물들이라는 사실입니다. 수사를 극비로 하지 않으면 우리가 그들에게 먹히고 맙니다. 따라서 확실한 증거 수집에 총력을 기울이되 절대 극비로 해 주시기 바랍니다. 또 하나, 수사에 도움이 될 인물이 한사람 있습니다.”

야마모도 국장이 탁자 앞의 벨을 누르자 검은 얼굴에 입술이 두터운 사나이가 눈을 굴리며 들어왔다.

“경시청의 모오리 형사를 소개합니다.”

모오리 형사가 고개를 꾸벅한 다음 자리에 앉자 야마모도는 그에게 부하 직원들을 한 사람씩 소개했다.

“제일 먼저 정보를 제공해 온 분입니다. 앞으로 모오리 형사는 우리 강력반에서 특별 요원으로 함께 뛰게 될 것입니다.”

모오리 형사가 조금 당황한 기색을 보이자 야마모도 국장은 그의 어깨를 툭툭 두드려주었다.

“경시청장한테 이미 사전에 양해를 구해뒀으니까 염려할 필요 없어요.”

모오리는 이거 잘못 걸려들었다고 생각하면서 담배를 꺼내 물었다.

"모오리 형사는 가장 많은 정보를 가지고 있고 훌륭한 정보망도 가지고 있습니다. 그러니까 여러분들은 모오리 형사의 도움을 많이 받아야 할 겁니다. 모오리 형사, 지금 당장 착수해야 될 일이란 뭐죠?"

모오리는 머뭇거리다가 결심한 듯 주머니에서 봉투를 꺼냈다. 그리고 봉투 속에 든 것들을 탁자 위에 펴놓았다.

"바로 이자를 찾는 일입니다. 다비드 킴이라는 미국명을 가진 자인데 국제적인 킬러로 현재 한국 측 보스에게 고용되어 있는 걸로 알고 있습니다. 이것이 이자의 본래 모습인데 성형을 해서 이 몽타주로 변한 것 같습니다. 한국 정보기관이 우리에게 요구하고 있는 것은 이자가 일본에서 성형했는가 하는 사실을 조사해 달라는 겁니다."

한편 만 하루가 지나도록 서울 Ａ―1542호 크라운 승용차는 주차장에 그대로 방치되어 있었다. 그때까지도 수사요원들은 주차장을 포위하고 있었다.

이때 다비드 킴은 호텔에 틀어박혀 있었다. Z로부터 최 진을 제거하라는 지시를 받은 바 있지만 상대가 어디에 있는지 알 수 없었기 때문에 그는 Z의 연락을 기다리면서 호텔에서 대기하고 있었다. 그러나 Z로부터는 좀처럼 전화가 걸려오지 않았다.

이미 날은 어두워지고 있었다. 창가에 앉아 불빛이 하나둘 반짝이기 시작하는 거리를 바라보던 그는 7시에 맞추어 텔레비전을 켰다. 막 뉴스가 시작되고 있었다.

뉴스의 초점은 모두 12월 20일로 확정된 대통령 선거일과 대동회의 정당 등록, 그리고 대통령 후보 출마자들에 대한 것들이었다. 뉴스를 통해서 전국이 몹시 술렁이고 있는 것이 그대로 느껴졌다.

그는 대통령 후보로 출마한 대동회 위원장 이창성을 무표정하게 바라보았다. 이창성은 기자와의 인터뷰에서 현 집권당을 신랄히 비난하면서
  ①10년 내 남북통일.
  ②4대국 보장 하의 영세중립국.
  ③사회주의 경제체제 등 3대 강령을 내걸고 있었다.

실현 가능성이야 어떻든 폭탄 같은 선언임에 틀림없었다. 인터뷰하는 기자까지도 흥분하고 있는 것으로 보아 회오리바람을 일으킬 것이 분명했다. 다비드 킴에게는 그 어떤 것도 흥미가 없었다. 그는 누가 집권하든 그런 것에는 관심이 없었다. Z가 계획하고 있는 일이 무엇인지 대강 알고는 있었지만 그것은 Z의 일이었고 그의 일은 아니었다. 그는 다만 Z의 지시에 따라 그것을 수행한 다음 보수를 받으면 그만이었다. 그리고 일이 끝나면 평생 호화롭게 살 수 있는 돈을 가지고 그리운 아프리카로 떠나는 것이다. 태양이 작열하는 아프리카의 하얀 모래밭에서 금발의 프랑스 미녀와 벌거벗고 뒹구는 장면이 텔레비전 화면 위에 포개진다. 그는 여자의 물에 젖은 머리를 휘어잡고 입술에 키스를 퍼붓는다. 푸른 바다의 출렁이는 물결소리만이 귀를 간질이고 있다. 그는 여자를 죽일 듯이 눌러버린다. 여자의 높다란 비명이 쾌적하게 주위를 울린다.

그는 손을 뻗어 신경질적으로 텔레비전을 껐다. Z와는 의형제를 맺은 바 있다. Z의 일방적인 제의로 맺은 것이지만 그는 소중하게 그것을 생각했었다. 그러나 지금 와서는 그러한 생각이 부질없는 것처럼 여겨진다. 그 근본적인 이유는 두 사람이 추구하는 목표와 개성이 다른 데서 오는 것임을 그는 요즘 와서야 깨닫고 있다. 정치적 야심가와 직업적인 킬러가 영원한 형제애로 굳게 뭉친다는 것은 불가능 한 일이다. Z는 정치적 목표를 달성하기 위해 잠시 그를 이용하고 있는 것이고 그는 돈이 필요하기 때문에 Z의 요구에 응하고 있는 것이다. 이렇게 생각하는 것이 솔직하고 정직한 생각인 것이다. 서로 상대가 필요하기 때문에 의형제를 맺은 것이고 따라서 그 필요가 없어지면 그 관계도 사라지는 것이다. 거기에 연연하다 보면 연연한 쪽만 손해 보기 마련이다.

직업적으로 사람을 죽이는 킬러라고 하지만 그래도 다비드 킴은 삶의 고통을 알았고 그래서 자신의 인생을 사랑해 보려는 소박한 생각을 가지고 있었다. 그러나 Z는 그렇지가 않은 것 같았다. 그는 인생 따위는 한 번도 생각해 보지 않고 오직 정치적 야심만을 달성하려고 노력하는 사람 같았다.

다비드 킴은 벌떡 일어나 방안을 거닐었다. 여자를 하나 부를까도 생각해 보았지만 될수록 얼굴을 드러내지 않는 것이 좋을 것 같아 그대로 참기로 했다.

그는 필요상 두 개의 호텔에 숙박을 정하고 있었다. 하나는 펠리스 호텔로 거기에는 금발의 미국인으로 출입하고 있었고 다른 호텔, 즉 콘티넨탈 호텔에서는 재일교포로 행세하고 있었다. 이것은 만일의 경우 도피처를 확보해 놓기 위해서였다. 따라서 양쪽 숙박카드에는 제각기 다른 이름이 기재되어 있었다. 즉 펠리스 호텔에는 "Edward B"로, 그리고 콘티넨탈 호텔에는 "김용호"로 등록이 되어 있었다.

지금 그는 콘티넨탈 호텔에 들어 있었다. 그가 거기 있는 것을 알고 있는 사람은 Z뿐이었다. 거기서 크라운을 주차시켜 놓은 주차장까지의 거리는 1백 미터쯤 되었다.

그는 답답한 기분을 풀기도 할 겸 밤거리를 한번 드라이브하고 싶었다. 드라이브하다가 적당한 곳에서 멋진 저녁식사나 해야겠다고 생각하면서 그는 스포티하게 옷을 차려입은 다음 침대 밑에 쑤셔박아두었던 슈트케이스를 꺼냈다. 그것은 그가 어디를 가나 들고 다니는 가방으로 그 속에는 변장에 필요한 갖가지 도구와 무기가 들어 있었다.

전화벨이 울린 것은 그가 막 밖으로 나가려고 할 때였다. 그리고 그것이 얼마나 아슬아슬한 순간에 걸려온 전화였는가를 알게 된 것은 Z의 말을 듣고 나서였다.

"신분을 노출하고 다니다니, 왜 그런 실수를 하는 거야?"

Z는 다짜고짜 노한 음성으로 물었다. 그때까지도 잘 납득이 가지 않는 다비드 킴은 가만히 침묵을 지켰다.

"크라운이 걸렸어. 지금 주차장에는 어제부터 수사요원들이 진을 치고 있어. 도대체 왜 그렇게 실수를 하는 거지?"

다비드 킴은 심장이 멎는 것 같은 충격을 느꼈다. 그가 뭐라고 말할 사이도 없이 다시 Z의 목소리가 수화기를 울렸다.

"최 진이란 놈은 어떻게 됐어?"

"아직 만나지를 못했습니다. S국에는 출입하지 않는 것 같습니다. 있는 장소를 알면 되겠는데 도대체 알 수가 없습니다."

"집에 가보지 않았나?"

"집에도 가봤지만 거기도 없었습니다."

"알아봐서 연락할 테니 기다려! 그리고 변장을 바꿀 필요가 있어. 몽타주가 이미 많이 깔렸어."

"어느 쪽 말입니까?"

"여기 들어온 몽타주를 보면 검은 머리에 안경, 그리고 코밑에 수염을 달고 있어."

"알겠습니다."

"그리고 그곳을 나와 즉시 킹 호텔로 옮겨. 603호실이다."

"알겠습니다."

"이쪽 연락처를 바꾼다. 긴급을 요하는 일이 있을 때는 10—7070으로 전화해서 암호만 대. 코로나 한 대를 새로 준비해 두었으니까 언제든지 사용하도록 해."

"신분증이 필요합니다. 한국인으로 행동할 수 있는……"

"증명사진을 몇 장 찍어서 사서함에 갖다 놔."

다비드 킴은 처음으로 초조한 것을 느꼈다. 어떻게 해서 크라운 차가 수사망에 걸려들었을까. 한참만에야 그는 공원묘지의 관리인이 생각났다.

공원묘지를 찾아간 것이 큰 미스였다. 그런데 그 관리인이 처음부터 이쪽을 이상하게 생각했을 리는 없다. 아마도 수사의 손길이 거기까지 미쳤을 것이다. 어머니의 묘지를 찾아낼 정도의 수사요원이라면 만만하게 볼 놈이 아니다. 누굴까, 최 진일까.

다비드 킴은 가슴이 부푸는 것을 느꼈다. 이미 이 호텔에까지 수사망이 뻗쳤을지도 모른다고 생각하자 그는 섣불리 나가고 싶지가 않았다.

짐을 챙긴 그는 방세에다 팁을 합쳐 테이블 위에 올려놓은 다음 복도로 나가보았다. 복도에는 아무도 보이지 않았다. 안으로 문을 잠그고 난 그는 급히 화장실로 들어가 변장을 고쳤다. 5분쯤 지나 금발의 미국인으로 변신한 그는 엘리베이터를 타고 위층 꼭대기까지 올라갔다가 다시 내려왔다. 9층에서 그가 기대했던 외국인 한 명이 엘리베이터 속으로 들어왔는데 GI로 보이는 흑인 청년이었다. 그가 흑인을 향해 미소하자 흑인도 흰 이를 드러내며 웃었다.

"미군인가?"

"그렇다."

"당신은 꼭 시드니 포이티에를 닮았는데……"

"정말?"

흑인 GI는 기분이 좋은지 휘파람을 불었다. 잠깐 동안이었지만 그들은 친구처럼 가까워졌다.

엘리베이터를 내린 다비드 킴은 흑인 옆으로 바싹 붙어 서서 프런트 앞을 지나쳐갔다. 프런트 계원이 그를 체크하려다가 흑인이 다가오자 시선을 돌렸다. 조금 후 흑인으로부터 동행이 아닌 것을 알자 계원은 출입구 쪽으로 뛰어나가 금발을 찾았다. 그러나 금발의 외국인은 눈 깜짝할 사이에 어디로 사라졌는지 보이지가 않았다. 계원은 금발이 몇 호실 손님인지 알아보려고 했지만 쉽게 알아낼 수가 없었다.

가방을 들고 감쪽같이 사라진 것으로 보아 숙박료를 떼어먹고 도망친 것이 분명했다. 외국인 가운데 그러한 자들이 가끔씩 있었다. 4백 개나 되는 객실을 일일이 체크하려면 꽤 시간이 걸릴 것이다. 더구나 외출한 손님들이 많을 것이고 보면 그 금발이 몇 호실 손님인지 알아내는 것은 쉬운 일이 아니다. 빌어먹을, 애 먹겠는데. 계원은 투덜거리면서 수화기를 집어 들었다.

한편 골목을 빠져나온 다비드 킴은 택시를 타고 임페리얼이 있는 주차장으로 향했다.

그가 임페리얼 승용차를 몰고 주차장을 빠져나온 것은 8시가 조금 지나서였다. 일단 시내를 빠져나온 그는 금강 공원묘지를 향해 미친 듯이 차를 몰아갔다.

곧게 뻗은 아스팔트 길 위로 두 줄기 강렬한 헤드라이트가 쭉쭉 뻗어나갔다. 스피드가 가져다주는 쾌적한 드릴을 맛보면서 그는 계기판에서 라이터 플럭을 뽑아 입에 물고 있는 담배에 불을 붙였다.

보통 한 시간 거리를 그는 30분 만에 주파했다. 멀리 공원묘지의 불빛이 보이자 그는 라이트와 엔진을 껐다. 그리고 빠른 솜씨로 변장을 고쳤다. 수사기관에 알려진 변장 즉 검은 머리에 안경을 끼고 코밑수염을 단 모습으로 변장하고 난 그는 이윽고 라이트를 끈 채 차를 묘지 입구까지 몰고 가 정차시켰다.

묘지는 정적 속에 잠겨 있었다.

차에서 내린 그는 소리 없이 묘지의 관리실로 다가갔다. 창문을 통해 관리실 직원이 소파에 앉아 텔레비전을 보고 있는 모습이 보였다.

그가 문을 밀고 들어가자 직원이 뒤를 돌아보았다. 벌떡 일어선 직원이 소리치기도 전에 그의 억센 손이 상대의 목을 움켜쥐었다.

직원은 그 손을 뿌리치려고 해보았지만 그럴수록 목은 억세게 죄어들기만 했다. 숨이 막힌 직원은 혀를 빼물면서 무릎을 꺾었다.

"조용히 해! 떠들면 죽여 버린다!"

안개에 싸인 듯 뿌우옇게 흐려진 사나이의 두 눈을 보자 직원은 전율했다. 일찍이 그렇게 무서운 눈을 본 적이 없었다.

다비드 킴은 목을 움켜쥔 손을 풀고 대신 멱살을 휘어잡았다. 그리고 다른 손으로 불을 껐다.

"사, 살려 주십시오!"

직원은 캑캑거리면서 애걸했다.

"누가 왔었지? 누가 나에 관해서 묻던가?"

"어, 어떤 젊은 사람이었습니다."

다비드 킴은 불을 켠 다음 최 진의 사진을 꺼내보였다.

"이 사람이 왔었나?"

"네, 바로 그 사람이 왔었습니다."

다비드 킴은 다시 불을 껐다.

"저기, 산소에 찾아왔던 사람에 대해서 물었습니다."

"그래서 내 모습을 설명해 주었나?"

"아, 아닙니다. 그, 그럴 리가……"

다비드 킴의 주먹이 직원의 얼굴을 후려쳤다. 입을 얻어맞은 직원은 부러진 이빨 조각들을 입 속에 담은 채 우물거렸다.

"바른 대로 말하지 않으면 눈깔을 뽑아버리겠다. 그자한테 무슨 말을 했나?"

"새…… 생긴 모습하고…… 자동차 번호하고……"

"또?"

"처음 왔던 코가 납작한 분에 대해서도 알려주었습니다. 죽을죄를 졌습니다. 용서해 주십시오. 저, 저는 처자식이 있는 몸입니다. 마, 마누라는 병원에 입원해 있고……"

"내가 나타나면 그자한테 즉시 연락해 주기로 돼 있지?"

"사, 살려주십시오."

"연락처를 말해 봐."

"집 전화번호밖에 모릅니다."

다비드 킴이 불을 켜주자 직원은 서랍에서 수첩을 꺼내 전화번호를 찾았다.

"그 전화번호는 나도 알고 있어. 다른 연락처를 대 봐."

"그, 그건 모릅니다. 그것밖에 가르쳐 주지 않았습니다."

다비드 킴은 직원의 일그러진 얼굴을 쏘아보다가 말없이 돌아서 나왔다. 그는 서두르지 않고 조용히 묘지 밖으로 나와 차에 올랐다. 라이트를 끈 채 5분쯤 차를 달린 다음 그는 도로 차를 세워놓고 금발로 변장을 고쳤다. 그리고 다시 서울을 향해 출발했다.

한 시간 후 그는 정해진 주차장에 차를 몰아넣은 다음 팰리스 호텔 쪽으로 걸어갔다. 프런트 계원은 'Edward B'라고 하는 이 금발의 미국인이 사업차 출장을 다녀온 줄 알았던지 반갑게 인사를 했다.

자기 방으로 들어온 다비드 킴은 가방 속에서 카메라를 꺼내 자동으로 맞추어 놓고 지금까지와 다른 세 가지의 변장 모습을 찍었다. 하나는 스포츠형 헤어스타일에 검은 테 안경을 낀 모습이었고, 두 번째는 반백의 머리에 눈썹을 굵고 진하게 한데다 코밑수염을 달고 금테 안경을 낀 모습, 그리고 세 번째는 장발에 코밑수염을 단 히피스타일이었다.

한편, 진의 예상대로 크라운 차 주인은 나타나지 않고 있었다. 만 이틀 동안을 주차장을 포위하고 있던 수사관들은 허탕을 친데 대해 이를 갈면서 철수했다.

모두가 붙잡기만 하면 놈을 갈아먹겠다는 듯이 벼르고 있었지만, 다비드 킴이 어디에 틀어박혀 있는지 아는 사람은 아무도 없었다.

그날 밤 늦게까지 죽은 김 반장의 친구들인 늙은 형사들을 만나보고 돌아온 진에게 재수생이 공원묘지에서 전화가 왔었다고 알려주었다.

"집으로 전화가 왔었답니다. 급히 연락해 달라고······"

진은 즉시 공원묘지로 전화를 걸었다. 전화를 받은 관리인의 목은 쉬어 있었다.

"그······ 그 사람이 왔었습니다."

관리인이 덜덜 떨고 있는 것이 수화기를 통해 그대로 전해져 왔다. 진은 관리인이 살해당하지 않은 것이 천만 다행이라고 생각했다.

"별일 없었나요?"

"말도 마십시오. 제 목을 틀어쥐고 죽이려고 했습니다. 겨우 살아났습니다."

콜록콜록 하는 기침 소리가 울려왔다.

"이…… 이젠 이런 짓 못하겠습니다."

"미안합니다. 그런데 이번에 온 그놈은 어떻게 생겼던가요?"

"크라운을 타고 왔던 바로 그놈이에요. 안경을 끼고 코밑수염을 기른 놈입니다."

"이번에도 그 차를 타고 왔던가요?"

그럴 리가 없겠지만 혹시나 해서 진은 물었다.

"차는 자세히 못 봤습니다. 멀리 떨어진 데다 세워놓았기 때문에……"

"뭐라고 하던가요?"

"누가 찾아왔었느냐고 하더군요. 모른다고 했더니 그놈이 사진을 보이면서 협박하기에 하는 수 없이 가르쳐 줬습니다."

"사진이라니, 제 사진 말입니까?"

"네, 선생님 사진이었습니다."

진은 진땀이 흘렀다. 사진까지 가지고 다니는 걸 보면 놈이 나를 찾고 있는 것이 분명하다. 물어보나 마나 내 목숨을 노리고 있는 것이다. 그렇다면 그놈과 나는 서로 죽이려고 노리고 있는 게 아닌가.

"그밖에 무슨 말을 하였나요?"

"그놈이 죽이려고 하기에 하는 수 없이 사실대로 이야기해 줬습니다. 자동차 번호를 알아 가신 것하고 댁 전화번호를 알려줬지요."

"우리 집 전화번호까지 말입니까?"

"죄송합니다."

진은 급히 전화를 끊고 나서 집으로 전화했다.

"문단속을 잘해! 누가 오더라도 확인하기 전에는 절대 문 열어주지 마!"

아내가 왜 그러느냐고 물었지만 그는 대답하지 않고 전화를 급히 끊은 다음 밖으로 나왔다.

그는 문득 범인이 주차장 부근의 호텔에 있을지도 모른다는 생각이 들었다. 숙소와 가까운 곳에 차를 주차시켜 놓은 것이 활동하기에 편리할 것이다.

그는 즉시 크라운 차를 주차시켜 놓은 주차장을 중심으로 가장 가까운 호텔부터 조사하기 시작했다. 통금 사이렌이 불었지만 그는 밤을 새워서라도 서울 시내의 호텔을 모두 뒤질 생각이었다.

그가 콘티넨탈 호텔에 도착한 것은 이튿날, 그러니까 10월 2일 새벽 1시쯤이었다. 안으로 들어선 그는 곧장 프런트로 다가갔다. 프런트 계원이 하품을 하다 말고 자세를 바로하면서

"어서 오십시오."

하고 말했다. 진은 몽타주를 꺼내 보였다. 진의 위압적인 태도에 계원은 형사로 알았던지 순순히 응했다.

"글세…… 본 것 같기도 한데 확실한 기억은 안 납니다."

"직원들을 전부 불러 주시오."

"네, 잠깐 기다리십시오."

계원은 수화기를 들고 몇 군데 전화를 걸었다. 5분쯤 지나 10

여 명의 야근 직원들이 프런트로 몰려들었다.

"자고 있는 사람은 부르지 못했습니다."

프런트 계원이 미안하다는 듯이 말했다.

"아, 이 정도면 됐어요."

진은 직원들에게 몽타주를 내보였다. 그것을 들여다보던 직원들 중의 하나가

"아, 이 사람이면 제가 알고 있습니다."

라고 말했다. 진의 눈이 치켜 올라갔다.

"몇 호실에 있나요?"

"801호실에 있습니다."

"801호실 손님 카드 좀 봅시다."

"네, 기다리십시오."

프런트 계원이 즉시 그의 숙박카드를 뽑아 주었다. 카드에는 801호실 손님의 신원이 재일교포 김용호로 되어 있었다. 나이는 53세, 직업은 상업. 진의 가슴이 급하게 뛰기 시작했다.

"이 손님, 지금 방에 있나요?"

"네, 있을 겁니다. 외출하는 걸 못 봤습니다."

직원의 말에 프런트 계원이 벽에 붙어 있는 열쇠걸이를 체크했다.

"외출했다면 여기다가 열쇠를 맡겼을 텐데, 열쇠가 없는 걸 보니까 그 손님, 방에 있는 모양입니다."

"혼자 들었나요?"

"네, 혼잡니다."

직원이 대답했다.

"전화를 해 볼까요?"

프런트 계원이 더욱 친절하게 나왔다. 놀란 진은 황급히 손을 저었다.

"아, 안됩니다. 그대로 내버려두시오."

진은 잠시 망설였다. 특수부에 지원을 요청할까 하고 생각했지만 그러고 싶지가 않았다. 혼자서 다비드 킴을 상대한다는 것은 무리다. 그렇지만 현재의 그는 지원요청을 할 데가 없었다. 5열을 경계하다 보니 역시 혼자서 일할 수밖에 없었다. 또 특수부 요원들을 부르면 자신의 변장이 드러날 것이고, 그는 그것이 싫었다. 다른 범인이라면 그 자신이 직접 손을 쓰지 않아도 좋다. 그러나 다비드 킴만은 그 자신이 직접 해치우고 싶기 때문에 다른 사람들에게만은 맡기고 싶지 않았다. 그의 가슴속에서는 처음보다 더욱 강렬히 복수의 불길이 타오르고 있었다.

생각 끝에 그는 혼자서 다비드 킴에게 부딪히기로 결심하고 직원을 데리고 8층으로 올라갔다. 8층 1호실에 이르자 직원이 두려운 표정을 지으며 망설였다. 진이 눈짓으로 재촉하자 직원은 벽 쪽에 몸을 밀착시킨 채 손만 뻗어 노크했다. 첫 번째 노크에 안에서는 아무 반응이 없었다. 진은 계속 노크하라고 눈짓을 했다. 두 번째 노크에도 안에서는 기척이 없었다. 이번에는 진이 노크했다. 그는 거칠게 문을 두드렸다.

"없는 모양인데……"

진의 중얼거림에 직원이 고개를 갸우뚱했다.

"그럴 리가 없는데요."

진은 오른손에 피스톨을 움켜쥔 채 왼손으로 문손잡이를 비틀었다. 문은 안으로 단단히 잠겨 있었다.

　직원이 비상열쇠를 꺼내주자 진은 열쇠 구멍에 그것을 맞춘 다음 왼손으로 가만히 돌렸다. 그리고 찰칵 하는 소리와 동시에 문을 박차며 안으로 뛰어들었다.

　텅 빈 공허가 그의 얼굴에 부딪혀 왔다. 방안은 사람이 들었던 흔적도 찾기 어려울 만큼 깨끗이 정돈되어 있었다.

　다만 탁자 위에 놓여 있는 얼마의 돈만이 그 방에 사람이 있었다는 것을 증명해 주고 있을 뿐이었다.

　진은 욕실과 옷장을 들여다보고 나서 소파에 털썩 주저앉았다. 분노와 허탈감에 그는 한동안 머릿속이 멍했다.

　뒤늦게 프런트 계원과 직원들이 몰려들어왔다. 프런트 계원이 탁자위의 돈을 가리키면서

　"이건 여기 있던 겁니까?"

라고 물었다.

　"이방 손님이 놔두고 간 모양이오."

　"그럼 이건 방세인 모양인데……"

　"방세가 밀렸던가요?"

　"네, 닷새치가 지불 안됐습니다."

　계원은 돈을 세어보더니 이내 감탄하는 빛을 보였다.

　"이건 정확히 닷새치 방값입니다. 여기다가 팁까지 얹어 놨습니다."

　그 말에 진은 다비드 킴의 정확성과 신사다운 면모를 알 수 있을 것 같았다. 놈은 얼마나 여유 있게 행동하고 있는가.

　"이방 손님은 정말 신삽니다. 언제나 팁을 후하게 주고 말씨

도 점잖고 방안은 이렇게 항상 깨끗이 정리해 두곤 했습니다.”
 룸 직원이 혹시 사람을 잘못 찾는 게 아니냐는 듯 진을 힐끔 쳐다보면서 말했다. 진은 고개를 끄덕였다.
 “이봐, 그런 말하지 마. 사람 속은 알 수 없다구.”
 프런트 계원이 진의 얼굴을 살피면서 직원에게 마구 면박을 주었다.
 “이방 손님이 무슨 죄라도 졌나요?”
 “글쎄, 내가 잘못 본 것 같소.”
 “그렇다면 이방 손님은 왜 몰래 나갔지? 그거 참 이상한데……”
 직원들이 쑥덕거리는 것을 지켜보다가 진은 자리에서 일어섰다. 그때 프런트 계원이 룸 직원에게 이상한 말을 했다.
 “임마, 방 좀 잘 지키라구. 아까도 하나가 방값도 안내고 도망쳤다구. 금방 따라갔는데 안 보이잖아.”
 “그래도 이방 손님은 방값을 내고 가지 않았습니까?”
 룸 직원이 히쭉 웃으며 대꾸했다.
 “임마, 손님을 잘 만났으니까 망정이지 만일 이방 손님이 방값을 떼어먹고 도망쳤으면 너 어떡할래? 위에서 알면 넌 모가지야. 안 당하려면 꼼짝없이 네가 방세를 물어내야 해.”
 “금발은 내 담당이 아니에요. 8층엔 금발이 없었어요.”
 이때 진이 다시 끼어들었다. 그는 프런트 계원을 쏘아보면서 물었다.
 “금발이라고 그랬는데, 여잡니까 남잡니까?”
 “남잡니다. 금발머리 외국인이었는데, 아까 초저녁에 도망을 쳤어요."
"몇 호실 손님인가요?"
"아직 모르겠습니다."
"몇 호실 손님인지도 모르면서 어떻게 방값을 떼먹고 도망친 줄 알죠?"
"알 수 있습니다. 말없이 가방을 들고 나가는 걸 보면 알 수 있습니다."
프런트 계원은 자신 있게 말했다.
"외출하는 손님은 프런트에 꼭 열쇠를 맡기고 가거든요. 열쇠도 맡기지 않고 나간 걸 보면 도망친 게 분명합니다."
"몇 호실에 들었던 손님인지 알 수 없을까요?"
"거의 체크가 끝나가고 있습니다. 그런데 3층과 5층에 있는 금발 손님들이 아직 들어오지를 않았어요. 그 사람들이 들어오면 확인할 수가 있는데……"
"그 손님들은 열쇠를 맡기고 갔나요?"
"네, 모두 열쇠를 맡기고 외출했습니다."
"그렇다면 도망친 게 아니지 않소?"
"아니죠. 열쇠를 맡기고 외출하는 척하면서 도망치는 사람도 있으니까요."
"그 금발머리는 어떻게 생겼던가요?"
"안경을 낀 것 같던데…… 자세히 보지는 못했지요. 잠깐 저하고 9층에 좀 가실까요? 거기 흑인 하나가 있는데 그치가 똑똑히 봤을 거예요."
"그 흑인은 누굽니까?"

"그 금발하고 같이 엘리베이터에서 내리기에 처음에는 일행인 줄 알았습니다. 그랬는데 나중에 알아보니까 엘리베이터 속에서 알았다나요. 흑인하고 이야기하고 있는 사이에 금발이 도망쳤어요."

그들은 복도를 걸어가다가 층계를 올라갔다. 흑인은 9층 15호실에 들어 있었다. 노크를 하자 팬티 바람의 흑인이 문을 열어주었다. 열린 문을 통해 침대 위에 나체의 여인이 엎어져 있는 것이 보였다. 프런트 계원이 진을 경찰이라고 소개하자 흑인은 눈을 휘둥그렇게 떴다.

"대단히 미안합니다. 아까 초저녁에 엘리베이터 속에서 만난 금발머리 남자에 대해서 이분이 몇 가지 물어보겠답니다."

흑인은 한참 머리를 갸우뚱하더니 말했다.

"시드니 포이티에……"

"시드니 포이티에라니?"

진이 정색을 하고 영어로 물었다.

"그 사람이 나보고 시드니 포이티에라고 그랬죠."

놈이 어깨를 으쓱하자 프런트 계원이 킬킬거리고 웃었다.

"아, 그러고 보니까 비슷하군요. 그런데 그 사람은 어떻게 생겼던가요?"

"글쎄……. 아, 그렇지, 안경……"

"안경을 꼈던가요?"

"네, 번쩍번쩍한 안경을 끼고……"

흑인은 손가락으로 코밑을 어루만졌다.

"코밑수염을 길렀던가요?"

"오케이…… 오케이……"
"콧잔등이 혹시 꺼지지 않았던가요?"
"노우!"
 진은 프런트 계원에게 금발 손님에 대한 체크를 부탁하고 그곳을 나왔다.

회전목마(回轉木馬)

통금의 새벽 거리를 그는 터벅터벅 걸어갔다. 통금이라 거리에는 개미 새끼 한 마리 얼씬하지 않았다. 경찰 패트롤카 한 대가 불을 번쩍이면서 급히 달려오더니 그의 앞길을 가로막았다. 옆구리에 권총을 찬 경찰관이 내려서더니
 "실례합니다. 증명 좀 보실까요?"
라고 말했다.
 "네, 여기 있습니다."
 최 진이 통행증을 내보이자 경찰관은 거수경례를 한 다음 도로 차에 올랐다. 진은 도중에 공중전화 부스로 들어가 엄 과장에게 전화를 걸었다. 엄 과장은 그 시간에도 사무실에 있었다. 진은 급히 말했다.
 "타이거……"

"아, 이 밤중에 웬일이오?"

엄 과장이 긴장해서 물었다.

"긴히 드릴 말씀이 있습니다. 한 시간 후에 북극성으로 전화를 부탁합니다."

"알겠소."

공중전화 부스를 나온 진은 사무실 쪽으로 급히 걸어갔다. 가는 동안 그는 두 번이나 체크 당했지만 무난히 그대로 통과할 수가 있었다.

사무실로 돌아와서 10분쯤 지나자 엄 과장으로부터 전화가 왔다.

"지금 어디서 전화를 걸고 계시는 겁니까?"

진은 걱정스럽게 물었다.

"공중전화니까 도청당할 염려는 없어요."

"그럼 말씀드리겠습니다. 다비드 킴이 어젯밤까지 콘티넨탈 호텔 801호실에 들어 있었습니다. 조금 전에 그곳을 덮쳤는데 이미 내빼고 없었습니다. 그자는 재일교포 김용호로 위장하고 있습니다. 그밖에 다른 신분으로도 위장하고 있는 것 같은데 아직 확인하지 못했습니다. 우선 공항과 항만을 모두 봉쇄하고 숙박업소를 빠짐없이 체크해야 되겠습니다."

"알겠소."

자신의 위장명이 알려진 이상 다비드 킴이 계속 그것을 사용할 리는 없을 것이다. 그것을 알면서도 진이 이렇게 엄 과장에게 보고하는 것은 특수부에 일거리를 줌으로써 5열의 시선을 딴 곳으로 쏠리게 하기 위해서였다.

"그리고 적어도 내일까지는 새 조직을 만들어야겠습니다. 아주 엄선한 사람들만으로……"

"알겠소. 나도 사람을 골라볼 테니까 최 선생도 김 반장 친구들을 만나보시오."

진은 전화를 끊고 커피를 끓였다. 커피를 한 잔 마시고 난 다음 그는 도쿄의 도미에에게 국제전화를 걸었다.

발신 신호가 간 지 한참만에야 겨우 신호가 떨어지는 소리가 들렸다.

"여기는 북극성의 타이거……"

"저는 가슴에 흑장미를 달고 있어요."

도미에의 졸리운 음성이 한숨과 함께 들려왔다.

"깨워서 미안합니다."

"당신 꿈을 꾸고 있었어요. 벌거벗은 채……"

도미에의 벌거벗은 모습이 눈앞을 스쳐갔다.

"새로운 정보는 없습니까?"

"언제나 사무적이군요. 아직 없어요. 있으면 제가 먼저 알려드렸죠."

"새로운 일이 하나 있는데……"

"뭔데요?"

"아직 확실하지는 않아요. 혹시나 해서 한번 알아보려는 것입니다."

"말해 보세요."

"조남표라는 거물이 죽으면서 자기 식구들을 들먹였어요. 그 식구들은 지금 도쿄에 살고 있는데 아무래도 그들한테 중요한 자료가 있을 것도 같아요. 조남표의 죽을 때의 표정이 그랬으니까요."

"식구는 몇인가요?"

"부인하고 아들이 하나 있죠."

"그들은 조남표라는 사람이 죽은 걸 알고 있나요?"

"아직 모르고 있을 겁니다. Z쪽과 선이 닿고 있다면 알겠지만 그럴 가능성은 희박합니다. 조남표는 병원에서 자기 쪽 사람에 의해 살해됐으니까요. 도미에 씨의 아버지를 죽인 다비드 킴에 의해 살해됐죠."

"알겠어요."

도미에의 목소리가 갑자기 작아졌다.

"부인과 아들에 대한 자료를 보내드리겠습니다."

날이 밝았다. 아침부터 비가 추적추적 내리고 있었다. 아침에 잠깐 눈을 붙이고 난 진은 다시 콘티넨탈 호텔로 가서 프런트 계원을 만났다.

"제가 잘못 본 것 같습니다. 3층과 5층의 금발 손님들도 모두 들어왔는데 아무도 어제 본 그 금발 손님은 아니었습니다."

"결국 도망친 손님이 없다는 말이군요."

"그렇죠. 재일교포 김용호 씨 한 분만이 도망치긴 했지만 요금을 모두 내놓고 갔으니까, 결국 요금을 떼어먹고 도망친 손님은 없는 셈이지요."

"정확히 체크했습니까?"

"그럼요. 룸 직원들이 일일이 체크했으니까 틀림없습니다."

"그렇다면 가방을 들고 도망치다시피 나간 그 금발 손님은 누구죠?"

"글쎄요. 저로서도 잘 알 수가 없습니다. 혹시 숙박 손님을 만나고 돌아가는 길이 아니었나 생각됩니다만……"

진은 커피숍으로 들어가 차를 한 잔 시켜 마시면서 금발에 대해 곰곰 생각해 보았다. 무엇인가 잡힐 것 같으면서도 좀처럼 잡히지 않아 답답하기 짝이 없었다. 그가 커피 한 잔을 모두 마시고 두 대째 담배에 불을 붙였을 때 갑자기 어둠이 확 걷히는 것 같았다. 그는 깜짝 놀라 탁자에 무릎을 부딪혔다. 우연의 일치치고는 그것이 좀 이상했다.

그는 고아원 원장이 살해되던 날 밤의 일이 생각났다. 그때 그는 밤늦게 원장의 전화를 받고 고아원으로 달려가던 길이었다. 어두운 아스팔트 길 위를 빠른 속도로 달려가는데 커브 길에서 하마터면 마주 오는 차와 부딪칠 뻔했었다.

끼익! 하는 브레이크 밟는 소리와 함께 두 차는 간신히 위기를 모면했고 상대방 차는 이쪽을 거들떠보지도 않은 채 그대로 달려가 버렸다. 그때 진은 고급 승용차 속에 앉아 있는 금발의 사나이를 얼핏 보았었다. 금발은 운전대에 앉아 있었고 혼자인 것 같았다. "쌍놈의 새끼." 하고 운전요원이 뒤를 노려보면서 욕설을 뱉었다. 그가 기억할 수 있는 것은 그것이 전부였다. 얼핏 스쳐간 금발에 대해 그가 구체적으로 기억할 수 있는 것은 아무것도 없었다. 조금 후 고아원에 도착해 보니 원장은 이미 죽어 있었다. 그때 그는 원장의 죽음과 금발을 서로 묶어 생각하지 못했었다.

그때의 그 금발과 이 호텔에 나타났던 금발과 어떤 연관성이 없을까. 김용호라는 인물이 이 호텔에서 갑자기 사라진 이유는 5열로부터 아마 연락을 받았기 때문일 것이다. 그런데 그는 왜 프런트를 거치지 않고 도망쳤을까. 이미 수사진이 호텔에 깔린 줄 알았기 때문일까. 그렇다면 그 차림으로 나올 수는 없었을 것이다. 안전하게 호텔을 빠져 나가려면 변장을 해야 했을 것이다. 무슨 변장일까.

"바로 금발이다!"

그는 하마터면 큰소리로 외칠 뻔했다. 갑자기 손가락이 뜨거워지는 걸 느끼고 그는 담배를 집어던졌다.

변장에 능한 다비드 킴이 금발의 외국인으로 변장하는 것은 어려운 일이 아니다. 금발의 외국인이라면 수사망을 빠져나가는 것도 아주 쉬울 것이다. 고아원을 찾아가던 날 밤 얼핏 본 그 고급 승용차 속의 금발 역시 다비드 킴일 가능성이 커졌다. 놈은 그때 원장을 해치우고 도주하는 길이었을 것이다. 금발…… 금발을 찾아야 한다. 금발의 외국인이라면 십중팔구 호텔에 들고 있을 것이다. 그러나 이 서울 거리에 금발의 외국인이 어디 한두 명인가. 또 놈이 호텔을 벗어날 경우에는 수사가 어려워진다. 변장을 바꾸는 경우에도 어려워지는 것은 마찬가지다.

놈은 금발에 코밑수염을 달고 금테 안경을 끼었다. 놈이 변장을 바꾸지 않게 하려면 이쪽에서 놈의 금발 변장을 모르고 있는 것처럼 해야 한다. 어디서부터 놈을 찾아야 하나?

갑자기 생각난 것이 있어서 그는 벌떡 자리에서 일어났다. 그리고 일전에 갔었던 우체국을 찾아갔다.

비가 몹시 내리고 있었다. 그는 우체국 직원들을 붙들고 수소문을 하기 시작했다. 다행히도 어느 여직원 하나가 호의적인 반응을 보여 왔다.

"네, 얼마 전에 멋지게 생긴 금발의 미국인이 나타난 적이 있어요."

여직원은 멋지다는 말에 힘을 주었다. 그러자 옆에 앉은 여직원이 맞장구를 쳤다.

"그 사람 참 멋지더라, 얘. 그 사람 여기 자주 오던데……"

"요샌 안 보였어."

"응, 그래 요샌 안 오더라."

진은 입술이 바짝 말라붙는 것을 느꼈다.

"그 사람 여기 와서 무얼 했습니까?"

"글쎄요…… 돈도 부치기도 하고…… 저쪽 사서함 쪽에 잘 가던데요."

사서함은 칸막이 저쪽에 있어서 잘 보이지가 않았다.

"그 사람, 한국말도 잘하더라, 얘."

"그래, 제법 잘 하던데……"

"한글도 잘 쓰더라. 얘."

"그래애? 난 못 봤어."

금발이 다비드 킴일 가능성은 이제 더욱 커졌다.

우체국을 나온 진은 다시 호텔을 뒤지기로 했다.

첫 번째 호텔에서 그는 금발을 찾는다는 것이 너무 어렵다는 것을 깨달았다. 그러나 아무리 어려운 난관이 가로놓여 있다 해도 다비드 킴을 찾는 일은 포기할 수 없었다.

호텔 직원들은 불친절할 뿐만 아니라 정확한 기억력을 가지고 말하는 사람이 없었다.

"네, 뭐…… 금발의 외국인이라면 몇 명 있습니다만, 글쎄요. 어떻게 생겼는지는 잘 모르겠는데요."

"금테 안경을 끼고 코밑수염을 길렀습니다."

"그런 외국인은 많지 않습니까?"

오히려 이쪽의 어리석음을 지적하는 것 같았다.

손님과 직접 접촉하는 룸 직원들이 오히려 정확한 인상착의를 알고 있었다. 진은 직원들에게 팁을 주어가면서 하나하나 체크해 나갔다.

이때 다비드 킴은 팰리스 호텔 15층 1호실에 미국인 에드워드·B로 들어 있었다.

그는 탁자 위에 놓여 있는 세 장의 사진을 들여다보다가 그것들을 봉투에 쓸어 담은 다음 창밖을 바라보았다. 밖에는 비가 내리고 있었다. 한참 후 그는 백을 들고 방을 나와 아래층으로 내려갔다.

프런트 계원이 그를 보고 능숙한 영어로 물었다. 다비드 킴은 고개를 끄덕이면서 숙박비를 지불했다.

"오늘 귀국하십니까?"

어느새 따라온 룸 직원이 고개를 굽실하면서 그의 백을 받아들었다. 다비드 킴은 웃으면서 직원에게 팁을 준 다음 앞장서서 밖으로 나갔다.

직원은 막 들어온 택시에 백을 실은 다음 뒷좌석에 올라앉은 다비드 킴에게 공손히 인사했다.
"미스터 에드워드, 굿바이!"
"굿바이."
다비드 킴은 점잖게 응한 다음 앞을 바라보았다. 운전사가 얼른 행선지를 말하라는 듯 뒤를 돌아보았다.
"J우체국으로…… 갑시다."
다비드 킴은 일부러 혀 꼬부라진 소리로 말했다. 운전사가 웃으며 핸들을 꺾었다.
J우체국에 닿은 그는 국제 사서함 쪽으로 걸어가 1240호를 열고 필요한 것들을 꺼낸 다음 사진이 든 봉투를 안에 넣고 문을 잠갔다. 그리고 여직원들 앞을 지나쳐 나오는데 여직원 하나가 그를 보고 웃었다.
"헬로우……"
여직원은 몹시 한가한 모양이었다.
"헬로우……"
다비드 킴도 잠깐 멈춰 서서 부드러운 목소리로 여직원에게 인사했다.
"저기 누가 찾던데……"
"나를 말입니까?"
"네……"
순간 다비드 킴의 얼굴이 굳어졌다가 도로 풀어졌다. 여직원은 그것을 거의 눈치 채지 못했다.
"누가 찾던가요?"
"누구라고 하지는 않고…… 금발의 외국인을 찾던데요."

여직원들의 시선이 일제히 그에게 쏠렸다.

"아마 다른 사람을 찾았겠지요."

여직원이 뭐라고 말할 사이도 없이 그는 급히 밖으로 나왔다.

최 진이라는 놈은 놀라운 놈이다. 어느새 우체국까지 알아냈으니 함부로 얕볼 수 없는 놈이다. 다비드 킴은 처음으로 공포를 느꼈다.

택시를 타고 고궁 앞에서 내린 그는 비닐우산을 하나 사들고 고궁으로 들어갔다. 비가 오고 있는데다 휴일도 아니어서 고궁에는 사람이 거의 없었다. 그는 고궁을 한 바퀴 돌고 나서 화장실로 들어갔다.

먼저 그는 지금까지의 변장을 모두 벗겨내어 화장실 쓰레기통 바닥에 처박아버리고 그 대신 반백의 가발을 뒤집어썼다. 그리고 역시 회색의 콧수염을 달고 눈썹은 굵고 진하게 그렸다.

30분 후 그는 화장실을 나와 공원 한쪽에 있는 공중전화 부스로 들어갔다. 수화기를 들고 10—7070을 돌리자

"네"

하는 여자의 매끄러운 목소리가 들려왔다.

"여기는 부처…… Z에게 급히 연락하고 싶은데……"

"하실 말씀이 있으면 저한테 하십시오. 그리고 30분 후에 확인 전화를 주시면 되겠습니다."

다비드 킴은 조금 망설이다가 말했다.

"사진을 갖다놨으니까 물건을 급히 만들어 달라고 하십시오. 매우 급합니다."

"알겠습니다."

"그리고 사서함을 다른 곳으로 옮겨야 한다고 말씀하십시오. 펠리스 호텔에서 나왔다는 것도 알려주십시오."

"알겠습니다."

"임페리얼 승용차는 필요 없게 됐습니다."

"알겠습니다."

"앞으로 호텔에는 들지 않겠습니다. 매우 불편하고 신경이 쓰입니다. 이쪽 연락처는 장소가 결정되는 대로 알려주겠다고 하십시오."

"알겠습니다."

"그리고 언제 어디서나 찾아 쓸 수 있는 온라인 예금통장이 필요하다고 말씀해 주십시오. 예금 잔고는 항상 5백만 원 이상이 되어 있어야 합니다. 예금 암호 넘버는 5555로 하고 암호 넘버로 입금시키면 이쪽에서 찾아 쓸 수가 있습니다."

"알겠습니다."

공중전화 부스에서 나온 다비드 킴은 휴게실로 들어가 커피를 주문했다.

30분 동안 그는 커피를 마시면서 묵묵히 창밖을 바라보고 있었다. 가을비 치고는 꽤 거세게 내리고 있었다.

반백의 가발을 쓰고 있는 그의 모습은 영락없이 풍채 좋은 노신사 같았다. 휴게실의 소녀가 그를 몹시 외로워 보인다고 생각했던지 자꾸만 그를 쳐다보곤 했다.

30분 후 그는 휴게실을 나와 공중전화 부스에서 10—7070으로 다시 전화를 걸었다. 아까의 그 여자가 전화를 받았다.

"여기는 부처……"

"아, 네, 물건은 오후 3시 30분까지 마련해 두겠답니다."
"장소는?"
"킹 호텔에 가시면 귀중품 보관소가 있습니다. 앞으로는 사서함 대신 그곳을 이용하시랍니다."
"알겠소. 열쇠가 필요할 텐데……"
"열쇠는 킹 호텔 603호실에 있을 겁니다."
"예금은?"
"말씀하신 대로 G은행에 준비해 두겠답니다. 도장은 물론 보관소에서 찾도록 하십시오. 그리고 불편하시더라도 이쪽에서 연락하기 쉽게 킹 호텔 603호실에 묵으시랍니다."
"그건 안 된다고 하십시오."

그는 단호하게 말했다. Z의 지시를 처음으로 거역하는 것이었다. 여자는 깜짝 놀라는 것 같았다. 갑자기 목소리가 작아지면서
"그럼 그렇게 전하겠습니다."
라고 대답했다.

3시 반까지는 아직 시간이 많이 남아 있었다.

고궁을 나온 그는 주차장까지 걸어가 코발트 빛깔의 코로나를 끌어냈다. 신형이라 차는 산뜻했고 엔진 상태도 좋은 것 같았다. 그는 계기판을 바라보았다. 거기에는 속도, 연료, 유압, 수온을 가리키는 계기류들이 기능적으로 배열되어 있었다.

그는 교외로 천천히 차를 몰아나갔다. 아스팔트 저쪽 끝은 빗줄기 속에 뿌우옇게 묻혀 잘 보이지가 않았다. 그는 고독이 안겨주는 자유로움을 만끽하는 듯 의자에 상체를 기대면서 눈을 반

쯤 감았다. 길 위를 오가는 차량들의 소리가 시끄럽게 느껴지자 그는 차도에서 벗어나 골짜기로 들어갔다. 골짜기에는 흙탕물이 불어 거센 소리를 내며 흘러내리고 있었다. 차도에서 보이지 않는 야산 모퉁이에 차를 세운 그는 담배를 피워 물고 창밖을 바라보았다. 거의 두 시간 동안을 그렇게 그는 꼼짝 않고 앉아 있었다. 3시에 그는 차도로 나와 시내로 들어왔다. 이윽고 킹 호텔에 도착한 그는 프런트 데스크로 다가가 603호실 열쇠를 요구했다.

"아, 네, 손님이 부탁하시고 외출하셨습니다. 방에서 기다리라고 하시던데요."

다비드 킴은 아무 말 없이 열쇠를 받아들고 엘리베이터를 탔다. 조금 후 6층에 도착한 그는 방문을 열고 안으로 들어갔다.

탁자 위에는 열쇠가 하나 놓여 있었다. 그것을 호주머니에 집어넣고 나오려는데 갑자기 전화벨이 울었다. 그는 전화통을 응시하다가 가만히 수화기를 집어 들었다.

"부처?"

목쉰 소리가 들려왔다.

"그렇습니다."

"Z다. 왜 지정한 곳에 있지 않으려고 하지?"

"최 진이란 자의 추적이 집요합니다. 놈은 우체국에까지 나타났었습니다. 호텔은 아무래도 위험합니다."

무거운 침묵이 흐른 다음 다시 Z의 목소리가 들려왔다.

"그렇다면 안전한 장소가 있나?"

"아파트를 하나 빌릴까 합니다."

"좋은 생각이군. 아파트를 구하는 대로 전화번호를 알려줘."
"알겠습니다."
"최 진이 쫓아오고 있다면 역습하는 게 어떨까?"
"지금 생각 중입니다."
"잘해봐."
"여기 귀중품 보관소는 안전합니까?"
"안전해. 요금만 지불하면 누구나 사용할 수 있어."

603호실을 나온 다비드 킴은 아래층으로 내려가 귀중품 보관소를 찾았다. 귀중품 보관소는 따로 방이 마련되어 있었고, 입구에는 여직원이 하나 앉아 있었다.

그는 요금을 지불하고 안으로 들어갔다. 안에는 철제 캐비닛들이 삼면의 벽에 가득 쌓여 있었다. 그는 열쇠에 적힌 넘버대로 15번의 캐비닛을 열고 물건을 꺼낸 다음 도로 그것을 닫았다.

킹 호텔을 나온 그가 G은행에 닿은 것은 4시 조금 전이었다.

은행 앞에 차를 세워놓고 그는 안으로 들어가 온라인 창구 앞으로 다가섰다. 온라인 예금은 지점이 설치된 곳이면 전국 어디서나 찾을 수 있는 매우 편리한 것이었다. 예금자의 신분은 일체 불문에 붙이고 암호 넘버와 도장만을 근거로 인출이 가능하다.

다비드 킴은 용지에 암호 넘버 5555를 적은 다음 창구 안으로 그것을 디밀었다.

안경을 낀 여행원이 그를 보고 상냥하게 웃었다.
"이 넘버로 예금이 되었는지 알아보고 싶습니다."
"잠깐 기다리십시오."
여행원은 카드를 뒤적여 보더니 그 중에서 하나를 얼른 뽑아들었다.

"1천만 원이 예금되어 있습니다."

"통장을 하나 만들어 주시겠습니까?"

"네, 잠깐 기다리십시오."

"지금 2백을 찾으려고 하는데……"

"그럼 인출 용지에 도장을 찍고 금액과 암호 넘버를 적어주십시오."

그는 박상진(朴相鎭)이라고 새겨진 도장을 인출 용지에 찍고 거기에다 금액과 암호 넘버를 적어 넣었다.

"도장도 좀 주시겠습니까?"

그는 인출 용지와 함께 도장을 창구 안으로 밀어 넣었다.

"1백만 원은 10만 원짜리 수표로 끊어주십시오. 나머지 1백만 원은 고액권으로 부탁합니다."

10분 후에 그는 2백만 원을 호주머니에 챙겨 넣었다.

"늦어서 죄송합니다."

여행원은 이 풍채 좋은 노신사를 향해 정중히 머리를 숙여 보였다.

은행을 나온 다비드 킴은 그 길로 팰리스 호텔로 향했다. 이미 하나의 계획을 세우고 있었다. 그것은 최 진을 역습하는 일이었다.

팰리스 호텔에 도착한 그는 15층 20호실을 예약했다. 그것은 그가 찾던 방으로 마침 비어 있었다. 그 방은 그가 금발의 미국인 에드워드·B로 들어 있었던 1호실과 복도를 사이에 두고 마주보고 있었다.

15층 20호실을 예약할 때 그는 Z가 위조해준 세 개의 주민등록증 가운데 현재의 변장에 맞는 주민등록증을 꺼내 프런트 계원에게 내주었다. 거기에는 그의 이름이 김기화(金起和)로 되어 있었다. 계원은 그것을 보고 숙박카드에 필요한 것들을 적어 넣었다.

"죄송합니다. 전에는 이러지 않았는데 요새는 조사가 심해서……"

계원은 아마 경찰의 체크를 불평하는 것 같았다.

다비드 킴은 열쇠를 받아들고 룸 직원을 따라 15층으로 올라갔다.

프런트 계원도 룸 직원도 그를 전혀 못 알아보고 있었다. 그만큼 그의 변장은 완벽했다.

20호실에 들어선 그는 문을 걸어 잠근 다음 슈트케이스에서 S25 자동소음권총을 꺼내 소음 파이프를 박았다. 그런 다음 문구멍을 통해 맞은편 1호실을 바라보았다.

1호실 문은 굳게 닫혀 있었다. 그가 그 방을 나온 뒤 거기에 새로 손님이 들었는지는 알 수 없었다.

그 시간에 최 진은 호텔을 뒤지고 있었다. 몹시 피로하고 힘들었지만 그는 조금도 물러서지 않고 계속 금발을 찾고 있었다. 다비드 킴이 아직 눈치를 채지 못했다면 여전히 금발로 변장하고 있을 것이다. 그가 생각하기에는 그놈이 아직 눈치를 못 챈 것 같았다. 그가 금발을 찾고 있다는 것이 5열의 귀에 들어가지 않은 이상 다비드 킴은 안심하고 금발의 외국인으로 행세하고 있을 것이다.

진이 펠리스 호텔에 이른 것은 어둠이 내리기 시작할 때쯤이었다.

그는 몹시 피로에 젖은 모습으로 프런트 데스크로 다가가서 계원에게 금발의 외국인에 대해 설명했다.

"아, 그 사람이라면 지금 이 호텔에 없습니다. 오늘 오전에 미국으로 간다고 떠났습니다."

진은 그 자리에 주저앉아 버리고 싶은 것을 가까스로 참았다. 숙박카드를 보니 금발의 이름은 미국인 '에드워드 B'로 되어 있었다. 숙박했던 방은 15층 1호실이었다.

"15층 1호실에는 지금 다른 손님이 들었나요?"

"아닙니다. 현재 비어 있습니다."

"그럼 좀 들어가 봅시다."

"실례지만…… 경찰에서 오셨습니까?"

계원이 조심스럽게 물었다.

"그렇습니다."

진은 퉁명스럽게 대답했다. 계원은 더 이상 묻지 않고 15층 1호실 열쇠를 내준 다음 15층의 룸 직원에게 전화를 걸어주었다.

진은 엘리베이터를 타고 15층으로 올라갔다. 기다리고 있던 룸 직원이 그에게서 열쇠를 받아 앞장서서 걸어갔다.

이윽고 1호실로 들어간 진은 직원을 내보내고 문을 닫았다.

특실이라 방안은 호화롭게 꾸며져 있었다. 그는 구석구석을 돌아보았지만 방안은 티 하나 없이 깨끗이 정리되어 있어서 증거가 될 만한 것은 하나도 보이지 않았다.

서성거리던 그는 수화기를 들고 S국의 엄 과장에게 전화를 걸었다.

"타이거……"

"아, 말하시오."

"한 시간 후 저에게 전화를 좀 부탁합니다."

"알았습니다."

진은 전화를 끊고 나서 방을 나왔다. 그때 맞은편 방문이 소리 없이 열리다 말고 닫히는 것을 그는 미처 보지 못했다.

그는 엘리베이터가 올라올 때까지 서 있었다. 그 외에 거기에는 두 사람의 젊은 남녀가 서 있었다. 이윽고 엘리베이터가 올라오자 그들은 곧 안으로 들어갔다.

다비드 킴은 당황했다. 방금 1호실에 나타난 손님은 최 진이 아닌 것 같았다. 그가 알고 있는 최 진은 헤어스타일이 운동선수처럼 짧고 안경도 끼지 않았다. 그런데 방금 나타났던 그 손님은 머리가 긴데다 안경까지 끼고 있었다. 문구멍으로 처음 보았을 때 그는 그 방에 새로 들어오는 손님인 줄 알았었다. 그런데 손님치고는 거동이 수상했다. 가방 하나 들고 있지 않은 빈손인데다 주위를 둘러보면서 들어가는 것이 아무래도 일반 손님 같지가 않았다. 다비드 킴은 피스톨을 꺼내들고 막 문 밖으로 나서려고 했다. 그때 맞은편 방문이 열리면서 손님이 다시 나왔다. 다비드 킴은 도로 급히 문을 닫으면서 상대방의 정면 얼굴을 뚫어지게 쏘아보았다.

상대는 도쿄에서, 그리고 사진에서 보았던 최 진이 분명했다. 아무리 변장했다고는 하지만 다비드 킴은 최 진의 모습을 알아볼 수가 있었다. 수사요원이 변장까지 하고 자기를 쫓고 있다고 생각하자 그는 불안감을 느꼈다. 전에는 느껴보지 못한 불안감이었다. 어떻게 해서든지 놈을 제거해야 이쪽이 안전할 수 있을 것 같았다.

그는 최 진을 쫓아가 엘리베이터 속에서 없애버려야겠다고 생각했지만 엘리베이터 앞에는 최 진 혼자 서 있는 게 아니고 젊은 남녀 한 쌍이 함께 서 있었다. 그가 생각을 정리하기도 전에 그들은 엘리베이터 속으로 사라졌다. 다비드 킴은 급히 뛰어나와 버튼을 눌렀지만 엘리베이터는 아래로 내려가고 있었다.

3분이나 지난 후에 그는 엘리베이터를 탈 수가 있었다. 그러나 3분이라는 시간은 그의 입장에서는 너무 긴 시간이었다.

아래층에 내렸을 때 최 진의 모습은 보이지 않았다. 그는 밖으로 급히 나가보았다. 이미 어둠이 깃든 데다 행인들 모두가 우산을 쓰고 있어서 누가 누군지 알아보기가 어려웠다.

최 진을 찾는 것을 포기하고 그가 도로 호텔 안으로 들어오려고 했을 때 맞은편 약방에서 급히 나오는 사나이의 모습이 얼핏 시야에 들어왔다. 순간 다비드 킴의 얼굴이 긴장으로 굳어졌다. 약방에서 나온 사나이는 바로 최 진이었다.

최 진은 주위를 한번 둘러보고 나서 비닐우산을 펴들고 인파 속으로 들어갔다. 다비드 킴도 급히 우산을 사들고 최 진의 뒤를 쫓았다. 놓칠 염려가 있었으므로 그는 약 5미터 간격으로 상대의 뒤를 미행했다. 적당한 기회만 오면 그는 최 진을 사살해 버릴 생각이었다.

약방에서 피로회복제 드링크 한 병을 마시고 나온 최 진은 사무실을 향해 급히 걸어갔다. 사무실까지 가는 데는 30분쯤 걸릴 것이라고 그는 생각했다.

택시를 타고 갔으면 좋겠다고 생각했지만 러시아워라 택시 잡기가 어려웠다.

그는 거듭 허탕을 친 끝이라 기분이 언짢았다. 겨우 꼬리를 잡아 덮치고 보면 놈은 이미 사라지고 없다. 이번 경우에도 5열이 그놈에게 정보를 주었을까? 그럴 리가 없다. 내가 금발을 찾고 있는 것을 알고 있는 사람은 아무도 없다. 그렇다면 이번의 허탕은 우연일까. 아마 그럴지도 모른다. 그렇다면 놈은 아직 금발 변장을 하고 있을 것이다.

프런트 계원의 말에 의하면 놈은 오늘 미국으로 떠났다고 한다. 그렇지만 그것은 믿을 수 없는 일이다. 놈이 자신의 행선지를 똑바로 알려줄 리는 없는 것이다. 하지만 혹시 모르니까 출국 여부를 체크해 볼 필요는 있겠지.

건널목의 신호등이 좀처럼 녹색으로 바뀌지 않았으므로 담배를 피워 물고 빨간 불을 비켜보았다.

사람들은 녹색 불이 켜지지 않았는데도 차도로 밀려나가고 있었다. 그러자 여기저기서 클랙슨 소리가 요란스럽게 울려왔다. 운전사들은 차창 문을 열고 난폭하게 욕지거리를 퍼부어댔다. 차량과 행인들이 뒤엉켜 차도는 순식간에 뒤죽박죽이 되어 있었다. 최진도 사람들 사이에 섞여 차도로 들어섰다. 불은 이미 녹색으로 바뀌어져 있었다.

건너오는 사람들과 건너가는 사람들이 맞부딪쳐 차도는 빨리 정돈이 되지 않고 있었다. 노란비옷 차림의 교통경찰관이 호각을 불어대면서 분통을 터뜨리고 있었지만 행인들은 자기 코스대로 움직이고 있었다.

진이 차도의 중간쯤에 이르렀을 때였다. 화가 난 택시 운전사 하나가 갑자기 문을 열고 나오는 바람에 진은 문에 무릎을 세게 부딪치고 허리를 굽혔다. 아픈 무릎을 움켜쥐고 운전사를 노려보는데 운전사가 갑자기 비틀거리면서 쓰러지는 것이 보였다. 운전사의 가슴에 검붉은 피가 번지는 것을 보는 순간 그는 사람들 사이로 뛰어들면서 피스톨을 뽑아들었다. 여자들이 비명을 지르면서 사방으로 뛰어 달아나고 있는데 반해 남자들은 쓰러진 운전사를 보려고 몰려들고 있었다. 그들은 아직 운전사가 총에 맞은 사실을 모르고 있는 것 같았다.

진은 그가 걸어온 뒤쪽을 쏘아보았지만 누가 총을 쏘았는지 알 수가 없었다. 총소리도 나지 않은 것으로 보아 S25 소음권총을 사용한 것이 틀림없었다. S25자동소음권총을 사용했다고 생각하자 그는 소름이 끼치도록 전율했다. 다비드 킴에게 역습을 당한 것이다. 놈이 이 근방 어디에서 또 나를 노리고 있을 것이다. 호각 소리가 날카롭게 들리면서 교통경찰관이 운전사가 쓰러진 쪽으로 뛰어드는 것이 보였다.

그가 무릎을 다쳐 허리를 굽히는 순간 S25 소음권총이 발사된 것 같았다. 자기 대신 운전사가 총에 맞았다고 생각하자 그는 어쩔 바를 몰랐다. 그러나 우물쭈물 하고 있을 시간이 없었다.

사람들 사이에 끼어 차도를 건너자 그는 급히 골목길로 뛰어들었다. 그리고 우산도 집어던진 채 골목을 정신없이 뛰어갔다. 골목이 끝나는 곳에 이르자 그는 벽에 기대서서 뒤쪽을 바라보왔다. 한참동안 그렇게 서 있었지만 따라오는 사람은 없었다. 공포와 분노로 그는 한동안 몸을 떨고 있었다. 몸은 땀과 빗물로 흠뻑 젖어 있었다.

그는 비를 고스란히 맞은 채 사무실로 돌아왔다. 젖은 옷을 벗을 생각도 하지 않은 채 앉아 있는데 엄 과장으로부터 전화가 왔다. 그가 조금 전에 일어난 일을 보고하자 엄 과장은

"운이 좋았군요."
하고 말했다.

"놈은 에드워드 · B라는 금발의 미국인으로 변장하고 있습니다. 특수부측에서 수배해 주십시오."

이미 놈은 다른 변장을 하고 있을 가능성이 많았다. 금발이었다면 아까 사고가 났을 때 금방 눈에 띄었을 것이다.

"놈은 벌써 두 가지 변장을 하지 않았나. 재일동포 김용호와 미국인 에드워드로 말이오."

"그렇습니다. 놈은 계속 변장을 하고 다닐 겁니다."

"새 조직은 언제 만들 거요?"

"내일 밤 9시에 여기서 모임을 가지면 좋겠습니다."

"그럼 내일 만납시다."

"미행당하지 않도록 조심하십시오."

"아, 물론이지."

한편, 그보다 두어 시간 전 도쿄의 모오리 형사는 맞은편 10층 빌딩을 멀거니 바라보고 있었다. 백색의 그 빌딩은 동경 종합병원(東京綜合病院)으로 지은 지 얼마 안 된 것이었다. 듣기로

는 최신 시설과 기술로 특히 돈 많은 부유층에 인기가 있다는 병원이었다.

햇빛을 받아 하얗게 빛나는 빌딩 창문들을 바라보면서 모오리 형사는 한참 동안 망설이고 있었다. 하루 종일 돌아다닌 끝이라 오늘은 그대로 집에 돌아가 쉬고 싶었다. 그런데 오랜 연륜을 통해 쌓아올린 직업의식이 그가 발길을 돌리는 것을 쉽게 허락지 않고 있었다. '마지막으로 한번 훑어보고 가는 게 어떨까. 이 나이에 벌써 나태해져서야 되겠나.' 결국 그는 길을 건너 맞은편 병원빌딩으로 다가섰다. 시계를 보니 오후 4시가 막 지나고 있었다.

성형외과는 5층에 있었다. 복도는 시간이 늦은 탓인지 한산해 보였다. 끝에 'ㅇㅇ박사'라는 글자가 붙은 의사 명패가 걸려 있는 방들을 훑어보면서 지나치다가 모오리 형사는 걸음을 멈추었다.

명패들을 보자 그는 의사들을 만나보고 싶은 마음이 싹 가셨다. 그가 지금까지 만나본 의사들은 거의가 새파랗게 젊은 애송이들이었다.

그 애송이들이 의학박사라고 앉아서 인생에 실패한 형사를 경멸이나 하는 듯이 바라볼 때면 그는 울화가 치밀어서 견딜 수가 없었다. 젊은 나이에 성공한 그 수재형의 의사들을 상대할 때마다 그는 자신의 실패를 자인하지 않을 수 없었다. 그것은 확실히 고통스럽고 수치스러운 일이었다. 그런 기분을 버려야 한다고 생각하면서도 막상 의사 앞에 서면 그럴 수가 없었다.

그렇지만 5층까지 올라와서 다시 내려간다는 것이야말로 더욱 비참한 기분만을 안겨줄 뿐이다. 그는 어금니를 깨물면서 맨 끝 방을 노크했다. 두 번 노크하자 들릴 듯 말 듯 조그만 소리가

"네"

하고 들려왔다. 모오리는 일부러 거칠게 문을 열고 들어갔다.

책상 위에 두 다리를 올려놓은 채 책을 보고 있던 의사가 그의 거친 태도에 미간을 찌푸리면서 다리를 밑으로 내려놓았다.

"경시청의 모오리 형사올시다."

그는 신분증도 내보이지 않고 재빨리 말했다. 의사는 금테 안경 너머로 이쪽을 힐끔 쳐다보고 나서 별로 놀라는 기색도 없이 차갑게 물었다.

"무슨 일이신가요?"

이 자식, 자리도 권하지 않는군. 건방진 자식 같으니. 모오리 형사는 의자를 끌어다놓고 앉으며 담배를 뽑아 물었다. 마른데다 티 하나 없이 깨끗하게 생긴 의학박사는 반사적으로 팔을 뻗어 창문을 열었다. 모오리 형사는 치미는 열기를 누르면서 다비드 킴의 사진을 책상 위에 내놓았다.

"혹시 이런 사람 여기서 수술한 적 없습니까?"

사진은 거꾸로 놓여 있었다. 그런데도 의사는 그것을 바로 보려고도 하지 않은 채 고개부터 저었다.

"그런 적 없습니다."

모오리 형사는 다시 사진을 바로 들고 의사의 눈앞에 바싹 들이댔다.

"똑바로 보십시오. 콧잔등을 수술한 적 없습니까? 이 병원에서 수술했다는 정보가 있어서 왔는데."

그가 하도 위압적으로 나오자 의사는 다소 위축이 되는 것 같았다.

"중요한 범인이니까 협조하십시오. 사실을 은폐하면 좋지 않습니다."

모오리 형사의 협박에 의사는 그제야 시선을 모으면서 사진을 들여다보았다.

"이 사람 같으면 본 기억이 납니다. 그렇지만 제 담당이 아니었습니다."

"누구 담당이었습니까?"

"옆방으로 가 보십시오. 과장님이 직접 맡으셨을 겁니다."

모오리 형사는 가칠게 문을 닫고 나와서 옆방으로 갔다.

성형외과 과장은 40대의 중후한 인상의 사나이였다. 그전까지 격하게 흔들리던 모오리 형사의 감정은 같은 또래의 이 중후한 사나이 앞에서 거품처럼 가라앉아 버렸다. 그는 겸손하게 찾아온 용건을 이야기했다. 과장은 경시청 형사가 내민 사진을 한참 동안 들여다보고 나서 무겁게 고개를 끄덕였다.

"기억이 납니다. 콧잔등을 수술했습니다."

모오리 형사는 몽타주를 꺼냈다.

"이게 수술한 후의 모습입니까?"

"네, 그렇습니다."

의사는 놀라는 눈치였다.

"콧잔등에 플라스틱을 끼워 넣었습니다. 그 밖에 눈 주위에 손질을 했습니다."

"이 사람에 대한 기록카드 좀 볼 수 없을까요?"

"좀 기다리십시오."

의사는 책상 위에 놓인 메모철을 뒤적이고 나서 곧 구내전화를 걸었다.

조금 후 간호원이 서류 봉투를 하나 들고 들어왔다. 모오리 형사는 의사가 뽑아주는 기록카드를 받아들고 몇 가지 중요한 사실들을 적었다.

한 시간 후 방위청 정보국 강력반으로 돌아온 그는 즉시 서울로 전화를 걸었다.

그 시간에 최 진은 사무실에 앉아 있었다. 모오리 형사로부터 다비드 킴이 수술한 병원을 찾아냈다는 말을 듣자 그는 정신이 번쩍 들었다.

"지난 8월 14일에 도쿄종합병원 성형외과에 입원해서 수술을 받았습니다. 입원 시의 이름은 에드워드 힐이었습니다."

"감사합니다. 이만하면 됐습니다."

"이쪽에서도 강력반이 편성되어 활동을 시작했으니까 그렇게 알고 계십시오."

진은 모오리 형사가 알려주는 전화내용을 메모지에 급히 적었다.

"뭐, 부탁할 일 없습니까?"

"도미에를 잘 부탁합니다. 지금 X의 가족들에게 접근하고 있을 겁니다. 두 분이 잘 협조하신다면……"

"아, 말도 모십시오. 그 아가씨는 아마 나를 돼지새끼쯤으로 생각하는 모양입니다."

모오리 형사의 투덜거리는 소리에 진은 오랜만에 웃음이 나왔다.

"하여간 알겠습니다."

"그리고 우리 특수부의 엄인회 과장이 내일 오후 2시 KAL기로 도쿄에 가실 겁니다. 잘 좀 안내해 주십시오."

"아, 잘 알고 있습니다. 염려 마십시오."

통화를 끝낸 모오리 형사는 도미에의 아파트로 전화를 걸었다. 그러나 신호만 갈 뿐 전화를 받지 않았다.

이 여자가 어디를 갔을까. 아낭과의 관계는 여전히 유지되고 있을까. 어느 땐가는 그녀에게 위험이 닥칠 것이다. 그 멋있는 미녀가 살해당할지도 모른다고 생각하자 모오리 형사의 표정이 딱딱하게 굳어졌다. 그대로 내버려둬서는 안 된다. 좋은 수가 없을까. 물론 그녀의 활동을 지금 당장 중지시킬 수는 없었다. 무엇보다 그녀 자신이 듣지 않을 것이고 다음에는 아낭이 쉽게 놓으려고 들지 않을 것이다. 좋은 수가 없을까.

10월 3일 밤이 저물어가고 있었다.

도미에는 신쥬꾸(新宿) 뒷골목에 있는 싸구려 바에 앉아 있었다. 동행도 없이 그녀는 혼자 앉아 술을 기울이고 있었다.

남자들의 시선이 일제히 혼자 앉아 있는 그녀에게 쏠리고 있었다. 그러나 그녀는 눈 하나 까딱하지 않은 채 뭇 남성들의 시선을 묵살해 버리고 있었다.

그녀의 시선은 가끔씩 구석자리에 앉아 있는 20대의 장발 청년에게 향하곤 했다. 청년도 그녀를 힐끔힐끔 쳐다보곤 했는데 시선이 부딪칠 때마다 그는 당황해 하면서 눈길을 돌리곤 했다.

청년은 금발의 미국인 처녀와 동행이었다. 그러나 그는 금발에게는 별로 흥미가 없는 것 같았다.

"어떡해요?"

금발의 처녀가 눈물을 글썽이며 물었다. 청년은 금발을 쏘아보다가 얼굴을 잔뜩 찌푸렸다.

"어떡하긴 뭘 어떡해? 몰라서 묻는 거야?"

"우리…… 결혼해요."

"뭐라고? 미쳤어?"

금발이 그의 팔을 붙들었다.

"우리가 결혼해서 안 될 이유가 뭐예요."

"이유는 없어! 난 결혼하기가 싫단 말이야! 알겠어?"

금발의 큰 젖가슴이 몹시 흔들렸다. 그녀는 줄줄 흘러내리는 눈물을 닦으려고도 하지 않은 채 호소하는 눈길로 청년을 바라보았다.

"우리 아기는 어떡하지요? 아기가 불쌍하지 않으세요?"

"이런 젠장…… 병원에 가서 빨리 수술해 버려! 수술비는 줄 테니까!"

금발의 눈이 놀라움으로 더욱 커졌다.

"안돼요! 그럴 수는 없어요!"

금발이 갑자기 소리를 질렀기 때문에 모든 사람들의 시선이 일제히 그들 쪽으로 쏠렸다. 사람들은 동양인이 금발의 외국 처녀를 울리고 있다는 사실에 강한 호기심을 느끼고 있었다. 그들의 얼굴에는 열등의식이 해소되고 일종의 승리감 같은 것에 도취되는 번득임 같은 것이 드러나 있었다.

"저를 사랑하지 않으세요?"

금발 처녀는 사람들의 시선에 아랑곳없이 소리를 질러대고 있었다. 청년은 시뻘겋게 달아오른 얼굴을 주체하지 못해 잠시 어쩔 줄 몰라 하다가 갑자기 벌떡 일어나면서 소리를 꽥 하고 질렀다.

"그래! 사랑하지 않는다! 이것으로 너하고 끝장이야! 사람을 이렇게 창피를 줄 수 있어!"

금발이 붙잡는 것을 뿌리치고 청년은 바를 뛰쳐나왔다. 그렇게 나오면서도 흑발의 미녀를 한번 쳐다보는 것을 잊지 않았다.

금발 처녀는 그대로 탁자 위에 엎드려 엉엉 소리 내어 울었다. 그것을 본 손님들은 낄낄거리며 수작을 걸었다.

"헤이, 나하고 연애할까. 아까 그놈은 못돼 먹었군. 나하고 연애하면 잘 주물러주지."

"난 말이야 금발하고 한번 노는 게 소원이야. 어때? 내 아파트에 갈까?"

그때 도미에가 일어섰다. 그녀는 침착하게 금발에게 다가서더니 그녀의 어깨를 톡톡하고 두드렸다. 그리고 능숙한 영어로 말했다.

"아가씨, 자, 나하고 나갈까? 여기 이러고 있으면 안돼요. 늑대들이 가만두지 않을 거예요."

금발은 얼굴을 들고 낯선 여인을 바라보았다. 조용하고 깊은 눈길을 보자 그녀는 갑자기 구원을 받은 것 같은 기분이 들었다.

"자, 나가요. 밖에 그분이 기다리고 있을 거예요."

금발은 울음을 그치고 일어서서 도미에의 부축을 받으며 밖으로 나갔다. 그녀들의 뒷모습을 바라보면서 술꾼들이 기성을 질렀다.

"아유, 저 젖가슴 한번 꽉 깨물어 봤으면 원이 없겠네……"

"저, 저, 큰 히프 좀 봐. 난 저기다가 한번 비벼봤으면…… 히히……"

청년은 길 건너에서 바 쪽을 바라보고 있었다. 거머리 같은 계집애한테 걸렸다고 생각하면서도 궁금해서 그대로 가버릴 수가 없었다. 그래서 머뭇거리고 있는데 바에서 두 명의 여자가 나오는 것이 보였다. 금발을 부축하고 있는 여인을 보자 그는 어리둥절했다. 그러면서도 한편으로는 어떤 가능성을 기대하면서 길을 건너 그녀들 쪽으로 다가왔다.

"남자가 무슨 짓이에요? 더구나 외국 여자를 이렇게 울리는 법이 어딨어요?"

여자로부터 날카롭게 질책을 당하자 청년은 당황했다.

"그렇게 서 있지 말고 이 아가씨를 집까지 바래다 줘요."

"시, 실례지만 누구십니까?"

"난 아무 관계도 없는 사람이에요. 그렇지만 같은 여자로서 두고 볼 수가 없어서 하는 말이에요."

"아, 그러십니까. 난 또 여자 경찰쯤 되는 줄 알았죠."

아아, 요거 맹랑한 계집앤데. 몸매도 멋지고…… 괜찮아. 아주 썩 좋아. 청년은 날쌔게 그녀의 아래위를 훑어보면서 음흉한 계산을 하고 있었다.

"남자답지 못하군요. 정 그렇다면 내가 데려다 주겠어요."

도미에는 청년을 흘겨보고 나서 택시를 잡았다. 그때까지도 금발 처녀는 훌쩍훌쩍 울고 있었다.
 여자들이 탄 택시가 출발하자 그제서야 청년도 다급하게 택시를 잡아탔다.
 "저기 저 노란 택시를 따라갑시다!"
 청년은 쿠션에 상체를 기대면서 앞으로 전개될 여러 가지 일을 생각하고 소리 없이 웃었다.
 바에 있을 때 여자가 자꾸만 그에게 시선을 던졌던 것을 생각하고 그는 고개를 갸우뚱했다. 숨 막히도록 아름다운 여자다. 어디서 본 듯한 얼굴 같기도 한데, 누굴까. 여자가 전혀 마음이 없었다면 이쪽을 거들떠보지도 않았을 것이다. 아무래도 호감이 가니까 자꾸만 나를 쳐다봤겠지. 그는 바보처럼 웃으면서 얼굴을 쓰다듬었다. 빈껍데기에 불과하지만 그의 생긴 모습은 미남형이었다.
 그는 그의 잘생긴 모습을 너무 과신한 나머지 세상 여자들이 모두 자기에게 호감을 가지고 있다고 착각하고 있었다. 흑발의 미녀 역시 자기에게 반한 것 같이 생각되었다. 그가 좀 더 영리한 청년이었다면 그 여자가 왜 자기에게 접근하려고 하는지 한 번쯤 생각해 보았을 것이다. 그러나 그의 우둔한 머리는 거기까지 생각이 미치지 못하고 있었다. 다만 그는 건달답게 새로 생긴 먹이를 어떻게 요리해 먹을까 하고 벌써부터 궁리하고 있었다. 금발은 이제 그에게는 흥미 없는 존재였다. 미국 계집애라 호기심에 한동안 정신없이 데리고 놀았지만 속속들이 맛을 보고 나니 이젠 흥미도 사라지고 거추장스럽기만 했다. 더구나 임신까지 해서 따라다니고 있으니, 골칫덩이일 수밖에 없었다.

요즈음 들어 그의 기분을 잡치게 하는 일이 또 하나 있었다. 그것은 아버지 때문이었다. 아버지로부터는 웬일인지 갑자기 소식이 끊긴 채 벌써 보름 가까이 연락이 없었다.

지난 9월 중순 그는 서울의 아버지에게 전화를 걸어 돈을 보내달라고 부탁했었다. 아버지는 매월 상당 액수의 생활비를 보내왔지만 그의 어머니가 그것을 움켜쥐고 있어서 거기서 용돈을 더 타내기가 어려웠다. 어머니는 항상 정한 액수 이상의 용돈을 절대 내놓지 않았다. 그래서 그는 아버지에게 전화를 걸어 따로 용돈을 타내곤 했었다. 그의 아버지는 외아들의 부탁이라고 하면 무엇이나 들어주곤 했다. 그런 아버지로부터 갑자기 소식이 끊겼으니 그는 애가 탈 수밖에 없었다. 쾌락을 찾아 돈을 물 쓰듯이 하는 그로서는 돈줄이 끊어졌다는 것은 사형선고를 받은 것이나 다름이 없었다. 돈이 없으니 그는 당장 움직일 수가 없었다. 그래도 어머니는 그동안 저축해 놓은 돈이 있는지 별로 생활에 궁색을 보이는 것 같지는 않았다. 어머니가 저축을 해놓은 돈이라도 가로채 보려고 기회를 노렸지만 벌써 눈치를 챈 어머니는 아들이 도둑질할 틈을 주지 않았다. 그는 결국 아버지를 욕했다.

빌어먹을, 왜 가족들을 일본으로 보내놓고 이렇게 고생을 시키는 거야. 한국에 전쟁이 날지 모르니까 미리 피신해 있는 게 좋다고? 홍, 웃기는군. 전쟁이 그렇게 쉽게 일어나나. 까짓것, 전쟁이 일어나면 또 어때. 나야 이래도 좋고 저래도 좋은데……. 결국 그는 아버지가 바라던 것도 포기하기로 작정했다. 아버지가 바라는 것이란 그가 빨리 일어를 마스터해서 일본의

회전목마 · 351

아무 대학에나 편입하는 것이었다. 질이 좋지 않은 아버지도 자기 아들만은 정상적인 사회인으로 성장하기를 기대했던 모양이다. 그러나 공부라고 하면 벌레보다 싫어하는 아들은 일어학관에 서너 달 다니다가 거기서 금발의 미국 처녀 하나만 낚아챈 채 일어 공부를 집어치우고 말았다.

앞서 가던 노란 택시가 정거하는 것이 보였다. 청년은 노란 택시를 지나 1백 미터쯤 떨어진 곳에서 차를 내렸다.

그곳은 외인 주택촌이었다. 수목이 울창해서 공기가 좋고 전원적인 분위기를 띠고 있었다. 청년은 담배에 불을 붙인 다음 어깨를 치켜 올리면서 두 여자가 사라진 쪽으로 어슬렁어슬렁 걸어갔다.

나무 사이로 두 여자가 집 앞에 서 있는 것이 보였다.

이윽고 금발이 집안으로 사라지자 흑발의 미녀는 돌아서서 이쪽으로 걸어오기 시작했다. 걸음걸이가 단정하고 세련되어 보이는 것이 볼수록 멋이 있었다. 녹색 물방울무늬의 원피스 자락이 미풍에 하늘거리다가 다리에 감기자 하체의 굴곡이 그대로 드러나 보였다. 흑발에 반쯤 가려진 얼굴이 가로등 불빛을 받자 석고처럼 하얗게 빛났다. 청년은 침을 꿀꺽 삼키면서 앞으로 나섰다. 여자가 소스라치게 놀랐다.

"따라왔군요. 뭐예요, 비겁하게!"

"미안합니다. 걱정이 돼서 따라왔죠."

여자는 그를 흘겨보더니 그대로 그 옆을 지나쳤다. 청년은 비굴하게 굽실거리며 그녀를 따라갔다.

"하여튼 누구신지 모르지만 감사합니다. 대신 인사를 드리겠

습니다."

"여자를 아낄 줄 모르는 남자는 꼴도 보기 싫어요."

여자는 거침없이 쏘아붙였다. 청년은 머리를 긁적거렸다.

"사실은 그럴 만한 이유가 있어서 그랬습니다. 당신이 참견할 일은 아니지 않습니까."

여자는 우뚝 멈춰 서서 청년을 쏘아보았다.

"사람은 공분(公憤)이란 게 있는 거예요. 알겠어요? 자기 일이 아니더라도 그것이 옳지 않을 때는 누구나 분노를 느끼게 마련이에요. 당신은 그런 것도 느낄 줄 모르나요? 공분이 뭔지나 아나요?"

"아, 압니다."

여자의 말솜씨에 그는 맥을 출 수가 없었다. 이러다가는 병신 취급을 받기가 십상일 것 같았다. 이 계집애는 호락호락 넘어갈 것 같지가 않은데. 잘못하다가는 내가 잡아먹히겠는데. 그가 머뭇거리고 있을 때 여자는 이미 저만치 걸어가고 있었다. 그는 다시 쫓아가 여자의 팔을 낚아챘다.

"이거 왜 이러는 거예요? 놓으세요!"

"미, 미안합니다. 제가 저녁을 대접해 드리겠습니다."

"당신 같은 사람하고 식사하기는 싫어요."

여자는 팔을 획 뿌리쳤다.

"화내지 마십시오. 이대로 보낼 수는 없습니다."

"도대체 왜 그러죠?"

"감사해서 그럽니다."

그때까지 싸늘하던 여자의 얼굴에 미소가 스쳐갔다.

"저녁은 먹은 걸로 하죠. 난 가 봐야 해요."

"아, 너무 그러지 마십시오. 잠깐이면 됩니다. 제발…… 부탁입니다."

"어린애 같군요."

여자는 누가 같은 표정으로 청년을 바라보았다. 청년은 여자가 승낙하는 눈치를 보이자 정말 어린애같이 즐거워했다.

그들은 택시를 타고 긴자로 들어갔다. 청년은 호주머니에 남아 있는 돈을 마지막으로 털어 버릴 생각이었다. 고급의 식사를 하기에는 부족한 돈이었지만 시계라도 잡힐 셈치고 그는 무대가 있는 호화로운 레스토랑으로 그녀를 안내했다.

여자에게 궁색한 것을 보이면 여자가 도망치고 만다. 재벌 2세쯤으로 보이게 돈을 쓰면 어느 여자치고 무릎을 꿇게 마련이다. 돈의 위력으로 여자를 녹인 다음 적당한 기회에 기습하면 웬만한 여자는 모두 다리를 벌리고 어서 오세요 한다. 이 여자라고 별 수 없겠지.

"보아하니 엄마한테 용돈 타 쓰는 학생 같은데, 무슨 돈이 있어서 이런 식당엘 다 오죠?"

여자는 나무라는 투로 청년을 바라보았다.

"아, 그런 건 염려 마십시오. 어머니한테 용돈 타 쓰는 어린애는 아니니까요."

"제가 보기에는 어린애 같은데요?"

무대 위에서는 수영복 차림의 미희들이 현란한 조명 속에서 몸을 흔들어대고 있었다. 여자는 무대를 바라보고 있었다. 청년은 자기를 어린애 취급하는 이 아가씨를 어떻게든 꺾어보고 싶은 충동을 느꼈다.

"저보고 어린애라고 하시는데 도대체 그쪽은 지금 몇 살이나 되셨나요?"

"나이가 문젠가요. 여자들 눈에는 늙은 할아버지도 어린애처럼 보일 때가 있는 거예요. 그쪽은 몇 살이에요?"

"스물 좀 넘었습니다."

"그럼 내 동생밖에 안 되는군요."

"누나라고 부르겠습니다. 누님은 올해 몇이십니까?"

"여자 나이를 함부로 묻는 게 아니에요."

그녀는 메뉴를 들여다보면서 가볍게 응수했다. 청년은 연상의 여자와 상대하게 됐다는 사실에 기묘한 드릴을 느꼈다. 무르익은 연상의 여인의 품에 안겨 노닥거리는 것이야말로 얼마나 즐거운 일인가.

"누님, 아직 서로 이름도 모르고 있군요. 실례지만 남들이 뭐라고 부릅니까?"

"우에꼬……거긴?"

도미에는 불타는 눈으로 청년을 바라보았다. 청년은 숨이 콱 하고 막히는 것을 느끼면서

"저, 조명식입니다."

라고 대답했다. 마침 주문한 식사가 왔으므로 그들은 자세를 바로 했다.

"조명식? 그럼 일본인이 아니군요?"

"네……"

그는 미처 거짓말을 하지 못한 것을 후회했다. 일본인이 한국

인을 열등시한다는 것을 그는 잘 알고 있었다.

"어쩐지 일본말이 서툴다고 생각했는데…… 그럼 중국인이에요?"

"아니에요. 한국입니다."

"남쪽이에요, 북쪽이에요?"

"남쪽입니다."

도미에는 청년이 따라주는 술을 조금 마셨다.

"말이 서툰 걸 보니까 여기 온 지 얼마 안 되나 보군요?"

"네, 얼마 안됐어요. 저기…… 누님이라면 동생한테 반말을 해야죠."

"골치 아픈 동생은 싫어요."

"말썽은 부리지 않겠습니다. 전 사실 일본에 친구도 없고 외로운 처집니다. 벌써부터 누님 같은 분이 필요했습니다."

도미에는 고기를 잘게 썰어 입 속에 집어넣고 천천히 씹었다.

"외롭다면서 금발 아가씨는 왜 버렸지?"

"제 외로움을 달래줄 수 있는 여자라면 왜 버렸겠습니까. 호기심에서 사귀어 봤는데 역시 백인종은 우리 체질에 안 맞아요. 냄새가 나고, 엄살이 심하고, 노란 털이 부숭부숭한 게 꼭 짐승 같아요."

도미에는 웃음이 나오는 것을 억지로 참았다.

"임신까지 시켜놓고 모르겠다고 하면 어떡하지? 그 아가씨는 악착같이 낳을 모양이던데……"

"웃기지 말라 그래요. 요새 계집애들치고 그런 것 하나 처리 못하면 그런 건 정말 병신이죠. 산부인과 병원은 왜 있는 겁니까? 애기는 낳는 것도 중요하지만 떼는 것도 중요하다구요. 적당히 애기를 뗄 줄 아는 여자가 영리한 여잡니다. 괜히 애비 없는 자식을 낳아가지구 생고생을 하는 여자는 천하 멍청이죠."

"흥, 적반하장이군."

"잘 좀 부탁합니다."

도미에의 잔이 비자 그는 즉시 또 술을 따랐다. 도미에는 술잔을 들여다보다가 단숨에 그것을 들이켰다. 조명식은 여자의 뺨이 발그레 홍조를 띠는 것을 지켜보면서 속으로 쾌재를 불렀다. 조금만 더 취해라. 끌고 가서 요절을 내버려야지. 정복당하고 나면 저 높은 콧대도 납작해지겠지. 그때는 내 발치에 엎드려 죽는 시늉까지 하게 될 거다. 사랑해요. 당신 맘대로 하세요. 시키는 대로 할 테니 제발 저를 버리지 말아주세요. 흥, 시키는 대로 하겠다구? 좋아. 그럼 옷을 벗고 고고 춤을 한번 춰 바. 팬티도 다 벗어. 흔들어! 세게 흔들어! 더! 더 흔들어! 조명식은 탁자 밑에서 두 다리를 흔들었다. 그의 머리도 술기로 어지러워 오고 있었다.

"그런데 말입니다. 어디서 본 듯한 얼굴인데요."

"내 얼굴에 공통분모가 많은 모양이지."

"글쎄, 제가 잘못 봤나요."

"여기서 뭘 하고 있어?"

이제 도미에는 완전히 누나처럼 반말을 하고 있었다. 조명식은 그것이 차라리 좋았다. 반말을 한다는 것은 그만큼 사이가 가까워졌다는 것을 의미하기 때문이었다.

"뭘 하고 있느냐구요? 그냥 놀고 있습니다."

"학교도 안 다니구?"

조명식은 고개를 끄덕이면서 머리를 긁적거렸다.

"그야말로 망나니로군."

"헤헤……"

"부모님은 뭘 하셔?"

"왕초는 서울서 사업하고 있어요. 호텔 사업한다나요."

"그 말투가 뭐야."

도미에는 청년의 허벅지를 꼬집었다. 그러자 기다렸다는 듯이 청년이 그녀의 손을 덥석 움켜쥐었다. 그녀가 손을 빼려고 할수록 그는 손에 힘을 주었다.

"이러지 마."

"누님, 누님은 굉장히 매력적이야."

"이러지 말래두."

말은 그러면서도 그녀는 더 이상 손을 빼려고 하지는 않았다. 조금 후 그녀는 취한다고 하면서 다른 손으로 머리를 짚었다. 조명식은 눈을 번득이면서 그녀의 입에 술잔을 가져갔다.

"자, 쭉 마셔요. 취하긴 뭐가 취한다고 그래요."

"아이 싫어."

"한번 멋지게 취하는 것도 괜찮지 않아요?"

도미에는 못 이기는 척하고 그가 부어넣은 술을 들이켰다. 술에 강한 그녀는 어느 정도까지는 자신이 있었다. 그러나 한도를 넘으면 위험을 각오하지 않으면 안 된다.

조명식의 손이 그녀의 어깨를 감싸 안았다. 그녀가 뿌리쳤지만 그는 다시 손을 올려놓았다.

"누나한테 이래도 되는 거야?"

"누님…… 나, 누님 좋아할 것 같은데요."

도미에는 여드름투성이의 그 얼굴을 바라보다가 징그러운 듯 목을 움츠렸다. 그러나 이내 참아야 한다고 생각하면서 그가 하는 대로 내버려두었다. 몸이 화끈 달아오르면 그때 가서 이쪽에서 조종하는 것이다. 짐승 같은 남자들은 그때 가서는 길들인 개처럼 의외로 순순히 말을 잘 듣는다. 이쪽에서 마음대로 조종하는 것이다.

이쪽에서 마음대로 조종하기 위해서는 상대에게 절대 승리감을 안겨줘서는 안 된다. 남자란 승리감에 취하면 여자에게 흥미를 잃게 마련이고, 금방 다른 꽃을 찾아 날아가 버리는 이상한 동물이다.

청년의 팔이 그녀의 어깨로부터 슬슬 밑으로 내려가더니 마침내 그녀의 가는 허리를 휘어 감았다. 그 나긋나긋 부드럽고 달콤한 여인의 체취에 그는 황홀한 듯 눈을 스르르 감았다가 뜨면서 뜨거운 한숨을 내쉬었다. 여자를 바라보는 그의 눈에는 이미 핏발이 서 있었다. 죽여서라도 먹어치우고 말겠다는 듯 그는 이글거리는 눈으로 여자를 바라보았다.

"누님, 나갈까요?"

그의 손이 마침내 젖가슴을 더듬기 시작했다. 도미에는 움찔하고 놀랐지만 어금니를 깨물면서 지그시 참았다.

"누님, 정말 탐스러운데요."

그의 뜨거운 입김이 그녀의 하얀 목에 와 감겼다.

"아이, 이러지 마."

"누님……"

 그의 손이 옷 사이로 파고들더니 마침내 브래지어 밑으로 미끄러지듯 들어와 그녀의 탐스러운 유방을 움켜쥐었다. 그때까지 사내가 징그럽게만 느껴지던 그녀는 사내의 손이 젖꼭지를 비틀어대기 시작하자 야릇한 흥분에 빠져들었다. 이래서는 안 된다. 이러다가는 죽도 밥도 다 틀린다. 여자의 육체는 너무 모순 덩어리야. 그녀는 사내를 와락 떠다밀었다. 그 바람에 조명식은 하마터면 의자째 바닥에 나동그라질 뻔했다.

 "뭐야, 건방지게. 사람들이 보는 것도 몰라?"

 그녀의 손이 가볍게 따귀를 토닥거리자 조명식은 얼굴을 확 붉혔다.

 "이런 데서 그런 짓 하지 마. 아이, 어지러워."

 "죄송합니다."

 조명식은 한숨을 들이키면서 원망스러운 듯이 그녀를 바라보았다.

 도미에는 반도 먹지 않은 채 식어버린 식사를 내려다보다가 웨이터를 불러 계산을 청했다. 웨이터가 계산서를 가져오자 조명식은 급히 주머니를 털어 돈을 꺼냈다. 그러나 식사와 술값으로는 돈이 모자랐다.

 "자, 이걸 잠시 맡아주슈."

 조명식이 얼굴을 붉히면서 손목시계를 풀려고 하자 도미에는 재빨리 백에서 돈을 꺼내 계산을 마쳤다.

 "제기랄……"

 조명식은 자신의 궁색이 드러난 것이 부끄러운지 머리를 긁적거렸다.
"누나가 계산 좀 했기로서니 기분 나쁠 게 뭐야."
기가 죽은 조명식은 도미에의 뒤를 따라가면서 아무래도 상대가 만만치 않다고 생각했다. 밖에 나온 도미에는 일부러 취한 듯 비틀거렸다. 청년이 허리를 껴안으면서
"바, 바래다 드리겠습니다."
라고 말했다.
"아니야. 내가 바래다줄게."
"많이 취하신 것 같은데요?"
"나를 취하게 해놓고 능청떨지 마. 하여튼 난 남자가 바래다주는 거 싫어. 내가 바래다줄게."
그녀는 손을 번쩍 들어 택시를 불렀다. 택시가 와 서자 그녀는 청년을 차 안으로 떠밀었다.
"집이 어디야?"
"우에노 쪽이에요."
택시가 달리자 그녀는 청년의 어깨에 몸을 기댔다. 조명식은 혼란을 느끼면서 팔을 뻗어 그녀의 어깨를 감싸 안았다.
이 여자는 손을 대면 화를 내면서도 또 이렇게 자진해서 안겨 든다. 종잡을 수 없는 묘한 여자다. 이런 여자는 강제로 옷을 벗기려고 하면 악착같이 버틸 것이다. 자진해서 옷을 벗도록 내버려두는 게 좋을지도 모른다.
여자의 달콤한 머리 냄새가 코끝을 간질이자 조명식은 다시 한 번 의식이 몽롱해졌다. 그때 여자가 물었다.
"집에는 그럼 어머니하고 살아?"

"네, 단 두 식구예요."

"그럼 외롭겠는데…… 나도 함께 살 수 없을까?"

농담 같은 말이었지만 청년의 얼굴에는 순간 희열이 스치고 지나갔다. 이런 미녀와 함께 살면 정말 밥 같은 거 먹지 않고도 살 수 있을 것 같다.

"좋아요. 함께 살아요."

"나 혼자 살고 있기 때문에 쓸쓸해. 함께 살고 싶지만 어머니가 허락하실까?"

조명식은 입을 다물었다가 불쑥 말했다.

"그럼 제가 집을 나와 누님 집으로 들어가지요."

도미에는 웃음을 터뜨렸다. 그 틈을 이용해서 청년은 그녀의 겨드랑이 밑으로 손을 집어넣어 젖가슴을 움켜쥐었다. 그러나 도미에는 이번만은 그의 손을 뿌리치지 않았다.

"만일 명식이가 집을 나오면 어머님이 신문에 광고를 내실 걸. '내 아들을 찾아 주세요.' 하고 말이야."

그 말을 듣자 명식은 어머니를 저주했다. 경제적으로 독립만 할 수 있다면 당장이라도 어머니와 따로 살고 싶다. 어머니는 정말 지긋지긋하다.

30분 후 그들은 택시를 내려 어두운 길을 걸어갔다. 명식이 시종 도미에를 껴안고 있었다. 명식의 집은 우에노 역 뒤쪽 언덕바지에 있는 아파트였다. 아파트 앞에까지 걸어간 명식은

"어? 불이 꺼져 있는데……"

하고 말했다.

그녀가 가려고 하자 그는 잡아끌었다. 어머니가 외출하고 없

는 것 같으니 집에 들어갔다 가라는 것이었다. 도미에는 못 이기는 체하고 그를 따라 아파트 계단을 올라갔다. 명식의 어머니는 정말 외출하고 없었다. 집안은 정신을 차릴 수 없을 정도로 어지럽혀져 있었다. 어머니와 아들이 똑같이 가정에는 관심이 없는 것 같았다. 아들은 개망나니니까 그렇다고는 하지만 어머니 되는 사람은 도대체 어떻게 생겼을까. 소파에 앉아 그런 생각을 하고 있는데 차를 끓여가지고 온 명식이 갑자기 그녀를 와락 껴안고 키스를 퍼부었다. 도미에는 기를 쓰고 그를 밀어냈지만 힘이 부쳐 입술을 허락할 수밖에 없었다. 그녀가 포기한 듯하자 그는 맹렬한 기세로 그녀에게 달려들기 시작했다. 도미에는 어디까지나 소극적인 저항을 보였다. 명식이 그녀를 번쩍 들어 침실로 안아 갈 때에도 그녀는 그의 목에 매달려 눈을 감고 있었다. 그러면서 입으로는

"아이, 이러면 안 된단 말이야. 정말 화낼 테야."
하고 말했다.

명식으로서는 이 기회에 끝장을 보고 싶었다. 그녀가 자진해서 옷을 벗기까지 기다린다는 것은 성질 급한 그로서는 참을 수 없는 일이었다.

밑에 깔린 그녀가 다리를 휘젓는 바람에 옷이 위로 말려 올라가면서 그녀의 풍만한 하체가 환히 드러났다. 노란 색의 조그만 삼각팬티가 아슬아슬하게 가리고 있을 뿐이어서 그것을 보고 있는 청년은 눈이 뒤집힐 지경이었다.

조금 후 그는 어깨 아래로 원피스를 끌어내리고 브래지어까지 잡아 뽑았다. 눈부시도록 하얗고 탐스러운 젖가슴이 부끄러

운 듯 솟아 나오자 그는 짐승처럼 신음을 토하면서 거기에다 입술을 비벼댔다. 도미에의 원피스는 아래에서 말려 올라가고 위에서 말려 내려와 허리 부분에서 돌돌 말려 있었다. 그제서야 도미에는 방어 자세를 취하기 시작했다. 그녀는 한 손으로 사내를 밀어내면서 팬티를 움켜쥐었다. 그러나 이미 짐승으로 변한 명식이 물러날 리가 없었다. 그는 마지막 공격을 가하기 위해 팬티를 획 낚아챘다. 그 바람에 팬티가 휴지처럼 찢겨져 나갔다.

사내는 황소 같아서 힘으로는 도저히 당해낼 수가 없었다. 놈은 허겁지겁 그녀의 다리를 젖히고 힘차게 몸을 밀착해 왔다.

그러나 이런 경우 여자가 한번 틀기 시작하면 조준을 맞추는 것은 거의가 불가능하다.

여자란 다른 곳에는 힘이 없지만 엉덩이의 힘은 대단한 것이어서 1백 킬로 정도의 무게는 가볍게 들어 올릴 수가 있다. 명식이 힘을 가해 오면 도미에는 엉덩이로 그를 가볍게 밀어내곤 했다. 약이 오른 사내는 끙끙거리며 더욱 집요하게 파고들었지만 그럴 때마다 도미에는 요령 있게 엉덩이를 빼돌리곤 했다. 그러면서 그의 어깨를 톡톡 두드리며

"이것 봐, 누나한테 이러면 못써. 자, 착하지."
하고 말하는 것이었다.

명식은 땀을 비 오듯이 흘리며 씨근덕거렸지만 그녀를 정복하는 것은 태산을 정복하는 것보다도 어려워지고 있었다. 처음과는 달리 힘은 빠져 있었고 그것마저 쪼그라들어 있었다. 안되겠다고 생각한 그는 몸을 일으키더니 부엌으로 뛰어 들어가 식칼을 들고 나왔다. 당황한 도미에는 침대 위로 올라앉으며 청년

을 쏘아보았다.
"빨리 누워! 그리고 시키는 대로 해! 말을 안 들으면 찔러 버릴거야!"

명식은 식칼을 그녀의 가슴팍에 들이밀었다. 그러나 도미에는 겁 많은 여자가 아니었다. 그녀는 차갑고 침착한 데가 있었다. 사람을 죽일 정도로 상대가 배짱이 두둑한 사내가 아니란 것을 간파한 그녀는 싸늘한 눈초리로 사내를 쏘아보면서 말했다.

"그 칼로 나를 찌르겠다고? 어리석은 자는 할 수 없군. 날 찌르면 어떻게 되는지 모르는가봐."

명씩은 침을 꿀꺽 심키면서 칼 쥔 손을 부르르 떨었다.

"모, 못 찌를 줄 알아? 빨리 누워! 누우라고!"

"싫어! 이제 보니까 형편없는 개망나니야. 다시는 안 만날 테니까 그리 알아."

칼끝이 그녀의 젖가슴에 와 닿았다. 그 차가운 감촉에 그녀는 전율했다. 그러나 결코 공포감을 나타내지 않은 채 그의 칼 든 손을 밀어냈다. 바로 그때 초인종 소리가 들려왔다.

두 사람은 깜짝 놀라 잠시 서로를 바라본 다음 허겁지겁 옷을 입기 시작했다. 옷매무새를 고치고 나자 도미에는 응접실로 나가 소파에 단정히 자리를 잡고 앉았다. 명식은 그녀에게 달려들어 키스를 한번 한 다음 현관으로 뛰어갔다.

명식의 어머니는 강파르게 마른 40대의 여인이었다. 그녀는 아들이 문을 늦게 열어준 데 대해 카랑카랑한 목소리로 몹시 화를 내면서 들어왔다. 이윽고 응접실에 앉아 있는 여인을 발견하자 그녀는 소스라치게 놀랐다. 도미에가 일어나 다소곳이 인사하자 그녀는 아들과 여자를 번갈아보면서 두 사람 사이에 있었던 일을 발견해 내려고 안경 너머로 눈을 번뜩였다.

"누나예요."

아들이 머리를 긁으면서 말하자 부인은 눈을 치떴다.

"아니, 누나라니? 너한테 무슨 누나가 있단 말이냐?"

"아이, 어머니두. 제가 누나 삼은 여자란 말이에요."

"흥, 살다보니까 별꼴 다 보겠구나. 이젠 여자까지 집안에 다 끌어들이구. 도대체 어쩌자고 이러는 거냐?"

부인은 백을 탁자 위에 집어던지더니 소파에 털썩 주저앉았다. 그리고 배짱 좋게 서 있는 도미에에게 앉으라고 말했다. 도미에가 자리에 앉아 아래를 내려다보고 있자 부인은 탁자를 손으로 두드리며 분노를 터뜨렸다.

"색시는 뭐하는 여잔데 남의 순진한 애를 유혹하는 거야? 술집여자야? 뻔뻔스럽게 집에 따라오다니. 뭘 노리고 온 거야?"

"무슨 말씀을 그렇게 하십니까? 저는 다만 댁의 아드님의 초대를 받고 놀러온 것뿐입니다."

우습게도 명식은 시종 침묵을 지키고 있었다. 보아하니 그는 어머니에게 꼼짝 못하는 것 같았다. 부인은 도미에의 침착하고 조리 있는 대꾸에 삿대질을 하면서 욕설을 퍼부었다.

도미에는 그 집을 나오면서 자기도 모르게 눈물을 흘렸다.

킬리만자로

 같은 날 밤, 최 진의 사무실에는 낯선 사나이들 10여 명이 비좁게 앉아 있었다. 진은 그들의 얼굴 하나하나를 찬찬히 바라보았다. 생전의 김 반장과 가까웠던 늙은 형사 출신이 7명, KIA에서 3명, 각 군 정보부에서 3명, 도합 13명의 사나이들은 그들이 앉아 있는 사무실의 초라함에 약간 이상하다는 듯한 표정들을 하고 있었다.
 형사 출신의 늙은 사나이들을 제외하고는 나머지 사나이들은 비교적 젊은 편이었다.
 13명의 사나이들은 그야말로 정선된 인물들인 만큼 5열의 침투를 우려하지 않아도 될 것이다. 특히 늙은 사나이들은 김 반장의 살해를 계기로 모두가 증오심에 불타고 있다. 그들은 모두가 피부에 탄력이 없고 얼굴에는 깊은 주름들이 잡혀가고 있었지만 범죄 수사에 일생을 보낸 사람들답게 날카로운 투시력과 끈질긴 집념을 지니고 있었다.

젊은 사나이들은 첫눈에도 알아볼 수 있을 정도로 강인한 체력들을 가지고 있었다. 눈초리들은 활활 타오르고 있었고 몸은 온통 근육으로 덮여 있는 것 같았다.

엄 과장이 나타난 것은 9시 10분쯤이었다. 그는 처음 보는 낯선 사나이들과 일일이 악수를 나눈 다음 지금까지 일어난 사태를 비교적 소상히 설명했다. 그의 설명은 거의 한 시간 동안이나 계속되었다.

설명이 끝났을 때 낯선 사나이들은 하나같이 경악에 차 있었다. 놀라움이 너무 컸던지 그들은 한동안 아무도 입을 열려고 하지 않았다. 한참 후 늙은 형사 출신 하나가 나직한 소리로 이렇게 말했다.

"목숨을 바쳐 한번 일해 보겠습니다."

"감사합니다."

엄 과장은 무거운 음성으로 감사를 표시했다.

"이런 일에 참가하게 된 것을 영광으로 생각합니다."

다른 늙은 사나이가 감동어린 목소리로 말하자 나머지 사나이들은 옷깃을 여미면서 자세를 바로 했다.

"여기 모이신 여러분들이야말로 우리가 기대할 수 있는 마지막 보룹니다. 여러분들이 이번에 적들을 박멸하지 않으면 우리 국가는 걷잡을 수 없는 혼란에 빠지게 될 것이고 종국에는 범죄자들의 손에 국가 권력이 넘어가게 될 것입니다. 범죄자들이 국가 권력을 장악했을 경우를 한번 상상해 보십시오. 그 결과는 정말 가공한 것이 아닐 수 없을 것입니다. 놈들은 나라를 송두리째 팔아먹고 말 것입니다. 저는 S국의 한 간부로서 적을 막아내지 못하고 있는 사실을 부끄럽게 생각하고 있습니다. 저는 이 자리에서 단언합니다. 모든 것은 여러분들의 손에 달려 있다고 말입니다. 여러분들의 활동을 위해서는 물심양면으로 최대의 지원을 아끼지 않겠습니다. 그러면 이제부터 여러분들이 지켜야 하고 해야 할 일들을 구체적으로 말씀드리겠습니다."

엄 과장은 담배에 불을 붙인 다음 서류를 펴들고 그들을 주욱 훑어보았다.

"여러분들의 본부는 바로 이곳입니다. 이곳의 암호는 북극성, 사정에 따라서는 본부의 위치를 바꿀 수도 있습니다. 여기 계신 최 진 씨의 암호명은 타이거……"

자기 가슴을 손가락으로 가리켰다.

"제 암호명은 코부라입니다. 그러면 여러분들의 암호명을 말씀드리겠습니다."

그는 제일 오른쪽에 앉아 있는 늙은 사나이부터 차례대로 암호명을 불러 나갔다.

엄 과장이 지정한 13명의 암호명은 다음과 같다.

①박　일 — 형사 출신, 암호명 "나폴레옹"
②최근일 — 형사 출신, 암호명 "알카포네"
③김태준 — 형사 출신, 암호명 "샌드위치"
④송창명 — 형사 출신, 암호명 "장의사"
⑤이명식 — 형사 출신, 암호명 "운전사"

⑥김병찬 — 형사 출신, 암호명 "미사일"
⑦황운하 — 형사 출신, 암호명 "파이프"
⑧엄효빈 — KIA 출신, 암호명 "잔다크"
⑨백인욱 — KIA 출신, 암호명 "스핑크스"
⑩한웅철 — KIA 출신, 암호명 "비너스"
⑪김용한 — 군정보대 출신, 암호명 "젠틀맨"
⑫고동훈 — 군정보대 출신, 암호명 "라이온"
⑬정덕수 — 군정보대 출신, 암호명 "알렉산더"

13명의 사나이들은 각자의 암호명을 속으로 한 번씩 불러보았다.

"암호명을 만든 것은 5열의 침투를 막기 위해서입니다. 따라서 여러분들은 앞으로 암호로 통할 것이므로 자기 암호명을 잘 기억해 주시기 바랍니다. 물론 동지들의 암호도 기억해 주시기 바랍니다. 앞으로 모든 것은 암호로 통할 것입니다."

엄 과장은 조금 간격을 두었다가 다시 말을 이었다.

"우리의 조직 암호명은 킬리만자로입니다. 킬리만자로…… 잘 기억해 두십시오. 이 작전의 암호는 "눈에는 눈입니다." 여러분들은 앞으로 활동하는 데 있어서 행선지를 반드시 이곳 본부로 연락해서 언제라도 연락이 닿을 수 있도록 유의해주시기 바랍니다."

엄 과장은 검정 가죽가방에서 서류철을 꺼내 들었다.

"이것은 지금까지 우리가 파악해낸 적들의 신상명세서입니다. 이중 국내에 있는 Z와 B가 가장 시급히 제거해야 될 인물입니다. Z는 아직 정체가 밝혀지지 않았지만 B는 밝혀졌습니다. 이것은 국제적인 킬러인 다비드 킴의 암호명 두문자입니다. 어제만 해도 최 진 씨는 그자에게 살해될 뻔했습니다. 두 장의 사진 중 하나는 본래의 모습이고 다른 하나는 성형수술 후의 몽타주입니다. 놈은 변장을 하고 다니기 때문에 여간해서 포착하기가 어렵습니다."

 엄 과장이 13명의 사나이들에게 내준 서류에는 극비(極秘)라는 주서가 찍혀 있었고 겉장을 넘기자
 〈눈에는 눈 ①신상명세서〉
라는 글자가 찍혀 있었다.
 "B에 대해 읽어보시면 알겠지만 놈이 지금까지 사용한 가명은 재일교포 김용호(金容浩)와 미국인 에드워드 · B라는 이름이었습니다. 그놈은 거기에 맞게 적절하게 변장을 하고 다녔습니다."
 "놈을 사살해도 좋습니까?"
 군정보대 출신의 알렉산더(정덕수)가 눈을 빛내며 물었다. 엄 과장은 고개를 끄덕였다.
 "우리는 체포를 원칙으로 하고 있지만 놈을 사살해도 무방합니다."
 젊은 요원들의 얼굴에는 사냥개 같은 번득임과 열기가 나타나 있었다. 반면 늙은 사나이들의 표정은 한층 심각해져 있었다. 형사 출신의 운전사(이명식)가 물었다.
 "지금 다비드 킴의 행적은 어느 선까지 추적되고 있습니까?"
 "전혀 감을 잡을 수 없습니다. 어제까지 제가 추적을 했고 저

를 죽이려고까지 했는데 그 다음부터는 종적을 알 수 없습니다. 놈은 앞으로 김용호나 에드워드·B로 위장하지는 않을 겁니다. 다른 이름으로 위장할 것이 분명한데 그것이 무엇인지는 아직 모르겠습니다."

사나이들의 시선이 일제히 진에게 쏠렸다. 암호명 운전사가 다시 물었다.

"어떤 방식으로 놈을 추적할 겁니까?"

여기서 진은 말문이 막혔다. 그것이야말로 아무도 대답할 수 없는 질문이었다. 그는 겨우 이렇게 말하는 수밖에 없었다.

"현재는 놈이 실수로 정체를 드러낼 때까지 기다리는 수밖에 없습니다."

"만일 놈이 정체를 드러내지 않는다면……?"

나폴레옹이 서류에서 눈을 떼면서 물었다. 진은 더 한층 난처함을 느꼈다. 그는 결국 대답하지 못하고 묵묵히 맞은편 벽만 바라보았다. 한참 무거운 침묵이 흐른 뒤 운전사가 입을 열었다.

"그물을 쳐놓는 게 어떨까요? 놈이 걸려들게 말입니다."

진은 운전사를 바라보았다.

"놈은 아무 미끼나 물지 않습니다."

"그러니까 놈이 구미를 당기는 미끼를 내놓아야겠지요."

"놈을 유인할 수 있는 미끼가 무엇인지 현재로서는 알 수가 없습니다. 놈이 노리고 있는 것이 무엇인지 그것만 알 수 있다면 놈을 유인할 수 있습니다. 그렇지만 현재로서는 놈이 최종적으로 노리는 것이 무엇인지 우리는 모르고 있습니다."

암호명 샌드위치가 끼어들었다.

"국제적인 킬러가 있다는 것은 분명히 무엇인가 큰 것을 노리고 있는 것이 틀림없지 않을까요? 놈은 직업적인 살인 청부업자인 만큼 조직의 일원은 아닐 테고 틀림없이 거액을 받고 고용됐을 겁니다. 그렇다면 조직에서 거액을 주고 놈을 고용한 이유가 무엇일까요?"

"그거야 누군가를 살해하기 위해서겠죠."

엄 과장이 다시 담배에 불을 붙이며 말했다. 샌드위치는 자리를 고쳐 앉았다.

"바로 그겁니다. 누군가를 죽이기 위해서 놈을 고용한 겁니다. 그렇다면 누구를 죽이기 위해서일까요? 최 진 씨를 노리는 것으로 놈의 목적이 끝날까요? 그렇지는 않을 겁니다."

진은 고개를 끄덕였다.

"저도 그렇게 생각합니다. 놈이 저를 죽이려고 하는 것은 제가 거추장스러웠기 때문일 겁니다."

"제 생각에는…… 놈은 지금 최종 목표를 향해 한 발짝씩 다가가고 있습니다. 놈은 직선으로 다가갈 수도 있고 멀리 우회해서 다가갈 수도 있습니다. 놈이 최 진 씨를 제거하려고 하는 것은 직선으로 가는데 방해가 됐기 때문일 겁니다. 만일 수사가 강화되고 최 진 씨 같은 방해자를 제거하는데 실패하면 놈은 우회적인 편법을 사용할 겁니다. 그때는 최 진 씨에 대한 위협이 없어지겠지요. 그 대신 우리의 수사는 더욱 어려워질 겁니다. 우회적인 편법을 쓰는 만큼 놈은 정체를 드러내지 않을 테니까 말입니다."

누구 하나 이의를 제기하는 사람이 없었다. 그만큼 그 늙은 사나이의 말은 설득력이 있었다. 진은 새삼 샌드위치(김태준)를 바라보았다. 샌드위치는 피골이 상접할 정도로 무섭게 마른 얼굴에 두 눈만 퀭하니 떠 있었다. 선이 날카로운 매부리코는 중간 부분이 조금 휘어져 있어서 인상을 더욱 괴이하게 만들어주고 있었다. 그는 조용한 목소리로 억양이 없이 계속 말했다.

"우리가 시급히 알아야 할 것은 놈이 최종적으로 노리고 있는 사람이 누군가 하는 점입니다. 송사리를 제거하기 위해 놈을 고용했을 리는 만무합니다. 아주 비중이 큰 인물…… 대단히 비중이 큰 인물을 제거하기 위해 놈은 고용된 겁니다."

실내에는 찬물을 끼얹은 듯 기침 소리 하나 없이 조용했다. 샌드위치는 천천히 엄 과장 쪽으로 시선을 돌렸다.

"우리는 다비드 킴이 최종적으로 노리고 있는 그 비중이 큰 인물을 찾아야 합니다. 현재 우리 국내에서 가장 중요한 인물이 누굽니까?"

모두가 엄 과장을 바라보았다. 엄 과장은 잠시 생각해 보다가 말했다.

"물론 정치적인 인물을 말해야 되겠지요."

"그렇습니다."

"그렇다면…… 첫 번째로는 지금의 수상 각하를 들 수 있겠고, 두 번째로는 대통령 후보로 출마한 장연기 씨를 꼽을 수 있습니다."

샌드위치는 고개를 크게 끄덕이고 나서 엄 과장을 똑바로 바라보았다. 그 순간 그의 안광이 무섭게 빛나는 것을 진은 읽을 수가 있었다.

"제 생각에는 수상 각하보다는 장연기 후보를 첫째로 치고 싶습니다. 수상 각하는 이미 사임을 발표했고, 머지않아 새 대통령이 취임하면 그 자리를 물러나실 분입니다. 따라서 각하는 이제 역사적인 인물로 남게 된 셈입니다. 그렇다면 당연히 새 대통령이 될 장 후보가 현재로서는 가장 비중이 큰 인물이라고 할 수 있습니다. 장 후보가 당선될 가망이 없다면 별문제겠습니다만, 현재 집권당의 강력한 지지를 얻고 있고 국민들의 인기도 대단한 만큼 그분의 당선은 거의 결정적인 것이나 다름없습니다. 여기에 비해 놈들이 내세우고 있는 이창성 후보는 당선 가능성이 십분의 일도 되지 못하고 있습니다. 따라서 놈들은 자기들의 계획, 즉 이창성 후보를 당선시키기 위해 장 후보를 노리고 있는지도 모릅니다. 이것이 그가 다비드 킴을 고용한 가장 큰 이유일 것입니다."

이의를 제기하는 사람은 아무도 없었다. 그의 말은 너무도 논리정연 했기 때문에 진은 속으로 깜짝 놀랐다.

장연기 후보에 대한 경호가 없는 것은 아니었다. 특수부에서도 요원이 몇 명 파견되어 그를 경호하고 있었다. 그밖에 형사들이 또 그를 경호해 주고 있었다. 그러나 그것은 일반적이고 의례적인 경호로서 그를 암살하려는 직접적인 위협에 직면하여 빈틈없이 펴고 있는 경호는 아니었다. 더구나 그 경호 망을 뚫고 5열이 침투할 소지는 얼마든지 있었다.

모든 사람들의 얼굴에는 경악과 공포가 나타나 있었다. 누구보다도 엄 과장의 얼굴은 하얗게 굳어 있었다. 그는 한참 후 자신의 실수를 자인했다.

"우리는 지금까지 장 후보에 대한 경호보다는 놈들을 박멸하는 데 전력을 기울여 왔던 것이 사실입니다. 놈들을 박멸하는 것 못지않게 장 후보를 철저히 경호하는 것도 중요한 일이라고 생각합니다. 방금하신 말씀을 듣고 보니 정말 중요한 점을 우리가 간과하고 있었습니다. 경호문제에 있어서 좋은 의견이 있으면 말씀해 주십시오."

"경호는 빠를수록 좋습니다."

역시 샌드위치가 말했다. 진도 생각한 바를 말했다.

"현재 장 후보를 경호하고 있는 특수부 요원들과 형사들을 철수시켜야 할 겁니다. 그들과 함께 경호를 하면 이쪽 정체가 드러날 것이고 그렇게 되면 5열이 냄새를 맡고 본격적으로 침투해 들어올 겁니다."

"우리가 전적으로 경호를 맡는다고 해도 어차피 이쪽의 정체는 드러나고 말 겁니다. 문제는 바로 여기에 있습니다."

"전원이 장 후보를 경호한다 해도 이 인원 가지고는 완전한 경호를 기대할 수 없습니다."

모두가 동의한다는 듯 고개를 끄덕였다.

"그러나 전원을 경호에 투입할 수도 없습니다."

엄 과장은 난처한 표정을 지어보였다. 자연 그의 시선은 샌드위치에게 향했다.

"경호원 수에 관계없이 완전한 경호란 있을 수 없습니다. 열 겹으로 인의 장막을 쳐도 킬러는 뚫고 들어올 수 있습니다. 더구나 다비드 킴 정도라면 그런 능력이 있을 겁니다."

샌드위치의 말에 KIA출신의 스핑크스(백인욱)가 불만조로 대꾸했다.

"다비드 킴이라고 해서 실수하지 말라는 법은 없습니다. 놈을 너무 과대평가할 필요도 없습니다."

"놈이 실수하기를 기대해서는 안 됩니다. 방금 그자를 과대평가한다고 말씀하셨는데, 우리는 놈이 완전무결한 킬러라고 전제해 놓고 경호를 해야 합니다. 그렇지 않으면 경호는 하나마납니다."

KIA출신의 젊은 요원은 할 말을 잃고 입을 다물어버렸다. 다시 엄 과장과 샌드위치가 대화의 중심이 되었다.

"완전한 경호가 있을 수 없다면 장 후보가 암살당할 가능성이 있다는 말인가요?"

"그렇습니다. 더구나 그분은 선거유세를 해야 하기 때문에 사람들 앞에 몸을 드러내야 하고 따라서 누구보다도 암살의 표적이 되기가 쉽습니다. 물론 선거유세 때문에 경호하기도 그만큼 어렵습니다."

"선거유세가 큰 문제군요. 그렇다고 그걸 그만두게 할 수도 없고……"

모두가 묘안이 없을까 하고 생각하는 눈치였지만 좋은 의견을 제시하는 사람은 없었다. 엄 과장은 담배 연기만 내뿜었다.

"군중 앞에 몸을 드러내게 해서는 안 됩니다."

그때까지 한 번도 입을 열지 않은 채 듣고만 있던 장의사(송창명)가 걸걸한 음성으로 단정을 내리듯 말했다. 모두가 그를 바라보았는데 그는 몹시 살이 쪄서 샌드위치와는 너무 대조적으로 보였다.

"그럼 선거유세를 중지시켜야 한다는 말인가요?"

"그렇습니다. 킬러가 노리고 있는데도 장 후보를 군중 앞에 내세운다는 것은 죽으라는 것이나 다름없습니다. 선거유세를 막지 않는다면 장 후보는 반드시 암살당하고 말 것입니다."

장의사의 말은 너무 단정적이고 위압적이었기 때문에 사람들은 모두 놀란 표정들을 지어보였다.

"말씀은 충분히 이해가 가는데 후보로 나선 사람이 선거유세를 하지 않는다는 것은 있을 수 없는 일이죠. 그렇게 되면 인기도 하락할 것이고……"

한동안 침묵이 흐른 다음 엄 과장이 샌드위치를 향해 질문을 던졌다.

"김 형사님은 이 문제를 어떻게 생각하십니까?"

"저는 송 형사(장의사)의 의견에 찬성합니다. 선거유세를 중지한다는 것이 현실적으로 받아들일 수 없는 일이겠지만 장 후보가 암살당했을 때의 결과를 생각하면 그런 것은 아무것도 아닐 겁니다. 군중 앞에 나오지 않아도 텔레비전이나 라디오를 효과적으로 이용하면 충분히 인기를 유지할 수 있을 겁니다. 더구나 그분의 당선은 결정적이기 때문에 선거유세를 하지 않는다고 해서 그렇게 치명적인 영향을 받지는 않을 겁니다."

샌드위치의 이 말은 그때까지 망설이던 엄 과장으로 하여금 하나의 결정을 내리게 했다. 그는 다른 요원들의 의견을 물어보았다. 그러자 여기저기서 모두가

"동감입니다."

"찬성입니다."
하고 말했다. 엄 과장은 담배를 비벼 끄고 나서 마침내 결심한 듯 말했다.

"그렇다면 선거유세를 중지하도록 조처하겠습니다."

"만일 장 후보가 듣지 않는다면 어떻게 하죠?"

진이 물었다. 당연히 장 후보는 이쪽의 요구대로 순순히 들으려고 하지 않을 것이다.

"말을 듣지 않으면 강제로라도 중지시켜야 합니다."

장의사가 역시 칼로 자르듯이 말했다.

"새 대통령이 되실 분인데 매우 실례되는 말이겠지만 일단 우리가 그분의 경호를 맡게 될 경우 그분은 우리의 지시에 따라야 합니다. 이것은 그분 자신뿐만 아니라 국가와 국민을 위해서도 마땅히 그래야 합니다."

실내에 긴장감이 흐르기 시작했다. 팽팽한 긴장감을 헤치고 엄 과장이 입을 열었다.

"좋습니다. 김 형사님과 송 형사님 두 분이 책임지고 장 후보 경호를 맡아 주십시오."

샌드위치와 장의사는 결의에 찬 굳은 표정으로 고개를 가만히 끄덕였다.

"두 분만으로는 경호가 어려울 거고…… 몇 명쯤 인원이 필요합까?"

질문을 받은 두 사람은 한동안 말없이 앉아 있다가 샌드위치가 먼저 입을 열었다.

"인원 차출은 이 인원에서 해야 합니까?"

"네, 그렇습니다."
"다른 일을 해야 하는데 인원이 너무 부족하지 않습니까?"
"할 수 없지요. 부족한 대로 당분간 해낼 수밖에……"
"그렇다면 젊은 동지 분들 중에서 두 사람만 빼내 주십시오."
"지원자 없습니까?"

군정보대 출신의 젠틀맨(김용한)과 알렉산더(정덕수)가 앞으로 상체를 내밀었다.

"저희들이 하겠습니다."
"좋습니다."

샌드위치가 고개를 끄덕이면서 만족한 표정을 지어보였다.

"어떤 식으로 장 후보를 경호할 계획인가요?"

엄 과장이 가장 중요한 점을 질문했다.

"아직 구체적인 계획은 못 짰습니다만 대강 이렇게 할 생각입니다. 우선 우리들의 신분을 노출시키지 않기 위해 장 후보의 양해 하에 기관원이 아닌 개인 경호원처럼 행동하겠습니다. 그리고 장 후보를 댁에서 나오게 하여 아무도 모르는 곳에 은둔시키겠습니다. 외부 사람과는 선거가 끝날 때까지 일체 접촉을 시키지 않을 방침입니다. 선거본부와의 연락은 전화로만 가능하게 하겠습니다."

"그러니까 장 후보와 함께 아무도 모르게 완전히 숨어버리겠다 이 말이군요?"

"네, 그럴 생각입니다. 그렇게 되면 우리들의 신분도 노출되지 않고 암살자의 총구를 완전하게 막을 수가 있을 겁니다."

설명을 듣고 난 엄 과장은 아무 반응을 보이지 않고 가만히 앉아 있었다. 한참 후 그는 샌드위치를 바라보았다.

"좋은 생각입니다. 문제는 장 후보가 우리의 요구를 들어주느냐 하는 건데 그건 제가 처리해 보겠습니다."

이로써 장 후보에 대한 경호는 일단락된 듯이 보였다. 엄 과장은 이번에는 진을 바라보았다.

"최 동지는 다비드 킴을 계속 추적해 주십시오."

"네, 알겠습니다."

진은 감정 없이 대답했다. 다비드 킴을 누구에게도 맡기고 싶지 않은 것이 그의 심정이었다.

"인원이 몇 명쯤 필요한가요?"

엄 과장이 진을 향해 물었다.

"우선 한 사람만 필요합니다."

"최 동지와 함께 다비드 킴을 맡고 싶은 사람 없습니까?"

"제가 하겠습니다."

KIA출신의 잔다크(엄효빈)가 기다렸다는 듯이 말했다. 진은 자기 또래의 사나이를 바라보았다. 여자처럼 고운 얼굴을 가진 사나이였지만 눈빛이 날카로워 보였다.

"그럼 엄 동지께서는 최 동지와 함께 수고해 주기 바랍니다."

엄 과장은 주위를 둘러보았다.

"그런데 우리 조직을 맡아서 운영해 줄 수 있는 사람이 필요한데, 이 일을 어느 분이 맡아 주시겠습니까? 저는 S국 자리를 지키고 있어야 하기 때문에 여러분들과 함께 항상 접촉할 수가 없습니다."

모든 사람들의 시선이 일제히 진에게 집중되었다. 엄 과장이 그를 지적했다. 진은 완강히 사양했다.

"그럴 능력이 없습니다."

"그러시지 말고 맡아 주시지요. 우리야 이제 왔기 때문에 내막에 충분히 밝지가 못합니다. 여기서는 아무래도 최 선생밖에 일을 맡아줄 사람이 없을 것 같습니다."

늙은 형사 하나가 간곡히 말하는 바람에 진은 마지못해 그 일을 수락했다. 엄 과장은 안심한 듯 말했다.

"그러면 최 동지께서 필요한 조치를 취하도록 하십시오."

최 진은 한참 동안 담배를 빨고 나서 천천히 입을 열었다.

"아직 일을 맡지 않으신 분은 모두 여덟 분입니다. 그럼 지금부터 일을 배당해 드리겠습니다. 고동훈(라이온) 씨는 국제 전신전화국을 매일 체크해 주십시오. 이상한 통화나 전신이 있으면 그것을 즉시 저에게 연락해 주십시오."

"알겠습니다."

군정보대 출신의 곱슬머리 사내는 절대 복종한다는 투로 대답했다.

"박 일(나폴레옹) 씨와 최건익(알카포네) 씨, 그리고 이명식(운전사) 씨, 세 분은 S국의 간부들을 조사해 주십시오."

늙은 사나이들은 모두 놀라는 표정을 지어보였다. S국에 아무리 5열이 침투해 있다고는 하나 그 간부들까지 의심한다는 것이 너무 심하다는 그런 표정들이었다. 진은 이미 거기에 대비하고 있었다는 듯이 거침없이 말했다.

"5열은 S국 간부진에 침투해 있을 가능성이 많습니다. 왜냐하면 간부진이 보다 중요한 극비정보를 취급하기 때문입니다.

따라서 S국 간부들이 접촉하는 사람들을 모두 체크할 필요가 있다고 생각합니다."

"간부 중에 5열이 있다는 말입니까?"

"지금으로서는 뭐라고 단정할 수가 없습니다. 모든 가능성을 조사해 보는 겁니다."

더 이상 이의를 제기하는 사람은 없었다.

"여기 계신 엄 과장님을 제외한 나머지 과장 두 분, 그리고 국장님을 조사해 주십시오."

"국장님도?"

엄 과장이 되물었다.

"만일 사실을 알게 되면 몹시 노할 텐데……"

"그러니까 전혀 눈치 채지 못하게 조사해야겠죠."

"국장님까지 그럴 필요가 있습니까?"

누군가가 힐난하듯 물었다. 진은 고개를 저었다.

"S국 자체가 기능이 마비될 정도로 병들어 있습니다. 예외란 있을 수 없습니다."

진은 아직 일을 배당받지 않은 네 사람을 바라보았다.

"김 형사님은 일어를 어느 정도 하십니까?"

형사 출신의 김병찬(미사일)은 조금 웃어보였다.

"우리말 정도로 할 수 있습니다."

"그럼 좋습니다. 내일 중으로 도쿄로 떠나 주십시오. 아무도 몰래 떠나시는 겁니다. 그쪽에 가시면 우리 일에 협조하는 사람이 있으니까 그 사람을 보호해 주십시오. 그 사람에 대한 것은 회의가 끝난 후에 자세히 말씀드리겠습니다."

갑자기 도쿄로 출장가게 된데 대해 미사일은 어리둥절한 모양이었다. 그는 안경을 고쳐 끼면서 지시대로 따르겠다는 듯이 고개를 끄덕거렸다.

"나머지 세 분은 여기에 대기해 주십시오. 인원 요청이 있으면 언제라도 출동할 수 있게 대기하고 있어야 합니다."

회의가 끝나자 먼저 엄 과장이 밖으로 나갔다. 이미 시간은 자정이 지나 10월 4일로 접어들고 있었지만 그는 한시라도 빨리 장연기 후보를 만나 경호문제를 매듭지어야 했기 때문에 그 길로 장 후보의 집으로 향했다.

엄 과장이 장 후보의 집에 도착했을 때 장 후보는 곤한 잠에 떨어져 있었다. 선거전이 시작되면서 그는 그야말로 눈코 뜰 새 없이 바빴다. 경제발전 계획을 입안하고 그것을 추진시켜온 지난날들도 사실은 마음 편하게 자본 적이 한 번도 없을 정도로 바빴었다.

그러나 선거일에 비하면 그것은 아무것도 아니었다. 이름도 알 수 없는 사람들을 수없이 만나야 하고, 전국의 선거인 동태를 점검해야 하고, 선거 자금을 끌어들어야 하고, 라이벌 정당의 공격을 막아내야 하고, 전국 곳곳을 돌아다니면서 연설을 해야 하는 등 그야말로 하루 24시간을 송두리째 뛰어도 모자랄 판이었다.

선거 초반에 극도의 피로로 그로기 상태에 빠져버린 그는 휴식이 필요했다. 주치의는 그가 계속 쉬지 않고 뛸 경우 몸에 치명적인 이상이 올지도 모른다고 경고했다.

그러나 그는 쉴 수가 없었다. 선거일은 이제 앞으로 두 달 보름 정도밖에 남아 있지 않았다. 아무리 당선 가능성이 있다고는 하지만 눈앞에 닥쳐온 선거를 앞두고 휴식을 취할 수는 없었다. 그것은 무엇보다도 그의 성질이 허락치를 않았다. 다혈질적인 그는 일단 시작한 일에 대해서는 끝장을 볼 때까지 저돌적으로 파고드는 성질이 있었다. 주위의 눈총이나 비난에도 아랑곳하지 않고 무서운 추진력으로 밀고 나가는 그의 정열에 사람들은 누구나 혀를 내두르며 경탄할 정도였다.

그의 이와 같은 정열은 그의 지난 경력을 잠깐 훑어보아도 충분히 알 수 있는 일이었다. 일찍이 엘리트 코스의 학교를 나온 그는 대학 재학 중에 사법고시에 합격, 법관으로 출발하는가 하더니 돌연 미국으로 유학, 예일 대학에서 경제학을 전공하여 박사학위를 획득하고 이어서 프린스톤 대학에서 정치학을 공부, 다시 정치학 박사학위를 취득함으로써 자신의 정열과 역량을 과시했다. 그가 귀국한 것은 35세 때인 12년 전. 귀국하자 2년간 대학에서 교편을 잡다가 어느 날 갑자기 정부 경제 팀에 발탁되면서 비로소 국가 경제 개발에 발군의 실력을 발휘하기 시작했다.

지난 10년 동안 수상의 경제 담당 특별보좌관으로서 또는 경제장관으로서 그가 국가 경제발전에 끼친 영향은 실로 대단한 것이었다.

마침내 그는 최고의 실력자로서 그 역량을 인정받았다. 이러한 인물에게 수상이 그 자리를 물려주려고 한 것은 이상할 것이 하나도 없었다. 연로한 수상은 이 불덩이 같은 사나이에게 정권을 물려줌으로써 그가 국정 전반에 활기를 불러 일으켜 줄 것을 기대했던 것이다.

정신없이 잠들어 있던 그는 누가 흔드는 바람에 겨우 눈을 떴다. 그의 비서가 조심스럽게 곁에 서 있는 것이 보였다. 너무 피곤해서 좀 일찍 잠자리에 든 것인데 그나마 두 시간도 못되어 비서가 깨우고 있다. 그는 짜증이 났다. 그러나 성질을 죽이면서 잠이 덜 깬 목소리로

"왜, 무슨 일이야?"

하고 물었다.

"어떤 분이 꼭 찾아뵙겠다고 해서……"

비서는 머뭇거렸다.

"이봐, 지금 몇 신데 그래? 모든 면회는 아침으로 미루지 않았나?"

"네, 그런데 특별한 일이라고 하면서 지금 꼭 만나야겠다고 합니다."

장연기는 버럭 고함을 지르고 싶은 것을 겨우 참았다. 이 자식은 방문객 하나 요리 못하는 걸 보니 비서치고는 바보 멍텅구리군.

"볼 일 있으면 내일 아침에 오라 그래."

"아주 긴급한 일이랍니다. 박사님 경호에 관한 것으로……"

"도대체 누구야?"

"기관에서 온 모양입니다."

"기관이라니, 무슨 기관?"

그를 찾아오는 기관 요원은 많다. 따라서 특별하게 생각될 리

가 없다.
"어느 기관에서 왔는지는 모르겠습니다. 그건 밝힐 수 없다고 합니다."
"그럼 나중에 오라고 그래!"
장연기는 마침내 소리를 질렀다. 그리고 시트를 뒤집어썼다. 새벽에 일어나 부산에 가야 한다. 부산에서 일대 격돌이 예상되는 만큼 조금이라도 잠을 자둬야 한다. 상대는 대동회의 이창성 후보다. 대중당은 신경 쓸 것까지야 없지만 대동회는 갑자기 부상하고 있다. 무엇보다도 그 천문학적인 선거 자금에 위협을 느끼지 않을 수 없다.
비서가 문을 열고 나가는 소리를 들으면서 장연기는 눈을 감았다. 그때 문 저쪽에서 다투는 소리가 들려왔다.
"안 됩니다! 지금 주무시기 때문에 안 됩니다! 몇 번 말씀드려야 알아듣겠습니까?"
이것은 비서의 목소리였다.
"이것 봐. 자네 말은 알아들었어. 그렇지만 난 장 박사님을 지금 당장 만나야 해! 장 박사님한테 사고라고 나면 자네가 책임질 텐가?"
"경호원이 있으니까 그런 건 염려하지 마십시오! 정 안 나가시면 경호원을 부르겠습니다!"
"이것 봐. 왜 그렇게 못 알아듣나?"
밀치는 소리와 함께 문이 열리는 소리가 들려왔다.
"나가세요! 이게 무슨 짓입니까?"
비서의 날카로운 소리에 장연기는 시트를 걷어내고 상체를 일으켰다. 그러자 낯선 사나이가 다가섰다.

"소란을 피워 죄송합니다. 매우 급한 일이기에 무례한 줄 알면서 이렇게 들어왔습니다."

매우 정중하면서도 위압적인 말투에 장연기는 새삼스럽게 사나이를 바라보았다. 그 사나이에게는 일반 기관원과는 다른 깊이와 지성이 엿보였다.

"아무리 급한 일이라도 한밤중에 허락도 없이 이렇게 들어올 수가 있소?"

"죄송합니다."

목소리는 공손했지만 절대 물러서지 않을 것 같았다.

"도대체 어디서 왔소?"

"말씀드리겠습니다. 자네 좀 나가 있겠나?"

사나이가 턱으로 비서를 가리키며 말했다. 그 당돌한 태도에 장연기는 조금 불쾌한 기분을 느끼면서 비서에게 눈짓을 했다.

비서가 나가고 나자 두 사람은 소파에 마주앉았다. 사나이는 S국 요원임을 나타내는 증명을 내보인 다음

"3과를 맡고 있는 엄인회라고 합니다."

라고 말했다.

S국 간부라는 사실에 장연기는 몸을 바로하면서 상대방을 똑바로 바라보았다. S국에 대해서는 그도 어느 정도 들은 적이 있었다. 그러나 그것이 꽤 중요한 일을 맡고 있는 무서운 기관이라는 것 이외에는 아직 자세히 알지 못하고 있었다.

"그래, 용건은 뭐요?"

"다름이 아니라 장 박사님에 대한 경호문제 때문에 상의할 것

이 있어서 찾아온 겁니다."

　장 후보는 안경을 낀 다음 파이프에 불을 붙이면서 탁자 모서리에 있는 버튼을 힐끔 쳐다보았다. 그것은 경호실로 통하는 비상벨이다. 그것을 누르면 수초 이내에 경호원들이 들이닥칠 것이다. 장연기는 담배 연기를 뿜으면서 조금 웃어 보였다.

　"경호문제라면 염려할 필요 없습니다. 그 문제로 정 할 이야기가 있다면 나중에 만나서 이야기합시다. 난 새벽에 부산에 가야 하니까."

　"아닙니다. 매우 급하기 때문에 지금 상의를 드려야만 합니다. 이건 매우 중요한 일입니다."

　긴 얼굴에 부드러운 인상을 가진 사나이는 인상과는 달리 단호하게 말하고 있었다. 장연기는 짜증이 났다.

　"정 그렇다면…… 경호 책임자를 만나서 상의해 보십시오."

　장연기의 손이 탁자 모서리의 버튼을 누르려고 하자 엄 과장이 재빨리 그 손을 막았다.

　"죄송합니다. 이 문제는 박사님과 제가 직접 상의해야만 합니다."

　갈수록 거칠게 나오는 사나이의 태도에 장연기는 버럭 화가 났다. 그러나 장차 대통령이 될 인물답게 그는 함부로 화를 내지는 않았다. 이 사나이가 이렇게 한사코 매달리는 데는 이유가 있을 것이다. 잠자기는 틀렸고 어디 한번 들어볼까. 장연기는 넓은 이마를 손바닥으로 한번 쓰다듬었다.

　"그래, 무슨 일인지 한번 들어봅시다. 내 목숨을 누가 노리고 있나요?"

사나이는 이쪽을 쏘아보는 듯 하다가 주머니 안에서 천천히 봉투 하나를 꺼내 탁자 위에 내려놓았다.

"바로 그렇습니다. 어떤 자가 박사님을 노리고 있습니다."

"그거야 있을 수 있는 일이지요. 그래서 경호원이 있는 거 아닙니까."

"그 자는 특수한 인물입니다. 국제적인 킬러이기 때문에 지금 같은 경호로는 어림없습니다. 이 봉투 속에 그자에 대한 자료가 있습니다. 수고스럽더라도 한번 읽어 보십시오."

장연기는 아닌 밤에 기습을 당한 기분이었다. 그는 정신을 가다듬기라도 하는 듯 고개를 한번 좌우로 저은 다음 천천히 봉투를 집어 들고 그 속에 든 것을 뽑아냈다.

여러 장의 사진과 함께 타이핑된 서류가 나오자 그는 사진들을 젖혀놓고 서류를 먼저 읽기 시작했다. 조금 후 그는 급히 일어나서 뒤쪽에 있는 스위치를 올려 방안의 조명을 좀더 밝게 했다. 그리고 선채로 단숨에 서류를 읽어치웠다.

서류를 모두 읽고 난 그의 얼굴을 무표정했다. 그는 탁자 위에 놓아둔 사진들을 들여다보고 나서 다시 서류를 읽었다. 이번에는 아까보다 좀 더 오래 그것을 들여다보았다.

이윽고 그는 뒷짐을 진 채 방안을 거닐기 시작했다. 역시 얼굴에는 표정이 없었지만 강한 상대를 놓고 대결할 때처럼 입을 꼭 다물고 있었다. 그동안 엄인회는 꼼짝 않고 앉아 있었다. 미래의 대통령이 될 인물을 그가 이렇게 가까이서 보기는 처음이었다. 앞으로 튀어나온 넓은 이마, 뭉툭한 코, 두터운 입술, 길게 째진 눈…… 어디를 보아도 잘생긴 데라곤 없었다. 그러나 첫

눈에도 정력적이고 위압적인 마력 같은 것이 느껴지고 있었다. 흠이라면 살이 좀 쪘다는 게 흠일까. 움직일 때마다 육중한 몸이 흔들리면서 넓은 방안을 꽉 채우는 것 같았다.

한참 후 장연기는 소파에 돌아와 앉았다. 어느새 그는 미소하고 있었다.

"다비드 킴이란 자를 어떻게 해서 수사하게 됐나요?"

"그것은 지금 말씀드릴 수가 없습니다. 극비 사항이라 아직 누구에게도 말할 수가 없습니다. 다만 국제적인 음모가 진행되고 있고, 이 자는 거기에 따라 고용됐다는 것만 알아주십시오."

"그 국제적인 음모란 이번 선거와도 관계가 있나요?"

"네, 그렇습니다."

"수상 각하께서도 그 일을 알고 계신가요?"

"네, 어느 정도 윤곽은 알고 계십니다. 그렇지만 사태가 이렇게 심각하게 된 줄은 아직 모르고 계십니다."

장연기는 다시 파이프에 불을 붙였다. 그는 말없이 몇 번 연기를 내뿜다가 웃으며 물었다.

"이 서류에 따르면 다비드 킴이란 자가 한국에 와서 현재까지 여러 건의 살인을 했는데 수사기관이 아직까지 그자를 체포하지 못했다는 것이 이해가 안 가는군요."

"네, 책임을 통감하고 있습니다. 사진에서 보신 바와 같이 놈은 성형까지 해가면서 목적을 달성하려고 혈안이 되어 있습니다. 더구나 놈은 변장에 능하기 때문에 더욱 체포에 어려움을 느끼고 있습니다."

"놈이 노리는 것이 뭔가요?"

"바로 장 박사님입니다."

안경 너머로 장 후보의 눈이 번쩍하고 빛났다. 그는 파이프로 재떨이를 두드렸다.

"놈이 나를 노리는 이유가 뭔가요?"

엄인회는 잠시 머뭇거렸다. 방안에는 어느새 무거운 긴장이 흐르고 있었다.

엄 과장은 매우 싫은 것을 말해야 할 때의 그 고통스런 표정으로 무겁게 입을 열었다.

"장 박사님께서 당선되는 것을 막기 위해서입니다."

"정확한 사실인가요?"

갑자기 장연기의 음성에 노기가 서리고 있었다.

"지금까지의 수사 결과에서 얻은 결론입니다."

"놈을 배후에서 조종하는 자가 누군가요?"

"그건 아직 우리도 모르고 있습니다."

"이번 선거에서 나와 라이벌 관계에 있는 인물이 그런 짓을 하고 있는 겁니까?"

"아닙니다. 그 정도의 인물은 아닙니다."

"그럼, 그 이상이란 말인가요?"

"그렇게 볼 수 있습니다."

"음……"

장연기는 웃음을 거두고 상체를 소파에 깊숙이 묻었다. 한참 후 그는 낮은 소리로

"그렇다면 경호를 좀 더 강화하면 되겠군요."

라고 말했다. 엄 과장은 완강히 고개를 저었다.

"안 됩니다. 그 정도 가지고는 안 됩니다."

"그럼 어떻게 경호를 하겠다는 건가요?"

"우선 지금 있는 경호원들은 제외시켜 놓고 따로 경호대를 편성해야 합니다."

"지금 있는 경호원들도 잘하는 것 같던데……"

"5열이 침투할 여지가 있기 때문입니다."

"5열이라니?"

장연기는 조금 의아한 듯 물었다.

"적들은 현재 상당히 깊은 곳까지 침투해 들어와 있습니다."

"우리 국가기관에도 들어와 있단 말이오?"

"그렇습니다."

엄 과장은 조금 사이를 두었다가 말했다.

"경호문제를 좀 더 자세히 상의해야겠습니다. 오늘 시간을 좀 내주십시오."

"새벽에 부산으로 선거유세를 가야 하기 때문에 오늘은 안 됩니다."

"부산에 선거유세 가시는 것을 중지하시더라도 저와 좀 만나주십시오."

장연기는 파이프를 입에 문 채 어이가 없다는 듯이 상대방을 바라보았다. 그리고 지금까지와는 다른 엄숙한 목소리로 거절했다.

"그건 안 됩니다. 생각할 수도 없는 일입니다."

"박사님 신변에 사고라도 나면 어떻게 하시려고 그럽니까?"

"선거유세 다니는 놈이 그만한 각오하지 않고 다닐 수 있나요. 시간까지 정해 놓았는데, 유권자들이 내 얼굴 보러 나왔다가 허탕 치게 되면 뭐라고 그러겠소!"

그러나 엄 과장은 끈질기게 늘어붙어 유세를 포기하라고 요구했다. 그 집요한 요구에 마침내 장연기 후보는 화를 벌컥 냈다. 그는 벌떡 일어서더니 엄 과장을 준열히 꾸짖었다.

"몇 번이나 말해야 알아듣겠소? 경호에 신경을 써주는 건 좋지만 들어줄 수 있는 걸 요구해야 할 거 아니오? 상식적으로 한 번 생각해 보시오. 당장 몇 시간 앞으로 닥친 강연을 어떻게 지금 취소할 수가 있겠소? 더구나 이번 강연은 큰 것이기 때문에 내가 빠진다는 것은 생각할 수도 없는 일이오. 이만 알고 물러가시오. 죽는 것은 운명이 그런 것이니까 할 수 없는 것이고, 내 목숨은 하늘에 맡기는 수밖에 없겠지."

엄 과장은 서류와 사진을 봉투에 도로 담은 다음 굳은 얼굴로 일어섰다. 그는 이 난관을 어떻게 타개해야 할까 하고 생각해 보았지만 장연기의 고집을 꺾을 방법이 얼른 생각나지 않았다. 죽음을 두려워하지 않는 이 마력의 사나이에게 죽음의 공포를 안겨 줄 수는 없을까. 이 사나이는 자신이 암살됨으로써 빚어질 비극적인 사태를 과연 어느 정도 알고 있을까. 음모의 내용을 모르는 그로서는 짐작조차 안 갈 것이다. 단순히 자기 하나 죽는 것이야 별로 대수로울 게 못 된다고 생각하고 있을지도 모른다. 답답한 노릇이다. 이윽고 엄 과장은 결심한 듯 말했다.

"그럼 좋습니다. 강연회가 끝난 다음에 저와 만나 주십시오. 그때까지 사고가 나지 않으면 다행입니다만……"

"그거야 약속할 수 있소."

"스케줄이 어떻게 돼 있습니까?"

"자동차로 6시에 출발해서 1차로 대전에서 10시에 강연을 하고, 2차는 대구에서 1시에, 그리고 마지막으로 3시에 부산에서 하기로 돼 있소."

"강연은 몇 분 정도 하실 겁니까?"

"한 시간 정도는 잡아야겠지."

"몇 번째로 하실 겁니까?"

"아마 세 번째쯤 될 거요."

"첫 번째로 돌릴 수 없습니까?"

"그거야 돌릴 수 있죠."

"그 다음 스케줄은 어떻게 돼 있습니까?"

"부산에서 일박하고 내일 아침에 광주로 갈 거요."

"어디서 숙박하실 겁니까?"

"오리엔트 호텔에 묵을 거요."

"그럼 이렇게 해 주십시오. 4시에 강연을 끝내시고 먼저 호텔로 가십시오. 그럼 그곳으로 찾아뵙겠습니다."

엄 과장이 자기를 만나기 위해 부산까지 내려오겠다는 말에 장연기는 꽤 감동하는 것 같았다.

"알겠소."

"저와 만나기로 했다는 사실을 누구한테도 말씀해서는 안 됩니다."

"알겠소."

장연기는 끄덕이면서 웃었다.

"불쾌하시더라도 제가 요구하는 것을 들어주시면 감사하겠

습니다."

"가능하면 그렇게 하도록 노력하겠소."

"박사님의 협조가 없으면 국제적 킬러의 총구를 막을 방법이 없습니다."

"알겠소."

"그럼 이만 실례하겠습니다."

장연기는 자기 또래의 이 당돌한 사나이에게 처음과는 달리 친근감을 느끼면서 손을 내밀었다.

사나이가 사라지고 나자 그는 착잡한 기분을 느꼈다. 시계를 보니 이미 새벽 2시가 지나고 있었다. 그는 소파에 앉아 한동안 멍하니 벽을 바라보았다. 맞은편 벽 위에는 길이 1미터가 넘는 박제된 거북이가 걸려 있었다. S국의 과장이 한밤중에 이렇게 직접 찾아와서 경호문제를 거론할 정도라면 사태가 매우 심각한 것 같다. 가능하면 그의 요구대로 경호문제를 재검토하는 것이 나을지도 모른다. 이 나이에 암살당한다는 것은 바람직하지 않은 일이다. 수상 각하의 기대도 기대려니와 이 난국을 극복하고 국가 발전을 이룩하기 위해서는 내가 쓰러져서는 안 된다. 일하다가 과로로 쓰러지는 것은 오히려 영광이다. 그렇지 않고 흉악한 암살범의 흉탄에 쓰러지다니 그것은 너무 억울하고 비참한 종말이다.

그는 버튼을 누른 다음 파이프에 불을 붙였다. 그가 담배 연기를 한 모금 빨기도 전에 두 명의 경호원이 뛰어 들어왔다. 지금까지 그는 경호 책임자와 이야기를 나누어 본 적이 없었다.

경호 책임자는 40대로 보이는 뚱뚱한 사나이로 시경의 무슨 과장이라고 했다. 그와 함께 들어온 경호원은 젊어 보였다.
"각하, 무슨 일이 있었습니까?"
경호 책임자는 그를 각하라고 부르고 있었다. 장연기는 그 말에 적이 비위가 상했다.
"아, 뭣 좀 물어볼 게 있어서 부른 거요. 자넨 나가 있겠나?"
젊은 경호원이 밖으로 나가자 장연기는 뚱뚱한 사나이에게 자리를 권했다.
"나를 각하라고 부르지 마시오. 내가 제일 듣기 싫어하는 말이니까."
"그렇지만……"
사나이가 당황해서 얼굴을 붉히면서 머뭇거리자 장연기는 손을 저었다.
"그건 그렇고…… 혹시 다비드 킴이란 사람 아시오?"
경호 책임자는 고개를 갸우뚱했다.
"뭐, 뭐하는 사람입니까?"
"나도 모르는 사람이오. 이름도 들어보지 못했나요?"
"모, 못 들어 봤습니다. 당장 알아보겠습니다."
사나이가 곧장 수화기를 집어 들려고 하는 것을 장연기가 제지했다.
"아, 그럴 필요 없어요. 방금 나눈 말은 없던 걸로 해 두시오. 자, 나가보시오."
경호 책임자가 머뭇거리며 나가고 나자 그는 눈을 감았다. 현재의 경호진에 대한 불신감이 비로소 그의 가슴에 싹터 올랐다. 국제적인 살인청부업자가 치밀한 계획 하에 접근하고 있는데 경호 책임을 맡고 있는 자가 그 이름을 알기는커녕 눈치조차 채지 못하고 있으니 한심한 일이 아닐 수 없다. 그런 정도의 사나이에게 경호를 맡길 수는 없다.

　장연기는 처음으로 불안감을 느끼면서, 소파에서 일어나 실내를 서성거렸다.

〈3권에 계속〉

김성종

1941년 중국 제남시 출생. 전남 구례에서 성장기를 보냈다.
구례 농고와 연세대학교 정외과 졸업한 후 언론매체에 종사하다가
전업 작가로 전업.
1969년 조선일보 신춘문예 단편소설 당선
1971년 현대문학 소설추천 완료
1974년 한국일보 장편소설 공모에 「최후의 증인」 당선
장편 대하소설 「여명의 눈동자」(전10권)는 TV드라마로 방영
장편 추리소설 「제5열」, 「부랑의 강」 등 50여 편의 작품을 발표하였다.

제 5 열 · 2
김성종 장편추리소설

초판발행	1979년 11월 20일
4판 1쇄	2009년 2월 20일
저자	金聖鍾
발행인	金仁鍾
발행처	도서출판 남도
등록일자	서기 1978년 6월 26일 (제1-73호)
주소	(134-023) 서울 강동구 천호동 451 산경빌딩 B동 5층 3-1호
전화	02-488-2923.
팩스	02-473-0481
E.mail	namdoco@hanafos.com

ⓒ 2009 Kim Sung Jong. Printed in Korea
저자와의 합의로 인지를 붙이지 않습니다.

정가: 11,000원

ISBN 978-89-7265-559-6(세트) 04810
ISBN 978-89-7265-561-9   04810
파본이나 잘못된 책은 교환하여 드립니다.

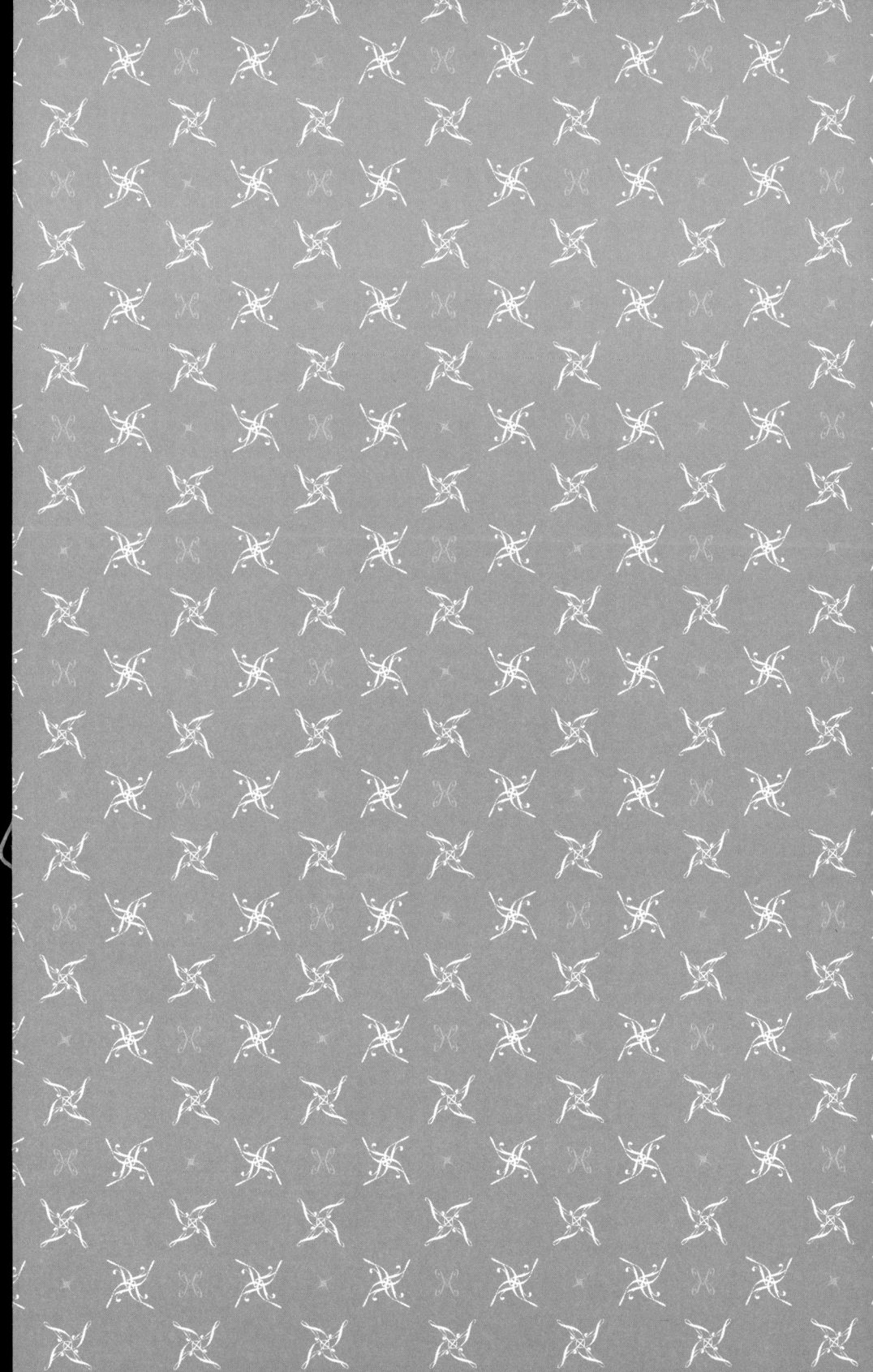